U0452483

〔马来西亚〕黎紫书 著

流俗地

北京出版集团
北京十月文艺出版社

— 黎紫书 —

1971年生于马来西亚。自1995年以来，作品多次获得花踪文学奖、《联合报》文学奖、时报文学奖、南洋华文文学奖等，个人曾获马来西亚华文文学奖、马来西亚优秀青年作家奖、"云里风文学奖"年度优秀作家奖、单向街书店文学奖"年度青年作家奖"等。长篇小说《流俗地》获《亚洲周刊》2020年十大好书、2021深圳读书月"年度十大好书"等。长篇小说《告别的年代》获第四届"红楼梦奖"专家推荐奖。已出版长篇小说、短篇小说集、微型小说集以及散文集等著作十余部。

流俗地

〔马来〕黎紫书 著

北京出版集团
北京十月文艺出版社

目录

001　盲女古银霞的奇遇
　　　——《流俗地》代序 / 王德威
020　之子于归,百两御
　　　——《流俗地》代序 / 王安忆

001　归来(之一)
007　奀仔之死
014　群英
022　巴布理发室
032　蕙兰
042　婵娟
050　猫
061　莲珠
071　迦尼萨

082	大伯公
090	美丽园
098	鬼
111	所有的路
124	密山新村
132	南乳包
144	百日宴
156	新造的人
166	十二岁以前
180	仨
193	良人
205	那个人
217	春分
229	夏至
241	公仔纸
252	远水与近火
264	立秋
276	女孩如此
286	忏悔者
302	红白事

314	奔丧
329	点字机
341	信
352	顾老师
365	二手货
377	失踪
387	恶年
399	囚
417	马票嫂
428	一路上
442	归来（之二）
461	后记：吾若不写，无人能写

盲女古银霞的奇遇
——《流俗地》代序

王德威

黎紫书来自马来西亚怡保,是华语文学世界的重要作家,在中国大陆也享有一定知名度。上个世纪末她以《把她写进小说里》(1994)获得马来西亚花踪文学奖小说首奖,自此崭露头角,之后创作不辍。《流俗地》是她继《告别的年代》(2010)后第二部长篇小说。十年磨一剑,黎紫书的变与不变,在《流俗地》中是否有所呈现?

《流俗地》的主角古银霞天生双目失明。她的父亲是出租车司机,因为这层关系,银霞得以进入出租车公司担任接线员。她声音甜美,记忆力过人,在电话叫车的年代大受欢迎,视障成就了她传奇的一部分。黎紫书透过银霞描绘周遭的人物,他们多半出身中下阶层,为生活拼搏,悲欢离合,各有天命。

　　银霞和其他人物安身立命的所在，锡都，何尝不是黎紫书所要极力致意的"人物"。锡都显然就是黎紫书的家乡怡保。这座马来西亚北部山城以锡矿驰名，19世纪中期以来曾吸引成千上万的中国移民来此采矿垦殖，因此形成了丰饶的华人文化。时移事往，怡保虽然不复当年繁华，但依然是马来西亚华裔重镇。

　　然而怡保又不仅只有华人文化，马来人、印度人和华人相互来往，加上晚近来此打工的印度尼西亚人和孟加拉国人，形成了一个多元族群社会。就是在这样的布局里，黎紫书笔下的盲女银霞遇见不同场合、人物，展开她的一页传奇。也必须是在这样众声喧哗的语境里，她观察、思考华人的处境，以及今昔地位的异同。

　　《流俗地》人物众多，情节支脉交错，黎紫书以古银霞作为叙事底线，穿插嫁接，既有现代主义参差对照的风格，也有旧小说草蛇灰线的趣味，不是有经验的作者，不足以调动这些资源。银霞担任出租车公司接线员是巧妙的安排。在她日夜"呼叫"下，所有大小街道的名称、熟悉不熟悉的地址不断跃动在字里行间，形成奇妙的锡都方位指南。比起《告别的年代》刻意操作后设小说技巧，《流俗地》回归写实主义，显示作者更多的自信。黎紫书娓娓述说一个盲女和一座城市的故事，思索马来西亚社会华人的命运，也流露此前少见的包容与悲悯。

流俗与不俗

《流俗地》的"流俗"顾名思义，意指地方风土、市井人生。这个词也略带贬义，暗示伧俗不文，下里巴人的品位或环境。黎紫书将锡都比为流俗之地，一方面意在记录此地的浮世百态，一方面聚焦一群难登大雅之堂的小人物。这些人的先辈从唐山下南洋，孑然一身，只能胼手胝足谋生。上焉者得以安居致富，但绝大多数随波逐流，一生一世，唯有穿衣吃饭而已。黎紫书更关心的是女性的命运，这一向是她创作的重心。要为这些人物造像，写出她们的生老病死、喜怒哀乐。

古银霞天生视障，但她自己和周遭家人亲友似乎不以为意。生活本身如此局促，老老实实过日子都嫌捉襟见肘，谁有余力刻意照顾她怜悯她？但也因此，银霞和组屋周围邻居打成一片。她没有什么学识，但自有敏锐的生活常识；她没有社交生活，却也自然而然地有了相濡以沫的同伴和朋友。一次出游，一场谈话，一碟小吃，一只小动物的出没都足以带来令人回味的喜悦与悲伤。银霞的成长没有大风大浪，唯一一次改变命运的机会,却带来此生最大的惊骇与创伤。即使如此,她还是熬了过来,最后迎向生命奇妙的转折。

　　黎紫书塑造人物的方法,俨然回到19世纪欧洲正宗写实主义的路数,经典之作包括像福楼拜(Gustav Flaubert)的《简单的心》(*A Simple Heart*)。这类写作看似素朴的白描,其实自有一套叙事方法和世界观。所谓"人物"不再享有独特位置,而是人与物——事物与环境——的相互依赖影响关系。作者从小处着手,累积生活中有用无用的人事、感官资料,日久天长,形成绵密的"写实效应"。只要回看《告别的年代》,即可看出黎紫书的"变"。《告别的年代》里的主人公杜丽安也是来自底层的女性,她出身不佳,力争上游,嫁了黑道大哥后,摇身变为另类社会名流。即使如此,她并不安分,因此有了更多的曲折冒险。《流俗地》里的古银霞没有杜丽安的姿色和本事,她甚至看不见世界。她必须和生命妥协,退至人世的暗处,她必须认命。然而,黎紫书却从这里发现潜德之幽光,最终赋予这个角色救赎意义。

　　而银霞不是单一的例子。《流俗地》以集锦方式呈现锡都女子众生相。沿门签赌的马票嫂早年遇人不淑,独立营生,竟然遇见黑道大哥,有了第二春。这个角色似乎脱胎于《告别的年代》的杜丽安,只是更接地气。马票嫂没有大志,因婚姻所迫走出自己的道路,但就算苦尽甘来,最后也得向岁月低头。她曾经穿门入户,好不风光,晚年却逐渐失智,一切归零。银霞童年玩伴细辉一家是《流俗地》的另一重点。这家的男性或早逝,或无赖,或庸懦,反而是从母亲何门方氏、媳妇蕙兰、婵娟、小姑莲珠,还有第三代春分、夏至等女性,各自活出命运的际会。母亲的顽固、蕙兰的空虚、婵娟的刻薄、莲珠的风流,无不跃然纸上。

这些人的生活苦多乐少,浮沉有如泡沫,认命到了自苦的地步。但她们不需要同情。就像银霞一样,这些人兀自存在,以自己的方式"做人"与"格物"。当何门方氏佝偻跪倒猝逝,当蕙兰坐看自己臃肿如象的身躯,当婵娟因寡情而自陷忧郁困境,或当莲珠发现机关算尽,还是不能锁住良人时,她们以肉身经历的无明与不堪,演绎生命的启示——或是没有启示。然而生命再庸庸碌碌,也偶有灵光闪烁。这里没有天意使然,甚至无关什么人性光辉,却足以让我们理解现实的无情与有情,人之为人的流俗与不俗,自有一份庄严意义。

黎紫书有意将这样的观点镶嵌在更大的历史脉络里。锡都五方杂处,曾经有过繁华岁月,如今风华褪尽。华人生存的环境充满压抑,却仍然得一五一十地过日子。银霞坚守出租车站,以南腔北调的方言沟通来往过客,名噪一时。新街场旧街场,酒楼食肆,甚至夜半花街柳巷的迎送都需要她的调度串联。黎紫书借着银霞的声音召唤自己的乡愁。但在私家车日益普遍，手机网络和各种替代性出租车行业兴起后，传统出租车业江河日下。银霞可能是最后一代接线员。她已不再年轻，将何去何从？

与此同时，马来西亚华人的生态悄悄发生改变。黎紫书以往的作品也曾触及种族政治议题，如《山瘟》《七日拾遗》等，但这类题材不是她的强项。《告别的年代》虽以1969年"五一三"事件为背景，仅仅点到为止。《流俗地》也处理这段历史，但方式不同。1969年5月13日，马来西亚反对势力在全国选举中险胜，第一次超越联盟政府，选后双方冲突，华人成为主要受害者。事件不仅牵涉双方种族政治，更与长期经济地位差异有关。"五一三"事件后，华人地位备受打压，华校教育成为马来官方和华人社团对峙的主要战线，延续至今。

《流俗地》的时间开始于"五一三"事件之后，暴乱的喧嚣已经化为苦闷的象征。几个主要人物是在这样的情境里长大成人。华人社会一向逆来顺受，市井小民尤其难有政治行动。但小说一路发展，最后陡然一变。就在古银霞为自己的未来做出最重要的决定时，马来西亚社会也经历大变动。2018年5月9日，马来西亚举行大选，超过两千三百位候选人争取七百二十七个国会议席，结果带来联邦政府六十一年来的首次政党轮替。尽管政治变天对华人日后的影响有待观察，至少为华人的长期压抑出了口气。

古银霞虽然不关心政治，但是也为那一晚锡都华人圈的焦虑期待以及狂欢所震惊：

> 真有那么一瞬，也不知那是什么时辰了……比美丽园中唱《苦酒满杯》的声音……有更大的震撼力，甚至也比城中所有回教堂同时播放的唤拜词更加澎湃，以至那一排房舍共享的一长条屋顶轻微晃动了一下，像某种巨大的史前爬虫类忽然苏醒过来，耸动一下它发僵的脊椎……电视中的讲述员用喊的也不行，他的旁白被背景里汹涌的人声和国歌的旋律淹没了去。

就这样，古银霞生命的转折居然也和一页历史产生了若无似有的关联。流俗之地也有不俗的时刻。但明天过后，锡都或整个马来西亚的华人生活又会面临怎样的光景？惘惘的威胁挥之不去。

视觉的废墟

黎紫书叙事基调一向是阴郁的。从早期的《州府纪略》

到一系列具国族寓言色彩的《蛆魇》《山瘟》等，她徘徊在写实和荒谬风格间，百无聊赖的日常生活和奇诡的想象间，愤怒和伤痛间，找寻平衡点。她曾自白："我本身是一个对人性、世界、社会不信任，对感情持怀疑态度的人。我做记者的时候，接触的都是社会底层的阴暗面，看到很多悲剧，无奈的现实以及人性的黑暗，这些很多成了小说的素材。我没有办法写出阳光的东西，我整个人生观已经定型。我不是为了黑暗而黑暗，为了暴力而暴力，是因为人生观就是这样。"[1]

《流俗地》也书写黑暗与暴力，与黎紫书此前作品不同的是，这部小说并不汲汲夸张暴力奇观（如马共革命、种族冲突、家庭乱伦等），转而注意日常生活隐而不见的慢性暴力（slow violence）。华人遭受二等公民待遇，女性在两性关系中屈居劣势，底层社会日积月累的生活压力，无不一点一滴渗透、腐蚀小说人物的生活。而"黑暗"也不再局限于社会的暗无天日或人性的恶劣败坏。《流俗地》甚至没有什么巨奸大恶的反派人物。我认为黎紫书有意探触另一种生命的黑暗面：无从捉摸的善恶"俱分进化"，难以把握的人性陷溺，还有理性逻辑界限外的偶然。从这里看来，她创造盲女古银霞就特别耐人寻味。

---

[1] http://www.chinawriter.com.cn/2012/2012-08-30/139625.html.

"视障"不是文学的陌生题材。当代中文小说里，史铁生的《命若琴弦》写一对老少瞎子琴师找寻重见光明的偏方，毕生在路上行走的寓言。毕飞宇的《推拿》以盲人按摩院为背景，写一群推拿师之间的欲望和挫折。这些都是精心之作，但不脱以盲人与明眼人世界的对比，暗示众生无明的障蔽。古银霞的故事当然可以作如是观。她虽然目不能见，但是"眼盲心不盲"；她有绝佳的音感和触觉，她的记忆力甚至超过常人。银霞的存在仿佛为"残而不废"这类老话现身说法。

真是这样么？黎紫书仿佛幽幽问道。银霞从来没有看见过现实世界，她所经历或想象的"视界"又怎能被想当然耳地界定。她的"黑暗"果然如一般所谓的一片漆黑么？换句话说，黑暗与光明的对比只是明眼人太轻易的想象。盲人未必能轻易安于黑暗，或总是渴望光明；同理，明眼人不论如何眼观八方，也未必能够尽览一切。本雅明（Walter Benjamin）论摄影，首先批评现代人对视觉表征的懵懂无知。在摄影和电影（以当代的虚拟）技术发达之后，我们同时罹患恐视症（scotophobia）和窥视癖（scopophilia）。[①]前者因信息资源过剩，让我们害怕观看，甚至视而不见，

---

① Walter Benjamin, On Photography, trans. Esther Leslie (New York:Reaktion Books, 2015).

后者则驱使我们无穷的观看欲望，放大缩小，无所不用其极。另一方面，这不只是一个奇观的社会，也是一个被监视的社会。①然而无论动机为何，现代视觉文化有其盲点。德里达（Jacques Derrida）提醒我们，现代性的思想兴起源于对视觉谱系的确认，殊不知这一切建立在"视觉的废墟"上。②"欲"穷千里目，我们看能看或想看的，那看不见的都被笼统归类为黑暗。

德里达提议以"视障"作为方法，提醒我们都在视觉的废墟摸索，揣摩真理真相而不可得。明眼人对一般所见事物已然有限，何况视力所不能及的，以及视觉透过技术所带来的千变万化。但盲人不代表任何更清明的洞见或透视；盲人无非启动了"自在暗中，看一切暗"（鲁迅《夜颂》）的视觉辩证。相对黑暗、光明的二元逻辑，黑暗广袤深邃，其中有无限"光谱"有待探勘，何况存在宇宙中的"暗物质"③

---

① Michel Foucault 在 Discipline and Punish 的看法。
② Jacques Derrida, Memoirs of the Blind: The Self-Portrait and Other Ruins, trans. Pascale-Anne Nrault and Michael Naas (Chicago: University of Chicago Press, 1993), 51–52.
③ James Peebles, "Dark Matter" PNAS (Proceedings of National Academy of Sciences in the United States of America) October 6, 2015 112（40）12246–12248; first published May 2, 2014 https://doi.org/10.1073/pnas.1308786111.

还是知识论的未知数。

黎紫书当然不必理会这些论述。可以肯定的是,她有心从一个盲人的故事里考掘黑暗的伦理向度。马华社会平庸而混乱,很多事眼不见为净;更多的时候,盲女银霞必须独自咀嚼辛酸,包括知识的障碍和情爱的挫折。银霞成长期间有两个同龄男性邻居玩伴,细辉和拉祖。细辉父亲早逝,拉祖则是个印度裔理发师的儿子。拉祖聪明而有语言天分,引领银霞进入另一个文化环境。三个同伴终将长大,银霞注定独自迎向未知的坎坷。这就引向小说的核心——或黑洞。

银霞担任出租车公司接线员前,曾进入盲人学校学习谋生技能,尤其点字技术。银霞对学校这新环境充满期待,也遇见一位赏识她的马来裔点字老师。老师循循教导,学生努力学习,殊不知情愫已经在两人间萌芽。但老师已婚,且妻子待产。银霞以点字信笺表达她的感受,欲言又止;老师也发乎情,止乎礼。然后,发生了突如其来的暴力和伤害。银霞匆匆退学。到底发生了什么事?银霞是当事人,但她无从看见真相。甚至事件本身日后也被极少数知情者埋藏、淡忘了。多年之后,银霞遇见了另一位老师,在另一个黑暗的空间里,银霞终于说出她的遭遇……

黎紫书处理银霞盲校求学的段落充满抒情氛围,是《流俗地》最动人的部分。在叙事结构上,所谓真相的呈现其实发生在小说尾声。换句话说,时过境迁,我们所得仅是后见之明。这类伏笔安排固然是小说常见,然而就黎紫书的创作观以及上述有关视觉的讨论而言,却别有意义。《流俗地》代表黎紫书回归写实主义的尝试,而写实主义的传统信条无他,就是以透视、全知的姿态观看、铭刻人生百态。不论采取什么视角,叙事者或作者理论上掌握信息,调动文字,呈现声情并茂的世界。《流俗地》对锡都人事栩栩如生的描写,的确证明作者的写实能量。

但小说的核心却对这样的写实信条从根本提出怀疑。从古银霞到黎紫书,这部小说所要面对的是视觉的废墟——甚至死角。因为视障,古银霞无从掌握任何有力线索,回应她所遭受的伤害。问题是,就算她的确有了眼见为凭的证据,作为弱势女性,甚至弱势阶级与族群,她能够将真相付诸大白么?作为叙事者,黎紫书必须面对另一吊诡:她倒叙古银霞那不可言说的遭遇时,无非写出那遭遇的无从说起。

仔细阅读《流俗地》中每个人物的遭遇,我们于是理解黎紫书的描写固然细腻逼真,但那毕竟是流俗的幻象。就像本雅明所指出,我们奉看见一切的写实之名,在恐视症和窥视癖之间打转,忽略了那更大的黑暗从来就已经席卷你我左右。所谓宿命只是最浅薄的解释。如此,黎紫书调度穿插藏闪的叙事法就不仅是(古典或现代)小说技巧而已,而指向了更深一层认识论的黑洞。每个人物都有不足为外人道的心事，每个人物也都必须应答生命的洞见与不见，即使作者也不例外。

黎紫书以不同方式暗示那不可知或未可知的力量。银霞有梦游症，深夜不自觉地起床游走。梦游中的她恍若进入无人之境，来去自如。不仅如此，人的世界和视野外，还有两种"东西"难以掌握。银霞曾居住的组屋一直传说闹鬼，十年二十人来此跳楼自杀，最后有劳道士超度；另一方面，全书有一只猫——或它的分身——神出鬼没，让银霞着迷不已。小说进入尾声，当锡都华人因为大选所支持的一方获胜而欢声雷动时，古银霞为自己的未来找到归宿时，一切似乎迎刃而解。与此同时，那只猫不请自来，没有人看见。小说戛然而止。

当盲女遇见野猪

当代文学因为传媒产业兴起和书写技术改变，受到极大冲击，但（境内及境外的）马华小说表现惊人的韧性。我已多次谈到马华文学作为一种"小文学"，来自马华族群对华文文化存亡续绝的危机感。语言是文化传承的命脉，作为语言最精粹的表征，文学是文化意识交汇或交锋的所在。但文学能否成就，有赖令人感动或思辨的作品。黎紫书的作品必须在这样的语境下才能显现意义。

李永平（1947—2017）曾是马华文学的指标性人物。在"后李永平"的时代，现居台湾的张贵兴以《野猪渡河》（2018），黄锦树以"南洋人民共和国"系列写作（包括《犹见扶余》《鱼》《雨》及其他短篇），在华语世界和中国大陆引起广大回响。而定居大马，足迹遍布世界的黎紫书以《流俗地》这样的新作，指向第三条路线。

张贵兴（b. 1956）是当代华语世界最重要的小说家之一，《群象》（1998）、《猴杯》（2000）早已奠定了文学经典地位。这些小说刻画他的故乡东马——婆罗洲砂拉越——华人垦殖历史及与自然环境的错综关系。雨林沼泽莽莽苍苍，犀鸟、鳄鱼、蜥蜴盘踞，丝绵树、猪笼草蔓延，达雅克、普南等数十族原住民部落神出鬼没，在在引人入胜。《野猪渡河》（2018）描写20世纪40年代太平洋战争日军侵入砂拉越的暴行，与此同时，在地华人抵抗野猪肆虐，牺牲一样惨烈。文明与野蛮的分野从来没有如此暧昧游移。

黄锦树（b. 1967）在1995年凭《鱼骸》一鸣惊人，他的作品充满国族焦虑，文学于他不仅是危急时刻的产物，根本就是书写作为政治的形式。黄锦树批判马来西亚族群政治从来不遗余力，但他对马华社会的中国情结一样嗤之以鼻：一方面将古老的文明无限上纲为神秘的精粹,一方面又将其化为充满表演性的仪式。如何体认中文在马华族群想象中的历史感和在地性,是黄锦树念兹在兹的问题。近年他将这一执念化为系列有关马共及其余生故事,如《南洋人民共和国》(2013)。曾经的或想象的革命行动早已化为不堪的历史幽灵,马来半岛上的华族只能以否定的、自啮其身的方式,证明自己的存在以及虚无。

黎紫书其生也晚(b.1971),在她成长的经验里,60年代或更早华人所遭遇的种种都已逐渐化为不堪回首的往事或无从提起的禁忌。但这一段父辈奋斗、漂流和挫败的"史前史"却要成为黎紫书和她同代作家的负担。他们并不曾在现场目击父辈的遭遇,时过境迁,他们仅能想象、拼凑那个风云变色的时代:殖民政权的瓦解、左翼的斗争、国家霸权的压抑、丛林中的反抗、庶民生活的悲欢……在没有天时地利的情况下从事华文创作,其艰难处,本身就已经是创伤的表白。

《告别的年代》就是这样的产物。黎紫书有意向"五一三"事件致意,但只能作为不痛不痒的"告别";她有意为怡保华人社会历史造像,但又匆忙以后现代叙述自我解构。她的形式实验与其说介入历史,不如说架空历史。我认为多年来黎紫书为自己的作品找寻定位而不可得,她的游移与犹疑在《野菩萨》这类选集可以得见。一方面是怪诞化的倾向：行行复行行的神秘浪子（《无雨的乡镇，独脚戏》），恐怖的食史怪兽（《七日食遗》），无所不在的病与死亡的诱惑（《疾》）；一方面是细腻的写实风格：中年妇女的往事回忆（《野菩萨》），少年女作家的成长画像（《卢雅的意志世界》），春梦了无痕的异乡情缘（《烟花季节》）；一方面是去政治化的国族书写：天涯海角，卡夫卡式的追寻（《国北边陲》），虚无缥缈的网络世界（《我们一起看饭岛爱》），爱怨痴嗔的陷溺（《野菩萨》）。

也因此，《流俗地》代表了黎紫书创作重要的转折。她似乎决定不再规避一般被视为商标的马华风土题材与人物，也不再刻意追逐时新技巧。但如上所述，黎紫书看似返璞归真，却自有用心。《流俗地》就是匹夫匹妇、似水流年的故事，但细心的读者会发现，国族大义那类问题早就在穿衣吃饭、七情六欲间消磨殆尽，或者成为晦涩怪异的执念。华人社会以内的世道人情再千回百转，其实是内耗的困局，华人社会以外的"国家"仿佛不在，却又无所不在。

张贵兴的"野猪"叙事以最华丽而冷静的修辞写出生命最血腥的即景，也强迫读者思考他的过犹不及的动机。然而即便张贵兴以如此不忍卒读的文字揭开华人在战乱中所遭受的创伤，那无数"凄惨无言的嘴"的冤屈和沉默又哪里说得尽，写得清？叙述者对肢解、强暴、斩首细密的描写，几乎是以暴易暴似的对受害者施予又一次袭击。黄锦树对文学寄托既深，发为文章，亦多激切之词。他充满对病和死亡的兴趣，在他笔下，作家文辞可以比作"不断增殖的病原体""肿瘤物""癌细胞"。文学与历史的关联则每与尸骸、魂魄、幽灵相连接。他直面文学和社会败象，既有煽风点火的霸气，也有知其不可为而为之的忧郁。

张、黄两人近作都触碰马华历史的非常时期，以书写作为干预政治、伦理的策略。黎紫书另辟蹊径，将焦点导向日常生活。张贵兴和黄锦树书写（或质问）马华历史的大叙事，黎紫书则不在文字表面经营历史或国族寓言或反寓言。她将题材下放到"流俗"，以及个人化的潜意识阈域。生命中有太多的爆发点，无论我们称之为巧合，称之为意外，都拒绝起承转合的叙事编织，成为意义以外的、无从归属的裂痕——乃至伤痕。黎紫书不畏惧临近创伤深渊，甚至一再尝试探触深渊底部的风险。她这样的尝试并不孤单。香港的黄碧云，台湾的陈雪，还有大陆的残雪，都以不同的方式写出她们的温柔与暴烈。

黎紫书更是以一个女性马华作者的立场来处理她的故事。马华小说多年来以男作家挂帅，从潘雨桐、李永平、张贵兴、黄锦树、梁放、小黑、李天葆到年轻一辈的陈志鸿都是好手。女性作者中商晚筠早逝,李忆君尚缺后劲,黎紫书因此独树一帜。但黎不是普通定义的女性主义者。如《流俗地》所示,虽然她对父系权威的挞伐,对两性不平等关系的讽刺,对女性成长经验的同情用力极深,但她对男性世界同样充满好奇,甚至同情。毕竟在那个世界里,她的父兄辈所经历的虚荣与羞辱、奋斗与溃败早已成为华族共通的创伤记忆。

而《流俗地》不同于黎紫书以往作品之处在于,铭刻族群或个人创伤之余,她愿意想象救赎可能。与以往相比,她变得柔和了,也因此与张贵兴、黄锦树的路线有了曲隔。张贵兴善于出奇制胜,黄锦树"怨毒著书",黎紫书则以新作探触悲悯的可能。这三种方向投射了三种马华人与地的论述,有待我们继续观察。《流俗地》中时光流逝,古银霞不再年轻,她偶遇当年的顾老师。上了年纪的老师体面依然,但竟也有段情何以堪的往事。老师对银霞的关爱有如父兄,让她获得前所未有的温暖。写作多年,黎紫书终于发现,世界如此黑暗,鬼影憧憧,但依然可以有爱,有光——老师的名字就叫顾有光。

黎紫书让她的银霞不遇见野猪,而遇见光。这是当代马华小说浪漫的一刻,可也是"脱离现实的"一刻?识者或谓之一厢情愿,黎紫书可能要说知其不可为而为,原就是小说家的天赋。而世界不只有光,更有神。

黎紫书将这一神性留给了来自印度的信仰。与其说她淡化了马华文化的中国性,不如说是对多元现实的认同。童年银霞曾从印度玩伴拉祖——一个"光明的人"——那里习得智慧之神迦尼萨的典故。迦尼萨象头人身,有四条手臂,却断了一根右牙,象征为人类做的牺牲。拉祖的母亲曾说银霞是迦尼萨所眷顾的孩子。

拉祖成年后成为伸张正义的律师,前程似锦。却在最偶然的情况下遇劫丧生。银霞念念不忘拉祖,也不忘迦尼萨。她从这个印度朋友处明白了缺憾始自天地,众生与众神皆不能免。生命的值得与不值得,端的在一念之间。她从而在视觉的废墟上,建立自己的小小神龛,等待光的一闪而过。

以此,黎紫书为当代马华文学注入几分少见的温情。她让我们开了眼界,也为自己多年与黑暗周旋的创作之路,写下一则柳暗花明的寓言。

之子于归，百两御

—— 《流俗地》代序

王安忆

倘我给黎紫书小说《流俗地》起名，我就叫它"银霞"，这两个汉字有一种闪烁，晶莹剔透。而且，要知道，书中的她，是一位失明人，应了看山不是山，看水不是水。好像卓别林的盲女故事，题为《城市之光》。

马来西亚华语写作，先天负荷了重大命题，民族与国家，母国与母语，他乡与故乡，政治与经济，宗教信仰，民情风俗，几乎处处裂隙，一步一个雷。在这里，我指的《流俗地》，所有的冲突归于常态，不是说消弭对立，也不是和解的意思，"五一三"事件，谈即变色，但是有一个覆盖性的存在笼罩全局。以"宿命"论，太过抽象，相反，样样件件其来有自，发生于具体的处境。放大了看，或许与上述的历史宏伟叙事有关，可是，到了"流俗地"却降为人世间。我想，书名大约正起自于此。

　　小说开篇的九月，先后络绎接续公众假日，可说为这东南亚国家公民社会写照。月初是中国夏历七月半中元节，旧俗叫作"鬼节"，听起来颇有些阴惨，民间地方多有放河灯送别故人的仪式，却是绚丽的；重叠在公历八月三十一日独立日的四天连假上，纪念性质的节日多半没什么色彩，但歇工总比做工好，商场、餐馆、电影院，人头攒动；紧接着伊斯兰"哈芝节"，杀鸡宰羊，又是一片热火朝天；波涛稍息，"马来西亚日"来了，过桥到周末，不日内，迎头回历元旦……轰轰烈烈。这是正统主流，黄钟大吕，草根庶民中，又潜藏着多少小信守，小祈祝。比如，何门方氏向九天玄女庙娘娘问觋——这个"觋"可是来历深，都上溯得到夏商周，春秋《国语·楚语下》中有解释："在男曰觋，在女曰巫。"马来西亚的华文，仿佛语言的飞地，规避了原生地的鼎革演变，得以保存天地之初，黎紫书写到女大当嫁的年龄，用了一个词"摽梅"，让人直接想到《诗经》中的《召南·摽有梅》。但无论哪里，生活总是动态的，何况离土离宗，难免杂糅，那娘娘庙风格相当俗艳，大约是热带的风情，加上闽广一带的财富美学，又采纳异族人大开大合的色调，用作者的话，仿佛"农历新年拍贺岁片的场景"。何门方氏为儿子大辉驱邪,请来的"铁面方士",行状类似武师,"黄黑道袍""八卦九梁巾",也许是戏服,法器丁零中的咒语,"不知说的是粤语抑或是客家话"。仪式的过程极其漫长,与其说启动神灵,毋宁视作恫吓,奇怪的是效果不错,正所谓"信则灵",就有了现代心理学的成分。

在这片多神论的土地上,同时又是祛魅的。收养流浪猫的印度邻居,父亲离家出走,母亲赤手空拳喂养一屋子的吃口。终于有一日,当了女儿的面,将新生的一窝猫崽灭了。灭杀本身还过得去,银霞也没有杀生的忌惮,但手法和表情却是心惊。女儿们注意到,"母亲那几天也都用同样的一双倦眼凝视她们家的小弟弟"。印度人都有天地观,但天地却太遥远,遥远到渺茫。换了儒释道,也是一样,远水救不了近火。何门方氏问觋得来的音信,或者以问作答:"不是梦里和你说清楚了吗?"或就是诱供式:"她心里最清楚。"所以,人都有一颗现实主义的心。这方面,马票嫂替近打组屋的人生树立起榜样。先是为南乳包进"豪门",再求保护伞走江湖,她自谦上梁山,某些症结,就得入偏门,细辉的哮喘不是烟花巷里的一帖药断根的?马票嫂自小想做先生娘娘,不料却是压寨夫人,然而,前后左右,男人堆里,就她这个"烂嘴乌鸦"善始善终。狙击旧姑婆的骚扰,帮新岳家翻屋起房,养前后儿女,扛大小事务,最要紧的是,寿终正寝。近打组屋里的当家人，一是如奕仔，载重卡车倾覆山里，人货两空，顶梁柱拦腰斩断；二是老古和叶公的苟活；莲珠不惜以妾身投靠的拿督冯，拿督的头衔由皇室钦定，政府首肯，从此换了人间，更上层楼，到头还是做了弃妇，半途而废；大辉呢，新人走老路，亲不奉，子不养，又一轮抛家弃口！放眼望去，遍地孤雏，到处都是母亲的"倦眼"。即便在这郁闷的俗世里，依然有一些庄严的时刻，呈现出光亮。莲珠和侄媳叙说家常，提醒道："蕙兰啊，你让大辉去走夜路，不怕风险吗？"回答是"我不知道为什么这么喜欢大辉，我真的很爱他"。黎紫书写道："蕙兰用了'爱'这个字，这叫人多么难忘！"这个"爱"，让不堪的遭际变得可堪或更不堪，可是，它到底拓宽了精神，使逼仄的人生有了转余。细辉做主替侄女儿春分担保借贷的一幕也是隆重的，手笔阔大，动作张扬，不只向强势的太太，更向自己，挑战他大半生的屈抑。浩浩荡荡一众人先去银行，再到饭店，点一满桌鱼肉荤素，豪迈地向个人盘中布菜。他向来被叫作"屘仔辉"，之前唯一的反抗就是拒绝给哥哥大辉下楼买烟，可他也是有心气的，此时此地又做了叔公，虽然叫叔公的人是私生。这一点微末的骄傲几乎是拼力争取来的，在座都觉得"古怪"，不像原先的他，倘若有双旁观的眼，就是含泪的。更替了代际，下辈人不能都像大辉，重蹈上辈覆辙。不是又一届大选来临了吗？大选既是政权交替，也是历史晋级，周期性的演变，保不定变好，至少有试错的机会，下回再掉头。

　　死亡依然没有放过新人类，自然循环总是硬道理。拉祖死了，但死得轩阔响亮。身为律师的他，秉持公正，与黑恶积怨，遭杀身之祸。巴朗刀下血如泉涌，掌下的笛声响彻夜空，将三十六年华的天赋集于一刻，做最后的怒放。他、细辉、银霞，人称"铁三角"，拉祖和银霞最对得上话。两个亮眼人下棋，结果，细辉出局，变成一明一盲对弈。拉祖的偶像，反对党印度头领卡巴尔·辛格，有"日落洞之虎"英名，这"日落洞"大约是印度教里的圣地，银霞不认识卡巴尔·辛格，却喜欢这个别称，因为——"它让我想起百鸟归巢，万佛朝宗"。他俩专有一个问答游戏，打禅语似的，拉祖问："迦尼萨断掉了哪一根象牙？"银霞右掌举起作象头神的手印，答："断了的是右牙。"这印度教中的智慧神，画像张贴在拉祖家经营的理发店，他们三人打小在它底下的小书桌上玩耍。前店后家的斗室，有点像神庙呢！檀香，茉莉花，酥油灯，薄荷，还有女人头发上的椰子油鸡蛋花，丰饶的繁荣的空气。拉祖的母亲解释迦尼萨的断牙，象征为人类做的牺牲，她肯定地说，凡有残缺者，前世必定为别人牺牲过了！不免联系银霞的天盲，小孩子的嬉耍就变得肃穆。

和那两个相比，细辉不免平凡了，可是他有善心，亦可算作有德行。校际运动会，拉祖跑步第一名，细辉比他自己还欣喜，捧着大钟楼形状的奖杯疾步上楼，送到银霞怀里，真就是借花献佛，心无杂念。人们看他与拉祖死党，叫他作"细辉·巴布之子"，好比中国人改了宗族，他不视为轻蔑，依旧欢欢喜喜。他读《象棋术语大全》给银霞听，银霞后来居上，占他的先，他也只有欢喜。还有《大伯公千字图》，乘法表，语文书，直读到《万字解梦图》，生字太多，不可解也太多，到底慧根不深，终于读不下来，两人间的功课暂时歇止。时日久长，不期然中，这头断开，那头续上，就是在"镇流器"这一节上。细辉又给出一把钥匙，启开暗门。银霞方才知道，凡有镇流器的"哀哀鼓噪"，便是光。"哀哀"两个字用得好，就像迦尼萨右手结的手印，那一声"唵"，是宇宙初始之音，从此揭开蒙蔽，悲喜交集，迎面而来。二月二大伯公诞辰的日子，银霞难得一次随莲珠姑姑赶会，四下里的人多散开了，剩她自己坐在天光戏台底下听戏。小说写"台上一男一女都老态毕露，脸上的妆却化得潦草，身上穿的戏服红的残绿的褪，亮片掉了不少，断线仍挂在原处……"就是这"哀哀"的人世间，银霞则像是侧耳聆听的菩萨。

　　我最感动他们三人手牵手走在路上，罗汉护观音似的，没有芥蒂，没有罅隙，混沌一团天籁，简直要飞上天去，却又落回地面，做了俗人，还是要依着岁月长大。是日复一日，又仿佛一夜之间，现实的说法就是契机吧。中五会考放榜，拉祖获好成绩，富亲戚赞助奖学金，让他去都城受高等教育。临行前，细辉提议饯行，银霞觉着小伙伴流露出"人情世故"，可她自己不也是吗？因不满莲珠姑姑抢着做东，话带机锋，莲珠说："以前你好纯朴，才不会这么说话。"人在红尘，总会染上烟火气。马票嫂给她介绍营生，编织尼龙网兜，供水果贩套柚子，手里做着活计，耳朵听收音机里的广播剧时代曲，还有串门女人嚼舌头。后来到了"锡都无线电德士①"服务台接电话，小姊妹头碰头唧哝，司机大叔言语来往，多少有些"欧巴桑"的风格了。但银霞终究是银霞，世相之下自有一颗智慧的心。她能将锡都的街巷道路全画在记忆里，临空俯瞰，线路上是奔生计的甲壳虫，等待普度似的听着呼叫机里传出号码。

　　此时此刻，我们都不知道，银霞已遭一劫，可谓劫后余生。于是，就要说到点字机这个物件。也是靠了马票嫂的介绍和游说，银霞得偿心愿，进了盲人院。盲人院主旨教授谋生技能，不外编织一类，藤筐藤箩藤篮，识字习文在其次，银霞却偏中意此项。接触盲文，好比开启一重天地，真有振

---

① 德士：的士，出租车。

聱发聩之势。她在点字机上写下无数文字,写给拉祖,写给细辉,因他们看不懂,就也不递出,渐渐积起一大摞,最后被母亲悉数送给拾荒的老夫妇,和着一车废报纸、玻璃樽、塑料瓶,消失在阡陌纵横的街巷。这幅图景也近似苦海普度,释迦牟尼王子披头跣足,箪食瓢饮,随众生行走。银霞遇袭失身发生在点字机室,是有意味的,意味受罚。仓颉造字,天雨粟,鬼夜哭,也是犯上之罪。希腊之神普罗米修斯窃取火种,被锁在高加索山崖。人类文明进化就是要付出代价,中国人的话就是天谴。

银霞总觉得自己是看见过这世界的,就在落地时的一瞬间,睁开双目,随即闭合,越坠越黑,黑到底再渐渐亮起,好像创世纪,就看她造化了。世人都在帮她,从生计入手,编织网兜,进盲人院,无线德士台呼叫,亦是现实的修为。小时候,邻里大哥问细辉会不会娶银霞,虽是一句戏言,难免有几分触动,至少在她母亲存了心,后来的丧失,一是细辉结婚成家,二是大约还有银霞的事故。妹妹银铃的喜宴,宁可座席空着,也不邀细辉一家。银霞纵然有种种解释,不抵马票嫂一句"亲家梦碎",击中症结;再有一句"细辉和你是不会走在一起的",却带有谶语的意思了。马票嫂其实是个禅家,修的是人间道。如此厚密的发小,终也抗拒不了离散。随着科技进步,人们多用手机软件召车,德士电调稀落下来，都能看得到的将来，银霞大约还是回到自家公寓里编织网兜。没有了母亲，又迁到独立单位的美丽园，不会有串门的女人絮叨，单听着广播剧，真是寂寞啊！可是，谁也没有注意到潜在的机缘，包括银霞自己，都不曾留心。拉祖带来的《象棋术语大全》；秋千架上跌落，疾步趋前援救的老师；那只白昼叫疤面，夜晚叫普乃的猫，不期然间，顾老师现身，说实在，难免是突兀的，让人手足无措。我不以为黎紫书临时起意，非要来个"HAPPY ENDING"，更可能是精诚石开，绝处逢生。

　　我喜欢《旧约》里《路得记》一篇。伯利恒的女人拿俄米一家去到摩押地，丈夫死了，大儿子死了，二儿子死了，留下三个寡妇。拿俄米决定回家乡，让媳妇们另觅他途，大媳妇听从了，挥泪而别，小媳妇，就是路得却执意跟随婆母，来到伯利恒。拿俄米说："我满满地出去，耶和华使我空空地回来。"族里有个富人波阿斯，来到城门，请来长老，召集众亲，代售拿俄米夫家的土地，条件是娶路得为妻，"使死人在产业上存留他的名"。无人应答下，波阿斯即请在场者见证，他买地娶路得并在产业上留存死人的名，"免得他的名在本族本乡灭没"。再后来，《路得记》写："耶和华使她怀孕生了一个儿子。"拿俄米做了孩子的养母，从此代代相传，生生不息。银霞就是路得，眼看山穷水尽，回眸却柳暗花明。

与顾老师之间，悉数清点，确有不少邂逅，但关系中的嬗变则在电梯内禁闭的时刻。陡然降临的漆黑一团，却是银霞的大光明，她说："欢迎你来到我的世界。"这一刹那，几乎有神谕的意味，二人破壁相逢，同在一维。盲人院点字机室内的不堪回首，此时道出，无半点戚戚之色，相反，坦坦荡荡。话说完了，灯亮起来，电梯运行，回到普天下。仿佛洞中一日，世上千年，是修过了的，称不上得道，但得一知己，三生石上重逢，故交变初逢，一切从头开始。

那投票日里，四方集拢，为德士电召站小姊妹饯别。满街人潮，挤爆店肆酒楼食档饭馆，虽不是银霞顾老师的假期，可这一对，煌煌的烈阳里，乘着"莲花精灵"——这款车的名字也真好，不知道写书人有意还是无心，更像信手拈来，多少的旖旎，繁华，喜庆，吉祥，飘飘然，施施然。车水马龙，前呼后拥，成众星捧月气象，照耀了颓圮的市廛。

日头西落，尘埃落定，寂静中，出走的普乃复来到银霞怀中，事实上呢，是银霞去到疤面巢里。普乃和疤面本是同体，半明半暗，茫茫人海中走失，如今合为一整个昼夜，功德圆满。

2020年8月14日　上海

归来（之一）

大辉回来了。这种事，怪不怪呢？光天化日，一个死人，活生生出现在大街上。

这不是普通的大街。五兵路是锡都的主干大道，一路上景点特多。锡都是个山城，路的南端重峦迭巇，岩壁耸立，壁上许多山洞像被史前巨大的白蚁蛀空作巢，无尽纵深，都被开辟成石窟寺。三宝洞南天洞灵仙岩观音洞，栉比鳞次，各路神仙像是占山为王，一窟窿一庙宇，里头都像神祇住的城寨，挤着满天神佛。大辉就出现在南天洞外头的停车场上。彼时正午，日头高挂，像一盏大灯在严酷拷问天下苍生。

那可是南天洞啊，山老洞深，亿万年的日月精华了，那庙据说也是百年老庙。洞里由太上老君坐镇，再沿着洞壁一路布置，让玉皇大帝西皇祖母协天大帝观音佛祖财帛星君吕祖先师关圣帝君和大伯公虎爷公等等等等，七十二家房客似的各居其所；肩挨肩，各抱香炉，排排坐食果果。

这个九月，说来事多怪异。主要是这个月公众假日特别多，便让人感觉它特别漫长。月初还正逢阴历七月半，中元节要来；地官赦罪，阴曹门开，万千孤魂饿鬼待施。大辉若真是个死人，会在这时节出现，倒也不奇怪，但他是阴魂呢，怎么可能在这阳火最盛的时辰出现在这种地方？

连假是从八月三十一日国家独立日开始的，翌日哈芝节，为向真主安拉示好，城乡各处宰了鸡鹅牛羊无数，却不知道那些适逢其会的华裔野鬼分不分得到一杯羹。接下来周末双休，如此一连四天休假，国家独立六十年来难得一遇。假日长了可不好，人们不知该如何自处。每天有二十四小时需要打发，除了消费，怎生是好？正愁着呢，那自以为受人爱戴的首相居然还拿假日当糖果分发，独立日当晚喜滋滋地宣布：我国体坛健儿在是日结束的东南亚运动会上成绩骄人，是为一喜，周一大家还继续放假去吧！

啊，连续五天无所事事，天气还这么热，打个伞走在街上吧，在赤道烈日的暴政之下，恐怕连尼龙伞都会起火。人们去不得冷飕飕的办公室了，只觉得头顶冒烟，血肉骨头都在融化，岂能不慌？唯有举家大小挤到商场里流连终日，集体享受免费冷气；电影院里不管上映的是什么片子，场场爆满；各餐馆食肆，无论什么时候都挤满了黑压压的人头。

人们想到这月中另有一个接通周末的所谓"马来西亚

日",九月下旬还有个回历元旦。这么多空白的日子,就像案头上一大沓待填的报表,光这么想想就让人坐立不安了。

在这漫长的五日长假里,盲女银霞听到了大辉的声音。他打电话来召德士;南天洞停车场上车,要到坝罗去。

"坝罗"是旧街场的旧称,那是一个快要被遗弃的古词了。在锡都这地方,除了一些七老八十,记忆停留在人生某一阶段再无法更新的老人以外,已经很少人使用它了。

"你是要到旧街场吧?"银霞问。

"是的,旧鸡场,新源隆。"那人回答。

想起来了吧?大辉就是这么说话的。他的舌头有点短,广东话怎么说都不灵光,"街"字被他说得跟"鸡"一个音。以前住在近打河畔楼上楼,银霞和大辉的弟弟细辉,背地里经常拿这个取笑作乐。多数是在细辉被他哥哥"兄代父职"用鸡毛掸子或藤条教训一番以后,闷着,要哭不哭;银霞喜欢寻到楼梯间逗他。她说不要紧啦不要哭啦,我带你去"旧鸡场"吃咸鱼鸡饭啦。说了两个孩子笑作一团,哇哈哈。

如今听到大辉的声音,银霞像触电似的,背上的寒毛直竖。

那一把男声,虽然被电话筛过了,中间还隔着十年(也可能更长一些)的光阴,然而银霞的听力和记忆力非比寻常。这是大辉没错。是的，这腔调，这鼻音，多么熟悉，听真了根本一点儿没变。然而大辉已多年杳无音信。那年大家听说他堕落到极处，被情妇抛弃，回家来嗑药嗑嗨了，抓住老婆的后颈，一下两下，把她的头面直撞到墙上。孩子被吓哭了，老岳父惊得在门外直打哆嗦。终于，他被撵出家门，此后再无人闻见，谁也联系不上他。数年后弟弟细辉带着嫂子到警局报失踪，那是白纸黑字有记录在案的。

如此十年过去，大辉放在家中睡房某抽屉里的护照早已过期，估计他始终没离开过本土。三个孩子渐渐长大，除了长女春分，其余两个孩子都已记不起来父亲长什么样子。他们的母亲偶尔心有不甘，忍不住对几个孩子旁敲侧击。说真的，爸爸没偷偷来见过你们吗？

没有。没有。真没有。

因为无人相信大辉凉薄至此，竟然可以完全不顾自己的儿女，尤其幺儿立秋还是他的心头肉呢，大家便情愿相信大辉死了。时间显然也赞同他们，年年月月，一步一步地证明这推论。

银霞也是这么想的。谁不这么想呢？就没人说出口，这是早晚的事。大辉这种人，烂命一条，欺负男人辜负女人，即便被杀人弃尸，分段埋了也好，扔到海里喂鱼也罢，都是不冤枉的。

在"锡都无线德士"狭小的电台办公室里,银霞真有几秒钟像失去听觉,脑里被那疑是大辉的声音搅得一团混浊,什么话都听不到了。她心里七上八下,不知道要不要,或该不该确认电话另一头的人是大辉不是。其实不难,就问一句话,她却迟疑良久,甚至一时走神,竟乱了程序,忘了在挂上电话之前向对方讨个联系号码。

她接通广播频道,把单子发出去。"南天洞停车场上车,到旧街场。"她循例重复一遍,再一遍。不消三十秒,司机1348回复接单。银霞灵机一动,请1348帮忙。"波叔,你替我留意一下这乘客,看他多大年纪,有什么相貌特征。"

"干吗呢?我们的电台之花要对亲家了?"耳机里传来1348沙哑得乌鸦一般的声音。啊,叔父辈了,这家伙嘴巴贱,爱促狭。

"你够笨。我们霞姐对亲家要看人家相貌吗?你得替她动手,摸摸那人,掂掂他的尺寸和斤两。"这是7503插的话。整个频道像一张网,所有被这网兜上的人都笑歪了。整个频道,包括她的父亲在内,全是些了无生趣的糟老头;全都说话无味,只知道猛撒盐花。

要是在平日,银霞或许会说些俏皮话佯装生气,让这一群同个频道的人左一句右一句,有点乐子。倘若同事阿月也在这儿,肯定还会加插两句带生殖器的诅咒,使得气氛更热络一些。可这几天阿月趁着假日与丈夫孩子出游,打兼差工的女孩小晴也不肯上班,就她一个人当值,实在忙不过来,况且刚刚才被大辉那久违的声音吓得一惊,便没心思加入这笑闹。

"拜托别开玩笑。波叔,我是认真的。"她清一清喉咙,老司机们便都懂了,遂让笑声散去。

这些人,其实只是频道上纷纭的男声,没几个真碰过面的,银霞却觉得都是老朋友了。她在这电台待的年月长,就和这帮人一起加入公司,之后与电台一同老去。这是城中第一个电召德士服务台;创立之初可新鲜呢。由于急需人手,父亲揪着她过来,拍了胸膛拍肩膀,又斟茶又递烟的,说好说歹,老板终于答应让她摸索着从兼职做起。而今她成了这台里最老资格的员工。那些跟她父亲一般年纪的司机,以前叫她"霞女",不知什么时候起,都"霞姐"长"霞姐"短了。

奀仔之死

　　银霞打来电话的时候，细辉正在便利店里忙活，单膝跪在地上整理和补充着货架上的饮料。他开的这家小铺在闹市，位置好，顾客多是附近各中小型酒店的住客，来买些冷饮、香烟和零食；左右十余家按摩店的女工也经常三三两两来帮衬，多是给电话卡充值，或纯粹只是出来走这一路，晒晒太阳，喘喘气。深夜里来的则是嫖客和妓女人妖之流，以及开夜车的货车和德士司机等等，买几罐红牛，两包香烟，散装保险套或小支装的润滑液。这几天假日，许多人到锡都来游览，周边的酒店客满，他店里的生意比平日更好一些。婵娟坐在柜台那里，一边收钱找赎，一边腾出眼睛来盯紧对面墙上挂的防盗镜。

　　细辉偶尔也会抬起头，在那镬底般的凸面镜里与婵娟的目光相遇。她的目光无感，仿佛他是鬼，她是看不见的。

　　"听好，刚才我接到一通电话，打来召德士。"银霞压沉了声音，听起来像是在说什么秘密。

细辉已经许久没接过银霞的电话了。她的声音依然清脆，像电台主持人说话似的，每个字听来都叮叮咚咚，如同屋檐掉下来的水珠，坠下时成冰，一颗一颗敲落在铁盆子里。"我认得出来那声音，是你哥哥！"

细辉刚把一瓶矿泉水放到架子上，手便像被那瓶子粘住，没挪下来。"你哥哥！"多久没人对他这么提起过了。偶尔他与都门的嫂子通电话，连她也极少这么提起。说不清究竟是因为忌讳抑或是尴尬，真要提起来，她会说"孩子们的爸"。仿佛她跟大辉最后只剩下那一点关系。孩子是大辉撒下的种，那是他撒不掉的。

"怎么可能？"细辉不期然也压低声线。

"我敢肯定！是大辉！"银霞说得金石铿锵，细辉听得耳朵嗡嗡作响。

"后来去载他的司机回报说，那是个中年男人，腿长，鼻子高，凤眼。你说那是不是你哥呢？"

细辉愣在那儿，脑里的相册翻了翻，看到大辉在不同时期的相貌。他的哥哥确实长得挺拔俊俏，以前大家都惊叹过的，怎么像他们的父母那么矮小黝黑的一对，父亲还被叫作"奀仔"呢，居然会生出来这么一个白脸的长腿男孩。亲友中有些口没遮拦的，譬如银霞的父亲老古，多少次戏谑地说一定是医院摆乌龙，抱错孩子了。

"可那只是口述，又不是照片。很难说啊。"细辉沉吟片刻，仍然觉得这不靠谱，那已经是个消失了的人。

"你不相信我？我就听出来是他！"银霞越说越急，像在咬牙切齿，"不会错！"

细辉与银霞一起长大，晓得她的本事，也知道她的性子。他不想与她争，口气便软了。

"今晚我给大嫂打个电话，打听一下，看她那边有没有什么消息。"

是呀，银霞从小就这个性，倔，要强。正因为这样，尽管天生残缺，她却不乐意像别的残障人一样，待在家里接零活，做散工。以前他们住在近打河畔，就在旧街场一隅，邻近小印度和坝罗华文小学，有一座组屋，楼高二十层，曾经是城中最高的建筑物，被居民和周外围的人喊作楼上楼。银霞家住七楼，她母亲让她学着用尼龙绳织网，拿来给土产商装柚子。因而她家客厅像个小型工厂，长年囤放着一捆一捆的红色尼龙绳，也有黄色的，在灯照下熠熠生辉。织好的网兜子整整齐齐地扎好，堆放在客厅另一边，也有的塞到银霞银铃两姐妹的房间里。有一天细辉对银霞说，你家像个盘丝洞。

他以为银霞不懂，但《西游记》的故事，银霞老早从收音机里听过了。唐三藏与孙悟空师徒等人到西天取经的路上，历八十一劫，她能从头数下来，一个不漏。

那时候，细辉和银霞不过是两个孩子。他们正好是楼上楼下两户人家，又恰恰是同龄人。两家的母亲还算要好，时而相互串门；往往这边一长嗟，那边一短叹，便又到了做饭的时辰。巧的是银霞的父亲开德士在城里载人，细辉的爸爸则开载货罗厘走南闯北，同在路上谋生，勉强算运输业同行。

细辉的父亲奀仔有一回冒雨从金马仑下山，天阴路滑，中途失控翻车，人与罗厘还有满车的蔬菜瓜果全掉到峭壁下，摔成了稀巴烂。留下来两孤儿一寡母，还有一个年纪比大辉只稍长几年，在他家里长年寄居的亲妹妹。银霞从小跟着细辉那样称呼她，莲珠姑姑。

大辉那时还很年轻呢，嫩得细皮白肉，瘦得随风摆柳。他比弟弟细辉年长七岁；中三考过初级文凭试后，不等发榜便决定辍学，被父亲保送到朋友的摩托店里当学徒。他自是不肯把莲珠叫作"姑姑"的。这姑姑也和他一样读不成书，十七岁即从古楼河口乘车到城里来投靠兄长。大辉孩提时随父母回老家过年，与莲珠这大姐姐和其他孩子在渔村里结伴玩耍，一起捉过小螃蟹和弹涂鱼，莲珠还曾领着他登上渔船，玩过船长和海盗的游戏。当时大辉尚且喊不出"姑姑"

来，何况后来莲珠提着两个散发鱼腥味的行李袋来到楼上楼，他已十四岁,是个生猛少年。

"大辉长这么高了,大男孩了。"大辉放学回家,碰见母亲与莲珠坐在厅里；两个行李袋像两只脏兮兮的渔村狗,怯生生地伏在她脚下。前两年他到古楼河口过年,莲珠与朋友出门去了,因而都没碰上面。如今再见,她像是跳升了一个级别,忽然变成了大人,穿大人穿的收腰花裙子；用那种长辈才有的目光看他,说这种老气的话。

"叫姑姑啦,莲珠姑姑啊。"大辉的母亲见他站在门边呆若木鸡,便开口提醒,那是姑姑,你爸爸的小妹妹。

奀仔老家有兄妹十三人,他是长男,莲珠是老幺,兄妹年龄相差二十多岁。其时奀仔的母亲未及五十,已被渔村里的人笑她老蚌生珠。她与丈夫不识字墨,之前给一打孩子取名,两人几乎已殚思竭虑,于是女儿生下来便顺势叫作阿珠。大辉幼时回父亲的老家,也跟着大人那样喊,阿珠,阿珠。那时没人纠正过他。

在古楼河口的十多年,莲珠因为是幺女,无须上船捕鱼,也不像家中的七个姐姐,需要照顾弟妹和做许多家事,因而十指纤纤,生活过得懒散,也无心向学,只想早早离开渔村,投奔城里的花花世界。十七岁那年年底,她拿着一纸可有可无的初级文凭,带着父母的口信到锡都来找大哥。在奀仔的指示下，他老婆何门方氏让人用夹板在客厅一隅硬凑出一个小房间，挂上门帘，让这小姑在楼上楼住下来。

莲珠在旧街场一带几家店铺打过工，在海味铺称过咸鱼虾米，在茶室端茶洗杯，卖过洋货；奀仔死的时候，她在休罗街上的绰约照相馆打工，算稳定下来了。细辉那时才十岁，在坝罗华小念四年级，长着一双微肿的蒙猪眼；混沌初开，连父亲横死他都不懂得悲伤。

奀仔的丧事是在新街场那头的棺材街上办的。组屋里毕竟各族混杂，诸天神佛全挤在一个院子里，没有条件让谁死得大张旗鼓。细辉忘了个中细节，只记得骆道院内设灵三天两夜，他连日坐立不安，像一个纸扎公仔，又像一个花圈，在那灵堂内任人摆布。他的母亲守在灵柩旁没日没夜地折纸元宝，莲珠姑姑帮忙张罗，把女宾一一带去安慰遗孀。族中亲友和父亲的罗厘司机同业们来了不少，一批一批地过去围堵大辉，对他许多的指指点点，俱言此后长子为父，要他照顾母亲和弟弟，要有担当云云。

那是细辉第一次看见哥哥唯唯诺诺——他一手挠头，一手接过叔父辈们递来的香烟，似乎还有点不知所措，手中的烟就被人点着了。

大辉那时才刚满十七岁，青靓白净，尚未学会刮胡子，之前还一直遭父亲奀仔斥骂，说他半生不熟，脑囟未生埋。

细辉真记得在父亲去世前，大辉不过是个寻常少年。尽管在摩托店打工了，他每周仍然有几天要到坝罗华小后巷的书报社，与几个穿白衫短裤的学生一起蹲在门阶上，追看刚出炉的香港连环图，又租来许多武侠小说囤在床头，偶尔看得废寝忘餐。礼拜天摩托店不开铺，他总会和楼上楼的马来仔印度仔踢足球，间或呼朋唤友组成脚踏车大队，一起到废矿湖垂钓，带回来几条巴掌大的非洲鱼。父亲死后他似乎不再喜欢这些了，开始抽烟，枕头下藏的书刊，封面再不见肌肉偾张的石黑龙和王小虎，都变成了巨乳丰唇眼睛半眯的艳女，书名由《龙虎门》改成了《龙虎豹》。

群英

司机1348说，那个单眼皮高鼻梁的长腿男人，是在旧街场咸鱼街一个巷口下的车。银霞知道那小巷有点曲折，通往坝罗华小和大伯公古庙，可那人也可能没走入巷子。咸鱼街没多长，但街上店铺林立，光茶室就有好几家，都顶着老字号卖白咖啡，人流络绎不绝。那里还有许多干货行和海味铺，以及一家打通两间铺子的玩具店。那街一路往下走，还能直达二十层楼的近打组屋呢，天晓得这男人下车后最终往哪里去。

他下车后没有马上离开，而是站在路旁，慢滋滋地从衣襟的口袋里掏出香烟，点着了一根。

"我在车上有问他，是本地人吗？他瞄我一眼，抿着嘴冷笑。"1348说。

"我吗？我本楚狂人，来去如风，雷霆万钧；游过五湖四海闯过大江南北，翻过山越过岭；勘破三界六道生死轮回，上过天庭落过地狱了。你说我还是不是本地人？"那人眼睛眨也不眨，噼里啪啦像说了一串江湖切口。1348禁不住定睛看了看望后镜。那人肤色黯哑，体魄精瘦，穿鳄鱼牌横纹马球衫，脖子上戴着一粗一细两条光灿灿的金项链，吊了几个金碧辉煌的镶玉佛牌，看起来就像是那种背上刺满了梵文或什么符咒的江湖人。

银霞虽然从未见过大辉的相貌仪容，却还记得以前在楼上楼，人们是怎么形容大辉的。他们都说奀仔这大儿子啊，剑眉星目，长得有几分像明星邓光荣；跟弟弟细辉站在一起，真不像同一个阿妈生的。也因为长得相貌堂堂，那些年他才会惹出一连串韵事，让许多女人为他扑心扑命。

"真该是吃软饭的命呀。"银霞的父亲老这么评价大辉，语气里听不出是羡是妒。

"好看"究竟是怎么一回事呢？银霞无法想象。她问过细辉，你哥究竟长得有多好看？那时他们都只是小孩，瞒着大人偷偷溜到坝罗华小，在校园里一个干涸了无水的喷水池畔坐下来，百无聊赖地晃着腿说话。

"就是很俊很俊，像《龙虎门》里的王小龙那么好看。"细辉认真地想了想。

银霞自然也没见过漫画里的王小龙，她啐了一口，你这么说了不等于白说吗？她抬起头来让响午的阳光服服帖帖地敷在她的脸上，并且用力注视眼前的黑暗。是啊，那时她还幼稚得很，因为听莲珠姑姑说过，世上有人仅仅用意志力就能把一只钢铁做的调羹"瞪"得瘫下来,她便真觉得有朝一日,自己能用强大的意志力看穿这一块蒙着眼睛的黑布,抵达黑暗外头的世界。

"我只知道他说话声音不好听,口齿不清,还成天凶巴巴的,怎么可能讨人喜欢?"银霞确实觉得大辉很讨厌,总叫她盲妹。喂,盲妹,喊你怎么不应声?没听见吗?你是盲的还是聋的呀?

还扁嘴不说话呢,变哑巴了?

好在组屋里有个仗义的莲珠姑姑。她总是及时出现,说大辉你怎么欺负小孩子,你大唔透,人家银霞眼盲心不盲呢。

莲珠的声音,银霞听着舒服。尽管只是一般的市井口吻,莲珠说话还带着渔村的乡音,听着却像被太阳熏了一整天的海潮,灌得人耳道里暖暖的。银霞因而以为莲珠姑姑必然长得十分好看,连大辉那样的人,父亲死后,他对自己的母亲也敢恶声恶气,碰着莲珠却总是语窒嗫嚅,说不过她,便粗着嗓子嚷起来,你大我才几岁?我们还一起玩过泥沙呢!你少来扮家长。

细辉想想,自从父亲离世后,大辉以一家之主自居,还真的不管对谁说话,语气都越来越不耐烦了。有一段日子,外头风乱雨急,学校的老师罢课,许多反对党人被政府抓进牢里。组屋上上下下被一种莫名的紧张氛围笼罩,细辉注意到大人们眉来眼去心事重重。住十楼的宝华哥在报馆工作，每天下班回来总被许多人拦住，问事。宝华其实在报馆做的是杂差，就管着两台传真机，每天骑摩托来来回回好几趟，风雨不改地到巴士总站去等外坡通讯员的稿子。但大家不知怎么都觉得宝华是整幢组屋里识字最多的人，还无事不晓，简直如同庙里的解签人，就只有他一个懂得所有签文，知晓一切天机。那段时期，连楼下的印度理发师巴布也会从店里冲出来问他，阿兄，今天谁被警察抓了？火箭党的人被放出来了没有？

过了巴布那一关，宝华走到电梯口还得被人喊住。那是各家各户的父亲，都像蚂蚁嗅见甜食，一窝蜂围拢过来，直让宝华寸步难移。银霞的父亲要是正巧回来，也必然凑这热闹，在电梯口那里与其他男人一起扯破喉咙大发伟论。在院子里玩单脚鬼捉人的孩童们，三不五时看过来，只见那两道并排着的电梯门无聊至极，开了关，关了开，像两张猛打哈欠的大嘴巴。

当年组屋的男人都在关注世局时事，大辉半大不小，人虽挤进这些小群众里，话却终究插不进去。这些人见过动荡社会的，谁没经历过当年的"五一三"事件呢？时隔将近二十年了，大家提起这个仍禁不住脸上色变，对时局愈发担忧。大辉想问却按捺住不问，但目光闪烁，终究被人察觉他的心虚。银霞的父亲率先喊破。"五一三"你也知道？你也懂？你懂个屁！那时人家在流血，你还没戒奶！

那天傍晚吃饭，银霞和妹妹银铃听父亲说起大辉当时怎样的气急败坏，下巴越昂越高，呛人的声量越喊越大，差点要捋袖子了，却反而激起公愤。场中的长辈横眉冷眼，一人赠他一句讥讽，叫他到一旁跟小孩们玩，当大鬼头去。逼得他面红耳赤，好一阵说不出话来，不得不讪讪走开。

银霞的母亲对于大辉怎么被挫败可一点不感兴趣。她等口沫横飞的丈夫终于把话说完，才轻声问，怎么样，不会乱起来吧？

"山高皇帝远，要乱也乱不到这里来。"老古好整以暇，"马来人变精了，知道打蛇要打七寸。人家要捉大鱼，我们这里只有鱼毛虾仔。"

母亲一般不会追问下去，再问男人会嫌烦，而且她也实在不知道还能问什么。她拧过头，一个劲儿催小女儿银铃张口吃饭，又把馃菜夹到银霞碗里，再三扒两拨，大口大口地把饭菜送进自己的嘴巴。

银霞的母亲梁金妹，近打组屋内人称"德士嫂"，自小埠布仙镇嫁来锡都之前，一直待在娘家帮忙制作粗叶粄和枕头粽。每天除了搓粉和蒸糕，她还得帮忙照顾五个弟弟妹妹，家里没条件让她上学，因而她一辈子识得的字没比女儿银霞多。那时她在小镇大街上摆档卖茶果,糕点卖得不错,人却销不出去。眼看摆梅快过,好在这时候蹦出个城里来的德士佬,天天光顾,最终以两张黄清元登台的入场券成其好事,不久后即把她迎娶到锡都。

德士嫂在锡都定居逾十年。前面七年在新村,后来迁到组屋,多数时候都窝在家中,在这城里始终人生路不熟,对于国家大事也没多少认知和洞见,然而不懂却不意味她漠不关心。楼上楼的妇人自有她们学习国事的管道——马票嫂每周来写万字票,像是带上点心糖果似的,必会捎来各种时事新闻。

马票嫂活跃于新旧街场,是当年少见的以摩托代步的妇人之一,足迹遍布近打河两岸。从河这一边的近打购物中心和十三间,到河另一边的市场街二奶巷咸鱼街,乃至于靠近火车站的大钟楼和小印度,几乎无人不晓得马票嫂这号人物。

马票嫂的丈夫有黑道背景,据说曾在牢狱里七进七出,每次出来都要在身上加点什么刺青留念。她本人倒总是和颜悦色,言行不带一丝煞气。组屋上下二十楼,接近三百户人,每一家都把她当好朋友。银霞记得自从近打组屋落成,她们举家搬来时,马票嫂已经像包租婆似的,经常到各楼层视察。大家都知道她的消息灵通,虽是妇道人家,政治的事却懂得不少,这么多年大选时那些印在竞选海报上的头像,她全叫得出名字和党派来。而且她不嫌烦，有叩必应，走一家说一家，还比媒体人宝华哥说得更深入浅出，生动精彩。银霞小时候十分敬畏这位能言善道的妇人。她不仅能说广东、客家、福建和潮州等各种方言；在楼下遇理发师巴布，能以几句淡米尔话你来我往；说起马来语更是行云流水，抑扬顿挫有味，声腔韵致十足，叫人辨不出来说话者祖籍梅县，是个唐人。

在发现这语言能力之可敬以前，最先让银霞对马票嫂佩服得五体投地的，是她那可畏的记忆力。那时候银霞以为这世上大概就唯有马票嫂能做到了——把一整本《大伯公千字图》都记到脑里。

今早一下楼就看见狗。马票嫂，我该买什么字？

普通菜园狗吗？六零一。

不是，是两只狗在打架。争春呢，咬得很凶，一地血。

狗打架噢，那是一二五。若是狗咬人，买八七九……对了，后来有看见狗交尾吗？狗交尾是一七七。

那一本《大伯公千字图》，银霞家里也有一本。此书长销，时至今日，细辉的店里还在卖着这本粉红色的小册子。他每次给这书补货，总禁不住想起以前在楼上楼，银霞让他帮忙，没花多少工夫即把整本千字图，从零零零的螃蟹到九九九的碗柜，其中还有些不明其义的，她都一件不漏地背下来。马票嫂说了不起呀这孩子,有一天竟然把一本状似日历,厚如松糕的《万字解梦图》夹在腋下带了过来,让银霞有空的时候也背一背。

"搞不好以后你可以干这行,当一个马票妹。"

马票嫂也许没把话当真。这么说时,她被银霞的母亲瞪了一眼,顿时忍俊不禁,赔着笑"啪"的一声,狠狠打了一下自己的大腿。那时银霞毕竟是个孩子,还真的梦想着有一天能像马票嫂那样,做一个四通八达的人,到哪儿都广受欢迎。可惜的是那一本《万字解梦图》厚得堪比《牛津英汉字典》,里头的中文也比之前的千字图艰涩许多,其中好些字细辉念不出发音来,便很快失去耐性,因而在银霞决定放弃以前,他先投降,托词学校要考试或是老师给的作业太多太难,一溜烟似的蹿到巴布理发室找拉祖下棋去了。

巴布理发室

其实前一天下午,在银霞"听见"大辉以前,就在这家每日二十四小时经营的便利店里,细辉也碰见了一位故人。那是拉祖的大哥,年纪与大辉不相上下,细辉和银霞从小喊他"阿邦马力"。

以前在楼上楼,细辉和其他孩子一样,若不想待在逼仄的房子里,或是要避开嘴碎心眼小、唠叨成瘾的母亲们,便会往组屋楼下的院子跑。那儿的停车场算是个公共活动空间,即便是烈日当空的时辰,铺了沥青的地上也总有些度日如年的孩童正努力要甩开自己的影子,并准备好了随时被召进各种活动里。

细辉偶尔会加入这些孩子,却因为大家都缺乏创意,玩不出什么新花样,凑起来的队伍很快便如矿湖上聚头的浮萍,无声散去。这也是因为细辉从小体弱气虚,经不得日头,也经不得雨,被太阳恶狠狠地瞪久了会头晕脚软,几枚雨星打在肩上能唤起他的百日咳,抱恙回家还得受母亲斥责，因而他总小心翼翼，何况印度理发师巴布的老婆迪普蒂对他很留心，常常会从理发店的阴影里探出半个肥壮结实、充满力量之美的身躯来，用马来语喊他。喂——细辉，别在外面玩太久！你妈要来骂你了！

被迪普蒂这么一再嚷嚷，其他孩子连连偷眼瞪他，细辉不免羞臊，没了玩下去的瘾头。他叹了一口气，耷拉着脑袋走进组屋脚下的几何形浓荫里。楼上楼的底层没有住家，只有一列店，十来家铺子，租户也多是楼上的住客。银霞偶尔征得母亲同意，由细辉或妹妹银铃领着，最远只能到这儿来，在店铺前的水泥地走道上溜达玩耍，或是到杂货店里买点零嘴糖果。那些店，杂七杂八，银霞离开组屋多年后仍然能一一细数。秀强脚车，瑞成五金，丽丽裁缝，明明药行，张师傅跌打，马来人的服装店，印度人的杂货铺，巴布理发室，时时钟表店，五康凉茶，顺利杂货，玛吉茶室，楼上楼生果，永发家具……

要是在楼上找不到细辉，银霞知道他十有八九是下楼去找他的好朋友拉祖了。拉祖的父亲巴布在楼下经营一家狭小的理发店，店虽简陋，但巴布理发室在近打组屋赫赫有名。所有在楼上楼长大的男孩，不计种族，全都曾经被各自的父母押送到那里，坐在那张电椅似的黑色旋转椅上领教过这位印度大叔的剪技和刀工。就连在周边的咸鱼街乃至小印度，巴布大叔也有他的忠实拥趸。这些人多于周末午后从大街那里走来，拉扯着他们行动僵硬的孩子穿过组屋大门，直往巴布理发室行去。碰上店内那张电椅状的宝座已有了个正襟危坐的孩童，他们得在门外等上一阵。近打组屋十余间商店，有此号召力的，仅此一家而已。

就在昨天，细辉遇见睽违多年的阿邦马力。他们相互问好，各道近况，他才知道巴布理发室十余年前已然易手，由阿邦马力继承。

"店名也改了，叫马力理发室。"

细辉没跟马力说，尽管搬离组屋以后，他几乎再没有回去过那里，但有时候他会在梦中走很远的路，顶着大太阳回到那只得半爿店面的理发店。那店在组屋脚下。组屋巍峨，像是背着半边天；无论日升日落，太阳攀爬或滑坐到了哪个角度，店里也总像灯下黑，大白天依然光线不足，日照稀薄得像鱼缸里漂浮的微生物。人在里头视野朦胧，加上静谧如蠹缓缓地蚕食白日，巴布戴上眼镜看了一会儿《淡米尔日报》，忍不住垂下头，坐在他的宝座上打盹。要到晚上店里亮起日光灯，小店忽然被亮光喂饱，那里面的一切才清清楚楚地有了细节。

细辉的梦境多半昏暝而燠热。每一次他走进店里，巴布仍然像上一回那样歪头阖眼，午睡未醒；迪普蒂坐在店后，有时候在择菜，有时候低头在翻《大伯公千字图》，有时候托着腮在发呆。那里靠墙摆着一张折叠型的方形小桌子和两张塑料椅，墙上挂着象头神迦尼萨①色彩鲜艳的画像。在细辉的记忆中，即便在一日中最幽暗的时分，这神像仍然如每年新贴上去的中国年画一样缤纷亮丽；金漆相框套上塑料做的红黄白杜尔茜花串，更让它闪闪放光，给这简陋暗沉的斗室添上一点喜庆之色。

神像下的小桌子，以前是拉祖的书桌。从小学时候开始，他每天放学回来，必然伏在那案上写作业和温习功课。妇人们带着孩子前来理发，进门来必然都说，哎哟你怎么不亮灯？眼睛会坏呢。

在梦里，细辉每次回到近打组屋，必定走进巴布理发室，并径自走到那一张小桌子前。迪普蒂低着头，墙上那象头神画像散发的幽光如研碎的姜黄纷纷撒落，照亮她头顶发分在线的抹红与画在眉心的吉祥痣。

"阿泰，拉祖呢？"细辉听见自己的声音。

迪普蒂掀开眼盖，大眼珠微微圆凸，其形如巴布腆着的肚子。她面露喜色，却噘着嘴，在唇上支起一根食指，似是

---

① 印度教中的智慧之神、破除障碍之神，主神湿婆与雪山神女的儿子。外形为断去一边象牙的象头人身并长着四只手臂，体色或红或黄；老鼠为象神的使者。在各种雕绘中，象神一般是盘坐着或是跷起其中一只膝盖。

让他别惊动在理发椅上睡着了的丈夫，同时两眼另有所指，瞟向巴布面前那墙上挂着的方形大镜。细辉受她的目光驱使，转过身，看见镜子里另有一个幽暗之所，仿佛被复制的半个巴布理发室，又像是这店凿壁开拓出来的延伸之境。那里面也有一张包了黑漆皮的旋转椅，椅上无人；墙上也挂着一张迦尼萨簪花挂红喜气洋洋的画像；画像下也有一张折叠型的方桌子和两张塑料椅，桌面上横七竖八地放了些书籍和练习本。少年拉祖独个儿坐在那儿，一个手肘托在桌上，手上握拳支着腮帮，正垂下眼皮在看一本摊开在他面前的书。他的另一只手在把玩一支圆珠笔，那表情和动作，看似正在思考书上的某个难题。

　　细辉喊他。出来吧拉祖。"我们不是约了下棋吗？"

　　拉祖闻声，他抬起头来说好啊我们来下棋吧。说着他将面前的书合上，再将一本硬底封面的精装书从中打开，书中便是完完整整的一个棋盘，红黑两边的将帅士象车马炮以及一众兵卒已各就各位。"你先来。"他对细辉咧嘴一笑，亮出明晃晃的一口白牙。

　　这些梦毫无例外，后来都同一个下场。细辉在梦的后半截千方百计要钻入镜子里却不成功，更惊醒了巴布，被他呵斥，甚至招致哥哥大辉进来要拧他的耳朵，急得他满头大汗。有一回他好不容易进去了，拉了一把椅子在拉祖对面坐下，却发现棋盘上的棋子全是印上去的，无论如何移动不了分毫。拉祖说你不下吗？那我不客气了。说着轻轻松松地移动红棋，步步逼近。

细辉仍不信邪，大半个夜里都在梦中做徒劳之事，最终气急败坏地自梦中醒来。

银霞曾听他说起过这些梦。听了只能沉默而已，或者是顺势引渡话题，说起从前他们两个偷偷结盟，在棋盘上智斗拉祖的趣事。只有一回银霞在静默了半晌后，忽然用她那冰清玉洁的声音幽幽地说，我也梦见过他。

"不，我梦见过你们。"她纠正，"也不对，我梦见过我们，是我们三个。"她再更正。

细辉觉得不可置信，却不敢质疑。银霞却像知道他心里想的什么，便又补上一句"我们在那些梦里谈了许多话。我们说笑，有时候还争吵呢"。

银霞的梦又何止如此？除了人声，她的梦里还充满了巴布理发室的气味。迪普蒂早晚在店里焚烧檀香，敬神辟邪，顺便驱蚊，还有偶尔参与的茉莉花、酥油灯和她那一头终年抹了椰子油的长发及簪在发上的鸡蛋花，加上其他银霞叫不出名堂来的香料以及剃须膏清爽的薄荷味。午间高温，各种树脂的香木的鲜花的化学的芳香混作一炉，象头神显然十分受用，遂把智慧赐给了巴布家的幼子拉祖。

巴布家四个儿女,唯有拉祖是读书的料子。他与细辉同年出生,两人每天一起步行到坝罗华小上学,却同级不同班。小学六年里,拉祖几乎年年考得全年级第一,而且曾几次代表学校参加校际运动会,拿回来不少金光闪闪的奖牌,老师们都爱拿他做榜样,暗地里以"黑状元"这代号谈论他,并以"他那些哥哥姐姐到淡米尔学校和马来学校上学,全都平平无奇"论证华文教育的成功。就连大辉也经常拿这个来损他的弟弟。"你看你,在华人学校考不过一个印度仔,你不如转到印度学校去吧。"

细辉自然感到委屈。他握紧拳头,遮掩着两只被藤条鞭得红通通的手掌,鼓着腮帮走到楼梯间躲起来。他一般会走到九楼,在梯阶上坐着发愣,偶尔站起来倚着小窗口遥望近打河那一头,尝试找出坝罗华小和大伯公庙灰黑色的屋顶。银霞在楼下早已闻得大辉的叱喝,也许还能听见藤条鞭挥下来时那划破空气的"咻咻"声响。不一会儿她自会寻来,陪他在充满尿臊与各种垃圾气味的楼梯间坐下。

银霞问他,楼下那个印度理发师的小儿子,真有这么厉害?

真的。细辉点点头。其实拉祖外表看着与别的印度男孩没什么不同。他的大哥马力和二哥卡维小时候大概也长这模样,木炭似的一长条,身体精瘦,满身油光;手脚细长得像四根硬邦邦的竹蔗。唯一不同的是拉祖长了一口特大号的，还特别整齐和洁白的牙齿，加上一对家族遗传的大眼睛，这让他在笑起来的时候看着特别狡黠特别顽皮，就像电视上那个喜欢整人的宾尼兔。

莲珠姑姑倒觉得与一个学业成绩优秀的同学为邻，是天上掉下来的好事。于是她怂恿细辉每天到楼下去找"印度仔"，与他结伴走路到学校。后来细辉的母亲到二奶巷那一头的茶室打工，白天家中没有大人，也是莲珠姑姑出的主意，还亲自与迪普蒂说去，让细辉放学后留在巴布理发室，与拉祖一起温习功课。银霞便是从那时候开始，每天趁着母亲午睡时，悄悄放下手中的剪刀和尼龙绳，摸到底层去找细辉和拉祖。

巴布和迪普蒂夫妇俩喜欢看见细辉与银霞到来。尽管不太听得懂华人的语言，但他们听见拉祖用流利的广东话，甚至有时候用华语与两人交谈，仍然乐得眉开眼笑。迪普蒂常常喊住推着脚踏车进来的印度流动小贩，买来炸木薯条、糖衣花生或微咸的蒸鹰嘴豆招待孩子们，偶尔还会端上撒满了嫩椰丝和白砂糖的蒸米粉，或是炸得香喷喷的"姆鲁古"小茴香曲饼，让他们一边吃一边下棋。

三个孩子最初玩的是蛇棋和飞行棋，银霞只负责掷骰子，让细辉和拉祖替她的棋子计步，后来两个男孩从学校一位老师那里习得中国象棋，还获得老师馈赠的一套棋具。有好长一段日子，两人热衷于钻研这新玩意，再顾不上银霞。银霞倒也不吵不闹，只是安静地"旁听"，时而从桌子上抓起双方拿下的棋子，握在手心，以拇指和食指指头轻柔地触抚木头上刻的字，似在逐一安抚那些在格斗中牺牲了的棋子，召唤其亡灵。

细辉虽然与拉祖同期学的象棋，但他的脑子不如拉祖灵活，才三两个月，两人的棋力已明显拉开距离。细辉的棋子越下越慢，多少次棋子走出去了马上又被他挪回来，却还是难免一步一步陷入败局，输多赢少。有一回他连输四局，第五局很快再现败象。他沮丧之至，竟发起横来一手将桌上的棋局拨散。不玩了，不玩了！

"你看！"细辉伸手指着墙上迦尼萨的画像。神在大放光明。"你家拜象神，下象棋自然是你赢的了。"

此话一出，三人愣住了，不由得都噤声。银霞的手上握着一只刚阵亡的棋子，指头仍止不住摩挲那上面刻的字。她侧耳听，巴布放在理发镜前的小型收音机正播着音乐，塔布拉的鼓声有点急躁，密如骤雨；萨朗吉的琴音略微沙哑，却始终慢条斯理，用它蛇行一样的节奏优美而缓慢地穿梭在喋喋不休的鼓声中；两种乐器仿佛结缡多年的夫妻在一个屋檐下各说各话。

"这不好。被人吃了你的'鸡',你就生气了。"银霞轻巧地将手里的棋子放回到桌子上,正好在被拨乱的棋盘上。那是细辉刚痛失的一辆战车。他和拉祖瞄了一眼那棋子,再看一眼对方,嘴角开始上扬,忽然都忍不住笑起来。

银霞没说呢。迁离近打组屋后的这些年,她也在梦里一再回到巴布理发室,于伸手不见五指的黑暗中完成一盘又一盘的棋局。说了难道细辉就能理解,就能相信吗?梦境与真实看似如出一辙,像镜里镜外同一个漆黑的世界,但她就能感知和分辨出两者的质地不同。她在那些梦里,听觉可要比醒着的时候更清晰,可以明明白白地听到塔布拉里头有埋不住的萨朗吉;音乐之外有巴布轻微打鼾,电风扇在摇头;店外有卖衣服的马来妇人阴声细气的交谈;有华人的孩子一边在玩"快乐家庭"纸牌,一边说着各种耍赖的话,指责别人作弊;有麻雀啁啾。

她没说呢,她还闻得到迪普蒂在一旁走过时,掀起一阵又一阵的香风。

拉祖在那些梦中越来越少说话。偶尔他发言,梦里梦外的黑暗便都彻底静默,并为之战栗。银霞记得在黑暗中,拉祖的话逐字逐字,像从远处接踵而至。他说:"银霞你唱歌吧,你的声音好听得像西塔琴。"

蕙兰

这么多年过去了,细辉还是把蕙兰叫作"大嫂"的。也许是因为她和大辉终究没有办过离婚吧。六年前细辉陪她到警局去报人口失踪,算起来她与丈夫早已分居期满,而她迄今仍不曾向法庭提出离婚申请,那么锡都何家便还算是她的夫家,情分还在,细辉依然是她的小叔。

当皮包里的手机铃声大作,手机屏幕显示"细辉"来电时,蕙兰正挤在公司用来载送员工的客货车上,阖眼小憩。她原以为只是假寐而已,没想到被铃声惊醒时,嘴角吊着唾液如丝,半个灵魂已被黏糊糊的梦缠住。

每逢周末和公众假期,酒楼营业时间延长,总是比平日要晚一个小时打烊。似乎因为有了额外的时间,人们就能相应地生出额外的金钱来,得以一并挥霍。今晚上,蕙兰工作的"喜临门海鲜酒家"来了好几台难伺候的豪客,创意无限,百般刁难。其中一贵妇竟有两狗随行,指明狗只吃对街黄来记的烧鸡,一顿饭下来生出不少折腾人的点子。蕙兰不断赔笑，以致那笑僵在脸上。回家的途中，她带着这残破的笑脸在坐了九个人的七人座客货车上沉沉睡去，直至细辉打来电话，身旁的印度尼西亚女孩用手肘撞她一下，将她那逐渐融化的意识从越来越浓稠的梦中拽起来。

看见手机屏幕上的来电显示，蕙兰心里先感到不妙。何家人中，她只有与姑姑莲珠常通信息，与细辉则甚少联络。叔嫂二人偶尔互通简讯，多因时节及礼节之需，问好而已。一是因为她明白细辉向来性格腼腆拘谨，不善交际；二是因为这小叔还娶了个眉尖额窄，善于算计，令人不得不忌惮的女人。

上一回细辉打电话来，蕙兰记得是两年前的一个清晨。电话响了许久，以为声嘶力竭了，须臾又再响起。女儿春分忍受不住，爬起床来接了电话。咿咿嗯嗯，之后过来使劲推她的手臂，像摇撼一尊硕大的卧佛，终于将她摇醒。

"细辉叔叔打来的，说婆婆死了。"

死了？谁？蕙兰勉力睁开眼睛。房里翳昧，眼前的影像一片漫漶，只模糊见得春分披头散发，五官连成一片阴影。她眯上眼调整焦距，春分的轮廓沉下又浮起，逐渐清晰。那过程，像是看着她在幽暗中，从一个小孩被调整成了大人。

"婆婆死了。"春分将手机塞到她手里。

细辉说，婆婆是死在家中客厅里的。好端端一个人，前天晚上胃口还特别好，一个人吃了大半条酱蒸金凤鱼，没想到凌晨时分咳血死去，无人知晓。细辉黎明时下楼，发现她跪坐在地，半身伏在茶几上，桌面上一摊血浆干成了紫褐色，老妇的口鼻埋于其中。细辉要将她扶起，却发现母亲的身体像铁石般沉重坚硬，死亡的姿势已被雕塑其上，成了定局。

蕙兰向喜临门拿了几天假，带着三个孩子乘长途巴士赴锡都奔丧。孩子们生下来后便与祖母分居两城，平日甚少见面，只有每年农历新年时，老妇人挑个日子，与小姑莲珠坐着细辉的车子一同南下探望，却总是脸黑口黑，寡言少语，半点没有祖母的慈祥。孩子们都觉其难以亲近，遂四下走避，在她的周围空出一片方圆。蕙兰百般拉拢而不得，自己也感到憋气。那次去到细辉家里，看见灵堂上摆的遗照，婆婆居然也还横眉竖目，一脸不耐烦的神色。

那三天两夜蕙兰披麻戴孝，也和细辉的老婆婵娟一样毕恭毕敬，带着儿女拈香跟在南无佬身后兜圈子，循环往复，忽而下跪忽而叩首，再让立秋以长子嫡孙的身份提幡引魂破地狱，算是恪尽妇道。白天无法事时，她进进出出，总忍不住偷眼看遗照中的何门方氏，始终觉得那是张苦瓜脸，且满是鄙夷之色，心里禁不住想人活着如此，死后恐怕多打几天斋也难以超度。

蕙兰接了电话。细辉问她,大嫂,我哥有回来过吗?他有没有找你?有没有回家去见见孩子?

蕙兰觉得头皮发麻。她从车上那深凹进去的破旧坐垫里挣扎着爬起来,于两边乘客的挟持中挺直身子。"你说什么?你说大辉?"

这些话,蕙兰是压沉嗓子说的。她甚至还下意识地举起手来要捂住自己的嘴巴。客货车里歪七扭八地挤满了酒楼的同事,她感觉大家忽然都从昏睡中醒来,屏着声息在聆听她说话,就连驾驶座中间那望后镜里的一双眼睛,也有意无意地瞟向她。

"你见到他了?"她吸进一大口气,囤在胸膛里。

"没有。"细辉静默了一阵,像是在斟酌该怎么说,"是一个在德士台当接线员的老朋友说的。今天有人打电话召车子,她认得是我哥的腔调和声音。"

蕙兰知道细辉说的是银霞。她见过她了。当年她与大辉结婚摆酒,后来细辉娶婵娟,这盲女都来赴宴。

"那不可能。"她吐出胸中的闷气,顿时心里放松不少,"不是亲眼看见,我是不会相信的。"

细辉犹想说什么,却支支吾吾,把话嚼烂在嘴里。这时候喜临门的客货车来到了一所充当员工宿舍的双层排屋前,放下三个印度尼西亚女孩。女孩叽叽喳喳,惹出了不少窗户里的人影，蝙蝠似的在灯下晃动。蕙兰的目光追随她们。年轻嘛，比她的女儿春分年长不了几岁。

"细辉，这么多年了，警察也找不到他。"蕙兰幽幽地说，"你哥不会回来了。"

三个女孩下车以后，客货车里有了余裕，本可以趁机好好休息一阵，但接下来的路似乎特别长，像是没了那几个青春少女，车子便意兴阑珊，开得特别慢。蕙兰挂断电话后，只觉脑袋冰凉，再无半点睡意。她怔怔地凝视车窗外的夜色，这城市已难掩倦容了，街上车子稀疏，商店都拉下卷门，只剩下电子广告牌灯火璀璨，沿路的街灯点点滴滴，像用廉价水钻穿起的项链，明知虚假仍觉华美。

自从多年前开始大量聘用外国劳工，喜临门得负责这些外来人的住宿，便在城郊两处租了几间排屋安置他们，再买来这客货车用以接送。蕙兰在喜临门算是老臣子了，两年前她的父亲叶公也自这酒楼退休，而父女俩的住家正好离这些员工宿舍不远，老板便特许她每天晚上凑这顺风车回家，省下一程路费。

车子到达第二栋排屋，也就是男员工的宿舍。四个孟加拉国外劳役没跟谁道晚安，静静地下车。他们与那些洗碗刷锅和清洁厕所的印度尼西亚女孩不同，都是一些容颜俊朗、体格健硕的青年，还能说点带印度腔的英语，在酒楼里当侍应，很讨那些中老年贵妇的欢心，他们同乡之间相亲相爱，习惯牵着手含笑过马路，却不怎么与其他同事交谈。蕙兰刚从领班升上副经理了，他们对她仍如初见，只有点头微笑而已。

车子拐进万乐花园，她的家不远了。那是一栋单层排屋，老屋子，门前有破败的长形庭院，半边沙土半边水泥。沙土处杂草丛生，各种野草有如八方来的难民，高高低低，全簇拥在那小小的一方土地上。有些善于攀附的已沿墙爬上了头房的窗户，抱着锈迹斑斑的铁花在呼吸自由的空气。荒地中间有个久未被清除的空蚁巢，野冢似的巍巍耸立。一旁的水泥地大概是当初施工时用料不足或水泥砂浆拌得比例不匀，时日一久，抵挡不住杂草在地下蔓延过来的野性，已处处龟裂，远看像被摔破了却还凑合着躺在门前的一块巨型碑石。

蕙兰下车，在家门前掏出一串钥匙，就着向街灯借来的微光，打开两重门。

客厅里几乎漆黑，几个睡房却囤积着光明。光太拥挤了，自房门底下的缝隙溢出。蕙兰卸下她的肩包，这才忽然发现它的沉重——重得要等它被卸下了，她的肩膀和腰背才敢呼痛。

她想要直接洗个澡上床睡觉，却又想要敲父亲的房间，和他说一说今晚上细辉打来的电话。尽管细辉捎来这消息听着荒谬,而且毫无根据,但她听了心头不舒爽,也觉得该向父亲报备一下。今年正是他们父女俩的流年呢,太岁当头,诸事皆凶,没准真会有瘟神煞星突然出现。蕙兰的父亲年事高,而且向来胆子小,早年被大辉的诸般恶行吓出了心悸病来;退休后的这几年,气血越来越虚,遇事即手掐脚震,恐怕受不了这种惊吓。

蕙兰在父亲房门外站了一会儿,想东想西;脚下踩着房里挤出来的微薄亮光,大半个身子泡在暗中。她扭扭脖子,甩了甩头,听见内里的关节"嘎嘞嘎嘞"作响,多么像脖颈里转动着许多生锈的、咬合不良的齿轮。

算了吧,这么晚了。她想。说了又如何?只会让老人这一晚好梦报销,睡不着觉。

她拎起肩包,沿着一扇一扇房门排列在地上的发光条,往后面的房间走去。这老式房子面积不小,格局狭长;三个房间并排,只有蕙兰的卧房在另一边。那房间在甬道后头,正对小小的天井,斜对面是春分的房间,再往下走便是厨房与卫生间。蕙兰走过春分的房门外,正巧她开门出来,两人的目光对上,春分不自觉地揉一揉眼睛,似是不相信自己双目所见。

"回来了?这么晚。"春分说了别过脸,拽着有点水肿的腿往厨房的方向走去。蕙兰也没有停留,她说明天也还是公众假期呢，酒楼的生意好得不得了。说着转身走进自己的房间，随手亮了灯。

房里一片凌乱。蕙兰站在门口，有点怔忡地看着房里的景象，几乎觉得这不可思议。一切分明还保持着她今早离开时的模样——妆台上尘埃满布，各类不同大小和形状的梳子散置，梳子上挂着一缕一缕死亡时间不一的头发；用过和没用过的脂粉口红、护肤品、卸妆棉和棉花棒七零八落，有些掉在了地上；地上遍布一层粉状物，不知是灰尘抑或是爽身粉。妆台旁角落头的收纳架堆满杂物，一只原来光鲜整洁的毛绒兔子被挤得四肢扭曲，一只长耳朵反折。它从架子中伸长脖子，露出一张灰头土脸，用惨淡的眼神凝视地上一只落单的白袜子。袜子上零星绣了粉红色的草莓图案，那曾经是二女儿夏至最喜爱的一双短袜，有一天清洗了从外面的晾衣架上收回来，不知怎么从此少了一只。

那已经是一两年前的事了。蕙兰一直没有把它扔掉，大概是听信父亲和夏至说的，等等吧，总有一天那失踪的一只会无端端出现。

如此两年过去，那落跑的一只至今未归。她们家一个礼拜洗好几趟衣服，常有袜子和内衣裤不翼而飞。衣服晒干了收回来，始终未及整理，都像现在这般全扔到蕙兰的床上，仿佛用衣物堆了个坟头。这其实是常态了，春分和夏至两姐妹偶尔进来，在这坟堆里翻找，抽出她们的衣物，以致本来就无从收拾的床铺更形狼藉，叫人无法躺下。此刻蕙兰却顾不得这许多，忽然像泄了气一样，把自己摔出去，一屁股坐到那些衣服上。

春分小解回来，经过蕙兰的房间时，朝洞开的房门里瞥了一眼，看见她的母亲叉开膘壮的双腿坐在床沿，怀里揽着她的肩包，像怀抱一个小孩。她昂起下颚，目光像一只飞蛾，绕着墙上的灯横冲直撞，神情竟有些痴呆。蕙兰意识到春分的注视，但这好不容易凝固起来的身体太笨重了，她实在没有力气移动分毫，只能像一头搁浅的鲸鱼，无意识地看着那些张罗在天花板和壁灯之间的灰色蛛网，大口大口呼吸。

母亲这模样，春分目睹好几回了。每一次看见，她都联想起以前上学逃学的日子，与朋友在街上溜达，总是在巴士总站外头的行人桥上看见妇人坐在草席或报纸上乞讨，形态神情与此相似，总是昂起头来用不确定的目光看着每一个经过的路人，怀里也总有个稚儿；稚儿总是眨巴着天真的眼睛，脸上蒙尘，涕泪纵横，还加上嘴边许多酱汁污迹，像是陈旧了一直没有被清洗过的洋娃娃。

蕙兰知道的，女儿在房门外停下脚步，张口欲言，却最终什么话都没说，转身回到对面房里，阖上门。尽管她连眼珠也没转动一下，但春分的身影在她的眼角停驻了一瞬。

这女儿快十八岁了，长发披散，像她的父亲一样长得高挑修长。她穿着印了愤怒鸟的旧T恤当睡衣，裸露在睡衣外的瘦臂细腿，让她看着像个尚未发育齐全的跳芭蕾舞的女孩。这么纤细的身躯，睡衣底下却像扣了个箩子，腹部高高隆起。这让蕙兰忽然心疼，一阵悲伤如同硫酸从心房涌出，随着血液流入四肢百骸。

她原想喊住春分，想问她今日弟弟妹妹有没有出状况，也要问她有没有见过父亲大辉，无奈她实在太疲惫了，大脑无力将指令传达给身体，只有让那背光的身影摇曳着淡出她的视野，然后对面的房门"吱嘎"一声关上，门外恢复暗寂。蕙兰仍然注视着张挂在墙角的蛛网，那里的蜘蛛早搬家了，搬得彻底，连蚊蝇飞蛾等昆虫被抽空的尸骸也没留下一只。她眯起眼睛想要再看仔细一些，眼睛却一直调整不了适当的焦距，以致周围的景物忽大忽小，都在溅化。她觉得自己的目光越来越轻柔，虚浮得像一根雏鸟的嫩毛，自蛛网里徐徐飘落。她慢慢垂下头，却等不及那目光落到地上，只觉背上一软，再也把持不住，霍然瘫倒在床上。

蕙兰不再挣扎了。她闭上眼睛，感觉这真奇妙。身体像装满液体的气球骤然裂开，里头的浆汁汩汩倾出，濡湿了被她压在身体下的许多衣物，一直渗入床垫里。

婵娟

婵娟又看见了那个女学生。这一回是在学校的食堂，明明听到了刺耳的下课钟响，食堂里却出奇地冷清。婵娟手里拿着几枚硬币，沿着校园内迂回的廊道，走到一座像临时仓库似的铁皮棚子下，看见十几二十个卖食物和饮料的摊档沿着棚子的东南西面"凵"形排开。白衫蓝裙的人影疏疏落落，像田里的稻草人一样，一动不动地竖立在摊档前。那并不是她以前教书的学校，摊贩们都是生面孔，其中有一人分明在许多香港影片中出现，多演黑道莽汉。这些人卖的食物，包括束成一把一把的臭豆荚，一大瓶一大瓶的野生蜂蜜，以及在鱼缸里叠得像砖块一样整齐的笋壳鱼和白须公，其实都很奇怪，但婵娟不察觉有异，直至她在卖印度什锦豆的摊档前碰见那个面孔长得像锥子一样，眼距很宽的女生，婵娟才意识到这是梦。

那女生像往常那样穿着校服，在梦里却成了摊贩，给她量了一包撒了细盐的红衣花生，对她咧嘴一笑。婵娟认得这张长得十分诡异的脸，宽额头短下巴，两只耳朵有点兜风，这么认真地笑起来有点像日本漫画里的裂口女。婵娟以为她会像在以前的梦里那样，恭恭敬敬地喊她一声"老师"，可这一回她却没有。

"江婵娟，这是给你留的。"女孩把包好的红衣花生递过来。婵娟伸手接过，忽然发现自己身上穿着白衫蓝裙，居然也是个中学生。

这惊吓非同小可，婵娟睁开眼来。

几乎每一次梦见这个女学生，婵娟都是这么仓皇逃离，宛如壁虎断尾，又像壮士断臂，硬生生将梦拗断。每一回她这么从梦中撤出，丈夫细辉都躺在她身边，打着微鼾，一点没察觉她惊魂未定，总觉得自己并未全身而退，像是有些什么遗落在梦里了。

婵娟起床来，摸黑下楼到厨房去饮了半杯水。水里有冰箱的味道，像是加了什么化学物，让婵娟想起泳池里过于湛蓝清澈的池水。女儿小珊今天下午上游泳课，婵娟去接，便在那池畔闻到相似的气味。后来小珊从池里上来，穿着湿漉漉的泳衣直奔她怀中，这味道扑鼻而来，特别浓烈，她不知怎么想起医院的停尸间。

从锡都游泳俱乐部回家，路程虽短，假日的交通却十分拥塞，途中还有几个避不开的红绿灯，加上许多人骑着摩托在汽车与汽车的夹缝中穿梭,有一个莽撞地把她车子右边的望后镜碰了一下,发出"扑腾"一声,像弹断了车子里的某根弦,令婵娟感到十分气闷,频频拿驱风油抹在人中,回到家里更马上要小珊老老实实再去洗个澡。"你闻不到吗?一身尸臭。"

晚上吃饭时,细辉提起银霞打来的电话,说得嘟嘟囔囔;家里的女佣在厨房盛汤,摔破一个碗公,热汤和莲藕猪骨溅了一地,再来是女儿的英语补习老师打电话来谈加学费的事,语气傲慢,更让婵娟心烦。临睡前她上网去搜,回头和女儿争拗,说泳池里散发气味的根本不是消毒药水,而是人们的便溺。"那是消毒药里混进了尿液才形成的,叫作'三氯胺'!"

她的动作和声音显然有点过度了,小珊对她瞪眼,一言不发地抿着嘴钻进被窝。女儿的退让令婵娟警觉自己的不妥,特意多服了半颗镇定药才上床睡觉。那睡眠仿佛海洋,原先极浅,她蒙眬听见细辉给蕙兰打的电话,却不及细想,像是被一只手于混沌中牵着,越走越急,逐渐深入迷宫一样沟壑纵横的梦里,终于又回到旧时的学校,见到那长相怪异的女孩。

那女孩,婵娟只在早年当过一年她的班主任,已经记不清她的名字,只知道她刚上初中时,班上几个同学取其名字的首字母缩写，喊她ET。如此流传开来，以后一年一年，似乎一整座学校的人都这么叫她。后来她死去，婵娟记得有好几日教员办公室里所有人，要不低着头，要不别过脸，都在窃窃私语。女孩的绰号变成一颗乒乓球，在教师们的办公桌上弹跳不止，都说"那个长得像ET的学生自杀了"。

奇怪的是在女孩死了多年，其音容笑貌在屡屡的噩梦中一再变形；不断被时间腐蚀溶解，又在记忆中一再被重新铸造以后，婵娟迄今却仍然常常想起女孩的母亲。那妇人姓林名月圆，貌不惊人，倒是有个容易被记牢的名字。女孩念初中时，这白而微胖，眉目头发颜色极淡，柔软得像一团棉花的妇人，几次为女儿的事情到教员办公室来，向婵娟一再请托。婵娟便是在那时候得知女孩身罹先天性顽疾，体内的铁质代谢不了，需要长期输血吃药。

"也请老师多多关照！"妇人一再鞠躬，五官平淡的脸上表情深刻，仿佛她犯了什么错，是来负荆请罪的。

后来女孩之死令婵娟战栗。女孩出殡时，她的母亲刻意让灵车开到学校，正巧看门的守卫开小差，让一辆白色厢式车大剌剌地开进校园里。那车子的车速极慢，飘浮似的悄无声息地在路上滑行；先是开到食堂那一头，发现巷穷路尽，便倒退回来，沿路绕到前面的办公楼。车子在那里停下来，像是要喘喘气，大约半分钟后忽然一阵抖擞，又再缓缓前行，还开动播音器，丧乐大作，用极大的分贝放出了老和尚念经般的喃喃之声。

婵娟来自信佛之家，认得那是《地藏菩萨本愿经》，而办公楼里的人纷纷架起眼镜，像瓮中的一窝蛇听见喷吉奏的弄蛇曲，都不由自主地从斜坡上的建筑物里踱步出来。婵娟和其他教员一样，甚至当日有好些在上课中的学生都看见了，那白色厢车的车头以黄白菊扎了个大花圈，扎花上供着女孩的遗照。女孩在照片中微微低头，显得下巴特别尖细。她稍微抿着薄唇，两眉微扬，一双大号的三白眼略略往上翻。那些站在高处的人，每一个都自觉被她的目光扫过，脸上一阵灼烫，像是她在灰飞烟灭之前，要逐一记认他们的面目。

这事发生两个月后，婵娟辞去教师之职，到细辉的店里帮忙，当起了"事头婆"。婆婆何门方氏对此不甚满意，她向来以家中有一个当上教师的"读书人"自矜，当年恐怕也是因为如此才大力撮合，让细辉娶一个骨瘦如柴的哨牙妹。婵娟对婆婆的黑脸不以为意，三几年过去，眼见店里的生意越做越旺，何门方氏总算释怀，逢人便说"读过书的人还真的不一样，连算盘都打得精一些"。

细辉倒是察知妻子心头始终有个阴影。那学生自杀死后，她先是一段日子食不知味噩梦连连，三魂七魄不知少了哪一块，即便后来辞去工作不去教课，丢失的魂也收不回来，人变得比当教师时暴躁许多，动辄咆哮，试过几回半夜里为一点小事止不住地嘶吼，刏猪一样惨烈，还噼里啪啦摔东西，震得屋子嗡嗡作响，周边的屋子一一亮灯，摇篮中的小珊呜哇哇大哭。母亲打开房门，抖着软骨劳损的膝盖，颤巍巍地爬上楼来。

如此两三回后，细辉的母亲找了个借口，说他与大辉死去多年的父亲夜里托梦，却语焉不详，故不知其所云。想想上回与莲珠一块儿到九天玄女庙找娘娘问觋，已经是好几年前的事了，便嘱他让老婆休假一日，好陪她到暗邦新村走一趟。婵娟天才蒙蒙亮便搀着婆婆出门。路不长，却九曲十三弯，得越过新村里许多小径窄巷，每家每户蹦出一条龇牙咧嘴的恶狗来，再得穿过巴刹前挤得水泄不通的大路；途中两次向人打听，才终于来到那三合院般的娘娘庙。婵娟本以为这种地方必然都鬼气森森，没想到这庙大红大绿，三座新簇簇的"宫殿"看似刚落成不久，红墙碧瓦，雕栏玉砌；屋顶层层叠叠，都翘角飞扬，上面鸾凤伏蹲鸥枭翱翔，每根梁柱都龙盘虎踞，一道一道红匾上全是金漆写的大字，有点咄咄逼人，加上神坛上各路神仙都用近半寸厚的油漆涂了金身，看着笨重无比，整座庙宇怎么看怎么像农历新年拍贺岁音乐片的场景。

问觋处在庙后一隅，一座普通房舍独自坐落，状似住家，仿佛玄女娘娘另起炉灶。里头一座普通不过的住家式深红神龛，供的是一尊住家尺码的白观音。住持是个黑实妇女，穿着朴素；白米一碗细香一炷，闭眼一阵碎碎念便请得阴魂附身，劈头一句"不是梦里和你说清楚了吗？你老得连耳公都冇用了"。婵娟见婆婆长叹一声，原来紧绷的面容忽然放松下来，眼里甚至溢出了一点柔光。之后一人一鬼有一搭没一搭，粤语与客家话掺杂，除闲话家常以外，婆婆也像广告插播似的，不止一次在谈话中追问，你在下面没有见到大辉吗？

那黑实妇人一再对何门方氏翻白眼，气打牙缝间挤出来。"我没见过这死衰仔！"

眼看一炷香快烧完了，细辉的母亲才忽然记起此行的主要目的，连忙说，奀仔啊，细辉的老婆这阵子很不顺遂呢，行事有点不寻常，你替她看看是不是撞邪了。

婵娟闻言一惊，有点气婆婆冒犯她的隐私，不禁厌恶地瞅了她一眼，回过头来正好碰上那黑实妇人的目光。这回"娘娘"不再翻白眼了，却是两眼直勾勾地瞪着她看了许久。婵娟想起那眼睛里藏着另一双眼睛，像是要看透她这躯体里藏着的另一个人，内心不免发毛，甚至略略感到心虚，禁不住低下头来，躲开公公的注目。

"问我没用。"公公在女人的身体里发言,眼睛仍一眨不眨,"她有什么冤亲债主,她自己心里清楚。"

从九天玄女庙回来,婵娟关上房门,又与细辉压着嗓子吵了一顿。那以后她开始不沾油荤,还从父母家里拿来两个光盘,每天清早播一回《大悲咒》。娑婆诃娑婆诃,南无阿利耶。对面屋子里住的印度人家有意无意,总也在这时段摇响铜铃唤醒他们的神明,烧香点灯,呢呢喃喃念他们的经。

以后婆婆再有两回去问亡,都由姑姑莲珠与细辉陪伴,回来婵娟不闻不问,倒是细辉为了示好,自己忍不住吐露。"妈又问老爸,我哥在不在地下。"

猫

银霞记得曾经有一对印度姐妹花对她详细说过,她们的母亲怎样杀死了一窝小猫。是那种刚出生的,眼睛和耳朵还没张开的猫崽,全都没来得及看见它们的母亲,尚未见闻这世界,就被她们的母亲处死了。

银霞那时候是个小孩,还未真懂得"死"的意思,但那两个女孩显然有点兴奋,她们抢着把话说完,绘声绘影,令银霞十分不自在。很多年后她想起这事,才发现问题出在姐妹俩说话的语速上。她们两把声音嘈嘈切切似无穷尽,说得像塔布拉鼓一样的明朗流畅,过于"欢快",让她不寒而栗。

这对印度小姐妹曾经住在楼上楼,因为父母终日不在,她们像是被放养的孩子,喜欢逐层楼探险。无意中来到七楼,在门外窥见银霞的织女营生,姐妹俩主动开口向银霞讨一点尼龙绳,从此与银霞结交。她们和细辉一样到坝罗华小上学,说得一口流利的广东话,可细辉说她们总是不交功课,天天被罚站,也经常被老师拿藤条鞭手心。两人却像练成了金钟罩铁布衫,不但没喊一声疼,还嬉皮笑脸,放浪形骸,令老师气极,罚得更凶。

有一回姐妹俩从街上抱来一只小猫,硬塞到银霞怀中,说要让她摸一摸。银霞至今仍然记得当时的悸动。那只毛茸茸的小东西,除了几只不安分的小爪子,通体竟柔若无骨,摸上去有体温,还能感觉到它的腼腆怯懦和体内微微的战栗。

就是那一日,那一对印度姐妹花对她说,告诉你噢——

她们家里以前有过很多猫。自从搬到楼上楼来,家里就不再养了。

"很多?有多少呢?"

多不胜数!姐妹俩的母亲不知怎么特别喜欢猫儿,仿佛猫儿能卖钱似的,她每天出门遇上各种机缘巧合,从街上捡来不少。有连母猫带猫崽,遭人一整窝遗弃在沟渠边的;有失去了母亲,流连在垃圾堆里觅食的;有瞎了一只眼或跛了一条腿的,都被她带回家里放着,然后便有了循踪而来的自来猫,来去自如,把他们的家当成了俱乐部。

那时她们一家住在城中的另一座组屋,依着霹雳河畔。

"没有这儿这么高,只有四层楼。我们的家在顶楼呢!"

"真的满屋子都是猫噢——"床上床下有,桌子底下有，衣柜里有，抽屉里有，就连她们每天带去上学的书包偶尔也会钻出小猫来。

有一回屠妖节大扫除，母亲要姐妹俩帮忙整理床铺。她们抱起一床被子跑到窗边，呼啦啦——把被子朝窗外一扬，居然甩出来两只小猫咪，从她们家的窗口飞出去！"告诉你，是四楼噢！"她们都来不及呼叫，却见两只小猫处变不惊，各自张开四条腿，像是忽然长出翅膀，又像是两边的前爪与后爪之间长出了薄薄的皮膜，让它们像风筝那样在空中翱翔。

那是姐姐芭雅的声音。妹妹达恩在旁像唱双簧似的，说是呀真的好多好多猫。她们的语速很快，话说得像是用拇指弹拨出来的弦乐，行云流水，银霞只顾得上点头。然后呢？两只变成了风筝的小猫飞到哪里了？

"我们赶紧跑下楼去把它们捡回来呀！两只猫都好好的，没受一点伤！""是呀，一点伤都没有！"

"难怪大人们都说，猫有九条命。"

"也不见得噢，我告诉你——"姐姐把声音放沉。说着，她将小脸蛋凑到银霞的耳边，像是即将要说出一个天大的秘密，嘴唇已贴上银霞的耳朵，输送过来一股椰子油、茉莉花和咖喱混合的香气。于是她的声音也像一缕香，随着她的鼻息幽幽钻入银霞的耳道，"我看见过我妈杀猫。一窝刚出生的小猫,五只吧,眼睛还没张开,也发不出声音来。"

姐姐这秘密说得太认真,阴声细气,像是在朝银霞的耳根和脸上呵气,她感到脖颈上一阵酥痒,禁不住歪着脖子嘻嘻哈哈地笑了起来。姐妹俩却没有陪她一起笑,银霞笑着笑着便觉得有点恐怖和茫然。她以为这对姐妹最终会突然爆笑,对她说"假的啦,我们只是想骗骗你"或者她们会告诉她,猫儿没死,又在千钧一发间变成了风筝扬长而去。

"我也看到我也看到!"妹妹大声叫嚷,声音稚嫩而尖锐,"是一窝猫,全死了!"

那些猫崽由一只三花猫所生,花花绿绿的一窝。妹妹先在堆放旧报纸的角落里发现它们,遂把姐姐召来,姐妹俩蹲在那儿看了一阵,又把猫崽一只一只抓起来放在手心。母猫也不知生的第几胎了,早已习惯如此,也可能是产后疲乏,只是安静地用妩媚的眼睛浏览她们的脸庞。

那一天她们的母亲到街场替人洗了几家的衣服,趿着鞋底已经无纹的夹趾拖穿街过巷,从迪亚公园那一头吧嗒吧嗒地步行回来。家里的闸门才刚被拉开,姐姐便急忙跳起,抢先向母亲报告:"我们有五只新的小猫!"

姐妹俩的父亲在一个夜里拎了个旅行袋离开,那时已经许多天没回家了。年幼的小弟弟三天两头出各种状况,两眼终日泪湿并积满眼垢,睁不开来,只能在床上昏睡或者嘤声哭泣。姐姐说，母亲向她们走来，像威武的迦梨女神①那样居高临下，沉默地看着躺在旧报纸堆后面喂奶的母猫，以及它那一窝新生的猫崽。母猫转过头来盯着她们的母亲，似乎都若有所思，在那里怔怔了好一会儿。

姐姐终究稍微年长，感觉到母亲的神色不对劲。她说，母亲那几天也都用同样的一双倦眼凝视她们家的小弟弟，闷声不响，一动不动，好像她累得只剩下呼吸的力气。她看着母亲转身走进厨房，回来手上拿着一个塑料袋。她弯下腰，伸长手臂探到报纸堆与墙壁间，把黏在母猫肚皮上的猫崽逐一拔起，都扔进袋子里。

"阿妈，这是干什么呢？"妹妹仍然张腿蹲着，侧过头瞥见母猫仍然待在高高低低、堆积如山的报纸堆后头，像是被困在了愁城，却像蛇一样昂起头来，喵呜喵呜，哀求似的迭声低鸣。

姐妹俩跟随在母亲后头，与她前后脚走进家中的厕所，并目睹她们的母亲把装了五只幼猫的塑料袋口套上水龙头，旋动把手让自来水淙淙流进袋子里。水流很急，一眨眼便把

---

① 又称"时母"，印度教中的一个重要女神，被认为与时间和变化有关，象征强大和新生。造型通常为有四条手臂的凶恶女性，身穿兽皮，全身黑色，舌头伸出口外；脖子上挂着一串人头，腰间系着一圈人手。四只手中有的持武器，有的提着被砍下的头颅；脚下常常踩着她的丈夫湿婆。

那袋子灌了个八分饱。母猫也走过来了,在姐妹俩的身边伸长脖子,与她们一样翘首以待。

她们的母亲将袋口旋紧,打了个死结。此刻那袋子看来几乎像一个半透明的皮球,那些初生的幼猫仍然紧闭着眼睛,脸像皱成一团的破布,都急切地划动它们幼小的爪子,像是在水里游泳。姐姐说,那看起来像是刚从鱼鸟店里买回来的一袋鱼。

"才不是!"妹妹的声音插进来,"是像一袋子田鸡!"

两个女孩昂起脸,默不作声地看着五只幼猫在水中翻覆挣扎,划水的动作越来越慢,终至静止。每一只猫的脸依然皱作一团,充满疑惑。姐姐别过脸与妹妹交换了一个眼神,又看看身旁的母猫,始终不太明白她们的母亲在玩什么把戏。她甚至一度以为猫就和眼镜蛇或牛那样,是一种神圣的生灵。那些幼猫在水中会变成鱼,就像它们在空中那样,忽然施行神迹变成了鼯鼠御风而行,令人惊叹。

幼猫死后那一整天,母女三人不知怎么都不想说话了。她们也不想出门,而是拉上铁闸,在屋里度过了静默的一日。母亲如常地给弟弟喂奶,放他在纱笼摇篮里给他哼催眠曲,温柔得令姐妹俩侧目。她们坐在地上玩各种安静的游戏,不时抬眼看看母亲,似乎仍期待着母亲会给她们一个说法。可母亲始终什么都没说,姐妹俩亦不敢讨论和追问。直到晚上睡觉时，妹妹在被窝里揪了揪姐姐的袖子，闷声问她，所以，那些小猫都死了？

姐姐在黑暗中看了看母亲睡的铁架床，她们的母亲抱着弟弟躺在其上，窗外的月光投来一个古怪而巨大的人形影子，像是把震怒中不断跺脚的迦梨女神模糊地印在了墙上。她觉得自己像被噎住了，没法说话。她和妹妹自有记忆以来便一起在地上打地铺，一张单薄的乳胶床垫上透着她们长年累月的汗水味和经久不息的尿臊味。猫倒是不嫌弃，它们在床上走动，有的钻进被子里，挨着她们的身体大被同眠；也有的交替夜巡，在母亲的床底下大啖壁虎和蚱蜢等新鲜捕获的猎物。那些没吃饱的猫则在一旁虎视眈眈，引得大快朵颐者咆哮示警。至于那一只刚生产过的母猫，那晚上以及后来几日，仍不死心地在屋子内外四处徘徊，喉咙里震出一种奇怪的频率，哀哀呼唤它的孩子。

姐姐说她一直没去问，因而也不清楚母亲后来怎样处理几只猫崽的尸体。她们家里养的猫虽多，其中不少一去不返或凭空消失，却从来没有一只死在屋子里。但她与妹妹可是见过母亲怎样处置腐坏发臭的生肉，不就在袋子上打个结，扔到楼下的垃圾收集箱里吗？

直到银霞自己也养猫的时候，她才常常想起来这段往事。那一对说话像唱双簧的姐妹在楼上楼住的日子并不长，那个被她们说成半夜开溜的父亲，以及好像随时会死掉的弟弟，却是一直都与她们住在一起的。直到有一天为人父者再度夜奔，便一直有人分批上门来找他。这些人大吼大叫，摔椅子抡拳头，也曾拿婴儿手腕那么粗的铁链和像船锚那么大的锁头锁上她们家的大门，恫言要放火。她们一家在某个晚上漏夜搬走，恐怕姐妹俩都是在半夜被大人摇醒，就和几个行李袋以及她们那瘦小得可以折叠起来放在行李里的弟弟，一起被匆匆地塞进车子，只来得及透过车窗望一眼楼上楼，看见月亮像一个圆鼓鼓的包袱在它背上。她们难得在这种时分以如此角度仰视楼上楼，觉得这建筑物真挺拔，像时母迦梨女神那样的伟岸可怖。

这一家人走了以后，银霞从来没听到有人说过那屋子里有猫，倒是后来搬进去的另一户印度人家，对马票嫂说前一任租户搬得真彻底，也许一直以来都家徒四壁。他们最初拿到钥匙打开那两道门，只见屋内空空如也，连纸屑也没留下一张。

"却不知怎么搞的，遍地都是老鼠屎。"

银霞养了猫以后，才知道猫不一定都抓老鼠。她养的猫有时候会叼着麻雀或别的小鸟，从开着的窗口跃进屋里，偶尔还会逮到草龙或尾巴要比身体长很多的小蜥蜴，在她的面前放下来，与它捕获的猎物重新展开追逐，像是要为她重演一回它的迅捷和英勇。银霞猜想这猫并不晓得她的双目不能视物,倒是银霞的父亲老古自称他看见过好大一只老鼠从这猫身边窜过,它瞅了一眼,竟视若无睹,"像瞎了眼一样"。

老古说话浮夸尖酸,为人不踏实。早年住在近打组屋时,他这张拦不住的嘴巴已是坊间有名的了,他更因此在邻里同行间得了个"说书人"的绰号。银霞自打出生便与他住一个屋檐下,早已习惯了不把父亲说的话当回事,却仍然明白父亲言下之意:一个盲人自顾不暇,还养一只没用的猫?

银霞不以为意。她想,倘若母亲还在世,也许会把话说得温和一些,亦有可能会引用马票嫂以前常说的金句之一:"自来狗富,自来猫贫",却终究与父亲说的是一个意思。

妹妹银铃偶尔从北部的岛城过来探望,对姐姐养的猫十分感兴趣,却因为来去匆匆,也不曾在父亲与银霞的家里过夜,故而与那猫始终缘悭一面。她看见银霞放在房里的猫碗与给它准备的食水,问银霞,猫叫什么名字呢?是公猫还是母猫呀?它什么颜色?

银霞养的是一只雄猫,还真替它取了个名字,叫作"普乃"。她们举家从楼上楼搬到这小排屋后,母亲去世,普乃便来了。银霞晚上睡觉的时候,习惯将窗门稍微敞开,好让房里的空气流通。猫便是从那窗口跳进来的,脚步无比轻柔,几近无声,足以逃过银霞灵敏的听觉。如此来了好几回，待银霞察觉时，它一派泰然自若，显然已不是初访。

猫很快与银霞熟络起来。它夜里来总会跳上她的床铺，静悄悄地趴在她的被窝上。最初银霞感到很不自在，但她实在不晓得该怎样拒绝一只猫，几下迟疑和反复斟酌之间，竟已习惯下来了。睡梦中要是感觉那猫来到，她便尽量不翻身。有时候她在回教堂传来的晨祷声中醒来了，猫还没离开，银霞也就静静地躺在那儿，隔着一张薄薄的毛毯，感受那猫肢体中轻微的抽搐，它的梦，以及它在静寂中的躁动。

就是在那种身体动弹不了的时刻，银霞放任自己的思绪随波逐流，像一个漂浮的空瓶子，从某条水沟或浅溪出发，往往几个转折便又被卷到记忆的汪洋，再一次听到那一对印度姐妹花的声音。她们的秘密一说出来即化作气流，幽幽钻入她的耳道，又在她的脑子里变成幼细绵长的蛔虫，越钻越深。

银铃问她，为什么给猫取这么个发音古怪的名字？难道它有什么特别的意思？银霞在黑暗中面向妹妹，告诉她，这是小时候听过一对印度姐妹说的，淡米尔语里，猫就叫作普乃。

"可它是华人养的猫。"

"那又怎样？我还想过要给它取一个人模人样的名字呢。"银霞微笑，在黑暗中直视妹妹，抵达她的眼睛。

"但我知道它不会因为这样而变成人。"说了以后，银霞忽然感到这话似曾相识，当时费了些神却想不起来原话出自何人、何地、何时。仿佛记忆是个浩瀚的百子柜，它从某个塞得太满的抽屉里掉落，因无凭无据而无法归位。要到这个夜里，银霞毫无困意，反复在前尘往事中搜寻大辉；猫来了，先在床上巡过一遍，最后在她微微张开的两腿之间找到一道舒适的壕沟，安静地在那里躺下来。银霞静静凝视黑暗的深处，感觉到那猫所感受的满足与安逸，不知怎么脑中忽然闪过一念，想起多年前听到大辉与莲珠姑姑在楼梯间争执，大辉便是这么说的。"取个英文名字就会高贵一些吗？你一个渔村妹，浑身臭鱼腥，改名叫萝丝就能变玫瑰？"

莲珠姑姑平日伶牙俐齿，与大辉吵嘴从不曾败阵，可当时她却一阵无言，似乎良久找不到话应对。银霞在暗中感觉自己竖起了两耳，像一只小动物匿藏在那里，等得好不心急，几乎要把膀胱里的尿都急出来了，才终于等到莲珠姑姑一声喷喝，放开我！

"换名字真的改变不了什么吗？那你怎么一直叫我阿珠，不叫我姑姑？"莲珠姑姑喘着粗气，忽然将声音压沉，像要说出一个秘密，"大辉，我是你爸的妹妹。这个，你改不了。"

莲珠

何莲珠，拿督①冯的女人，说起来锡都的华人社会没几个人不晓得她。特别是那些有点年纪的中老年人，见证过本地报业的巅峰时代，自然都记得何莲珠那时正好初登社交圈，因相貌身段姣好，为人热情豪爽，是各大华文报的宠儿，见报率奇高，没过多久便家喻户晓，成了公众人物。

细辉在母亲猝死以后，特地找了一天收拾母亲生前住的房间，居然翻出来一沓当年的报纸，看见莲珠姑姑的许多旧照。母亲的卧房在楼下，紧靠着厨房，她平日也不关门，于是这房间被她每天用桂皮八角黄豆酱黑豆豉辣椒糊咖喱末蚝油生抽绍兴酒花生油和其他许多香料熏出了一股复杂难解的油烟味，甚至连她放在房里和穿在身上的衣衫也透着这么一股味道，像是她与这房间已融为一体。即便何门方氏仙游已两年有余，那味道却经久未散，仿佛老人仍在房里恋恋

---

① 马来西亚有功人士勋衔称号之一，由最高元首或州元首授勋。

不去。

　　这屋子有五房二厅，楼下这房间特别窄小，按发展商的构思，想来应该是拿来给屋主当用人房用的。细辉的母亲因为腿脚不便，坚持不要住到楼上，还一味强调"这比我在楼上楼的房间好多了"，细辉自然是拗不过他母亲的，而且他和婵娟也还真想不出来该怎么解决老人家每天上楼下楼的问题，便只好遂其意，把她安置在楼下的小房间里。

　　如此经年，那房间俨然成了何门方氏自己的小世界。尽管过去她的房门总是打开着的，却因为房里仅得一扇对着后巷的小窗，采光不佳，加上老妇人为防老鼠蟑螂或野猫乘隙而入，终年将窗口的十多片毛玻璃阖上，故那房间在白日里看着仍像个幽深的洞穴，多年来一直被细辉和妻女视作禁地。

　　就在细辉择日整理母亲的房间以前，他其实已经来稍稍收拾过一回了。那时母亲的大体被殡葬公司从医院里领了去，说要一番整顿。婵娟从棺材街上的福禄寿殡葬服务公司里打来电话，让他到母亲房里找一套好衣服当寿衣，再有一些给她陪葬。

　　"你顺便仔细搜一搜她的衣柜和抽屉，你妈可能还藏着不少私房钱。"

　　那一回细辉走进那房间，才发现里头竟被母亲布置成储物室了。除了原来给这房间配的一张单人床、一个衣柜以及一张带镜子和小木凳的梳妆台以外，靠窗的墙角堆满了母亲囤来换钱的旧报纸，地上叠着许多准备拿来当擦脚垫用的故衣和破布。床底则是她的酒窖，除了几瓶她自己酿的黄酒以外，还有十来瓶原封不动的洋酒，几乎全是特级干邑白兰地。细辉知道姑姑莲珠自从嫁人后，每年农历新年时来探望母亲，除了礼篮和海味药材之外，还会捎上一瓶洋酒。母亲拿这些酒当宝一样珍藏起来，不知要存到何年何月，自己从未啜过一口。

细辉不止一回听过婵娟冷言冷语，说他母亲把这些名贵洋酒当成女儿红，恐怕要等大辉的儿子立秋结婚摆酒那一日才愿意拿出来。

他打开母亲的衣柜，看见里头的许多花布衣裳，正愁着该从何下手，莲珠来了。她利落得很，很快挑了一条深紫色的绒布绣花旗袍，还有好几套细辉几乎未曾见母亲穿过的衣服。

"你妈不穿它们，不是因为不喜欢，而是因为舍不得。"莲珠拿下衣挂，把衣服一件一件折叠方正，交到细辉手上。

"看看这房间好了，你妈囤了多少东西？"说着她环顾四周，禁不住叹了一口气，"以前在楼上楼她就已经这样了，搬到洋房来住也没用，禀性难移。"

办完了母亲的身后事，三七已过，细辉被婵娟使唤，再回到这房里收拾母亲的遗物。他把衣柜上的一个纸箱拿下来，看见里头存了许多已经泛黄变焦的旧报纸，更有两本杂志，忍不住一一打开，发现每张报纸都含着莲珠以前的活动消息和照片。即便挤在群体合照里，莲珠在那些照片中仍显得风致嫣然，光彩夺目。可报纸毕竟颇有年月，纵然用的是全彩印刷，此时上面的颜色却已七零八落，看着满眼斑驳。

细辉坐在母亲的床上翻看这些旧报纸，忆起往事种种，忽然省起这房里的家具是当年他们家新居入伙时，莲珠姑姑整套买了叫人送过来的。细辉记得婵娟为此大发雷霆，说莲珠姑姑之前来了一趟，到楼下的房间扫视一轮，头也不回，只盯着墙上一面脱了不少银漆的旧镜子，蹙着眉对镜里的何门方氏说话。"怎么是这种铁架床和塑料布做的衣柜？大嫂你真把自己当用人，要住在用人房吗？"

婵娟站在婆婆背后，在镜中与莲珠飞快地对看了一眼。

第二天下午，家私店的小罗厘来到他们的新屋门前。两个印度工人在开车的华人师傅指挥下，扛下来一整套沉实的原木家具，走的时候还问，房里的旧家具要不要我们替你处理掉？

那天傍晚细辉听见母亲给莲珠姑姑打电话，反反复复说，哎这太不好意思了，莲珠你太破费了呀。一句比一句殷切。他接过母亲递来的话筒，也跟着没头没脑地迭声道谢。莲珠在电话那一头，忽然感性地说："细辉，姑姑以前在你们家住了八九年呢。家里明明没有地方，你妈也硬生生给我弄个房间出来。"

"姑姑，你这是说的什么话。"细辉听得耳根发热，不禁挠了挠头，"我们这房子，是你付的头期钱呢。"

"那不一样，那是我给你的结婚礼物。"

他放下电话后，被婵娟一把拉到楼上，先是细声说，后来大声嚷，甚至还哭叫起来，顿足捶胸，一直说莲珠姑姑欺人太甚。"她花大钱弄这么一场戏，就是要演给我们看，故意让我们难堪！"

这些话，细辉与他的母亲自然守口如瓶，不敢让莲珠闻知。到了他们家设自由餐摆入伙酒那天，新家门前搭了布棚，莲珠携着拿督冯一同出席，十分赏光。细辉记得其时盛况，一辆银灰色的捷豹豪华轿车停在路旁，像是一只浑身发亮的银豹子，又像电影里蝙蝠侠的座驾似的，引得多少人围观称奇。车上下来的莲珠，也一身银光闪烁，风姿绰约，更令人啧啧。婵娟第一个迎上去，说姑姑和姑丈，你们实在太给面子了。

那时候拿督冯是社会名流，经商之余也从政，当过州议员。为了把各种名衔陈列齐全，他特地找人设计了对折式名片，比普通名片要长一倍。他给细辉递了一张，同时大着嗓子说"明年恐怕要印成三折式的了"。莲珠则夫唱妇随，也活跃于社交场合，在好几个华团的妇女组领了职衔，也在孩子就读的学校当上家教协会主席，三天两头便有照片出现在报纸上。他们两人站到布棚底下，像是马上在那里形成一圈磁场，牢牢吸引住每一个人的目光。那晚上到来祝贺的，一半是近打组屋的街坊邻居，一半是婵娟学校里的同事，无论相识与否，几乎无人认不得这对夫妇。细辉瞥见人们交头接耳，却都无法从莲珠与她的夫婿身上移开目光。

　　细辉在母亲留下来的旧报纸中追溯，竟觉得那年代像个盛世。那些年经济发展大好，人人都不愁赚钱的门道，连马票嫂此等妇人亦不惜放弃正职，不写万字票了，改了去炒股，每天花几个小时在股票行里翘首以待。国内的华文报章被各种商业广告挤爆，连讣告挽词也特别壮观，不得不加纸张，每天印成厚厚的一册。除了送礼促销让读者捡便宜以外，地方增版更是全彩印刷，随便翻开一页，都只教人觉得歌舞升平；里头的色彩毫无节制，把新闻照片里的男人一个两个灌得脑满肠肥；妇人亦多丰美，携儿如抱肥藕。细辉回想，那时候他真觉得人们都圆滚滚，像五彩缤纷的气球满街飘浮。

莲珠当年初嫁，虽已二十六岁了，却明艳照人，犹如一辆刚落地的新款车，每天被拿督冯带出门去炫耀一番。她先是在各种不同名堂的酒宴上亮相，被簇拥在一群手握酒杯、身着长袖巴迪衫的商贾和政要之间，后来不知怎的成了许多选美赛的评审，频频上台给得奖佳丽戴上桂冠，再稍微弯腰轻吻她们的脸颊，在各报章的对开版彩页上留下倩影。细辉的母亲每天翻报纸看图片，但凡见着莲珠，必然一阵愕然，嘴上碎碎念，似是始终不相信世情可以如此幻变。

"你的莲珠姑姑啊，以前住在楼上楼，豆腐这么一点大的地方，她居然没憋死，还等到这一天脱胎换骨了。谁想到呢？"

细辉记得母亲过去对莲珠有颇多怨言，一直没少给她脸色看。想当年莲珠姑姑提着两个旅行袋，穿着漂亮的宽摆花裙子来到他们家里，近打组屋落成尚未满一年，他们一家从经常淹水的河畔村落搬到楼上楼，也才几个月的事。母亲让这小姑子在客厅的藤质沙发上睡了一个晚上，等父亲在南部新山卸了货回来。当天傍晚父亲带大家到旧街场鸿图酒楼吃桂花面和滑蛋河。母亲在那一顿晚饭里几番暗示，说我们家才豆腐这么一点大，又说家里有男性三人，浴室一所，莲珠一个年轻女孩住进来必定诸多不便。细辉那时才七岁呢，筷子也没拿稳，一直低着头在吃碗中的广府伊面和炸鱼滑，没注意到父亲母亲多少次相互交换眼色，倒记得哥哥大辉忽然插嘴，令人一阵愕然。

"难道你们要她一个女孩自己出去租房吗？"

"你收声！大人谈事情要你来插嘴？"细辉把埋在碗中的脸昂起来，看见母亲面色铁青，先是怒瞪着大辉，却又瞟眼看了看一旁的莲珠。

莲珠住下后，细辉的父亲奀仔待这小妹一直和颜悦色，几次因为不堪老婆对她数落而出声呵斥，气得何门方氏说话时声音都颤抖了，绷着脸转身走进房里，等丈夫出门后她再到楼下找银霞的母亲诉苦去。银霞后来给细辉传话，不免鹦鹉学舌，模仿何门方氏咬紧牙关，尖着嗓子说"真激气啊""气死人啦"。

后来细辉的父亲车祸遇难，何门方氏好几日失魂落魄，大辉则未经世故，都难免手足无措，亏了莲珠奔走操持，加上楼上楼的好些邻居如宝华哥和修钟表的关二哥，以及马票嫂等人热心帮忙，才顺利完成丧事，把奀仔像瓜果一样摔破了再修补过来的肉身送到拿乞镇，长埋列圣宫义山。银霞与妹妹跟着母亲一起坐父亲老古的德士去送殡，记得母亲对她说，这儿是万里望了，再过去就到拿乞镇；这一路往下走，我们可以去到布仙镇，我的娘家。

奀仔去世后，马票嫂给何门方氏在二奶巷兴发茶室找了一份杂役，细辉知道从那时起，莲珠姑姑每个月拿到绰约照相馆发的薪水，都会给母亲钱，说是交房租。母亲对莲珠姑姑的态度自此改变了不少，甚至偶尔会把她拉进房里，轻声细语，对她说体己话。直至以后住十楼的宝华哥追求莲珠姑姑，母亲喜极，出了大力气撮合而不成事，似乎因此撕破脸，对莲珠姑姑又冷淡起来。

这些往事过去许久了，细辉当时年少，虽感觉到他们在近打组屋八楼的小单位里许多隐晦的变化，却实在搞不清楚所为何事。当时家里许多事情，都是银霞相告他才知晓的。那些年，银霞像个犯了什么天条的织女，终日坐在她家客厅里唧唧复唧唧，将一轮一轮的尼龙绳变成一摞一摞编织得扎扎实实的网兜子。她左耳听着收音机里的广播剧或时代曲，右耳听的是她的母亲与何门方氏或其他别的妇人坐在饭桌旁，一面择菜，一面诉苦。

银霞记得细辉的母亲有一回到她家来，与她的母亲窃窃私语，说起莲珠在外头被一个开车行的富商看中，"快要做人家的二奶了"。

那一回两妇人说话的声量特别小，银霞便分外警觉事态严重。她本想装着不经意地将收音机的音量调小一些，却因为那时正好播着粤语歌《今宵多珍重》，她一时不舍，等到曲终，却已是苏州过后①，饭桌旁的两人已转换话题，正说着大辉在日本打工的事。

真的呢。细辉凝视着旧报纸里笑靥如花的莲珠姑姑，忽然也生起了母亲以前的叹喟。那时候谁曾料到呢？莲珠姑姑一天下午静悄悄地从楼上楼搬出去，等在楼下的是拿督冯的马赛地豪华轿车以及他的马来司机。细辉坐在巴布理发室内，与拉祖一起被厚厚的暗影覆盖，看见莲珠利落地把两个行李箱交给司机。她打开车门，矮身钻进车中；头也不回，竟就这般脱了胎，换了骨。

---

① 苏州过后无艇搭，意即过时不候。

迦尼萨

莲珠搬离近打组屋,住到锡都东区的独幢小洋房时,大辉已在两年前远赴东洋,乘飞机到日本了。楼上楼的家里只剩下细辉与母亲同住,骤然冷清了不少。自从父亲去世,母亲到茶室打杂,而大辉与莲珠姑姑每天都得各自上班,细辉便已习惯了一个人在家,因而并不特别感到难过。而且那年他正要应付初级教育文凭考试,每天放学回家,巴士停在休罗街大路上,他沿着咸鱼街走,路上买一包猪肠粉或两块印度煎饼,顶着把人烤出一层泥巴来的大太阳回到家里,囫囵吃了午餐,马上又背起书包直接到楼下巴布理发室,与拉祖一起在象头神的注视下温习功课。

拉祖说,象头人身的迦尼萨是智慧之神,有四条手臂,却断了一根右牙;在莲座上跷腿而坐,以老鼠为使者。细辉每每功课做得不耐烦了,总习惯抬起头来与象头神对视,看他的一身圆融如婴儿肥,脸上依稀有着迪普蒂的神态,之后再一一打量他手上拿的各种法宝。这些物品背后的意涵,虽

得拉祖解说过,细辉却总是无心记牢,倒是银霞只听过一回便记全了,拉祖也不让她松懈,随时还会突然考她:

"告诉我,迦尼萨右手结的手印代表什么?"

"那是'唵',宇宙初始之音。"

"另外一只右手呢?拿的是什么?"

"那是守护三界的斧头啊。"

"断掉的是哪一根象牙?"

"右牙。象征为人类做的牺牲!"

细辉看着面前的两人你来我往,眼珠禁不住往上翻,随着他们的问答逐一检视画像中的法器。那莲花,代表纯洁和神圣,前面的左手还捧着叠得老高的一盘甜点,银霞说,那代表富裕丰饶的生活。细辉每次听到这儿,总觉得那盘里盛的是北方岛城的特产淡汶饼,便感到胃中辘辘,忍不住吞下一口唾液。

细辉小时候便知道了银霞的记忆力非比寻常,他也曾经像炫耀似的,促银霞当面给拉祖表演,把一本《大伯公千字图》倒背过来,再让拉祖随机抽号发问。那一回不仅拉祖被唬得瞠目结舌,连在一旁给顾客理发剃胡子的巴布,以及那斜躺在理发椅上,半张脸沉没在奶油般的剃须膏泡沫里的印度大兄,也睁大了眼睛,连声"哎哟哟",惊叹不已。

那一次银霞"技惊四座",让拉祖对这瞎了眼睛的女孩刮目相看，以后银霞再来，他让她参加他与细辉的蛇棋和飞行棋游戏，更让她跟着他们一起背课文和乘法表。银霞笑嘻嘻地跟着一起念，不过两三遍，似乎把那些数字和文章都咽进肚子里了，不怎么费劲便能将它们流利地背出来，直教拉祖自愧不如。他的母亲迪普蒂对这女孩怜爱有加，多少次搓手捂胸，像是颈子里装了弹簧似的，对着银霞摇头晃脑，说哎哟哟，这真是个迦尼萨大神眷爱的孩子。

"她要是能上学，那真不得了。"这话，迪普蒂不知说过多少回了。银霞似乎感知拉祖和细辉的目光都聚焦在她脸上，不免害臊，便抿着嘴，讪讪地垂下头去掩饰自己的欢喜。

"她不就是记性好吗？"拉祖不以为意，对银霞皱了皱眉目口鼻，"靠的死记硬背，没用的。"

银霞默不作声，倒是细辉在一旁狠狠瞅着拉祖，伸了伸舌头回敬他一个鬼脸。拉祖忍不住咧嘴一笑，一口特大号的白牙光如莹玉。

细辉记得有一回他与拉祖下象棋，银霞坐在他们之间，一如往常地沉着，只是低下头安静把玩被他们两人从棋盘里挤出去了横尸在桌面上的棋子。她用指头触摸那上面的纹理，动作很轻，仿佛在安慰它们，又像在施法想让它们复活。

那一局细辉自然是不敌拉祖的。拉祖在学校里是骄子，得众老师欢心，便常常私下向授棋的年轻老师讨教，棋艺比细辉进步许多。那时他已懂得排阵布局，几乎像变魔术似的，一再引细辉陷入同样的几个陷阱。细辉明知拉祖下的棋会坑人，却实在想不出回避的办法，往往才刚进入中局便已折车损炮，明显露了败象。细辉盯着面前那些茫然四顾、畏缩不前的棋子，感觉到自己的脑子一片凝滞，像是脑浆都凝固了，脸皮也愈来愈紧绷，却瞥见对面的拉祖虽然巧妙地以手遮掩嘴巴，眼里仍溢满得意之色，不由得心中一蹙，叹了一口气，颓然瘫倒在椅背上。

他想开口认输，却又觉得连认输的勇气也还没凑足，唯有盯着棋盘四面八方再审度一会儿，更确认了自己的棋子处处被对方钳制，无论怎么走都横竖一死。他再叹一口气，重新坐直身子，正准备要随便移动一个棋子时，银霞忽然在桌底下踢了踢他的小腿。细辉一愣，银霞的上半身已斜倾过来，在他耳边细声说："把你的马送前去，引他的象过来。"

细辉一时会不过意，怔怔地望着银霞。银霞再将脸凑得更近一些，声音更细："那样你的士可以吃他的车，还有机会用车把炮送过去，将他的军。"

银霞在说的时候，细辉的眼球滴溜溜地转，在棋盘上找到她所说的路线。寻思一阵后，竟然真觉得此路可行，起码绝对可以让他暂时打破困局，心下不由得暗喜，却只撇了撇嘴，皱着眉说："你咿咿哦哦在说什么呢？说得像鬼吃泥！"说着拈起一只红马，往敌阵更迈进一步。

拉祖脸上闪过喜色，又露出他那特大号的笑容。"嘿嘿，你这不是在送死吗？"说着，他拿起炮边上的黑象，跨了个田步，一把骑在那被对方送来当祭品的红马上。细辉强压住兴奋，他挠了挠头，仍装着苦苦思索，又弄得像举棋不定，却其实是按银霞指的路再走了五步，竟第一次将拉祖的棋子逼出险象来，欢天喜地地喊了一声："将军！"

这一下拉祖大为惊讶。细辉记得他扬了扬眉，像是在棋盘上看见不可思议之事，还得凝神回想刚才走的几步是怎么回事。银霞极力忍住笑，她抿着嘴稍微转过身来，又对细辉一番耳语。当时拉祖未觉有异，以为两人故作嘲弄的姿态，待他最终察觉银霞是细辉背后的军师时，他的黑棋已在险象环生中折损不少，还又让细辉出其不意地行了个杀着，再喊了一声"将军"。

这一局棋让细辉极为得意，以后无论过了多久，每每与银霞提起，他仍禁不住眉飞色舞。尽管他后来已记不清楚其中的过程和细节，却一直没有忘记当时的狂欢。他记得自己与银霞乐极忘形，手拉着手在巴布理发室里乱蹦乱跳，还不住欢呼，像是在给象头神献上丰收之舞。因而不管银霞后来怎么否认和纠正，在细辉的记忆中，那一次对弈最终由他与银霞获胜。"哼，把拉祖杀得片甲不留。"

银霞不想扫他的兴，而且也明白再无人可以验证这记忆的真伪，遂不与他争。她忘不了的是那天拉祖追问她何时又如何学会下的象棋。银霞彼时年幼词穷，尽管费尽唇舌，却越说越觉得世间道理越简单，便超出人类的语言越远，最后唯有放弃解说，对着黑暗中的拉祖傻笑。

拉祖问不出所以然来。他呆了半晌，忽然严肃地说："我妈说得对。你要是能去上学，真的不得了。"

"这不是么？"细辉坚持，正是在那一次弈棋中拉祖输了个措手不及，他才心悦诚服，当时便答应银霞，要了她心愿，带她到学校走一趟。

这事自然不获银霞的父母准许，母亲德士嫂尤其反对得紧，还特地到楼下去小小地警告了巴布，要他好好管住家里的男孩。巴布回身瞪了小儿子一眼，扬起铲子那样的一只手掌，喂，你听到人家怎么说了吗？此事因而拖了许久，等到有一天银霞催得急了，拉祖才伙同细辉，在一个下午放学后，将银霞从近打组屋偷渡出来，沿着锡米巷转到锡米路，一路偷偷摸摸地行到坝罗华小。

这路，细辉与拉祖平日走，不消五分钟就到学校了，可带着银霞却像牵着一头牛或赶着几只羊，细辉只觉得它忽然变得十分漫长。似乎走了许久，他们三人的影子从这一头挪到那一头了，才终于来到学校门口。柏油路上的三个影子越走越靠拢，像是连成一体，有点鬼祟地穿过了那牌楼式的校门，三对小脚齐步跨过它倾斜的影子。

那时候是下午班的上课时间，细辉记得他与拉祖把银霞夹在中间，领着她走过两排校舍，偶尔应银霞的要求稍微停下脚步，让她听听课堂里的声音。坝罗华小的下午班，上课的都是低年级的学生，那些孩子十分敏感，容易被门外的人影惊动，像路边的野草花看见阳光，纷纷抬起头或转过脸，睁大了眼睛好奇地等着门外的影子现形。站在黑板前或坐在讲台上的老师受这股引力感召，总是最后一个拧过头来，也默默等待他们显现。

细辉记得后来学校的校长忽然出现，在校舍三楼大声呼叫拉祖，声音之洪亮，犹如晴天霹雳，又像高空中的一盏探照灯，突然把强光打在了他们三人的身上。细辉昂起头，看见高高在上的校长在走道上探出半个身子，像挂在那里的一只大喇叭，正对着全校大声播报，拉祖！拉祖古玛，你上来！

拉祖三步并作两步跑到三楼去见校长，也不知谈的什么，半天没下来。细辉领着银霞走到校园中央一口不知已多少年无水，池里积的尘垢也不知有多老的喷水池边，与她坐下来聊天，东拉西扯谈得一鳞半爪。说到无话时，银霞抬起头，微笑着让阳光敷在脸上，似是在领受某种神圣的施与；他则低下头，看着他们的四条腿悬在池畔一晃一晃，节奏整齐得像四根钟摆。

拉祖从三楼下来，细辉与银霞已经不在校园里了。他之前和校长站在走道上说话，明明还瞥见两人坐在喷水池边上。他到学校旁的大榕树下转了一圈，还走进大伯公庙里，无视庙祝诘询的眼神，朝神坛上许多灰头土脸的神像看了一眼，再跑到对面的人民公园，远远便看见了银霞坐在秋千上，细辉站在背后推送，还笑得叽叽嘎嘎，一个劲说真的吗？你真的不害怕？说着不断使劲，把她荡得一下比一下高，像要将她送到天上去。拉祖后来说，即便隔得那么远，他仍然看得见秋千上的女孩缩着脖子，面如死灰，还像受惊的猫那样头发竖直，背也弓起来了。

"我立即跑过去，但太迟了。"他眨巴着大眼睛，表情极为诚恳。事实确是如此，他一边跑一边喊喂细辉——小心啊喂——细辉循声望过来，正是这时候银霞一个失神，双手再抓不牢两条铁链，便如有一条巨腿在背后狠狠踹了她一下，让她在空中被秋千一把甩开。拉祖不由得停下脚步，张大了嘴巴，眼睁睁看着银霞的橙红色裙摆随风扬起，如撑开一朵小伞，又像一株风里的蒲公英，形态近乎优美，而她最终却像是一只被弹弓射中的飞鸟，在飞翔中猛然摔下，一把扑跌在前面的草地上。

细辉看到的这一幕，与拉祖说的并不相同。他望向拉祖，想要辨明他的叫喊，眼角却瞄到一张影子飞毡似的在地上疾趋而过，银霞从空中跃下，仿佛武侠片里的高手从高处纵身夺马，又像巡捕逮人，竟不偏不倚地扑倒在那毡子上，仿佛她捕获了自己的影子。

银霞后来是由学校的一位老师送回近打组屋的。她的双手和膝盖擦伤得厉害，处处血痕；大腿上一片紫红，手臂上几处瘀青，一只手肘还肿起来。拉祖飞跑到学校里求助的时候，细辉怔怔地站在秋千架旁，看着银霞坐在地上，颤巍巍地向前举起两手，就像马来人祈祷那样，真主在上，仿佛掌中捧着一本厚重的隐形之书。他趋前一看，那两只掌心涂了泥巴，撒了草屑，露出的皮肉血痕如鞭，血色鲜艳得令人目眩。他说你怎么了银霞，很痛吗？

银霞哭丧着脸，明明痛得她咬牙切齿了，肩膀微微抽搐，涕泪也止不住地流了个满脸，她的哭声却细不可闻，像是那声音早在她体内被痛楚吞噬掉了。细辉自己也感到手脚僵直，他攥着拳头，咬了咬牙，仿佛已经开始在忍受人们的斥责与打骂。

"这次我死定了。"他看着被自己踩在脚下的影子,觉得他被钉在那里,逃不掉了。

拉祖领来了教他们象棋的老师。那是个长得特别高壮的青年男人,也没多问便一把将地上的银霞抱起,跨着连拉祖也赶不上的步伐,回到学校里替她清理伤口,涂上蓝药水,贴了些胶布,再开车把他们三个一起押返楼上楼。

那时候接近傍晚,组屋里已经闻得到油烟和饭香,听得见菜刀砧板与锅碗瓢盆等各种烹煮之声。大人们在老师面前都十分恭敬,一味点头;银霞的母亲频频拱手,她的父亲老古更握着这青年老师的手不住称谢,直至老师告辞,也许未及走到停车场坐上他的汽车,老古已经开始发飙,用手指戳着银霞的太阳穴痛骂。蠢货,活该。细辉的母亲也不落人后,尽管银霞抢着声明是自己要求到学校去荡秋千,拉祖也用他代表过学校参加比赛的演讲技能试图为细辉开脱,她却不为所动,像拧个什么开关似的,使力揪住细辉的耳朵,直把他的眼耳口鼻都拧得扭曲过来,也拧出了眼泪与号啕。

比起稍后被大辉"兄代父职"的一顿痛打,母亲那两根阴狠的手指不过只是奏了个简短的序曲。要不是莲珠动手阻止,甚至挡在大辉面前拦他,不慎被他的加粗藤鞭在手腕上抽了一下,让大辉呆在当场,细辉觉得自己终于会被打得皮开肉绽。事实上,这次的祸闯得太大,就连拉祖也无法幸免，被巴布在他头上敲了两记爆栗，将他痛斥一番，还罚他禁足——除了上学以外，一个礼拜不能踏出家门。

那晚上细辉赌气不吃饭，哮喘病又像要发作，十分难受。夜里莲珠把他带到她那窄狭得只堪一个床位的小房间，拿了冰块给他冷敷腿上和臂上的鞭痕，之后再用热毛巾轻揉，说是能消肿。何门方氏煮了一碗金旦面端到房里，看见细辉坐在床上攒眉苦脸，便说你这下受到教训，知道疼了么？

细辉闷不作声，强撑着不去看母亲一眼。只是何门方氏手上那一碗快熟面加了麻油，还有晚饭剩下来的几片炸肉，香气凶猛，把他逼得胃中鼓噪，禁不住咽了咽口水。莲珠看在眼里，笑着说，好啦你吃面吧。"这没多大的事。一点皮肉伤，小孩子很容易复原。"

细辉记得母亲冷哼了一声，把面递到他面前。他抬起头，母亲的一张干瘪的瘦脸满是讥诮之色。

"你运气好，没把人家的脸摔伤。"母亲将一双筷子也塞到他手上，"要是破了相，哼，老古和他老婆肯定要你娶了这盲妹。"

细辉撇了撇嘴，闷声不响地低头狼吞虎咽起来。尽管饥肠辘辘，他仍然觉得这碗面闻着香，送进嘴里却一股油腻和死咸，远非想象中的美好滋味。

大伯公

　　以前有好多年，银霞以为坝罗国民型华文小学与坝罗古庙像一枚硬币的两面，二为一体。她以为学校旁边有一间庙宇，大概就跟近打组屋楼下停车场有一座供奉土地公的小神龛一样平常，无非是为了驱邪驱鬼，保人出入平安。一所学校人那么多，细辉与拉祖在那儿上学的时候，学校里每个年级有六班，每一班四十余人，加上学校附设的幼儿园，还有老师校长，人数可没有比二十层楼高的近打组屋少，而坝罗华小的历史到底比组屋悠久许多。建一座像样的庙宇，把大伯公请来多加关照，到底是合理的事。

　　直到银霞出来社会，到锡都无线德士公司上班，她才知道坝罗华小虽与古庙接壤毗邻，过去许多年只以一棵榕树相隔，彼此却毫不相干，而且那古庙建于十九世纪，早晋百年身，要比坝罗华小年长四十岁以上，自是不可能为了庇佑学校的师生而建。

　　这些事，要不是报纸上写着，银霞也许一辈子都不会晓得。那些年各华文报竞争激烈，电台老板因人情难却，订阅了两份半买半送的报纸。同事阿月闲时给银霞念一念报纸上的大字标题，遇上她感兴趣的，便再念上几段内文，于是银霞才得以稍知坝罗古庙的身世，也才知道大伯公其实就是后土爷，平日多屈居在树下和路旁；几块木板或砖砌的简陋小亭，刷上红漆，盖上铁皮即为神龛，住所简陋得可以处处为家。这不过是住进了庙里，像是自己置业，有瓦遮头，便堂堂正正，叫作了福德正神，还把妻子土地婆也接来一块儿坐上神坛，接受香火。

阿月平日说话犀利，读报时却总是左支右绌，好些字不知其音，更不明其义，遇之只能含糊其词。银霞也不开口纠正，总是沉着聆听，不时点头以示会意。

尽管坝罗古庙就在近打组屋脚下，银霞在那儿住了二十多年，到那庙里的次数却寥寥可数。她家里神台上供着观音和祖先牌位，父亲老古与母亲梁金妹俱非善男信女，每年只在阴历九月初，带着小女儿银铃挤到万头攒动的斗母宫去给九皇爷上香祈福，求财，凑热闹，从不曾正眼瞄一下近在咫尺的坝罗古庙。细辉和拉祖在坝罗华小上学六年，除了每年大伯公诞期间，庙前烧了擎天巨香，更有人大锣大鼓地唱戏以外，平日难得察觉庙的存在，因而都说那庙以一棵大榕树为屏障，在树荫下自成世界，隐蔽得像是不稀罕人间烟火。

要不是他们说起庙里有一所义校，还信誓旦旦，声称见过好些身罹残疾的孩子穿着校服到庙里上学，银霞可真不会想要到那里走一趟。

那一回是莲珠姑姑带着她去的。莲珠到她家里说情，说二月初二大伯公诞呢。庙就在脚边，怎么能不去拜一拜，求一支好签？还打包票，说会把孩子毫发无损地送回家里。银霞至今仍然感念莲珠的好，也仍然记得她像海洋送来浪潮那样，说得一波未平一波又起，终于让母亲动摇。她说："德士嫂，你以为这孩子看不见就没想法了？她心水清呢。"

她们去的那一天也不知是不是二月初二，银霞只记得午间新闻刚播完，莲珠带着一阵爽身粉的香气来到她家门外，说走吧，上了香正好赶上细辉放学，可以和他一起回家。路上莲珠一只手撑伞，一只手牵着她，走得慢慢悠悠。银霞把母亲给她准备好的一袋子线香拎在手中，听到莲珠的鞋跟敲在路面上，叩门似的，敲响了一条街，于是这边有人吹起了走调的口哨，那边有人说，靓女，去拜神吗？广东话说得五音不全。莲珠都没搭理，银霞却感觉如沐春风，不禁张嘴微笑，步子越走越轻快。

"笑什么呢你？这么傻头傻脑？"

"莲珠姑姑好漂亮，像个大明星。"

"胡说，你没见过明星，也不知道我长什么样子。"

"我知道的。我眼睛看不见,我心水清。"

她们走进坝罗华小的大门,直接行到那棵遮天蔽日的榕树下。那时辰庙门前已经搭起了戏棚,还有乐师在给二胡调音,横箫随之,像是马上要演天光戏。莲珠带着银霞走入庙里,找那庙祝要询问古庙义校的情况和招生条件。庙祝是个丑脸乜嘴的男人,忙着,只瞥了银霞一眼便向她们摆摆手。走吧走吧,我们不收盲人。银霞早料得如此,因而心里不过略感失望,倒是莲珠不愿甘休,还要追问下去,那男人便没好气,连说几句不中听的话。你盲的不如去学按摩吧,也可以去拉二胡啊。银霞闻之烦郁,又听得外头大戏开锣,便揪了揪莲珠的裙子,说我们走吧。

"我想去听戏呢。"

那一场天光戏,银霞始终不知道演的哪一出,却坐在席上听得有滋有味,直至坝罗华小铃声大作,细辉背着书包来到戏棚前,看见那里有二三十张折叠椅排成四行,空空落落,除了两个跷着腿的男人坐在后排一边抖脚一边聊天,以及一个老妪坐在边上心不在焉地抽烟以外,便只有银霞端坐在前排正中的椅子上,脸透微笑,神情庄重如菩萨低眉,似在细心聆听台上的哭诉。

那戏其实唱得十分马虎。台上一男一女都老态毕露,脸上的妆却化得潦草,身上穿的戏服红的残绿的褪,亮片掉了不少，断线仍挂在原处，加上背后的布景简陋而陈旧，整台戏一副气数已尽的模样。细辉实在也听不懂戏里的唱词，唯见银霞入迷，不忍干扰，而又举目不见姑姑莲珠的身影，便在银霞身旁坐下，而后拉祖也来了，正要坐下时，原来坐在一旁抽烟，无休止地喷出烟雾来将自己缠绕的老妇，忽然站起身来破雾而出，说你们几个小鬼去去去，前面这两排椅子你们坐得么？说着挥手弹掉指间的烟蒂，一张瘪嘴念念有词。有怪莫怪，细路仔唔识世界。

莲珠在庙里上了香，求了签，因多次不能连续掷出圣杯，倒腾了许久，之后与那解签不得法，弄得人一头雾水的庙祝多谈了几句，出来时仍满腹疑团，抬头看见三个孩子直立在戏棚外的背影。拉祖与细辉一高一矮，背着书包，天兵神将似的将银霞护在中间，一人给她挽住一条手臂。二月初呢，阳光如火如荼，一把舔去了他们身上的颜色，世界便似乎不分青红皂白了。

回家的路上，莲珠特地带三个孩子绕了点路，沿着车来人往的咸鱼街走回组屋去。银霞自然特别欣喜，一路上听着车声人语等各种市井噪声，又与细辉拉祖笑闹，似乎全然不把入学不成的事放在心上。莲珠看着宽心，掏出小荷包来给他们各买了一根棒冰。银霞不知阳光的厉害，待他们走到楼上楼，她的红豆棒冰只吃了三分之二，其余的都被太阳舔过，融在了手上，好不狼狈。莲珠把她送到七楼，将一张签纸塞到她的衣袋里，嘱她对德士嫂说，求到一支好签了。

银霞回到家中，用黏答答的手掏出那签纸来，交给了母亲。德士嫂虽不怎么识得上面的许多字，却还认得那是吉签，又中意"凡事平常，求财六分"两句美言，因而甚喜。

第二日下午银霞从家中神台的抽屉里找出这一张黏人的签纸，拿到楼下让细辉解读。签文曰："三姓俱相伴，祥光得共生，更宜分造化，百福自然享。"细辉与拉祖研究了半天，仅一知半解，却都知道纸上一再提到"大吉"、"如意"和"亨通"等字眼，好话说尽，必是上上签无疑。三人乱解一通，玩得高兴，翌日细辉从家里再找来另外一张签纸，说是这粉红色纸条昨晚被大辉扔到了纸篓里，被他捡起来。

比之银霞拿到的第廿五签，此卅一签像是难度跳升六级，艰深了许多。细辉与拉祖不得不翻字典，却仍读得面面相觑。银霞要他们朗读一遍，拉祖便念了，"履薄登水池，危桥得渡时，重重忧险过，春色自芳菲"。签纸上附有白话浅释，什么有如牛郎织女渡银河，相对咫尺，却隔天涯；又云旷日废时，行行有险地，步步有危机，读之令人心惊。三个孩子本来贪图好玩，碰上此等签文不免兴阑珊。银霞遂回家去继续织网干活，拉祖看着她走出理发店，刚好迪普蒂从外面回来，在阳光下摸了摸银霞的脸蛋，伸手顺了顺她的头发。迪普蒂走进店里，开口便问，这女孩不是要到河边的庙里去上学吗？结果怎样了？

这事，银霞之前没对几个人透露，从坝罗古庙回来后也未再提起，却不知怎么传到了许多人的耳里。父亲老古说你呀怎么不知自量；几次在楼道上碰到大辉，都被他笑说盲妹阻街，不如去学按摩，帮人揉骨①啦。有一回马票嫂上门，银霞听得厨房那头两把女声，母亲声细如蚊，马票嫂倒是磊落，一字一句清楚分明，说那古庙义校里上学的非傻即憨，全是些精神失常的孩子。"你女儿要是到那里上学，迟早也会变痴呆。"

多年以后银霞坐在锡都无线德士台的办公室里听同事阿月读报，才知道当年马票嫂说的不全是唬人的话。报纸上说那古庙办学原是要扶助清贫子弟，后来教育普及，人们上学不怎么花钱了，会送到义校去的无非都是些无处安置的智障孩子，而且学生人数逐年减少，终至学校停办。古庙理事会将办学准证归还政府，随即把破落的校舍拆除，在原地建了一座色彩缤纷，造型古色古香的崭新牌楼。

银霞对阿月说起小时候她到坝罗古庙求学遭拒的事，不

---

① 按摩。

知怎么竟忍不住往那庙祝身上加油添醋,编造了好些他当时没说过的恶毒言语。

"盲妹还怎么上学呢?读了书又有什么用?以后找一个盲人嫁了吧。"

"样子长得还可以,不如去按摩院,学揉骨吧。"

"不如去拉二胡,自己顾自己。"

银霞自觉这样不好,可若不是这么说,她便不晓得该怎样让阿月明了她当时感受到的挫折,以及她后来好长一段日子挥之不去的恼怒与沮丧。若不是这么说,她真不知道要如何理解自己坐在戏棚下低头听戏时,脑子里的混沌,以及后来回家,她一边走一边吃着红豆棒冰,想到自己终究不能与细辉及拉祖一起,每天一同上学,一同走这一条回家的路,忽然心头一紧,像是被一只冰冷的手攥住了咽喉;胸臆间一口翳气吞吐不得,便难过得吃不下去,只有任那棒冰不住淌泪,一串一串滚落到手里。

美丽园

　　细辉的女儿小珊出生那一年，银霞一家在西北城郊美丽园买了一间排屋。房子比近打组屋七楼的单位稍大，也没怎么装修，拿到钥匙后即找人翻日历挑了个吉日，再找来一辆小罗厘把楼上楼屋里的东西全搬过去。

　　买房子的钱是银霞与母亲多年的积蓄，屋契上写的是银霞和银铃姐妹俩的名字，说是银铃毕业后得与姐姐一起还贷款。屋子入伙时，正好老古买马票中了头奖，赢得一万块钱，银霞的母亲梁金妹明白机不可失，便软硬兼施，前所未有地执着和坚持，包括几天不给老古留饭，并恫言以后不让他住到新屋，才终于逼得丈夫让步，拿出五千元来投到新屋里，小事装修，还买了一套像样的沙发。

　　虽说自己置业是喜事，但美丽园这么一幢小房子，还偏远，搬家实在没有什么好铺张的。银铃那时刚毕业不久，在都城一家会计行工作，特地在周末赶回来与家人吃了一顿晚餐，当是庆祝入伙。银霞记得母亲那天特别兴奋，在新厨房里施尽浑身解数，还瞒着丈夫，从咸鱼街的干货行买来上等的冬菇海参，把那一顿饭弄得比年菜更丰饶，直让老古吃得半张黝黑的瘦脸全是油光，腾不出嘴巴来说话。除了他们一家四口以外，马票嫂是唯一被请来的座上客，她也真开着车子，带着成套的精致陶瓷碗盘礼盒过来了。席间妇人俩说起过去二十多年在近打组屋租房的日子，梁金妹竟觉得像多年的媳妇熬成婆，忽然激动起来，好几句话的尾音都抖落在哽咽中。

银霞自然不觉得那些年在楼上楼的生活有母亲说的那么苦，反倒还怀念着那时候的许多人与事。只是她们一家搬走的时候，楼上楼人事全非，已不复往昔。细辉与他的母亲搬走了不说，拉祖自打到都城上大学后，便像鸟儿羽翼丰足，飞出去了再没回头。银霞家中也有妹妹飞了出去，她自己在无线德士台上班，早出晚归，每天没多少时间待在家里。七楼家中的暗黑一成不变，而她听着楼上楼人来人往依旧，新搬进来的人们也还在各个角落小声搬弄各家的是非，却觉得都与自己无关了，继而感受到这幢大楼经过许多的日子和遭逢，逐渐熬炼出来的孤寂与清冷。

于是房子买了，说搬走便搬走吧，银霞竟没有一丝留恋，以后也再没有想要回去楼上楼。倒是她的母亲在美丽园住下来以后，久了，因交通不便，邻里之间也都疑神疑鬼不相往来，才慢慢怀想起近打组屋的诸般好处。偶尔她问起，其实那里挺好的，你不想念么？银霞便笑。我有什么好念想的呢？这里或那里，都一样的乌漆墨黑。

母亲或者啐她一口，"怎么会一样呢？"或者长叹一声，一口气悠长得像是来自五脏六腑。有一回，她轻轻拍了拍银霞的手背，手便搁在那儿了，良久无语。

马票嫂说新屋子好，要比楼上楼更适宜银霞居住。"那里住的人太杂，又要上楼下楼的，不方便。"奇怪的是住在组屋的人家，不管住了多久，似乎都将那里当作暂居地，离开后鲜少与那地方再有任何交接。马票嫂虽不住那儿，反而多年来一直往楼上楼跑，与各家维持联系。她与银霞缘分深，老说"看见她总会想起以前的自己"，因而与老古一家也特别亲近。入伙这一夜大家兴高采烈，因银霞的母亲力促，加上老古卖力敲边鼓，饭饱后他们让银霞给马票嫂端茶上契。马票嫂也不推辞，从荷包里拈了几张五十元钞票，包在红纸里给了银霞，算是结了谊亲，以后便让银霞叫她作契妈。

银霞记得那一晚母亲兴奋得像是把她嫁出去了似的，破天荒地使唤父亲到外面去买回来三大瓶啤酒，还被那苦得像王老吉一样的黑狗啤呛得差点没把肺咳出来。银霞听着那一团急乱，当中居然有母亲的笑声，还一个劲说没事，我没事。妹妹银铃在她耳畔轻声说,妈像嗑了药,咳得眼泪都流出来了。

自从有了自家的房子,银霞感觉母亲像是有了底气,人变得刚强,与父亲说话也不像以前那样瑟缩,甚至有了胆子敢与他吵嘴,后来更因为嫌他口臭鼻鼾声大加上一双臭脚味同发霉咸鱼,某天下午忽然把他的东西都挪到尾房去,以后夫妇俩便分了房,又像撕破脸,从此待他犹如房客,一周说不上十句话。银霞银铃都不记得从哪一天起,母亲但凡在她们面前提到丈夫老古,都以"死老鬼"指称。父亲也以牙还牙,银霞听他在人前人后提起梁金妹,称的是"家里的包租婆"。

以前可不是这样的。银霞自懂人事以来,便知道家里什么事都由父亲说了算,而母亲唯唯诺诺,对街场以外的世界所知甚少,因而对丈夫言听计从,甚少有忤逆他的时候。以前很多届大选,梁金妹要把票投给谁,都得由老古授意,他说火箭便火箭,说秤砣便秤砣。搬到新家以后,梁金妹不知怎么像是有了主张,再去投票便不管丈夫的意思了。

有一年大选,银霞记得那天是三月八日,银铃一大早开车回来载着她与母亲一起到旧街场投票。那一辆国产车买来已一年多,虽然车里放了气味极浓的熏香膏,仍还透着一股如胶似漆的新车味道。银霞一个人坐在后头,一路抓紧车门的扶手，听见母亲猛夸这车子多宽敞多舒适，冷气也虎虎生风，"比死老鬼的车子好一百倍不止"。她倒是想起老古的德士以前也曾经是新车，当初他把新车开到近打组屋，他们一家人欢天喜地，都下楼去坐到新车上，几乎威风凛凛地绕城一周，还开到了象石镇，又在小埠美罗买了几包萨其马和鸡仔饼。彼时银铃年幼，印象浅，这记忆被岁月晒一晒就蒸发掉了。银霞却记得清楚，多年前的新车像现在的一样充满了胶漆的味道，车子的冷气一样风声虎虎，母亲也一样的欣喜和多话，像个孩子走进了游乐场，一路上不断问老古，这儿是什么地方了？

密山新村。

噢，就是这里卖的包子很有名呢。

这儿呢？

没看见三宝洞吗？我们在五兵路。

这儿？

金宝啊。

回来锡都时，天色已暗，在街上列队的路灯抖擞着挺直身躯。梁金妹与女儿一起坐在后座，她把小女儿抱在膝上，以胸脯作枕，让她歪着头沉沉入睡，自己则凝望窗外，借着路灯的亮光，努力要辨识街上的建筑物。比起她初嫁过来的时候，锡都似乎有了些变化，黑夜变得不那么黑暗了。直至经过华人接生楼,她转过头对银霞说,阿霞,我们经过华人接生楼了。

"是吗?我就在那里出生的呢。"黑暗中,银霞面朝路的另一边,对着那里的一片荒地使劲地点头,神情兴奋得像是她也看见了,喏,就是那一座灯火通明的大楼。梁金妹怔怔地看着大女儿,看她镶了金边的剪影,忽然想起那年在这所大楼里,银霞只是个刚呱呱坠地的婴儿,她把她抱在怀中,一直盯着她那像是被缝起来了,却找不到线头的一双眼。以后几天她心里仍抱着一丝希望,觉得女儿也许会像那些初生的狗崽猫崽,时候到了自会睁开眼睛。

那天在回家的路上,老古兴致高昂,在张伯伦路与休罗街接交的十字路口,忽然方向盘一摆,拐到姚德胜街去买了一包月光河和一包及第炒米,再一路哼着小曲把车开回家。银霞记得那两包炒面让父亲的新车充满了猪油、生抽和峇拉煎辣椒的香气。那香气似含酒精,熏人欲醉,银霞闻了一阵便觉得脸红心跳,回到家里已有点头昏脑涨,步履不稳。那美好的感觉飘浮在她的脑子里,当晚随她入梦,翌日醒来母亲对她说,阿霞昨晚你梦游了,在厅里来来回回走动,还叽叽笑呢。你知不知道?

银霞有梦游症,这事在楼上楼很快传开。按德士嫂说,银霞夜半爬起床,径直走出睡房,竟无须探手摸索,而是像一只焦急的母鸡，步子碎，却走得健步如飞，在客厅和厨房之间往返来回，为时数分钟；中间还在饭桌旁拉了把椅子坐下，最终又像在跟谁玩闹似的，笑着弹起身，一溜烟回到被窝里。德士嫂正巧在灶头旁傍着电冰箱饮水，目睹梦游全程，惊诧得说不出话来。翌日她追问女儿夜里梦到什么了，盲女银霞茫无头绪，只依稀记得自己在梦中与人对弈，陷入苦战，却已想不起来对手是谁。

楼上楼人口甚杂，一年到头不乏各种传闻和笑谈，谁也没把银霞梦游当回事。倒是后来银霞梦游时走动范围越来越广，声响越来越大。曾有一回闯进父母的睡房，站在门边不断玩弄房里的电灯开关。老古被惊醒，跳起来掴了她一巴掌；银霞乍醒，抚脸大哭；更有一回她拿钥匙打开家门，径自乘电梯到楼下，在瑞成五金铺和丽丽裁缝店门外，鬼打墙似的团团转，正好被夜归的十楼住客宝华撞上，亲眼见证了传闻，也证实德士嫂所言非虚——梦游中的银霞行动自如，动作敏捷，根本看不出来是个盲人。那以后德士嫂不敢掉以轻心，夜里睡觉得将大门钥匙带在身上，倒不是怕银霞出门游荡，而是怕她在走道上遇到野鬼找替身，会被怨灵怂恿，从七楼跃下。

那一年那个三月八日，银霞与母亲和妹妹到旧街场吃过早餐后，一起走到坝罗华小的投票站。在银铃的陪同下，银霞顺利走进课室里,在两张选票上打叉,完成了投票。过后母女三人在附近逛街,有意无意地走到近打组屋,在楼下流连了一会儿,居然没碰上几个旧识。只有在丽丽裁缝店门前,年老的丽丽跷着木屐出来相认,闲聊间说起当年银霞梦游的事,竟像历历在目,说宝华是夜加班归来,刚停好摩托,被梦游中的银霞吓了一大跳。据他说,银霞当时披头散发,在原地不断兜圈子,还嘻嘻哈哈,像是在跟他看不见的"人"玩耍。氹氹转,菊花园;炒米饼,糯米圆。阿妈叫我睇龙船,我唔睇,睇鸡仔。宝华心里一寒,以为见鬼。

鬼

　　近打组屋闹鬼的传闻，由来已久。楼上楼里"内部传闻"颇多，银霞从小听过不少；细辉与拉祖也经常见到楼里的妇人，无论种族，都三三两两，怪声怪调地传说这些耸人听闻之事。农历七月是传播这类流言的旺季，别说妇女，就连男人们也难免深受感染，加入这些绘声绘影的怪圈里。

　　银霞是不相信这些传闻的。尽管她以前也常常把在楼里道听途说的一些灵异事件转述予母亲梁金妹和她的好朋友细辉及拉祖，却也因为如此，她发现每一次转述，自己都无可避免地给这些传闻添枝加叶，最终创造了她自己的版本，而后听到母亲再与别人说，又发觉不尽相同，显然有了新的枝节。

　　后来到无线德士台上班，与同事混熟了以后，银霞才知道外头一直盛传近打组屋闹鬼，而且坊间流传的鬼故事，要比楼上楼里的精彩许多，也更骇人。想来这是合理的，近打组屋的位置多少有些偏隅，而且楼里住的人龙蛇混杂，拜什么神的都大有人在，自然也就有不同的鬼流连其中。再说，这么高的一幢楼，三百多户人家，谁家没有一本难念的经？曾有人在屋里产下孩子，也有过不少人在楼里断了魂。这些人有不少活着困顿，在外头难以立足；死了成鬼，又能往何处去？

在楼上楼流传过的许多"鬼话"当中，银霞和细辉印象最深刻的，不约而同，都是那个"有眼无珠的女鬼"。此鬼是最早期的传闻之一，确切年份不易追溯，反正是在楼上楼第一次发生跳楼事件之后。据说跳楼的是个外面来的风尘女子，午间从十四楼跳下，砸坏了一辆车子，死得玉石俱焚。此后便有人说在楼上楼这里那里看见一个形迹可疑却难以描述的女人，逢人便问"你有看到我的眼睛吗？我把眼珠给弄丢了"。声称见过此女的人后来总会生一场怪病，因而有很长一段日子，组屋里无论谁生病难愈，总会被暗示成"刚碰见过无眼女鬼的人"之一。尽管无人言明这女鬼的出处，但大家心领神会，都知道她就是那个在近打组屋首开先河的自杀者。人们当时阅报看了新闻，说死者留有遗书，字字俱泪；恨自己有眼无珠，一再错爱薄幸郎。

以后多年，这无眼女鬼像是在楼上楼住下来了一样，楼里的住户换了一代又一代，仍不时有人说看见她。其实自她以后，也许是近打组屋的名气打响了，有许多生无可恋的人慕名而来，各随己意选了个心水楼层一跃而下，每一个都顺利而决断地当场死去。久而久之，由这些跳楼者引发的各种事件和传闻，都成了老生常谈；无论是鬼抑或是人，似乎都再想不出新花样来——倘若有鬼，无非是在阴暗之处乘人不备，披头散发地亮一亮半截影像，但无眼女鬼终究不同，有关她的传闻历久不衰，而且三不五时总有人声称见着她，以至大家说起这女鬼，几乎像在说一个老邻居了。

选择到近打组屋来跳楼的，大多是华人，而且十之八九都是女性。这些死者化作鬼魂，似乎也像活着的时候一样，都腼腆内向，不善于与友族打交道，因而一般只对楼上楼的华裔同胞现身。有一年，楼上楼的居民受够了这些喜欢在阴处出没，专挑华人下手，频频令人生病和当衰的冤鬼，组屋的睦邻计划委员会因而决定募资，由楼里的华人住户掏钱，请来法师超度累积的亡魂，化解他们的怨恨，还在楼下安置了一座写上佛号的石碑，以收镇压之效。

关于那一场法事，外面的人传说得厉害。银霞后来从阿月那里得知，什么乌云蔽日刮风起雨，完事后马上青天白日之类的，逗得她笑疼了肚子。

"那法事和石碑到底有没有功效？"阿月追问。

"我怎么晓得呢？我连人都看不见，鬼才懒得来吓唬我。"银霞笑说。

那一场法事后不久，市政府出钱在近打组屋各楼层安装铁花，将楼上楼改装成一幢巨大的笼屋，再不让寻死者有隙可乘，以后便再没有人跑到这城中最高的建筑物来轻生了。楼上楼此后虽不添新魂，但旧日的冤鬼不见得就此消散，至少那鼻祖一般的无眼女鬼犹在。楼上楼居民中有的略懂茅山道术，说此鬼无眼，法事当日不及离去，而后被变成了笼子的组屋囚困，从此滞留。她后来仍经常在不同的楼层徘徊，仍然黑发白脸，面无三两肉；眼窝只有两个深邃的黑洞，却似乎对楼里的生活意兴阑珊，不再问人有没有捡到她的眼珠。

银霞年少时还真经常幻想自己终有一天会碰上这女鬼。细辉问她真碰上了，要怎么办呢？

"她要问我有没有看见她的眼珠，我会说，大姐，我连自己的眼珠都还没找到呢！"

哇哈哈。他们笑得前俯后仰，细辉还坐倒在了地上。

这事终也有不好笑的时候。在近打组屋被改装成笼屋以前，那一场让天雨粟、夜鬼哭的重大法事尚未举行，一个刚考过初级教育文凭考试的年轻女孩，在会考的最后一天来到楼上楼，从八楼跳下，创下了近打组屋落成以来跳楼史上的"最低纪录"。据说那女孩长得纤细，身轻如燕，选择从八楼跳下，实在风险极大。要是死不了，而是摔断手脚或摔坏脑袋，不知会有多难堪。

女孩跳楼时是个中午。楼里的居民上学的上学，上班的上班，剩下来的人听到"砰"的一声沉重的闷响，马上意会到发生什么事了。那是楼上楼建好七年来的第十八桩跳楼事件了。组屋里的人没有一丝惊慌，而且也都知道会在这儿跳楼，对近打组屋小区没有一点公德心和爱护之情的，都是外面来的陌生人。银霞在屋里一边织她的网兜子，一边跟着收音机里播的旋律，用鼻腔浅浅哼唱。那一声闷响让她吞下歌声，手上的活儿却没有停下来。她的母亲在厨房里剁肉，节奏戛然而止。两人都不作声，好像在确认这声响是真的。

这回死的是一个女学生，身上还穿着中学生的白衫蓝裙，马上让人联想到正在进行的初级教育文凭考试，以为身着校服自杀是为了向学校和教育制度抗议。警察处理这种事效率很高，很快领着黑车来到。两个马来警官像是在研究一道几何题似的，拿着记事本站在尸体旁埋头抄写和计算。之后几个脸戴口罩、两手套了塑料袋的印度汉子，用极快的速度将那女孩的遗体尽量捡起来，全凑在一个黑袋子里打包带走。

细辉和拉祖放学回来时，载着遗骸的黑车刚离去不久。他们站在红色的警戒线外，看着那用白色粉笔画在沥青地上的古怪人形，竟觉得她蠢蠢欲动，像要从地上爬起来。苍蝇已闻风而群起，顶着烈日的高温，在那人形里盘旋不去，像一群吊唁者一一上前去亲吻死者的血肉。傍晚时巴布被睦邻计划委员会召唤，带着长子马力到门外帮忙清理死亡现场，将凝固在地面上的血液和脑浆刷洗得干干净净。

女孩的死讯出现在翌日的报纸上。楼上楼的居民但凡家里有买报纸的，都拿出来供大家传阅，让大家看看她的遗照，并慨叹这么一个相貌可人，看着乖巧的女孩，怎么一声不吭，一个字也没留下就寻死了呢？

那天晚上宝华到八楼去找莲珠，邀她到外面去吃消夜，也给何门方氏带上一份当天的报纸，还捎来最新消息——昨天坠楼的是一尸两命。那女孩肚里怀着胎儿，母子俩都肝脑涂地。

"哎呀，唉！"何门方氏把脸皱成苦瓜，手上像碰到了烫手山芋，一把将那报纸甩到桌上。细辉正坐在一旁赶作业，抬头瞥了一眼，看见照片中的女孩清汤挂面，巧笑嫣然，顿时打了个激灵，浑身发软，心头像是轰隆隆滚进来一块巨石。已经好几年没发作的哮喘病，忽然就在这个炎热的夜晚发作起来了。

细辉这一场病，因为来得不寻常，而且旷日持久，五天里寻医三回，中西药都用过了，人却仍然迷迷糊糊，偶尔还会说浑话，坊间自然将之归类为"怪病"。所谓怪病，非凡夫俗子能治。第六天，何门方氏托人找来方士，那人五短身材，一张脸铁板似的方方正正，穿了件印着肉干行招牌的黄色T恤，也不乘电梯，从底层一路登上八楼，来到何家门前忽然双目圆睁，嘴上一声暴喝，脚下一跺蹬！方士上半身一边捏指诀一边念咒语，下半身步罡踏斗，咿咿哦哦，宛若一场独角戏。待他完事后收回手印，气息已粗，大汗淋漓，两腋一片漫湿，仿佛刚经历了一番苦斗。

"你家里有阴人。"黄衣方士瞪一眼门内的何门方氏，也不管此妇人呆若木鸡，有没有把他的话听进去，"她带着孩子来找父亲。"

那天方士还没离开，卧病多日的细辉自行爬起床，从房里走出来。除了脸上一副茫然不知人间何世的神情，他能走能跳，像个没事的人。方士走后不久，莲珠来探问，细辉承认他之前有两日放学回家，在门外见过那个后来跳楼自杀的女子。

"她是来找大哥的。"细辉不忍姑姑直视，缓缓垂下眼睛，"她问我，你哥要躲我到什么时候？"

当天晚饭时分，银霞听得楼上大辉家里一阵凌厉的吵骂，又听得碗碟摔破和细辉的哭声，好不容易等到后来争吵停止，鸦雀无声，她寻了个时机，摸索到九楼与十楼中间的楼道，以为会在老地方找着细辉。细辉却不在那儿。银霞在布满尘灰的梯阶上坐等了一会儿,听到八楼的防火门被人推开,力道甚猛,便知道来人不是细辉,却没料到防火门关上以后,响起来的会是莲珠与大辉两把声音。莲珠说,你会有报应的。

要你管?你管得着?

他们站在八楼的楼梯间。那楼道的防火门都关上后,实在就像一支竖起来的巨大管子,譬如烟囱。两人虽压着嗓子,但说话的声音由下而上,都灌进银霞耳里。她不期然屏住呼吸,可聆听了一阵,却觉得越听越糊涂。大辉与莲珠两人像是在各说各话,对话之间说的事八竿子打不着。莲珠说你连工作都换了,你敢说你不是在躲人家?大辉说你忙自己的事吧,去跟那个报纸佬拍拖吧,快点把自己嫁出去吧。

冤有头债有主呀,大辉。她生前你躲得了,她死了你还想躲?

你真当自己是我家里的人啊?你有何莲珠不当,都改名叫萝丝了。你以为我不知道?

人家是一尸两命呢。你一人做事一人当,难道还要赔上你弟弟?

取了个英文名字就会高贵一些吗?你一个渔村妹,改名叫萝丝就能变玫瑰?

银霞竖起耳朵等了一会儿,没听见莲珠回嘴,楼道忽然一片静寂，只剩下几只游兵散卒似的蚊蚋在周围巡逻，振翼有声。她心里疑惑，又感到小腹鼓胀，晚饭时饮下的一大碗莲藕汤已经输送到膀胱了。踌躇为难之际，莲珠的声音霍然响起。

放开我！你放开我！

银霞心里紧张，腰背一挺，有点怀疑自己是不是听到了"啪"的一声响，像是有人被打了耳光。楼下两人像两只动物搏斗过后各自喘着粗气。莲珠说，你一直喊我阿珠，不叫我姑姑，不是在骗自己吗？

大辉一时无言语。莲珠不等他回应，忽然叹了一口气，其声近乎慈悲。

"大辉，我是你爸的妹妹。这个，你改不了。"

这事以后没几日，五短身材的铁面方士再来到大辉家里。这回他带齐架生①和一老一嫩两个帮手，依然穿着印了"我来也"的黄T恤及黑长裤，脚踏厚底帆布鞋，入屋后即披上黄黑道袍，再把一顶八卦九梁巾往头上套。"肇祸者"大辉那天奉命待在家中，等着向冤魂认错请罪，弟弟细辉则因生辰八字相冲，必须回避。于是细辉来到银霞家中，挪了把椅子，静静待在她身旁。银霞在黑暗中对细辉笑了笑，她

---

① 架生：工具、武器等。

说你再靠近一些吧。细辉便挪了挪屁股,往她靠拢。

他们那天都安静得近乎肃穆。银霞一丝不苟地编织那无休止的罗网,细辉瞪大了眼睛,眼神却不在任何物事上头。因为如此安静,两人都听到了楼上作法的声响。有个法器丁零零丁零零的,竟令人心荡神驰,仿佛魂儿被吸引过去。那法器摇了许久,终于有人声响起,一把男声念起了八大神咒,却五音不纯,不知说的是粤语抑或是客家话。银霞禁不住抿嘴微笑。

那一场法事倒腾的时间长得出乎众人意料。铁面方士与女鬼斡旋,从上午至下午,念的咒冗长而单调。其中有一段,方士命大辉跪在地上,额前贴符,两手持香,跟着他一句一句地念,赌了许多咒,其实是在细数自己的罪状。也许是因为知道一整幢楼的人都竖起耳朵在听,大辉的声音越来越细,连银霞都难得听仔细了。终于那方士恼火,身子一旋,桃木剑一挥,对大辉来了一下当头棒喝。

"死打靶仔,真有心悔改就给我一字一句大声念清楚!再这么鬼吃泥,看你这条小命还要不要!"

那真是一个奇幻的午后。银霞想象楼上楼的人们全肃静下来,都在屏息以待。她的母亲梁金妹跟平日一样在家里走动和忙活;蹲在浴室里洗衣,在门外的扶栏上晾衣服;在厨房里洗切和做饭,给放学回来的小女儿开门。午饭后也一如往常，坐下来与银霞一起编罗织网，可大半天说话极少，偶尔言语则声量极细，显然也在悄悄留意着大辉家里的动静。

　　法事终了已接近下午四时。黄衣方士这么一通长袖善舞，据说对女鬼软硬兼施，使尽法宝，还焚香烧钱调遣天兵神将，最后逼得女鬼答应离去，跪在地上的大辉已站不起来，方士也筋疲力尽，累得差点往后一倒，幸好两个帮手一左一右及时搀扶。

　　这么呕心沥血的一场法事，可惜除了大辉与他的母亲和姑姑以外，楼上楼再无其他人有缘目睹。那方士收了酬金，在大辉家中各角落及房门贴上镇宅符箓，再给何家每人分发一个缄封在透明塑料套子里的灵符，嘱他们务必要佩带在身上，又云以后七天必须全家茹素，还得连续七七四十九天在门外撮米插香等等，指示甚多，门道繁苛。

　　银霞的家在大辉家正下方，只隔一层钢筋水泥，凭她的听力，几乎像收听广播剧一样，听得头头是道。就在法事快完成时，唱咒者止声，剩下那挂着铃铛的法器兀自摇曳，丁零零丁零零。银霞忽然打了个冷战，手指停在尼龙绳上。细辉察觉，怎么啦？

　　听到吗？有女人的哭声。

　　细辉倾耳听了一会儿，说没有啊，哪来的哭声？谁哭？

　　银霞却明明听到了，女子的哭声如一缕细烟，呜——

呜——呜——幽幽穿梭在那法器的叮咛中，仿佛与那铃声对话，欲断难断，如泣如诉。银霞有点毛骨悚然，手指仍挂在网上。她几乎以为那女子终于会用哭腔诉她的苦，将平生唱成一段苦情的折子戏。

兴许那铁面方士给的符箓奏效，那天的法事以后，大辉一家确实人畜无伤，连细辉那么孱弱的身子，此后也不怎么犯病了。只是法事后不久，楼上楼即有早起的居民声称看到了一个穿校服的女子，黎明前坐在不同楼层的扶栏上；身体轻飘飘的，把扶栏当作摇椅，在上面大幅度地前后摇晃，如同马戏团的单杠杂技表演。不同于之前的其他女鬼，这一回大家似乎都不忍将其丑化，因而传说中的她头脸俱全，眉目清白，秀发齐耳，身上穿的白衫蓝裙也都整洁干净，唯偶尔有人见她抱了个血红色的襁褓；不见婴儿，但闻啼哭嘤嘤；音质粗糙，像是来自发条式的发声洋娃娃。

由于出现了这女鬼的传闻，又适逢楼下的盲女银霞频频梦游，其状诡谲，楼上楼里不免许多的危言耸听，大辉在古楼河口的叔父辈们都认为他不宜在近打组屋久留，故建议他越洋到外地，"过一过冷河"。于是不知谁出了个主意，让大辉拿他父亲死后留下的保险赔偿金作保，到日本使馆办了个签证，再给他买一张到东京的往返机票，让两个堂兄带着他到日本跳飞机。那可是大辉生平头一回有机会出国，在他看来无疑是因祸得福，因而没有怎么迟疑，当即办妥一切手续，跟随堂兄混进一个旅行团里，朝东出发去了。

银霞一家多年后搬到美丽园的新居所，她的母亲不时说起楼上楼的这段往事，总说她那时候就想着要搬走了。"那地方风水不好，一大摞白鸽笼，把人和鬼都困在里头，谁也出不去。"

也许是从未真遇见过鬼，银霞习惯了楼上楼的驳杂，总觉得那儿煞气大，打骂哭闹与讨债恐吓之事从来不少，那些孤魂野鬼相对而言倒是都孤僻安静；鬼与鬼之间从不串联，也不结党，与他们共冶一炉似乎没有多大的难处。有的时候她甚至觉得这些鬼魂如熟人般可亲。譬如她在组屋的长廊上走动，感觉有阴风撩人，又听得婴儿唧唧哼哼，必会想起那个穿校服的女鬼。银霞暗地里为她庆幸呢——既然带着一个孩子，应该不至于像别的孤魂那样寂寞而无所事事。

所有的路

美丽园那么偏远，搬过去以后，银霞每天乘父亲老古的德士到街场上班，下班后也等父亲来载她回家。也许是因为父女间话题甚少，也可能是因为路况不良，银霞总觉得路途漫长，教人难熬。老古早上载她出门，路上要遇上有人招手，只要顺路，他便让人家上车，除了赚回路费，或许还能找到一个说话的对象，好驱走车子里的闷气。银霞亦乐得如此，即便许多时候，上车来的乘客并不怎么说话，但多了个人，她就觉得自己与父亲之间的无话不至于那么尴尬。

从美丽园到街场这么长的路，银霞在路上百无聊赖，只有在心中默想这一路的所经之处，仿佛在心里摊开她的路线图。从九洞新村大街开到与斯里宾路交接的大圆环，路过文冬新村与丽华花园入口，即吴永合路的路口拐进去，有一所智障者收容中心在路旁。她坐的车子却不在这路线上，而是得继续往前开，经过卫理公会中学，对面有一所天主教堂，过了桥就是巴士总站，隔着一个圆环与之相望的是美丹杰市场，那儿几乎全是马来人开的小店……银霞这一路想下去，如箭离弦，与老古的车速不成比例，自然很快抵达锡都无线德士台的办公室。可她常常不往电台的方向去，总是中途转到别的路上，譬如取道梁文水路直往斗母宫，再拐到庙后，经过德记酒楼去到彬如港新村，"见到"在大树下卖客家酿豆腐的摊子与排队的人龙；有时候她在巴士总站前已然开溜，左转经火车站门前直驶，再右转到波士打路，然后在市区的大街小巷穿行，经过热闹的中央公市和近打超级市场，再到高温街……

老古的车子开到电台楼下时，银霞往往已经去得很远了。更多时候，她不在市区流连，而是在休罗街与波士打路的交接口，沿着那竖着一个巨型夜光杯的圆环，取长长的五兵路往南，经银州苏丹的行宫，越过浅窄的宾宜河，或者走小路经过锡都游泳俱乐部与皇家高尔夫球场，或者不，直接从大路左拐，进入密山新村。

锡都六百多平方公里，不是个小地方。银霞自从在电台上班，像记谱一样，把这些地名路名以及大致的方向记下来，心里熟门熟路，像画了一张锡都的地图，但她实在到过的地方却没几个。搬到近打组屋以前，她与父母及妹妹住在文冬新村，却由于当时年幼，记得的不多，只记得那地方鸡犬相闻，门前一条坑坑洼洼的破路，厕所与浴室分开，都在木屋后头。屋前薄有土地，母亲种了些苋菜羊角豆番薯叶，偶尔还养上几只鸡鸭，便经常有蛇从菜地钻进屋里来。

以后二十二年她以楼上楼为家。那样一幢砖砌的大楼，寸草不生；家家户户各得其所，共享门前一条走道，与新村里的屋子不可同日而语。母亲倒也住得安稳，也依然能用几个陶罐种出小辣椒和班兰叶等小作物来，除了家里自用，还不时拿些收成去与邻里套交情，换回来这家给的一小瓶青草油或那家给的几块芋头糕。更好的是这组屋建在旧街场，楼下即为闹市，有许多海味铺，也有百货公司、布庄和照相馆，还有几家出名的茶室，一城的人都到那儿去喝白咖啡。再走几步路，有学校，有神庙，有公园，有树，有河流，应有尽有。

银霞自然是十分喜欢那地方的。楼上楼下左邻右里，无时无刻不充满了日子的声息。小时候父母只让她在组屋用铁丝网圈定的范围内活动，后来她长大，组屋的围篱改成了砖砌的矮墙，但只要有可靠的人做伴，母亲便同意让她出门，最远可行到坝罗华小和人民公园一带。她也曾偷偷越界，横越车水马龙的休罗街，到旧街场另一边去吃豆腐花和鸡丝河粉，甚至"远行"到新街场，买了她一直想吃的葡式蛋挞。她也冒险去过小印度，淹没在那儿的鼓声中，被大宝森节浩浩荡荡的游行队伍卷走，差点与拉祖和细辉失散。

比起以前的住处，美丽园虽然房舍密集，每一座长长的瓦片屋顶如同一条脊椎，联络着几十间住屋，人们算是住在同一屋檐下，却人人清虚自守，老死不相往来。银霞一家住的那条路上，除了附近回教堂每日五回的诵经声，有个妇人每天下午在家开响伴唱器材，以《苦酒满杯》开始，用伤风鼻塞般的声音连唱两小时的卡拉OK，此外终日难得闻见人声。这住宅区还所在偏僻，前不着村后不着店，公共巴士一天没来几趟，生活上很不方便。梁金妹弄来一台脚踏车，除了到两公里外的菜市场买点食材，便没有其他地方可去；银霞更是每日乘父亲的车子来去，几乎没有走出过大门。梁金妹以后总后悔自己把房子买在这种地方。"都怪自己贪便宜，以为捡到宝，边有咁大只蛤乸随街跳①。"

"省口气，看开些吧。"母亲发的牢骚，银霞听多了心烦；再多听几回，也就坦然。"这房子要建在别处，我们怎么买得起？"

除了这些住处，锡都里银霞比较熟悉的，唯有密山新村了。那是她的谊母马票嫂出生和长大的地方，后来还嫁给了新村里的大户人家，直到以后改嫁才告别那里。马票嫂的娘家却一直在密山新村，其母以前带着几个小孩，向村长买了

---

① 蛤乸：蛤蟆。世上哪有那么便宜的事。

块地，就在密山新村橡胶厂附近。亲友怜她孤苦，凑了点钱帮她建了一所简陋的木屋，以后便在那儿终老。

马票嫂确实姓马，全名马彩燕，自出生懂事以来，只知道家徒四壁，有母无父。她上有长兄大姐，下有一个弟弟，兄弟姐妹四人分成两个姓。母亲邱氏少年时被族中长辈从广东沿海的老家拐到南洋来，草草养了几年即婚配予人，带着几件旧衣裳嫁给了一吴姓男子，生下长子长女。吴男为制鞋工人，天性懒怠，旷工时有，换过许多东家，且又染上赌博恶习；无能养家不说，更三不五时发穷恶，对妻儿拳打脚踢。邱氏养猪种菜和接各种杂活，等于独个儿担起一头家，还得经常遭丈夫嫌，被他暴打。这日子过了几年，长子刚五岁时，吴男在外头为钱与人纠纷，招呼不打一声便躲得无影无踪，以后三年音信全无，不知是不是被日本军兵打死了。邱氏只知含辛茹苦，自求多福而已，不料那将她拐来南洋的亲戚，见有机可乘，又收了别家茶礼，将她改嫁予一马姓中年男子。

邱氏的第二任丈夫为密山新村橡胶厂工人，为人老实温和，待邱氏以及她与前夫生的两个子女也算良善。婚后第二年邱氏生下女儿马彩燕，翌年再诞下小儿子。此时丈夫接到中国梅县老家寄来的书信，当晚对邱氏坦言自己渡海下南洋以前，在老家早已婚配，并育有三名子女。如今乡里的妻儿托人来信，指月明千里，靡日不思；信中一字一泪，唤起了他的思乡之情。马男交代完毕即收拾行李，三日后一大清早挥别邱氏与孩儿，说是回去探望老母妻儿并一解乡愁，岂料孤帆远影，竟有去无返，邱氏与孩子们此生再无缘与他重逢。

这两段婚姻譬如朝露，留下的却是几个沉沉实实的担子。邱氏心灰意冷，矢言再不嫁人。她拿了马姓丈夫留下的五十元去找密山新村村长，买下一块地皮，在亲友与邻人帮忙之下草草盖了间屋子，从此自力更生，靠着过人的意志和劳力将四个孩子抚养成人。

马票嫂自懂人事便知道家贫，母亲邱氏无日不辛勤劳动，除了养猪种菜，还每日赶在太阳前头，步行好几公里到山里砍竹；好几根十来尺长的大竹管扎成一捆扛在肩上送回密山新村，等买家来收。山中的猛虎长蛇固然令人心战胆栗，那些来收竹子的买家更有不少坏心眼，欺负邱氏目不识丁，经常做假账克扣她的货钱。邱氏虽心中有数，却因为看不懂人家账面上的数目而有口莫辩，心里恨极，觉得家中不能无人识字，遂与长子长女商量，决定挑两个孩子送到学校念书。

"让小妹去吧，她比较聪明，一定学得比我们快。"长女说。其时她已是妙龄少女，每天上午在密山新村巴刹里帮人家顾摊子，赚点养活不了自己的小钱帮补家计。

"是啊，还有小弟。反正他们两个年纪小，在家也出不了什么力。"长子也觉得自己学龄已过，羞于与那些七八岁的孩童挤到一课堂里上课考试。

马票嫂与弟弟便这么被送到了密山华小上学。她天性聪颖勤奋，七岁起便每朝踩着小板凳上灶头做饭。待饭菜煮熟，学校的上课钟声多半已经响起，她提着装了书本的藤篮子飞跑到学校上课。那时候家里穷得饱食没有一顿，好衣服没有一件，就连兄弟姐妹四人穿的内裤也由人家施舍。小学一二年级时，马票嫂因为只得一件内裤，每天起床后第一要事便是将小内裤脱下来匆匆搓洗，再晾挂到屋外晨光最盛之处。那些年赤道上的阳光比较年轻，没有如今这般暴躁凶恶。到了上课的时辰，那三角裤往往来不及干透，她别无选择，只能穿着它去上学。

"我坐下来上课，裙子和椅子都湿成一片，留下水印。同学们给我取花名，叫我濑尿燕。"

许多年后马票嫂对谊女银霞说起这童年往事，说得戏剧感十足，忍不住拍了拍自己的大腿哈哈大笑；笑得眼角挤出泪水，那泪流到她的嘴角，被她伸舌舔了去。银霞想陪她一起笑，无奈心里揪成一团，只觉五味杂陈，仿佛那故事里也包含了她自己的身世，便无论如何弄不出一张笑脸来。当时银霞的母亲也在场，禁不住连声哀叹，唉，真凄凉，冇阴功。

当年坐在课堂里的女童马彩燕当然不觉得这绰号好笑，却也没感到这事有多凄凉。毕竟她那时年纪小，像是身体感官尚未发育齐全，既不太能感觉语言的尖锐，被那些话刺伤了也不太有痛感。再者，虽然同学一般待她不友善，学校的老师却都疼她怜她，一是欣赏这孩子勤勉好学；二是老师们也听闻她家境穷困，时不时送她一些旧文具和旧衣物。

"我那时脸皮薄，心里想了一百次也不敢开口说——老师老师，能不能给我几条旧内裤呢？"

在老师的怜惜与帮助之下，女孩马彩燕顺利完成小学六年的学习，成绩优异。当年的校长带着一位老师骑脚踏车到她家里，对邱氏费了许多唇舌，说服她每个月挤出两块钱来，让女儿彩燕到金宝路的女子中学继续念书。

那学校颇有气派，是城中的名校之一，却离家六七公里以外。少女马票嫂得以铁马代步，每朝忙了家事农务后风风火火赶着上学，多少次骑得脚踏车链条从牙盘上飞脱，在路上着着实实地摔伤过几回，还差点没把两个轮子旋成火圈。尽管如此，一个月里总免不了几天迟到。中学的老师比较严厉，远不如密山小学的师长那么好说话，总是在课堂上当面奚落，彼时马票嫂正值青春期，脸皮还薄得很，但所有的感官都长齐全了，心里又像是有许多旧伤未愈，容易被这些话触痛，难以自已。直至多年后对银霞提起，心里犹有余恨，欲笑不成。

　　原来那么聪慧而专注的一个女孩，上了中学后渐渐识得人间疾苦，百忧丛生，学业成绩便不如从前了。尤其是中三那年，家中的姐姐嫁作人妇，少女马彩燕不得不顶下姐姐留下的活儿，每天起得更早，放学后马不停蹄，替母亲准备好翌日要拿到巴刹里摆卖的瓜果蔬菜，再无余力顾及学业功课。如是者她仍不言弃，一直强撑至中学毕业，因家中情况依然恶劣，母亲圈养的每一头猪都为这个家背着一屁股赊账，马票嫂明白深造无望，便收拾心情接下母亲的烂摊子，在密山新村巴刹当起了菜贩。未几，被巴刹内开茶室卖包子的陈姓人家相中，托人来向邱氏说亲。

　　陈家在密山新村是大户，祖上开米铺，百年开枝散叶下来，有人劏猪卖肉，在巴刹里占了两个摊位；有人当炉卖肉包，其包子因味鲜肉美，远近驰名，光顾者不计其数。因家道昌旺，陈家气焰极盛，家中的妇人更是出了名的泼辣嚣张。看中马票嫂的是陈家幼子，性格木讷，常常到菜摊来借故亲近，却支支吾吾，言语乏味，倒晓得每天送上好吃的包子或加了上好烧肉的汤面。马票嫂本来瘦削，不到半年即被此君养得膘满肉肥，脸上有光。待说亲人上门，她自觉欠人太多，加上母亲与兄长大力赞成，她便点头答应。当时年华未足双十。

少妇马彩燕在陈家待了三年,产下一子。那三年里陈家人对她百般奴役,让她吃尽苦头;丈夫又怯懦苟且,对她的哭诉与埋怨无动于衷,令她齿冷。以后每每说起,马票嫂都觉得那是十八层地狱走了一圈,等于不见天日,给陈家做牛做马。尽管与娘家只隔了几个路口,却因得不到婆婆允许,那三年马票嫂只回去过三趟。第一趟回去时人已瘦了一圈,眼袋装着两泡哭不出来的泪水,与母亲相顾无言;第二趟怀着孩子,更形憔悴,精神恍惚地听母亲唉声叹气;最后一趟她抱着孩子逃回去。孩子完好无损,她脚下穿的人字拖丢了一只,甫进家门即与邱氏抱头痛哭。

逃离陈家的那一日,马票嫂记得陈家门前的阳光洒得均匀,天空一片和颜悦色。她做完上午的家务,怀抱年幼的儿子去见婆婆,请求她的批准,让她回娘家探望母亲。老妇人却如常摆着臭脸,眼睛不抬,嘴巴不张;一尊老菩萨似的不动声色,仅仅用鼻子"喷"出她的回答。你敢回去?你给我试试看!

明知婆婆不会答应,马票嫂却还是愣了一下。也许是因为那轻蔑人的语气,也可能是婆婆脸上一点不掩饰的鄙夷之色实在太令人难堪了,马票嫂忽然羞愤莫名,一股怒火在胸腔里霍然冒起。她深深吸一口气,没想到竟像拉了拉风箱,立即催动了火势。

"我就是要回去。我已经一年多没见过我妈了。"马票嫂挪了挪怀中的孩子,调整他的高度,像是把他当作盾牌,好护住她扑通扑通、呼之欲出的心脏。这么做的时候,她感觉到胸中的火焰已经蹿上大脑,把脑浆烧得沸腾起来,浑身的血液也随着升温。

"不管你答不答应,我现在就带孩子回去。"

"你敢?"陈家老太太面不改容,却终于正眼看她;一对眼珠撑得像两颗乒乓球似的,仿佛要从眼窝里蹦出来。

"你就看我敢不敢吧。"马票嫂再挺胸吸了口气。不知怎么,心头的怒火烧得熊熊,她却开始觉得浑身冰冷,像体内有一层厚冰在融化,禁不住牙关打战,身体发抖。"我们明天回来。"

马票嫂说了转身就走,从婆婆的房间一直走到客厅,昂首阔步,越走越急。陈家的双层独幢洋房,在密山新村属少有的豪门大宅,马票嫂每日跪着擦亮一屋子的地砖,尚且不觉得这房子有这么宽敞,大门有如此遥不可及。她听见陈家老太太在房里叫骂,还像召唤恶犬似的,大声疾呼她的两个女儿,心里咯噔一下,两腿顿时有点发软。

陈家老太太出身米铺世家,年轻时带着丰厚的嫁妆下嫁卖包子的小贩,因而陈家以母为尊。两个女儿最为仗势,像是自出娘胎便能张口咬人,平日声大夹恶,言语恶毒,都争着为母亲做各种欺人之举,行诸般凌虐之事。马票嫂在陈家最畏惧的正是这两个大姑子,平日只要远远听到她们的咆哮,她便胆战心寒,不由自主。

当日天色祥和,天空湛蓝得像蕴含着一个美好的隐喻。马票嫂打开前门,阳光如一群撒欢的白鸟朝她飞扑过来。她抱紧怀中的男孩,匆匆穿过院子。那些今早才被她清洗过的衣物,男左女右,分别挂在院子两侧的晾衣绳上,在阳光下如许多沉默的人影目送她离去。马票嫂拉开门闩,一把推开沉重的铁花大门,便开始往前奔跑。两个大姑子一尖一粗的吆喝声在背后响起,她头也不回,在那亮着白光的路上越跑越快,拐了个弯,盯紧橡胶厂的烟囱,往家的方向跑去。

那橡胶厂的烟囱正冒着白烟,烟极浓稠,一团一团地输送到天上,像是在给天空制造云朵。马票嫂觉得整个密山新村出奇的静谧,除了她自己的呼吸和心跳声以外,村狗不吠,车笛不响,怀里的孩子也不哭闹,就只有背后隐隐约约的妇人叫嚣。那叫骂声越来越近,越来越响,马票嫂回头一看,两个大姑子之其一骑了脚踏车来追赶,一边蹬车一边斥喝,叫她打炮货,给我追上了你就死。

眼见来人这般势凶,那一刻马票嫂明白了这路没法回头,只能往前走了。她咬了咬牙,又再往前跑了一小段路,在路口被骑脚踏车赶来的大姑子追上。那大姑子身材肥胖，嘴巴一刻没闲，还没停下脚踏车即已伸出一只胖爪来，要抢马票嫂怀中的儿子。那孩子忽然受惊，"哇"的一声大哭，还揪着马票嫂的衣袖，使劲往她怀里钻，像要挣脱大姑的魔爪。马票嫂听见孩子哭，心头一震，不知哪里生出一股力气，扬起腿来往大姑子的脚踏车狠狠一踹，摔飞了脚上的一只拖鞋，却将那胖妇与坐骑一并踢翻。

马票嫂的这位大姑子，虽一身横肉，却终究娇惯，受不得皮肉之苦，又因身形笨拙，两腿夹着脚踏车摔倒在地，犹如乌龟翻肚，一时半刻爬不起来，只知呼痛与诅咒而已。趁着这时机，马票嫂想也不想便抱紧孩子逃开了去，一个转弯跑到密山新村大街上，见路旁一小店门扉半掩，她自知识得看店的老妪，便闯了进去，只能泪眼相求，不及细说，径自寻了个阴暗角落藏身。

下午回到娘家，邱氏正蹲在屋前修理猪圈，看见女儿推开栅门进来，披头散发，面色惨淡，怀中伏着稚儿，步履蹒跚，还光着一只脚丫，狼狈得不知如何形容。她缓缓站起身，像火鸡一样地伸长脖子，颤声呼叫女儿的小名，阿燕，阿燕呀。马票嫂听见母亲的叫唤，只觉恍如隔世，豆大的泪珠潸然落下。她迈步上前，边走边涕泣回应，妈，妈。

密山新村

密山新村有一座盲人院,这与吴永合路上文冬新村入口有一座智障者收容中心一样,在锡都鲜少人知道。大家只知道城外东北部红毛丹镇有一座精神病院,据说是国内第一间精神病医疗所。那病院如此古老而广为人知,以至整座红毛丹镇成了它的代名词。谁家有人发疯或患了精神病,人们会说,送到红毛丹去吧。

关于红毛丹,银霞与细辉小时候常听大人说起。楼上楼有个钟表匠关仪光,是个鳏夫,人称关二哥,在近打组屋楼下守着半爿店铺,卖点钟表和电池什么的,也替人修理钟表。那店铺光顾者稀,连盲头苍蝇也过门不入,他因而十分清闲,镇日对着满壁停摆的挂钟,店里似乎因此囤积了过多的时光,他只有不断找人聊天,近乎无助地将时间一点一点消耗了去。关二哥聊天不拘对象,就连细辉与银霞,从孩提时候就常被他逮住,东拉西扯,问长问短,拿他们逗乐子。细辉记得自己曾经有个绰号叫"孱仔辉",背了好些年都甩不掉,便是从关二哥那儿得来的。

他还记得关二哥常问他,屠仔辉,你长大了是不是要娶银霞做老婆呀?

他也问银霞,霞女霞女,长大了你要嫁给屠仔辉抑或是印度仔?

待银霞和细辉稍微年长一些,关二哥对他们说话也就正经了些,再不问这种无聊问题了。他喜欢问起细辉的学业成绩,华文马来文有没有考好?年终测验考第几名?又输给印度仔了是不是?见细辉神色不爽,他便说没关系啦,书读太多也不好,会读坏脑子。

关二哥来自旧街场一打石之家,父亲替人凿石刻碑,养活一家九口人。关二哥有一弟弟,据他说是家中七个兄弟姐妹中,唯一的读书人;自幼耳聪目明,在学校成绩优秀,后来还考上大学毕了业,在银行谋得好工作,几年间便升职当了分行副经理。有一天这弟弟突然失常,在银行内狂喊一通后离开,从此没去上班。家人闻讯后上门找人,孰料他见家人如见鬼,仓皇跳窗逃去。以后他成了流浪汉,穿着灰扑扑的T恤短裤,戴着厚框眼镜,长年在锡都各处游荡;偶尔打些零工,在街上给卖油条和咸煎饼的摊档帮活,也曾在一鸡饭档帮工,揾两餐。

银霞的父亲在城里开德士,见过关二哥这弟弟许多回,说此君走路脚跟不着地,显然后面跟了个吊靴鬼。

关二哥与家中其他兄弟想尽办法要把他捉回去,可但凡家人上前,他必先自警觉,丢下工作扬长而去。如此数回,家人心灰之余,不想一次一次破坏他的生计,遂决定由得他去。如是十余年,后来再无人见过他的形迹。

"可能被送到红毛丹了。"关二哥如斯总结,说得无限唏嘘,像是那地方就该是弟弟的归宿,"所以读书不能太勉强。脑子负荷太重,不知哪一天会跳掣,再也扳不回来。"

那时候在银霞的想象中,红毛丹就是一所建造成村镇模样的疯人院。谁要做不了正常人,患精神病的也好,被鬼缠久了不放,活得人不似人,鬼不似鬼的也好,也听说有的露体狂和天生的智障者,统统都被押到那里,集中处理。直至后来她到密山新村的盲人院去,在那儿上了十九个月的课,才第一次听说红毛丹精神病院有个正式名字,叫作"幸福医院"。告诉她这个的,是个因视力神经坏死而失明的马来妇人,与另一个失明的马来男人结婚,膝下有三个孩子;长子半夜脱光衣服攀上人家的窗户,被人群起而围之,再让警察捉起来送到幸福医院了。

"你们有去探望他吗?"银霞问。

"在红毛丹呢,那么远,"那妇人回答,"听说医院临着一道铁路,环境应该不错。"

"去了又如何呢？"妇人的丈夫说，"纵使我们去了，总是看不见他的。"

红毛丹到底有多远呢？银霞感觉那就像月亮里的广寒宫一样，远得只能闻其名。它几乎像在另一个时空，唯有一条神秘的甬道衔接那里。正常人寻它不着，只有神志失常者才能做到骆驼穿过针眼，抵达那小镇，见到那传说中的医院。

至于密山新村的盲人院，那是马票嫂告诉银霞的。那年细辉与拉祖升上中四，学校活动增加，他们还要为翌年的会考做准备，放学后总是一起参加补习班；回到楼上楼则有许多功课要赶，生活里再没有多少空间可以让银霞加入。妹妹银铃那时刚升上中学，每天到金宝路的女子学校去上课，交了新朋友，常煲电话粥，与母亲及姐姐再不如从前般亲近。银霞的生活一成不变，仍然每天坐在堆满红黄色尼龙绳的客厅里，有时候开着收音机，有时候开电视，心思随着导入耳道的声音翻滚飞舞，身躯却只有手指在动。马票嫂一周有两天来写万字，看见了总要说，够了够了，整个锡都所有的柚子档加起来也用不上这许多网兜子呀。

编网兜子这工作，当初可是马票嫂给银霞介绍的呢。那时她对银霞的母亲说，好歹是一门手艺吧，说不定以后也是长远的活计了。当时银霞只觉得好玩，就像有了新玩具一样，有一阵几乎如上瘾一般爱着这玩意，在黑暗中想象着童话里夜以继日为十个天鹅哥哥赶织衣服的公主,连睡梦中也止不住手指抽动。她的母亲说,像是睡着了在弹琴。

上门来收货的人都赞叹银霞的手指灵巧,哎呀这孩子,她织的网兜子工工整整,既细致又扎实。

后来也是马票嫂说的,银霞你这样不行啊,成世流流长,就这么过吗?

马票嫂说密山新村有一所盲人院,就在她的母校密山华小附近,离福德祠不远。银霞挣扎了好几天,终于战战兢兢地向母亲提出。"马票嫂说的,有那样的一所学校。"梁金妹那时坐在厅里,不知在追看哪一套连续剧,听了银霞说的也不回答。银霞心里像有一只青蛙活蹦乱跳,等了好一阵不闻回音,那青蛙便逐渐乏顿,局促困守。

"妈……"银霞再提一口气。

"不要说了。"母亲截停她,"你爸不会答应的。"

银霞并非没有做好被拒绝的心理准备,她甚至早盘算好了一番话,打算一步一步地解释和请求。却没想到母亲先发制人,竟用这样的语调一口回绝,冷而锋利。银霞像是刚举棋即被人喊"将军"全盘封杀,感到意想不到的错愕与难受。她觉得喉咙堵着一口气,许多话闷在胸腔里;几次欲言又止,良久也挤不出来一句完整的话。她终于忍不住垂下头呜咽起来,一双手竟还不歇,犹在编织着网兜子。红色的尼龙绳宛如细长的蛔虫缠住她的手指，眼泪却潺潺流了一脸，从下巴滴落到衣襟。

这样哭了许久，银霞的脸庞和胸口全被涕泪沾湿，她也没有伸手去揩，仍然一吸一顿，头愈垂愈低，嘴巴里全是眼泪的苦咸。

梁金妹叹了一口气。

"何苦呢？"银霞知道那是母亲在说话，却觉得那声音遥远，仿佛是电视里某个演员从另一个时空，用另一个时代的语调说的话，"你哭成这样子是要折磨谁？"

银霞依然低着头，任由涕泪直垂；黑暗如一副厚厚的头罩套在她头上。"我十六岁了，从来没有闹过什么。"

"我有吵过要新衣服吗？有吗？我有要过漂亮的鞋子吗？有要过玩具吗？"她说着，忽然一阵委屈涌上心头，眼泪再如决堤般哗哗淌下。这下她的手指卡在编织了一半的网兜子上，一时不知该如何解除，便缓缓抬起头来面对母亲，像要让她看清楚这张泪流满面的脸。

"你看，我什么都没有！"银霞对着眼前这漆黑的世界，以及那溶解在黑暗深处的母亲，大声哭喊起来。

梁金妹沉默半响，别过脸去怔怔地看着电视上另一张梨花带泪的脸，忍不住自己也抽了抽鼻子。"你怎么不能安分点呢？"她的声音从黑暗中传来。这一回很近，仿佛就在耳边,又像是这句话已听过许多回,老早在银霞的耳道里落地生根了。

那天马票嫂上门,看见母女俩这般模样,便拉着梁金妹坐下来谈了许久。马票嫂是这个世界上少有的,充满说服力的妇人之一。银霞听见她反反复复地说,你们让她多学点手艺,她就多有几条活路。

"不然以后你和老古不在了,她怎么办?"

马票嫂这人,有种种的好,银霞以后多年一直对她特别钦佩,并且心怀感激。她最初到密山新村盲人院报名上课,正是由马票嫂领着去见那马来主管。她能言善道,话没说上几分钟即与人家打成一片,成了老朋友。银霞的父母因为只识得些粗浅的马来语,只好站在背后,一味唯唯诺诺。

在盲人院里,银霞独对点字阅读和书写感兴趣,其他的所谓生活技能,不外乎学习编织各种藤器。这一点难不倒银霞,而据说院里的其他盲人也大多得心应手,都能一边聊天一边编织,很快就能弄出点小东西来到处兜售。那一对长子被送进幸福医院的盲人夫妇,平日都靠这个维生。两人从盲人院里出来,各背着大大小小的藤箩藤筐藤篮,丈夫在前,手持盲公竹;腰上缚了一根绳子,像是伸出一条细长的尾巴,让盲妻牵着它跟在后头,也不像别的流动小贩那样弄出点什么声息,就默默地走,足迹遍布密山新村各街衢巷弄以及周围的住宅区。

那盲人院设有宿舍，里头住的清一色马来人。银霞不住那儿，每天由父亲接送，因为需要早起，便经常在车上听他许多抱怨。即便如此，银霞仍然喜欢这段"上学"的时光，不啻那地方有书可读，院中同人友善；也因为她出生以来难得与家里离得这么远，非父母的耳目所能及，便像是有了自己的朋友与生活。细辉偶尔开着他哥哥留下的摩托，载了拉祖来找她，带她到密山新村大街上找好吃的，或者在福德祠的篮球场上坐着聊天，闻到了从橡胶厂那头吹送过来的恶臭。有时候银霞卖掉她织的藤器挣了点钱，会到巴刹里买些包子带回家。那家茶室卖的叉烧包香甜味浓而不腻，大包皮薄馅靓，远胜街场各大茶楼；下午总有人八方来集，在店外排队等待新鲜包子出炉。细辉总没这份耐性，银霞说就等一下吧。

"马票嫂老说这家包子好，我想买几个给她呢。"

那时银霞万万料想不到，十余年后，马票嫂成了她的谊母，有一天到美丽园的小屋子来探望她与卧病的母亲，不知怎么对她们说起往事，竟也提到密山新村的包子。

南乳包

密山新村巴刹里卖的包子远近驰名,满城皆知。真计较起来,这家小店卖的包子其实没有什么特色,无非一般茶楼常见的包点,但胜在真材实料,肉鲜味美。尽管只卖叉烧包、南乳包和大包,而且店在巴刹一隅,与杀鸡的摊子靠得极近,鸡屎鸭屎的臭味与血腥之气扑鼻,店面还一片幽暗邋遢,桌椅都泛着厚厚的一层油光,但人家卖的包子,价钱敢与街场最有名的富士茶楼一比,还能门庭若市,每天包子出炉,很少不在当日卖个精光。

那店卖的三款包子之中,马票嫂最钟爱南乳包。陈家卖的南乳包,用的是上好的五花肉,夹精夹肥,肉嫩汁多,叫人想起不免嘴馋。她记得自己逃出陈家以后,在母亲家里待着,好多天忐忑,等不到陈家有所动静。终于她按捺不住,有一个晚上抱着孩子摸到巴刹里,趁着那茶室还有一扇门板未阖上,便瞧准时机,像只老鼠闪身入内。果然店里只剩下她的男人,仍然木讷得连吃惊也不形于色,只在一盏昏黄小灯投射的幽光中盯着她看了一阵，结结巴巴，半天说不出话来。

"不抱抱孩子吗？"

马票嫂冷笑。她放下孩子，让他喊爸爸，孩子怯声喊了，她便默默等着男人表态。当时闻到店里满室南乳猪肉的浓香，马上觉得饥肠辘辘，才想起自己来之前只吃了一碗豉油捞稀饭，配几张菜叶子。她说你不给儿子一个包子尝尝么？男人回答说孩子这么小，牙没长齐，怎么吃？

"等他再长大些吧。"

马票嫂说，等什么呢？我不等了。

男人抬眼看她，脸上一副不解的神情，却嗫嚅着不敢问，好像怕女人身上带着炸药，他问了就会触动什么，被炸得粉身碎骨。

"我们母子都出来了；那个家，我们回不去了。"马票嫂直视眼前的男人，自觉脸上的皮肉不由自主，愈来愈僵硬，"你也出来吧。"

男人不语，只微微别过脸去。马票嫂柔声说，我知道你害怕。

"别担心，我们有手有脚，不会饿死。"

马票嫂说男人踌躇了许久，目光闪烁。虽大半张脸被暗影覆盖，却仍看出来为难之色。"其实我心里清楚，他根本不是在迟疑着该不该跟我们走,他只是想着该怎样拒绝我。"

如此等了一会儿,马票嫂终于死心,颓然对男人摇了摇头,吐出胸腔里憋了许久的一口闷气。

"好吧,我不等了。"她抱起孩子,回身从来时穿过的门洞走了出去。

夜晚的巴刹不见几个人影,倒还疏疏落落地亮着几盏长灯。马票嫂沿着水泥铺的走道走了一段,在卖菜的摊子那一边回头张望,看见陈家的茶室已经完全阖上门,周边灯光惨白,不知掺了多少月色。她心里一沉,仿佛心脏挂不住,忽然从胸膛坠落,再也提不上来。她打了个哆嗦,只觉四肢发软,举步无力。

"前几天我还以为自己逃出了陈家,那一刻我才明白,是我被他们一脚踹开了。"

马票嫂这么说的时候,头发已经白了七成,是个六旬老妇。她追忆往事,每翻开一页都觉得自己被时光推到了局外,不让她回到原处,而是将她安置在别的地方,让她像个旁观者般看见当年的自己。譬如这一段,她分明成了巴刹里高挂的一盏灯,也可能是梁上的一只燕子,以俯瞰的角度目睹少妇骨瘦如柴,穿着她姐姐给的过于宽松的衣衫,耸着肩膀饮声抽泣。她对银霞说,这角度真奇怪,看得见巴刹里一地菜叶，鼠辈横行，苍白的灯光下少妇的影子浅薄而巨大。她怀里的稚儿抬起头，一脸认真地端详母亲挂着两串泪珠的脸，几度欲语还休，终于忍不住张开小嘴打了个很深的哈欠。

"妈妈，回家。"孩子困乏蒙了，一头栽入她的怀中。

那一晚以后，马票嫂对夫家再无指望，亦不再担心他们会来抢走孩子。陈家那一对双响炮似的大姑子，每日在密山新村巡逻，仍然对人龇牙咧嘴，在她背后说尽刻薄话，说她跟男人跑了，之前生的孩子说不定是野种云云，又言这种贫贱女子，我弟弟随时可以娶回来一百几十个。马票嫂见母亲怕事，甚至将巴刹里的菜摊子转让给别人，她为避免与陈家冲突，只有硬着头皮到街场去找工作。她卖过鞋子，当过清洁工，也在旅行社当过文员；几经辗转，竟把脸皮练厚，胆量也大了不少，后来被人介绍去给一地下万字厂收注，在那儿认识了后来的丈夫梁虾。

梁虾即银霞的谊父。此人以前在江湖上混，因为长得黑实，粗口说得比母语流利，在道上有个名号叫"烂口乌鸦"，替幕后老大打点地下钱庄和万字厂，算是有点头脸。银霞最初与他碰面，是在一个小而隆重的仪式上，下午她与父母带备香烛和猪头到梁家正式上契，之后两家人凑起来在乐园酒家摆了一席。彼时梁虾老矣，已非昔日人物，还因旧患所累,稍微瘸了一条腿,却仍不失豪迈,一晚上笑声朗朗,三番几次以"独脚乌鸦"自嘲。他按道上规矩,给银霞打了一个足金饭碗,加一对金筷子,笑言自己虽已退出江湖,却还有点人脉。"若有人敢欺负你,一定要让我知道。"

银霞在饭桌上听了一个晚上,没听见梁虾说半句粗话,倒是她的父亲老古两杯马爹利蓝带下肚,有点作态,说话隔三岔五夹了些半生不熟的粗口,又学人豪饮,酒酣耳热,胡话说得更多,弄得人十分尴尬。梁金妹频频以眼神示意,却遏阻不了丈夫一再失态,这顿饭吃得她坐立不安,筵席散了便握住马票嫂的手一个劲儿说不好意思。女儿银霞在回家的路上温言安慰,说有什么好担心的呢?人家见惯场面,会没见过爸这种人?

马票嫂当年下嫁私会党徒梁虾,在密山新村巴刹掀起过一番热议。本来马票嫂与旧日婆家已撇清关系,她的前夫据闻也已另结新欢,正与茶室里一个新请来的年轻女工眉来眼去。可陈家闻讯后仍觉得有失颜面,昔日的一对大姑子主动出击,如吼天犬般脱闸而出,到处散播谣言,以"狗男女"指称马票嫂与梁虾,更编造种种往事,明提暗示,要街坊相信二人早有奸情。这些风言风语传到马票嫂母亲家里,邱氏且怒且悲,她却不善诉苦,郁结难伸,终至一个早上忽然发病，握住锄头倒在了自家菜园。

邱氏在中央医院躺了几天，人尚未下床，梁虾已带着几个兄弟，抄了家伙去到密山新村，直闯陈家大洋房，给两个多嘴妇人连扇几个大巴掌，让她们捂着脸，骂不出，哭不得。陈家老太太眼见不对头，火速将两个卖猪肉的儿子召回家。兄弟俩丢下猪肉档，从巴刹直奔家里，喘着粗气以两把加厚的木柄斩骨刀相迎，可人家毕竟拿的是砍过人的凶器，而且来人拜过师吃过夜粥，都有些身手，还都经历过实战；肩上臂上攀着几条凸肉疤痕，状似红头蜈蚣，教人触目惊心。两个猪肉贩吼了几声，见梁虾等人撇嘴冷笑，便自知不是对手，心里泄了气却不知该如何收科。正尴尬处，平日龟缩在家，甚少机会发言的陈家老先生，弯着腰在三代同堂中排众而出，颤巍巍地走前来，好声好气，怪自己家教不严，"是我们对不住阿燕，"并提议摆两席和头酒赔罪。

"死老鬼，谁稀罕你老母摆的和头酒？"梁虾皮笑肉不笑，一条肌肉偾张的手臂搭在了老人的肩膀上，"阿燕说过，陈家上下就只有你把她当人。今天我给你面子，你也就只有这点面子了。以后再让我听到你们家有人吃了屎，屄痒，敢在外面乱喷屁，我绝对不会再像今天这么好脾气，跟你们玩明目张胆的了。"

与梁虾同去的兄弟们，后来到医院里向马票嫂描述当时的情景。一人一把口,难免加盐添醋,把梁虾说得神勇而潇洒。"乌鸦哥说,你们好自为之吧,不要等到雷家铲了来怪我。"

马票嫂的母亲在病榻上听到这些,本来还忧心忡忡,可出院后回到密山新村,当天傍晚陈家人竟带着生果糕饼茶叶美禄炼奶,还有海参干贝和自制腊味,等等,再加两块细软光滑的布料,借词探病,实则上门来赔礼。来的人是稍微驼背的陈家老先生,一个卖猪肉的儿子带着老婆随行,全程对邱氏与马票嫂眉开眼笑,告辞时老先生硬将一个红包塞到马票嫂手里,两人推来搡去,最后老先生逼得快没声泪俱下,说收下吧阿燕,你要结婚了,这是给你的贺礼。

"以前我走,两手空空,他的儿子连包子也舍不得给我一个。"马票嫂边说边笑,"这下他们却逼着我收下一个大红包。"

没隔多久,梁虾迎娶马票嫂,特地在密山新村福德祠设宴。一张绘了龙凤争珠图的大红请柬送到了陈家,粉红色信封上只写了"乌鸦娶彩燕"五个大字。陈老先生便又不辞劳苦,带着另一对儿媳一同出席,见证了黑白两道济济一堂的盛况。当晚坐在主家席的,除了一对新人与家中长辈以外,还有好几位社会闻人,包括梁虾的后台老板大矿家冯氏,以及当时得令的华人行政议员等等。马票嫂的母亲原先不中意女儿与私会党人扯上关系，可喜宴上见如此形势，再看看女儿脸上流光溢彩，她身旁坐着的男孩衣履光鲜人模人样，小脸蛋上难掩对继父的景仰之情。邱氏心里豁然开朗，阴霾尽散，对走上前来的长女说，阿燕这回苦尽甘来了。

马票嫂对谊女银霞说，她年轻时一心仰慕读书人，做梦也想着以后要嫁一个当校长的，或至少是个老师吧，万万没想到后来会嫁给一个捞偏门的大老粗。"以前嫁到陈家，那是年幼无知，想吃安乐茶饭，没想到却上了贼船。"说了她沉默一阵，银霞快以为没有下文了，马票嫂才接着说，"也好，受了个大教训，逼得我上梁山。"

银霞闻言扑哧一笑，说梁山有三个女好汉啊，契妈你是哪一个？

梁山好汉有女人吗？你说我是哪一个？

母夜叉孙二娘吧？

那是谁呀？

菜园子张青的老婆，和老公一起在十字坡开酒店卖人肉包子。

马票嫂哈哈大笑，在银霞臂上狠狠拍了一下。"我老公不卖包子了。"

再婚后不久，马票嫂从梁虾那儿拿来一笔钱，将母亲邱氏住的木屋拆掉，原地建了一座砖房，虽算不上豪华，但屋里有抽水马桶；厨房和浴室的墙上铺满瓷砖，屋外的菜地还竖起了方便浇灌的水龙头，邱氏心满意足，也让密山新村的街坊邻里将这对"鸦燕配"引作美谈。

梁虾比马票嫂年长不少，早年丧妻，有过不少露水姻缘，再娶时前妻生的一对儿女业已成年。银霞便问，那你为什么嫁给契爷？他有哪一点让你喜欢呢？

"我也这么问过他。"马票嫂的声音在黑暗中传来。那是一把沧桑的声音，仍不禁欢喜，"我问他，你身边那么多女人团团转，燕瘦环肥，要有多风骚便有多风骚，为什么要娶我呢？"

"呸，谁要娶风骚女人了？"梁虾向来说话不太正经，那一刻却态度严肃，脸色刚正，"我要娶的是良家妇女，况且你还识字识墨，重情重义。"

银霞从小就喜欢这种好人有好报的故事，还有恶人受惩，就只差没人痛改前非，不然就活脱脱一个童话了。她与梁虾虽不怎么投缘，但以后逢年过节到谊父谊母家里拜会，她都因为这故事而对梁虾敬重有加，打从心里叫的一声"契爷"。梁虾亦如过去一样爱屋及乌，每回见面必然都说一遍，要有人欺负你，一定要让我知道。

梁虾去世时，八十有三；寿终正寝，在家设灵。那丧礼的场面，想来不如当年娶马票嫂时那般盛大墟冚，却仍来了不少人；当中不少楼上楼的居民，都冲马票嫂的面子而来。银霞按规矩到梁府尽孝，守灵三天，在那儿重逢许多旧日邻里。难得的是细辉带着母亲与妻女过来，正巧碰上拉祖，便与银霞在一地花生衣和瓜子壳上小叙了一阵。银霞心里暗数，三人上回相聚是在细辉的婚宴上，此时细辉的女儿小珊已经三岁，坐不住，让母亲婵娟穷追不舍，便频频催促丈夫，我们走吧，使得一旁的何门方氏甚为不悦。好在大辉那天从都门回来，也带着妻女出现。蕙兰那时怀着立秋，腹大便便。他们七岁的长女春分一副小大人模样，主动与邻桌不认识的孩子打交道，不屑与幼童玩在一起；幼女夏至与小珊同龄，正好凑成玩伴，两个小女孩比赛剥花生，将去了壳的花生米投到面前的半杯茶水中。之后莲珠过来打招呼，气场大，座上不少人闻鸡起舞，声量和动作都变大了，不知怎的就弄翻了小珊的杯子，湿淋淋的花生米一桌子一地上，小女孩放声大哭，引得周边的大人纷沓而至。人太多，声音太乱杂，银霞吸收不过来，只觉得自己像被扔到了声音的汪洋中，前尘往事如漂流过来的浮木，一一围上来，撞击她。

要到了梁虾出殡，灵柩送到富宝山庄墓园，回到梁宅来，马票嫂让两个侄子从外头买来午餐招待送殡的亲友。银霞那时才感到身心俱疲，不愿多留，谊母便塞给她一个打包的饭盒子，再把一个沉甸甸的小布袋放到她的手上，说是谊父临终时分了些身外物给子女留念，谊亲也有一份。她得了一个金镶玉的大戒指。

"这戒指给泰国高僧开过光，跟了他几十年，保平安。"

银霞坐父亲的德士回家，车才拐了两个弯，她便累得半梦半醒地睡着了。那时老古的车子已十分破旧，冷气时有时无，必须绞下车窗引渡空气，再靠着一个摇头小风扇居中推送，即便如此，车里仍热气蒸腾，银霞放在膝上的饭盒子被熏出一股酒肉香气，老古为之垂涎，中途趁着红绿灯前的一个空当，打开饭盒子，在方向盘上狼吞虎咽。银霞闻香醒来，认得那气味。想起以前自己在密山新村上课后，到巴刹去买了包子，坐着父亲的车子回去楼上楼。那时这车子没这般破损，车窗紧闭，包子的香味无处可去，能熏得人的头发和衣服一股甜香。而今十余年过去，不知是不是因为车窗开着，街上的乌烟瘴气扰人，这包子的香闻着不如以前那样殷实。

老古囫囵吞下一个南乳包，吃得油水四溅，衬衫衣襟开了几朵褐色油花。他用衣袖擦了擦嘴巴，说这包子味道不错呀，只是比起密山新村那家老店，还是差了几个马鼻。

银霞说你吃的包子就是在密山新村巴刹买的呀，老古却说不是，那家包子的味道我会认不得？我食盐多过你食米呢。于是父女俩在路上争拗了一番，并在车子开进美丽园之前，两人打了个赌，让银霞过两天向马票嫂问明，看这是密山新村的驰名包子不是。银霞说好，输了的人得请吃姚德胜街的月光河。

百日宴

梁虾去世后翌年，大辉就失踪了。在他失踪以前的大半年，细辉家里特别不安宁。蕙兰三天两头从都城打电话过来向婆婆投诉大辉的恶行，何门方氏烦不过来，憋着一肚子气发作不得，常常不等细辉回家，便把电话打到店里，投诉蕙兰这样那样的不好，家里一团糟，还好意思把长辈扯下水，不给老人过安静日子。

细辉的店铺那时只雇了一人帮忙，店小事情多，时时刻刻有得忙，却不好打断母亲，只有把电话夹在头颈之间，咿咿嗯嗯，没怎么分神，所以也没真听清楚母亲的抱怨。晚上妻子追问，他费神回想，总说不上什么具体的细节来，婵娟不由得恼火，说他们一家有事情都瞒她，一直把她当外人。说了要么继续数落出一堆有的没的，要么拉起被子闭眼睡觉，梦中仍然脸色铁青。

总是在这种时候，明明四周再无人挤对，细辉却觉得世界像个铜墙铁壁的机关，不断地往里收，把他迫得寸步难移；无论他面向哪里，都只能面对一堵冷冰冰的欺人太甚的墙壁。他带着这种感受入眠，经常会做噩梦，在梦中屡屡掉入水里或被卷进流沙之中，最终在梦里窒息，于现实中醒来。

细辉自小与哥哥不怎么亲近，对他极少念想。大辉到日本打黑工时，细辉才十四岁，约略知道哥哥在楼上楼待不住了，需要远走他方，他心里尚且窃喜，知道以后家里再没有人一天到晚装模作样地教训他。大辉走得仓促，那段时间也心神不宁，没对他说上什么话。细辉只见他用几天时间收拾行李，把春夏秋冬的衣食住行全塞进一个行李箱。那行李箱好大，少说可以折进去十个小孩，有一个礼拜就那么搁在房门边上。有一天他放学回来，家中无人，他见行李箱没了踪影，便知道哥哥走了。细辉记得有那么一瞬，他心里有点难过，如同几年前在父亲的丧礼上，他无动于衷，直至法事完毕，人们将灵堂中放了几天的棺木抬起，移到灵车上，他才忽然认知到父亲的死，便像儿时亲眼看见母亲将他惯用的小抱枕扔掉那样，望着那落空之处哀哀恸哭。

大辉出国五年，细辉独占一个房间，还真过得自在。倒是后来姑姑莲珠搬走，他才觉得了伤感和寂寥。莲珠离开前有一个晚上走进他的房里，交代了几句话，无非叫他好好读书和照顾母亲之类的，让他想起以前在父亲的葬礼上，人们也这么叮咛大辉。只是那时的阵仗要大许多,那些叔父辈一圈一圈,围成人墙,将大辉堵在里头,让他进退不得,无法转身。

细辉还记得莲珠姑姑把话说完后,在他的小房间里游目四顾,又伸手摸摸他的床架和那严重倾斜、眼看快要坍塌的旧衣柜,一副感叹不已的神色。她甚至还打开衣柜,细辉阻拦不及,被她找出藏在柜里的一摞陈年《龙虎豹》,惊得他一颗心脏跳到了喉咙里。莲珠摇着头翻了翻那些纸张发黄的旧书本,只是歪着嘴巴笑。

"唉,连你也长大了。"

"那是哥哥的东西。"

"我知道,这些书都要发霉了。书里的女人大概也都老了。"

也许正因为莲珠这么交代过几句吧,像是告别一样,细辉便对她的离去特别有感触。莲珠走的那天,他在巴布理发室坐了一下午,傍晚回到八楼,母亲正在做饭。等他洗过澡后,母子俩坐下来,安静无话地将一盘菜脯煎蛋和一小盘隔夜的青椒炒肉丝配着饭吃光。过后何门方氏站起来收拾饭桌,低头嘟囔,说以后就两个人吃饭,还怎么煮呢?

以后何门方氏真不怎么做饭了。她每天在茶室打工,放工后带着两包杂饭回家,稍微弄热了便算作一餐。细辉嘴上不说，但心里总觉得没了一顿正正经经的晚饭，就像是少了一个必要的仪式，家便撑不下去，没有了家的样子。倒有几回莲珠过来带他与母亲出去，吃的是酒楼菜，似乎每次都有什么事情值得庆祝，譬如她炒股票有斩获，有一回是为何门方氏庆祝生日，再有一回她在饭桌上喜滋滋地说，大嫂，我怀孕了。

第二年，莲珠生下一个儿子，百日宴办得十分排场，将楼上楼不少人家请到她那带庭园的豪宅去，多少要弥补之前嫁人摆不上喜酒的遗憾。酒宴上除了抱出来一个米其林轮胎人般的胖婴儿示众，另有两大册莲珠与拿督冯在影楼补拍的婚纱照在来宾手上传阅。拿督冯那几年商场政坛皆得意，据说正争取要在来届大选中上阵，打算捞一个议员名头光耀门楣。他不久前刚从银州苏丹手里领了个拿督徽章，报纸上的贺词一连登了好几天，什么"功在社会"、"实至名归"和"族会之光"等俗套大字，配上他头戴宋谷帽，肩披勋章带的照片，脸上神情似在睥睨众生，宾客们记忆犹新。满月宴上细辉和银霞及拉祖坐在一起，闻得不少妇人拿这事当笑话，说莲珠厉害，入厨房，出厅堂（有人插嘴说"还上得了床"），但人家受封，不就只能带着原配夫人进皇宫？

"那个官方身份，恐怕她再生几个孩子也换不回来。"

这些难听的话，莲珠这么玲珑的人，细辉猜想她虽没听见，心中也必可想而知。银霞却不知怎么那晚上特别伤感难过，跟他说细辉你听见么？听见么拉祖？人言可畏啊。为此她还灌了两杯闷酒。虽说只是白啤酒，但那年她十八岁，初尝酒滋味，喝了两杯便耳根脖子全红了，有点站不住脚。莲珠带着胖婴儿过来时，座上的妇人们仿佛在迎财神，都不甘人后，抢着要轮流抱一抱孩子。到银霞那儿时，她却畏缩着不敢伸出手来，说自己眼睛看不见，怕会失手弄伤婴儿。大家说别怕啦有我们在，便有妇人两边夹攻，硬把那软绵绵的一大团肉塞进她怀里。银霞走避不了，只有伸手接过孩子，一张脸惊得发白。小家伙大概觉得不舒适，在他的锦衣华服里稍微蠕动，银霞吓得两手颤抖，大声叫嚷起来："快把他抱走，快抱走！"

银霞的叫喊声那么尖厉，周边几个人反射性地冲前去抢过孩子。细辉与她一同长大，从没见过她如此惊慌失措，因而他虽然坐在银霞身旁，靠得那么近，反而失之恍神，动作没别人迅速。银霞把婴孩归还了出去，神色稍缓，却怔怔地坐在那儿，像是在等丢了的魂儿回来，还莫名其妙地掉下眼泪，耸着肩在那儿哭泣。众人见不对劲，一边怪谁让盲妹喝酒，一边叫人去把银霞的母亲找来。梁金妹正与小女儿银铃跟随一伙邻里在豪宅各处观光，像在逛博物馆似的觉得眼前的一切精美得可望不可即。接到通报后，她带着银铃赶来，见状气急败坏，一边将银霞扶起带走，一边数落细辉和拉祖，怪罪他们没好好看紧银霞。

何门方氏在旁听了很不高兴，待梁金妹扶着银霞走开以后，她左右对人说这德士嫂怎么这般不讲理？她女儿喝醉了居然怪到我儿子头上？

"她以为细辉是谁呀？拉祖又是谁呢？她以为他们是盲妹的老公吗？"

这一通牢骚，何门方氏反反复复说了一个晚上。酒宴后回到楼上楼，她像上了发条停不下来似的，吟吟沉沉，止不住将老古一家四口都批评了个遍，大意是说这家人既不自量也不要脸。其声单调如蝉鸣，有些用词又特别尖锐刺耳，听得细辉十分烦躁，又担心银霞在楼下会听见。他那阵面对近在眉睫的全国会考，身体又被岁月大肆拉拔改造，身心适应不过来；一脸青春痘密密麻麻，每天对着镜子挤出脓血，都要对自己感到一阵恶心。他忍不住出声，说妈够了吧，我听的人耳朵都累了，你说话就不用歇歇吗？

何门方氏掀起眼盖看看面前的儿子，像是有点吃惊，怎么他这样往前一站，个头居然挡住了顶上的灯光，像凭空竖起一棵树，往她身上套下一罩阴影，让她忽然矮了一截。她愣了一下，就像不断打嗝的人突然受惊，状况便停了。这么一顿挫，之前在她腹腔内生生不息滚滚而来的怨气竟戛然消停，无以为继。

"你这么说话，跟你哥一模一样。"何门方氏再看了细辉一眼，说了深锁眉头往一侧转身，绕过挡在面前的儿子。细辉愕然无语，看着母亲拖着衰颓的身影踽踽步入房中，彻夜闷声不响。

何门方氏那阵子心事重重，细辉没问，却心里清楚。大辉在日本待了四年，眼看护照的使用期明年就要期满；四年来他每三两个月从日本电汇过来的钱，母亲都替他存着，就等他明年回来，买汽车房子也好，做点小生意也好，反正有了重新做人的资本。与大辉同去的堂兄弟中，有一个两个月前因家事提前回乡，叔叔婶婶带着他到楼上楼来拜访，拐弯抹角地说了许多大辉的事。

那堂兄黝黑精瘦，在日本待了几年，回来仍保持着古楼河口的渔村男丁模样，说话乡音无改，频频忘词。他被双亲押着上来搬弄是非，像是被挟持的人质，显然局促不安；叙述中不时移动屁股更换坐姿，又加插耸肩和抓耳挠腮等许多小动作，努力要表现得轻描淡写，让大辉的事听着像是不那么严重，不过就是那家伙长得太俊，到处惹桃花。

"我们不知有多羡慕呢。"堂兄说着挠了挠后颈，看一眼何门方氏，又别过脸看看他自己的母亲，仿佛在等着看她的眼色行事。

这一回大辉惹上的是一个越南来的女人,比大辉年长几岁。据说在家乡与丈夫离异,两年前来到横滨,与堂兄和大辉一伙人在同一家机械零件工厂打工。尽管语言不通,这女人来了没几个月即与大辉出双入对。按堂兄的说法,"简直像中了爱情降一样"地对他痴迷,后来还因为大辉赌球失利,被人追债,一身瘀伤;这女人自愿到东京的歌舞伎町当陪酒女郎,卖肉替大辉偿债。

"债还清了,大辉却与工厂里另一个女孩好上了。听说还被人家捉奸在床,在宿舍里大打出手。"说着,堂兄从衬衫口袋里掏出一盒香烟,打开来抽出了半根,想想觉得不妥,又收了回去。他再看看何门方氏,一脸抱歉。

"大伯娘你说,那女人怎么可能轻易放过他?"

堂兄与他的父母走后,何门方氏那晚上做无数噩梦,睡睡醒醒,一夜间白发增生不少。以后许多天如热锅上的蚂蚁,等着大辉打来长途电话。好不容易等到了,她没等大辉说完那几句循例要说的问候语,即把堂兄的供述和盘托出,要他一五一十交代清楚。细辉在一旁,听不到大辉在电话里如何辩解,却见母亲先是在电话旁站立着的,后来缓缓坐下,默默听了好一阵,之后咿咿嗯嗯,绷紧多日的脸皮逐渐松弛,不住地点头称是。他便知道哥哥把母亲给稳住了。

"不要等明年了。夜长梦多,你现在就回来吧。"那一通电话十分耗时，何门方氏说的话却不多，而且都压抑着声量，不让对话过墙。这一句细辉却是听得清清楚楚。

第二天细辉向母亲打听，哥哥什么时候回来呢？何门方氏瞪他一眼，有点没好气地说，一个打工仔有说走就走的么？

"他得请示老板，又要等月底出粮和买机票什么的，一堆手续；他又不懂日文。哪有这么容易？"

"所以……他不等明年了？"

"该回来的时候他自然会回来。"何门方氏翻了翻白眼，好像怪他多事，说话便有点疾言厉色。

"还有这种事你不要到处跟别人说，连印度仔和盲妹也不能让他们知道！要不然人家唱通街，你哥还能回来么？连我跟你都待不下去了！"

细辉心里清楚，哥哥对母亲用的是缓兵之计。果然那两个月里，大辉来回用着相同的几个借口，回国之事一拖再拖，缓不过来时便索性连电话也不打回来，让何门方氏发作不得，寝食难安。

细辉见母亲闷闷不乐，一直忍着不问，也真没有对谁说起这事。他十八岁了，纵然不清楚个中细节，也明白这事情并不光彩。四年前大辉与一个纯情女学生之间的恩怨情仇，给近打组屋添了最后一桩跳楼事件和两个冤死的亡魂，这事的阴影在楼上楼比油漆涂得厚，水洗不清，甚至事到如今，只要盂兰节近了，楼里便不乏人宣称自己碰见那个怀抱婴儿的落寞女鬼，让大家又想起他们家的往事；多少人愤愤不平，多少人嚼烂舌根。他的母亲为此几年郁郁寡欢，只盼着大辉日本归来后有点出息，为家里一洗前耻。而今大辉在那么远的地方竟再踩上另一坨桃色大便，花女人的钱，还伤女人的心；倘若又迫得落荒而逃，别说楼上楼的居民会鄙视他们家，恐怕连那带着孩子冷眼旁观的可怜女鬼，也要大发雷霆的。

要是在少年时候，无论母亲如何叮嘱和警告，细辉猜想自己都很难忍得住不把这事情告诉拉祖和银霞。尤其是银霞吧，那是两小无猜的交情，他与她之间无所谓秘密，何况两人的母亲往来甚密，银霞对他家里的人和事了解甚多，她又那么聪慧敏感，根本用不着他多说，只凭几句九不搭八的话她就能理出头绪，说出个八九不离十。

只是他与银霞都不再是无事可干的小孩子了。随着年纪增长，生活的版图渐渐扩展，他学校里的功课和活动一年比一年多，再说人长大了便男女有别，打乒乓球也好，钓鱼也好，露营也好，这些汗流浃背的经验总也活色生香，让细辉觉得眼前的世界多姿多彩——明处愈来愈鲜艳，暗处愈来愈混沌；街上的女孩越来越漂亮，令人眼花缭乱，也就越来越难以向银霞这样一个盲人形容和言说,因而两人间话题渐少,不如小时候那样无所不谈。

银霞终究也是不甘寂寞的,也想办法走出去,让她那黑暗的世界多有些内容,不像以前那样终日死守楼上楼。前两年她到盲人院学习,细辉偶尔与拉祖结伴到密山新村去探看,后来慢慢疏于走访,银霞的心也渐行渐远,一整天记挂着盲人院里的书籍和点字机,见面时与他们说的也尽是院里的人事,好像恨不得住到那里去。连拉祖也曾当面开着玩笑说,银霞你怎么变成这样呢?只愿意与盲人为伍。

细辉记得当时他们站在盲人院外头,就在路旁一棵枝叶扶疏的矮树下。银霞刚参加了院里的一个公开活动,头发新近修剪过,发尾刚过耳朵,两边各自打了个小钩;谁又替她在鬓边别了一朵淡黄色的鸡蛋花。她身上穿的是马来女人的及膝宽袍和长裙,料子轻薄,颜色温柔,阳光和叶影在那面料上婆娑起舞,勾勒出她的体态,竟有点动人。她也开着玩笑似的响应拉祖,你以为当盲人容易吗?

细辉与拉祖相觑无言,其实两人都不知该怎么回答。这时候盲人院里有人喊她,阿霞,阿霞。发音如同"阿哈",不用回头看也能听出来是马来人的腔调。银霞说我走啦,脸上带着微笑,阳光为那笑描上淡淡的影子,然后她就转身离开了矮树的庇荫,应着那呼唤走回盲人院里。拉祖用手肘碰一碰细辉,说你发现了吗?银霞跟以前不同了。

细辉点点头。女大十八变。不就是这样吗?

银霞在盲人院学习的日子并不长,不过就是两年间的事。大辉在日本出状况,说要回来,那时候她已经不去盲人院了,算是辍学吧,又回到七楼的居所里夜以继日地织网,偶尔也编织藤器,让梁金妹拿到楼下马来人的店里寄卖。细辉觉得那段日子她几乎足不出户,人还消瘦了不少,就像是神话故事里的蜘蛛精被打回原形,道行全失,又得躲进洞窟内重新修炼,但那些在光阴里发了酵变了质的东西,终究是修不回原样的;以后银霞对他与拉祖虽仍友好,却很少主动到巴布理发室来找他们了。偶尔碰面,三人学着大人那样相互问候,都感觉到这形式里头的生分,并为此感到特别尴尬。

要不是莲珠姑姑月子刚坐满便到楼上楼来广邀昔日邻居,还亲自走进老古家里,不理银霞的推搪,硬把喜帖塞到她手中,细辉猜想,近打组屋里应该没人有这本事,可以让银霞走出家门,到莲珠姑姑的豪宅去吃那一顿百日宴。

新造的人

　　大辉坐的飞机从东京直达吉隆坡,在梳邦国际机场着陆。他包了一辆德士,从那里上了南北大道,往北直驱锡都,一直开到旧街场近打组屋。南北大道那年刚竣工,不久前才全面通车。一路上蓝天白云,艳阳高照;大道两旁像两幅新完成的布景,油漆未干,尽是油棕树铺展出来的绿意盎然,加上一百二十公里的时速,全程通畅无阻,直让坐在车里的人感觉到一种衣锦还乡的气势。也许是心里得意,大辉下车时,拖出两个大行李箱,付车费,用马来话道谢,甚至关上车门,都弄出了极大的声响。巴布在他的理发室里给一个刚停止哭闹、脸颊还印着泪痕的幼童剃头,两人都被那声响引去了目光。隔壁时时钟表店的老板关二哥正坐在一壁停摆着的挂钟前,像狱卒似的看守着被囚禁在挂钟里的时间。他手里拿了一个有待修理的小闹钟,嬉皮笑脸地与一对路过的印度小姐妹说话,问她们爸爸昨晚又喝酒了,又揍你们的妈妈了?说时他听见大辉用半咸不淡的马来语说的那一句

"谢谢啊",便往外面阳光如火如荼之处瞟了一眼,马上认出来了那是死鬼罗厘佬奀仔的大儿子,屠仔辉的哥哥。

"回来过中秋吗?时间过得真快啊。"关二哥昂起脸来喊住大辉,问他这一去多少年了。大辉没有走前去寒暄,只是站在阳光中大声回话,像是他与那一排坐落在暗影里的小店铺隔着一条跨不过去的壕沟。

"五年了。"他说。关二哥点头做了悟状,小声再说一遍,像是说给他自己听的。时间过得真快。

银霞也听到了大辉回来的声息。她那时坐在家中的小客厅里,用红色尼龙绳编织网兜子。这些网兜子是要给锡都的土产商装柚子用的,有点像是装篮球用的便携网袋,但形状稍微不同,网眼也比较密,每一只正好可以并排放入两颗柚子,成双成对的意思,方便人们拿来送礼。银霞的父亲老古常常语带猥亵地说,这是在给柚子织奶罩。

还有几天就是八月十五了,柚子的形状浑圆饱满,意涵甚美,正是拿它送礼的好时节。锡都的柚农早算准时机,把树上甜的酸的果子都摘了个干净,城中各处卖柚子的果贩也都豁尽全力促销清货,正需要许多网兜子备用,因而银霞也奋力赶货,每天一早吃了母亲到楼下买来的早餐以后,便坐到她的专属藤椅上,启动工作模式,又像人家冥想静坐,心无旁骛地用手指与满室尼龙绳展开无穷的对话。

大辉回到楼上楼，那是晌午时候。银霞的父亲回来吃了午饭，小睡一阵后抓了车子钥匙便走，妹妹在学校上课，说是放学后还有课外活动；母亲躺在父亲刚做过梦的懒人椅上，闭上眼睛编织另一个截然不同的白日梦。只要不在周末，一日中的这种时分，光阴总像特别黏稠，楼上楼里所有的生物都特别慵懒；蟑螂和老鼠都酣睡在不可及之处，连鬼魂也像被粘鼠板逮住，出不来活动。银霞在这片浓稠的静寂中，清楚听到楼上响起行李箱在走道上拖行的声音。硬邦邦的塑料轮子滚过水泥地，辘辘作响，从电梯门口一直吵到细辉家门外。

"妈。"大辉身上没带家里的钥匙，人与行李都堆在门口，朝屋里高喊一声。银霞立即听出来那是大辉的声音，不禁精神为之一振。何门方氏正蹲在厕所里，也赫然弹起，在里头应声"喂——来了来了，你等等"，接下来开门关门移动行李以及母子俩说话的声量都极大，何门方氏更是大呼小叫，像是刻意为之，要让整幢组屋的人都知道大辉从日本淘金归来，毫毛没少掉一根。梁金妹的午间好梦被这人声凿穿，在懒人椅上乍醒，睁大着眼睛听了一会儿，方才确认这不是梦外之梦。

"大辉回来了！"那折叠型懒人椅是旧家之物，颇有些历史，椅背已严重凹陷。梁金妹像个翻不过身的甲虫，猛力划动四肢挣扎了一下，才成功从懒人椅上脱身。

接下来大半天，银霞心里再不能入定，本来波澜不惊的脑海总是被各种细碎的声音，小石子一样地从耳道投掷进去。这些干扰的声响倒也不一定来自楼上的房子——除了最初那三五分钟的刻意嚷嚷，后来大辉与何门方氏都回到了正常的说话模式，也许还因为警觉了什么，或是为了制造某种更耸动的效果而刻意压低声量；即便银霞挺直腰背，伸长脖子，把自己的身体当作天线似的尽量伸张，也再难听清楚母子俩的对话。她倒是因此察觉出了楼上楼里轻微的骚动，人们从各自的住家里探头探脑，有的还拉开门站在走道上；邻居间有的目光相接，讪笑回避，有的门里门外交头接耳，仿佛连藏匿在水道和各个幽闭角落里的生物也为此窃窃私语。银霞的母亲好不容易等到马票嫂来收万字，开门第一句话便是"你听说了吗？"说着伸手指一指头顶上方，搭配一个挤眉弄眼的诡谲表情。马票嫂心领神会，含笑点头。她从楼下店铺一路上来，裁缝店的丽丽，跌打铺的张师傅，钟表店的关二哥，杂货铺的顺利嫂，甚至是巴布的老婆迪普蒂，都把这当今日头条，又像是号外一样免费派发。

"难怪她今天没去茶室洗碗，原来是特地留在家里等儿子。"梁金妹扯一扯马票嫂的衫尾，眼睛斜睨，一边嘴角扯歪了去，"之前完全没听到一点风声呢，有这么神秘。"

这一日,楼上楼的妇人最羡慕马票嫂了。她以收万字的名义,大剌剌地走到八楼,在门外大声喊何门方氏,便名正言顺地被接待到屋里,看见了被日本水土养得壮实健硕、容光焕发的大辉。马票嫂老江湖了,大妗姐似的鼓舌如簧,短短十来二十分钟里说尽吉利话,让大辉母子喜不自胜,大辉更掏出两百大元写了一张万字票。后来马票嫂下楼来对人说,日本好呢,能将人锻炼出气度来;这大辉啊,如同新造。

后来见到大辉的人都一致认同,真的呢,以前这小子高高瘦瘦成一支竹竿,这下竟有点虎背熊腰了,穿的衣服还稍微贴身,站立时挺直脊梁,隐约可见衣衫底下的六块腹肌,加上日本文化在他那白玉般的脸庞熏陶出来的精致笑颜,宛如画在细白骨瓷上的水墨,说不出的风雅。楼上楼里几个少年见了都惊为天人,说天呀怎么竟有几分像《风云》里的步惊云。

细辉前一年考了大马教育文凭试,成绩不汤不水,便跟随几个同学在工艺学校里找了个电路设计课程报名修读。那天他下午回家,被那魁梧的人影吓了一下。那一声"哥"粘在喉咙里,像一口浓痰,吞也不是吐也不是。倒是大辉昂了昂头,还"嗯"的一声应答,仿佛他听到了细辉那一句喊不出来的招呼。过去五年,大辉只与母亲联系,兄弟间连话也没说上过一句，这下见面了，两人的外貌都变化极大。大辉固然令人眼前一亮，细辉也从当日那刚甩掉哮喘病的瘦弱孩子变成了赤褐色皮肤的大青年，头发特别浓密特别干燥，一脸暗疮如同许多活火山喷薄欲出。兄弟俩都没想过如此，因而微感吃惊，还觉得陌生，半天过去都只能说些干巴巴的话，不知该如何交谈。

银霞一直留心在听，听到了细辉回家，也知道刚要播晚间新闻时，楼上一家三口一起出门，想必是出去吃晚餐，为大辉接风。他们回来时，电视上播的是本地制作的连续剧，一众演员说着发音可笑的广东话。楼上有邻人与何家三口打招呼，故作大惊小怪，哎呀大辉回来啦？一整个脱胎换骨了呢！回到屋内后，大辉连打几通电话，过后便带着一阵古龙水的香气出门去了。后来好几天，大辉成了楼上楼的话题人物。人们议论纷纷，对这被日本人重新打造过的男儿好评如潮，说得好像一辆火柴盒般的本土国产车漂洋过海到日本，回来就变成流线型的新款本田雅阁了。只有银霞的父亲唱反调，拐着弯揶揄这故人之子，说他被日本人调教成姑爷仔模样，满身脂粉味，大有本钱吃软饭。

银霞家里时有妇人串门，这些围绕着大辉的议论，她听了不少，越听心里越觉得奇怪，这时节竟没有人说见到那楚楚可怜的女鬼与她的孩子。她不由得替那一对母子感到悲凉，并生气那女孩如此懦弱，生前尚且敢独自上门来寻大辉，死了成鬼，却反而诸多顾虑，处处回避，不敢见他一面。

中秋那一日，何门方氏向茶室老板求情，特地提前两小时回家，也像别家一样做大日子，忙前忙后，还使唤细辉当了两回跑腿，让他下楼去扛回来一罐煤气，再去补买蚝油和乌醋。因为买来的醋不是她要的兰花牌，何门方氏在厨房里发了一阵火，被细辉稍微顶撞，之后又不慎失手摜坏一个沙煲。她见诸事不顺，禁不住老毛病发作，满腔怨气和牢骚源源不绝；切菜吟哦，洗米吟哦，斩鸡吟哦，煲汤吟哦，调味吟哦……直至锅里的生米煮成熟饭，她沐浴在那一阵一阵暹罗米饭的香氛中，才茅塞顿开，忽然气消，并略略自责，站在电饭锅前自问自答，我这是干什么了？鬼上身么？

眼看要开饭了，楼里人家都把各自的小孩唤回家里，促他们洗手吃饭。细辉深受节日的气氛感染，又想到家里好几年没认真过节了，便满怀兴奋地帮着盛饭端菜，在小小的饭桌上布置出盛宴的景象来。大辉在外头会友回家，洗了个澡，光着膀子从房里出来，对忙于装置的弟弟说，嘿你，下楼去替我买一包万宝路。

细辉瞄他一眼，说我不去，低下头继续摆弄桌上的碗筷。大辉说你去吧，少跟我耍个性。说着从裤袋里掏出二十元，递到细辉眼前。"就一包万宝路，剩下的钱你拿去。"细辉头也不抬，说谁稀罕呢？我不去。他说得坚决，又显出轻蔑的意思，大辉始料不及，不禁一阵错愕，回过神来张嘴便吼，你这是什么态度？细辉回嘴，说我能是什么态度呢？你把自己当大佬了吧？我可不是你的小弟。兄弟俩便这么相互挑衅着吵起来，你一句我一句。何门方氏几次想要打圆场，说都要开饭了，等吃过饭才让他去买吧。细辉竟也罔顾母亲的好意，大声重申一遍："我说了不去，吃过饭也不会去！"

这一顿中秋节团圆饭，被这么一腾噪，虽有为人母亲者苦苦压场，软硬兼施地逼得两个儿子坐下来，但兄弟俩像贴错门神，只能三扒两拨，食不知味了。饭后大辉甩下筷子，随即穿了件上衣出门，何门方氏捧着一个海碗追到门边，不顾汤水四溅，说你不要太迟回来，晚一点还要拜月光呢。

大辉冷哼一声，说你们拜吧，我约了朋友。

大辉家的这一场吵闹，声量不大，音质不佳，左邻右里一般只听见轰轰隆隆，如同劣质音响播出来的贝斯声音，内容难辨，倒是银霞在楼下多少听出些端倪。午夜前拜月光，组屋各层都有人家搬出折叠式桌子，焚香燃烛，摆上月饼菱角和糖果柚子等物。中秋祭月可不同新年接财神，人们向来不怎么讲究，甚至都有点不知从何着手，无非只是一家人坐在屋前嗑瓜子，吃蒸熟的小芋头，孩子则提着灯笼到处跑。

银霞一家也凑这热闹;她被妹妹拉到在门前的走道上,挨着围栏坐了好一阵,终于听见楼上大辉的家门被推开,却不觉有人搬桌椅设供桌,猜想何门方氏必然是被晚饭时的吵骂扫了兴,宁愿早点上床,今晚上不拜月光了。银霞凝神再听了一阵,尽管没听到楼上的声响,可不知怎么她心里笃定,觉得这一刻细辉就站在她头顶的走道上,也许正凝视着被铁栏挡在外头的月亮,也可能在看周边邻居的热闹,或是眺望旧街场在中秋夜里的景观。

这种笃定也不是没来由的,银霞想起小时候她多少回寻到楼梯间,凭的都是这种直觉,只要推开那一道门,她便能感知细辉在或不在,少有落空的时候。细辉小时候有点玩性,也有时候是哭了觉得难为情,或是真的在闹别扭,明知她来却故意不作声,假装不在,但银霞会摸上九楼找个梯阶坐下来,她说你不想说话那就别说吧,我在这儿陪陪你。细辉甚是惊讶,问过好几次了,你怎么知道我在呢?

我鼻子灵,你身上这么大的味道;我听不到你,也闻得到的。

乱说了你,我有什么味道?

嗯,这味道嘛有个大名堂,连你哥都知道。

什么名堂?你胡说八道。

"耳"(乳)臭未干啊!

说到这儿，大概就能博得细辉一粲，值得他哧哧地笑，银霞便也笑起来，像是为他那微弱的笑浇点油加把火。细辉也许一辈子都不会晓得，银霞也以为不可能对他说得清楚，他笑或不笑，楼梯间的气味是不一样的。就像一只驻足在指尖上的飞蛾，它安静得一动不动，或是它微微地振颤翅膀，周遭的空气是不同的。所以，此刻银霞就像以前坐在楼梯间一样，默默感受着细辉的存在；心里想，你不想说话就别说吧。

我在这儿陪陪你。

十二岁以前

以前拉祖在，银霞觉得细辉要比现在快乐多了。他们是楼上楼最要好的一对哥们，马票嫂和关二哥总是取笑说，都好到这份儿上了，你们怎么不结拜作异姓兄弟？

"对啊，你们两个要结拜，以后就是一对黑白无常了。"

"怎么结拜呢？"拉祖听了总是笑嘻嘻，露出他的大白牙，让人觉得不太认真。

"找个公证人，插几根香，拜拜天地。"

"哎哟，不会要割破手指歃血为盟的吧？"

"那倒不必，你以为是黑帮吗？发点誓就好了，谁违背誓言，谁天地不容。"

两个男孩听得笑弯了腰，细辉说幸好不用饮血呢。血不是一股甜腥味吗？像西瓜一样。光想想就觉得反胃了。拉祖便忍不住调侃，说你还怕血腥味？你连羊屎都吃过了。

哇哈哈。马票嫂和关二哥捂着嘴笑，细辉羞得满面通红，抡拳头追着拉祖跑。银霞在七楼也能听到他在楼下停车场发出的咆哮。

细辉是真吃过羊粪便。小时候他身子弱，哮喘病像前世跟来的一只小小的吊靴鬼，打他出生便缠住了他，并与他一起长大。这病有点像风湿症，逢阴雨天发作。病发起来心胸翳闷，动辄咳嗽；站时双腿无力，躺下睡觉则胸腔大起大伏，肺脏和气管如同一组老旧的风箱，操作起来十分隆重。按细辉自己的形容，就是胸口里装的脏器"很重很重"，叫人难以负荷。细辉的父亲长年在路上，没怎么看过他病发时奄奄一息的样子；母亲何门方氏在许多个雨夜里守在他身边，看着他那瘦薄的胸腔里，动静之大，像是五脏六腑都马力全开，总觉得这孩子随时要不行了。

锡都坊间素来有一传闻，说孩子患的哮喘病，非得在十二岁前治好不可，否则等于病入膏肓，此病将一辈子相随。为此，在细辉的十二岁大关来临以前，何门方氏用尽方法，甚至可谓不择手段，将亲戚乡里和邻人提供的正方偏方都试了个全。正经挂牌的西医不说，中药也不知已服过多少帖，后来还找上术士烧过符水，又骗细辉喝了两口他自己的童子尿；一次一次花钱却伤心徒劳。最绝望时不得不走极端，听取了一个退休老师给的方子，花十元让一个家里养了一窝羊的锡克男孩替她捡来一小罐羊粪便，置于煲汤袋中泡水，文火烹煮三个小时。

　　煲这羊屎水，程序并不复杂。羊屎形态颇似市面上卖的盒装巧克力，一颗一颗葡萄般大小，干燥结实，相当容易处理，也无须配上别的什么药材，但煮的时候恶臭难当，何门方氏趁着丈夫在外运货，两个儿子都在学校，阖上全屋门窗，拿了块毛巾蒙住口鼻，像炼毒似的躲在家里制这一帖药。煮药的时候自己一个人忍受那令人欲呕的奇臭，不禁委屈得流下泪来，觉得屋子成了个大炼炉，她好像把自己也投进去，与那羊粪熬作一锅。

　　细辉那天放学回来，在八楼的走道已隐隐觉出空气里一股难闻的怪味。那时他家中门窗大开，臭味多已流散。何门方氏好不容易将羊屎水三碗煎作一碗，倒入罐子里密封，自己还洗过澡换了衣服，更与早一步回家的长子大辉串联，两人故作自然，不让细辉察觉有异。待细辉卸下书包，她将他唤到浴室，拿出药罐，向大辉使了个眼色。大辉毫不迟疑，伸出手来从身后一把按住弟弟的肩膀，将他的两手反到背后。细辉不明就里，只觉双臂一痛，本能地张嘴便喊，站在面前的何门方氏已经拧开药罐盖子，正好把微温的羊屎水往那洞开的嘴巴里灌。细辉但觉一股暖流从口中涌入，觉得臭时，那乌黑的恶水已冲进他的喉咙。他使劲扭动身体想要闪避，但两手在背后被大辉牢牢钳制，几乎动弹不得。他便只有顿足哭喊,却反而让母亲顺势把更多药水倾入他嘴里,直到他换不过气,被一口臭水冲入气管,顿时眼前一黑,身体一阵痉挛,没命地呛咳起来。何门方氏怔在当场,不得不住手。

这一次强灌羊屎水,细辉与母亲两败俱伤,都弄得浑身浊臭,母子俩蹲下来边哭边呕,浴室里一片狼藉。大辉倒是无事,任务完成后捏着鼻子全身而退,还让母亲和弟弟快点善后。"我得洗个澡。"

羊屎水的气味,像一个人死在了粪池里,阴魂不散,带着一身屎臭在细辉家里徘徊了好几天。细辉的父亲回来不到半日,不理老婆反对,皱着眉又出去赶下一趟车。就连楼上楼下的住户亦深受困扰,多有抱怨。何门方氏怕遭邻居非议,不敢对人说起这事,但细辉在家里躲了好几日,确认自己嘴里再无屎臭后,有一天到楼下玩耍,被关二哥逮住。关二哥一脸关切,有此一问:"喂孱仔辉,喝了羊屎水,病有没有好些?"

细辉闻言如遭五雷轰顶,心跳猛然停顿了一下。他不由得抿紧嘴唇,转眼看看一旁的巴布与迪普蒂,再看看另一旁的凉茶铺老板,还有从杂货铺里探出半个身子来的某个面善的马来胖妇。他们都纹丝不动,像是陈列在那里的蜡像,日头发出强光在扭曲他们的面容,细辉只觉得每一个人都眯眼睛盯着他看,一脸坏笑。他一言不发地转过身,朝电梯口那一端走，想要回家。太阳实在太猛烈了，他觉得脚下的柏油路像是被烈日烤成了滚烫的泥浆；他踩进去，一脚深一脚浅，必须很使力才能把脚拔起来。关二哥在背后喊他，喂问你呢屎仔辉，怎么不说话？一旁插进来一把年轻的，掺着邪笑的声音，说这小孩吃了屎，变成了屎蚶嘴。

"你才吃屎！"细辉猛然转身，对着一街融化中的蜡像嘶吼，"你全家都吃屎！"

银霞听到这一声吼叫，觉得那声音听起来就像在喊"救命"一样。那时候梁金妹带着银铃不知到哪一层楼串门去了，银霞自己拿了钥匙开门出去，在走道尽头推开防火门去到楼梯间，却比平日多爬了半层楼，在十楼那里背挨着墙蹲下来。没过几分钟，果然听到楼下的防火门被推开，有人拾级而上，停在了九楼与十楼中间的拐弯处。她知道那是细辉。果不其然，不一会儿，那里响起了细长的哭声，十分凄切，有点像小狗的呜咽。银霞觉得自己该去安慰那哭泣的人，但实在想不出来有什么好说的，又觉得自己此时现身讨不了好，徒添难为情而已，便忍着不动，想要等他哭够了才下去逗他开心。岂料这么蹲着久了，中午吃的一大碗番薯糖水起作用，肚子里慢慢屯聚了一股胃肠气。银霞咬着牙苦忍，可到了一个点上，腹中气流像滚雪球一样，挟带各种杂质冲到出口，在那里化成一串，势不可当地挤了出去。噗噗噗噗噗，其声如机关枪。

细辉坐在梯阶上垂头哭泣，正悲愤中，忽闻头上这连珠炮发的声响，一时惊愕，不禁止了哭泣。这时候一股异味在楼梯间里随空气扩散，抵达细辉鼻端时，气味已淡，说不得有多臭，却终究难闻。他拭了一把眼泪，抬头探看，思疑着声息的来处。

"是我。"楼上传来一把女孩的声音，细辉自然认得是银霞。

"我放屁了。"女孩闷闷地说。

细辉不知该如何应对。他别过脸去，用衣袖在脸上擦了一把，又抽了抽鼻子，随即双手在膝盖上交叠，把脸埋进去。如此一会儿，上面又传来噗噗两响，仿佛屁成颗状，一颗一颗滚了出来。

"对不起。"女孩在楼上幽幽地说。

细辉仍然埋首于两膝之间，心里却兴起一股止也止不住的笑意，先在他的胸膛内翻滚，再喷涌到他的脸上。他哈哈一笑，又忍不住再哈哈哈一笑。楼上的银霞虽觉得尴尬，但也禁不住嘿嘿笑了起来。楼上楼下，两个人的笑声相互挑拨又互相刺激，几乎一发不可收拾，他们便像比赛似的竭尽全力，都笑得东歪西倒，一整个楼梯间充斥了嘿嘿哈哈的笑声。

那时候多好，要逗细辉笑，让他忘忧，是一件多么容易的事。何况除了银霞，他还有拉祖这么一个死党。拉祖的性格和脑子要比细辉复杂许多，既聪明又好动，虽然只是早出生了两个月，细辉却是把他当作兄长般敬慕的。他们一起在坝罗华小上学的时候，细辉简直像个跟屁虫，每天追逐着拉祖的影子跑。尤其是在他丧父以后，大辉不知得了谁的授权，在家中的地位擢升，从此对他装腔作势，做各种恫吓，更使得他不爱留在家里，情愿天天待在巴布理发室，追随拉祖。那时候楼下有多少好事之徒出言调侃，哎细辉你说，你是谁家的儿子？

大辉听过这种玩笑话，说是楼下马来茶室的玛吉给细辉取了个印度名字，当街当巷喊他"细辉·巴布之子"①。大辉气得暴跳如雷，回来出动藤条，逼迫细辉发誓以后不再到巴布的店里，"给人家当契弟"。何门方氏拦他不得，说发什么誓呢，你当家里是私会党么？姑姑莲珠倒是眼捷手快，一把抢走大辉手中的"家法"，说你怎么不看看？细辉天天和印度仔一起温习功课，成绩要比以前好多了！

莲珠说的是有凭有据的事实，还有何门方氏在一旁迭声附和，是呢是真的啊老师也说他进步很多了。正议论时，细

---

① 在马来西亚，印度裔姓名（无论男女）一般以"本人名字＋父亲名字"结构，如 xxx anak lelaki（之子）yyy，或 xxx anak perempuan（之女）yyy。

辉移形换步,像只雏鸡似的被母亲悄悄挪到身后,大辉最终无可奈何,唯有虚张声势地把家中所有人都警告了一番。

不管人们怎么说,说他跟屁虫也好,说他小跟班也行,甚至像玛吉那样叫他"巴布之子",细辉都觉得无损他与拉祖的交情。他们念五年级那一年,拉祖在校际运动会上跑得飞快,拿了个金灿灿的,形状如火车站那头的大钟楼,像他本人那样高的一座大奖杯。细辉兴高采烈,帮着他一起把奖杯捧回楼上楼,几乎没挨家挨户地叩门炫耀。银霞在家中已听得楼下众声哗然,便先自打开门锁,拉着妹妹一起站在门口等待。细辉在走道上已忍不住高喊,银霞银霞!

"你没看见拉祖跑得有多快!你不知道他有多厉害!"

银霞笑嘻嘻,说我知道呀,像风一样快,像飞毛腿一样快,像哪吒踩着风火轮那样快。说着,她伸手去摸那奖杯,细辉和拉祖顺势一让,把奖杯送到她怀里。虽然是那么一座堪比人高的大奖杯,捧在手中才发现它出乎意料的轻,以致银霞差一点要失去重心,身体往前一个趔趄。细辉马上伸手扶着——不是扶她,而是抓住那奖杯,说你小心点啊。银霞脸上仍然笑吟吟的,心里却不知怎么一阵不高兴。她说你紧张什么啊?这不是拉祖的东西吗?

"皇帝不急,太监急了。"她使了点力抢过奖杯,两手往前一送,将它还给拉祖。

银霞自己觉得奇怪，小时候她几乎无所求，不与人争，连家里一起长大的妹妹她也少去相比较，却不知怎么一直嫉妒着拉祖，总想做些什么事情证明自己胜过他。以前在巴布理发室里与拉祖及细辉一起背书，她表面把这当作游戏，却心心念念，把拉祖一个认作对手，无论如何要赢他。后来与细辉在棋盘上联手，也是为了要对付拉祖，要听这个"厉害的人"惨叫，把他击败。久而久之，连细辉也察觉她对拉祖怀着莫名其妙的敌意，竟当着拉祖的面，一点不修饰地问她，干吗你这么讨厌拉祖？

"我没有讨厌他。"银霞愣了一下。那时巴布和迪普蒂都在附近呢，马票嫂也在，三个人正围着那一台理发用的旋转椅在谈论上一期的头奖号码与其典故。她低下头要找说辞，只觉得耳根发热，恨不得脚下有个地洞让她遁逃。"真的，我没有讨厌他。"她把话说得再清晰一些，自己觉得像在表明心迹，就像用点字机打出来的凸字，每一个字都刻骨铭心。

"我也没觉得银霞讨厌我。"拉祖说，"我还很喜欢她呢。她是我见过的最聪明的女孩了。"

拉祖这么说，银霞直觉巴布的店里几个大人都转过头来盯着她看，就连墙上的象头神听了也笑眯眯，在举头三尺的空中凝视她，让她觉得自己像在审讯中与谁对质；大家都急切等待，要看她如何回应。正不知怎么办好，马票嫂站在店的另一头替她解围，说真的是那样呢，银霞这女孩真不得了。

"她要不是眼睛瞎了，我看拉祖你读书也未必赢得过她。"

"正是因为瞎了眼睛，她才会这么强啊。"拉祖说。银霞觉得他一定在展示他的招牌笑容。细辉对她形容过拉祖的笑，说是像鼻子下有两排麻将，全是白板。

"嘿，她哪有很强呢？"细辉说，"她只是好胜而已。"

"那不叫好胜。"马票嫂说着停了半晌，转过头去看了看自己在大镜里的影像，像是一时找不到适当的用词。拉祖迫不及待，替她把话接下去："那叫倔强。"

"倔强"这个词，在拉祖脱口而出以前，银霞已经想到了。她觉得自己终究是比拉祖强些的。她懂的词汇要比他多，她的记忆力比他强，她的思维比他敏捷，脑筋比他灵活。然而光是这样，显然还不能让细辉推心置腹，把她当作最要好的朋友。细辉要的人，是一个比他本人更高的一座大奖杯，可以让他捧着四处去炫耀，而且还得是个男孩，可以和他一起到户外玩耍追逐，甚至到河边冒险，钓鱼，捉蟋蟀，还有会打架的"豹虎"蜘蛛，或是形态颜色漂亮得可以拿来选美的斗鱼。这些，拉祖都能做到，以至细辉成天说，你不知道他有多厉害！

她怎么会不知道呢？近打组屋里没人不知道巴布家的小儿子，入水能游，出水能跳；参加各种比赛拿回来的奖牌和奖杯，摆在家里，比时时钟表店里的时钟和手表还要多。除了这些，他还干过好些事情令人称道，有的甚至在多年后仍被人一再重述，说得像是童话故事一样，其中一桩即是替何门方氏一连捉了十只翠鸟，神奇地治好了细辉的哮喘病。

药方是旧街场一个风尘女郎给的。此女来自古楼河口，真计较起来，算是何门方氏娘家的亲戚。那时细辉的十二岁大关将临，何门方氏之前屡屡遭遇失败，连羊屎水也不见效用，难免斗志尽失，因而拿到那药方以后，她只是随手塞到神台抽屉里，许久不见行动。倒是给她方子的人一再敦促，甚至说了"你看不起我一个卖笑的，所以我给的药方，你就当旁门左道了？"此等重话，何门方氏消受不了，加上那一阵细辉频频发病，她无计可施，只好死马当活马医，从一堆杂七杂八的旧纸里把药方找出来。药方上写的无非是北芪、党参、杞子和茯神等几味常见药材，但药引子用的却是生鲜"钓鱼郎"，也即翠鸟。她向别人借来一辆脚踏车，从旧街场寻到新街场，问了好几家雀鸟店，人家都说钓鱼郎是受保护动物，不能卖，连私自捕捉也是犯法的。

何门方氏垂头丧气地回到近打组屋，在楼下归还脚踏车时，对人说起这一日的失意，唉声叹气，用了许多感叹词，听到的人都觉得像是细辉命不久矣。那里就十来二十间店，消息流传的速度比一把火烧过去更快。用不上两个小时，迪普蒂不过出门走了十几步，买了一包蒸米粉，回来时把这新鲜消息捎上，对拉祖说细辉的母亲买不到钓鱼郎呢，你的好朋友可能活不了多久。唉，那个可怜的孩子。

拉祖以前住的旧家在矿湖边上，他幼年时每天光着脚跟随附近的大孩子游山玩水，见过人们怎么捕捉这种颜色亮丽的小鸟，也知道它们的习性。这种水鸟只有麻雀大小，擅长捕鱼，不仅五脏俱全，还桀骜不驯，不吃人们给的食物，因而只能野生。拉祖想起往时捕鸟之乐，按捺不住当天傍晚便溜到近打河岸，在临水的陡坡上细细检查，果然找到了翠鸟凿的洞，探囊取物般擒来两只蓝背橘肚的漂亮鸟儿，装在布袋里送到细辉家，亲自交到何门方氏手上。

"这种鸟养不活呢，要吃就尽快吃了吧。"

何门方氏当即杀了一对同命鸟，一只放进冰箱，另一只投入药煲，按着方子把药煎了，让细辉在睡前饮下。第二天早上细辉醒来，竟神清气爽。自从五岁开始为哮喘病寻医吃药以来，他第一次主动对母亲说，妈，我的胸口舒适很多，里面的心肝脾肺好像没那么重了。何门方氏大喜，马上又一番功夫，当晚让细辉再服一帖。翌日细辉再表示自我感觉不错，而且观其气色，显然真的好转不少，何门方氏激动不已，下午亲自到巴布店里道谢，也恳请拉祖再施援手，说这药得服上十帖，方能保孩子的病断根。

"你去抓，每一只我都付钱买。"

接下来的一个月，拉祖每周到近打河岸去搜捕钓鱼郎，也不怎么费功夫，每次捉来一对即送上八楼。最后一次他带上细辉，两人沿着近打河走了两三公里，弄得一身泥污，除了拿回来两只翠鸟以外，还弄到了几只凶悍好战的豹虎①，以及一只拿来捉弄银霞的蟾蜍。那时候细辉的身子比以前健朗不少，这么出门半天，颈背和衣衫汗湿，竟不怎么气喘，脸色还有点红润。何门方氏看在眼里，说不出的安慰，便把两只钓鱼郎与药材投进沙煲，熬了药让细辉分两天服下，以后他果然不再病发，只有在两年后近打组屋发生一尸两命的跳楼事件，细辉受惊，莫名其妙地得了场急病。何门方氏以为是旧患卷土重来，再让拉祖去捉翠鸟——这一回不比从前，也许是近打河的河床越来越浅，河水越来越脏；浑水无

---

① 豹虎，又称为金丝猫（Thiania subopressa），为某些蝇虎科蜘蛛的俗称。台湾又称为细齿方胸蛛，在1907年发现并命名。

鱼，翠鸟遂不来栖居。拉祖行了好远的路才找来一只孤鸟。何门方氏依法炮制，待药煎好，她已看出来细辉的病情古怪，心里知道那不是哮喘。

细辉一整个童年被哮喘病绑架，为此学校里常遭人笑谑，称之肺痨鬼，楼里则有人叫他屎仔辉。最终他以十只钓鱼郎换来气血，成功摆脱病魔，除了那提供方子的远房亲戚以外，拉祖总是占了最大的功劳。何门方氏因为付过酬劳（当初作药的翠鸟按件计酬，一只五元。）不至于把拉祖当作儿子的救命恩人，却仍将他视为何家的贵人。小姑莲珠再赞同不过，说这种朋友百利而无一害，怎么一个"贵人"了得？简直就是福星了。

银霞知道自从拉祖捉翠鸟建功以后，就在莲珠姑姑搬走以前，细辉家里几次做大日子，都将他请回家里一起过节，把他当家人相待。银霞的父亲老古甚至为此当面嘲笑，说细辉呀你如果是个女的，你妈早把你嫁给印度仔，让你以身相许了。

仨

那一年教育文凭考试发榜，银霞记得，拉祖成绩辉煌，连华文一科也拿了A，因而被学校大肆宣扬，媒体也十分配合，说那是本国有史以来第一个在教育文凭考试中华文考得"卓越"佳绩的非华裔考生。国内仅有的几家中文报章都实时报道了这新闻，其中两家还特地派了记者走访巴布理发室，两旁的几个店家与当时的路经者都目睹那昏暗的小店里镁光灯一直闪个不停。过后马来报和英文报，甚至《淡米尔日报》也及时跟进。刊出的报道中，除了拉祖笑得见牙不见眼的个人照以外，也配上他与双亲的合照。那几日银霞听得她的父亲老古说了不少酸话，形容照片里的三个人"笑得像焓熟狗头"。

拉祖自小学开始便被人叫作"状元"了，中五会考有这成绩，银霞以为是意料中事。出乎意料的倒是这事成了国内要闻，让拉祖一再曝光，风头远远盖过了当年真正的会考状元。那一阵拉祖的姐姐依娜正好刚定下亲事，家里上门的亲友极多，巴布理发室的光顾者亦络绎不绝，以至近打组屋的各族人家都莫名其妙地感到喜气洋洋。

在这片喧哗和骚动之中，银霞倒是分外感觉到了细辉的沉寂。前一年考过会考后，拉祖到都城一个富贵亲戚的店里学做钱币兑换，细辉则被姑姑莲珠安排到拿督冯开的一家五金店里打工，再不能像以前那样与拉祖形影不离。数个月后考试成绩出炉，两人虽都辞了工，但拉祖忽然成了新闻人物，有许多人要应酬，忙得不可开交，再不可少不更事。他还被安排与全国各地的会考状元一起，与首相共进午餐。拉祖与首相握手拍的合照，姐姐依娜让人放大了框裱起来，与其他嫁妆一起带到夫家。都城那做钱币兑换生意的有钱亲戚与有荣焉，也要了一张，镶在金漆雕花的厚木相框里，弄得比巴布理发室墙上的象头神迦尼萨画像更耀眼夺目。银霞问细辉，巴布没在自家的店里也挂一张吗？细辉说那怎么可能，巴布和拉祖两父子都是反对党。

银霞不过说笑而已，为的是引细辉说话，打开他的话匣子。她可没忘记拉祖从小受巴布的熏陶和影响，最崇拜的是反对党里的明星级人物卡巴尔·辛格，"日落洞之虎"，还曾经带着细辉去听了一次他的政治演讲。细辉没听懂几分，回来仍吹嘘了当时的场面，说人山人海，以后几天耳朵一直"嘤嗡"地响，好像耳道里藏了一只麦克风。银霞没这情意结，倒是少年时初闻"日落洞"这地方译名，十分喜欢。拉祖问她为什么，她说这名字很有点气势和意象不是么？

"它让我想起百鸟归巢，万佛朝宗。"

拉祖听得大悦，仿佛银霞这么说等于也赞美了他的偶像卡巴尔·辛格；便说嗯，这名字确实配得上他。细辉忍不住笑，说你怎么这般得意扬扬？日落洞之虎又不是你爸。

后来都城的富亲戚有意栽培，给拉祖赞助了一笔奖学金，把他办到都城去升学，还让他住到他们建在半山上的豪宅里。也许是因为都城不远，与锡都只隔着两百公里的路，而且那建了许久的南北大道，据说即将全程通车了。细辉那时不觉惆怅，还一再讥嘲，说富亲戚有心招婿。"以后你只管替他们家数钞票。"直至拉祖临行在即，有个早上细辉来找银霞，与她站在门里门外，说拉祖这一去鹏程万里，"我们三个一起长大的呢，也该为他饯行吧？"

银霞以前从未听过细辉这么说话，那时她和细辉二十岁未到，总认着他是以前那个爱躲在楼梯间生闷气的少年，却第一次觉得他的话里透着人情世故，好像一夜之间成熟了不少。她说好啊，我们一起吃个饭吧。说了忽然忆起，上一回与细辉及拉祖一起用餐，已是去年的事情。那时他们与楼上楼的许多邻居拥到莲珠姑姑家里吃百日酒，她酒后失态，醒来方知窘迫。因为怕被邻人笑话，不得已将自己冷藏在家；

数月深闺，颇感厌世，就连细辉与拉祖她也避之不见。

那天他们本来约好了到鸿图酒楼，却不知怎么被莲珠知晓，下午一通电话打来，坚持要请他们三人与何门方氏到海外天，还不由分说，亲自开了车子来接。海外天在锡都是顶级饭馆，银霞和拉祖头一回光顾，莲珠特意给每人点了一碗蟹肉翅，还有黑豉油叉烧、花胶鹅掌、清蒸笋壳，以及银鱼仔炒饭，全是招牌菜。菜极好，莲珠显然常来，酒楼派了个副经理来给她打点，殷勤地喊她"冯太"，让她十分喜悦，一晚上话语笑声不绝于耳。银霞原先期待着自己与细辉做东，请拉祖吃桂花面，之后再像少年时那样，行到街角去吃糖水糕点。而今饭局这么一摆，她变成了陪客，而且饭局上没多少机会与细辉和拉祖说话，心里感觉很不自在，也对莲珠感到莫名地厌烦起来。

这顿饭银霞吃得闷闷不乐，不仅话少，笑亦无声。细辉和拉祖夹了大鱼大肉不断往她面前的盘子上送，堆得菜汁都快溢出来了，她却都浅尝辄止，只是一小口一小口地吃着碗里的白饭。细辉意识到她不开心，身子凑前去小声问，银霞你不舒服么？银霞摇头，说我没事。

等到饭局临近尾声，拉祖向莲珠道谢，说这一顿吃得太好了，莲珠姑姑你太破费了。莲珠笑说你可是和首相一起吃过饭的人呢，你的大好前程是在那一顿饭开始的；今晚这顿饭，是我沾你的光。

银霞听了忍不住插话，说莲珠姑姑以前哪会这么说话呢？今时不同往日，说话特别有文有路，像官话一样，听得人好舒服。

说了这话以后，银霞注视着眼前的黑暗，看不见各人的反应，却觉得气氛里好大一个疙瘩，像是大家都一时无语。片刻以后才听到莲珠说，银霞你也不一样了；以前你好纯朴，才不会这么说话。

"以前她还是个小孩嘛。"何门方氏说，"现在她爪子和牙齿都长齐了，不过是平日收起来，不露锋芒。人家都变成老虎了，莲珠你还把人家当小猫呢。"

莲珠开车将一行人送回近打组屋，拉祖下车后，拉着细辉和银霞，说我们找个地方聊聊天吧，晚一点再一起去吃消夜。于是何门方氏独自上楼，拉祖则掏出钥匙开了巴布理发室的店门，亮灯，让细辉和银霞一起进去。尽管是熟悉不过的老地方，银霞却从不曾在巴布的店打烊后走进来，因而竟感到有点新鲜和陌生。夜间这店里没了白天的声息，没有剪刀起落开阖时"咔嚓""咔嚓"的清脆声响，没有巴布午睡时的鼾声，没有他与顾客用淡米尔语小声交谈，没有袖珍型收音机播放着印度歌曲和音乐；没有塔布拉，没有萨朗吉，没有西塔琴和喷吉；没有人走过门外，没有人探头进来与巴布打招呼,没有人在外面给刚停好的脚踏车上锁;没有迪普蒂哼着小调走到阳光里收起她晒了一个下午的香料或小扁豆,没有她与别的妇人闲聊或与路过的印度孩子说话;没有车辆开进停车场,没有摩托车喷出巨大的噪声行驶在外面的街上。没有了这些,巴布的店里只剩下日光灯发出高频而单调的杂音,声量奇大,像是那里有一台大机器,发出一声永无止息的吟哦。

拉祖说,银霞你在想什么呢?脸上竟有这种悲伤的神色。

我想到你走了以后,我应该没什么机会再到这店里来了。有点难过呢。

拉祖还会回来的呀。细辉说。

银霞苦笑。真的吗?你真的觉得他会回来?

会的。这是他的家,他的父母都在这里。

银霞仍然苦笑。她说这组屋算什么呢?只是个白鸽笼。拉祖是注定要飞出去的。他飞出去才好呢,我替他高兴。

我也很替他高兴呀。细辉抢着说,刚才莲珠姑姑不是说了吗?他前程远大,这里只是个开端。

是呢,你们都前程远大,有一天你也会离开楼上楼的。只有我,哪里都去不了,连这理发店我以后也不能来了。

细辉原来想说,你前几年不是每天都到密山新村的盲人院吗？在那里不是交了许多朋友么？可后来突然就不去了。话到舌上，无端觉得不妥，便忍住不说；嘴里分泌了一点唾液，让话溶解。

拉祖倒是说话了，他说，银霞，银霞。

什么？

告诉我，迦尼萨断掉了哪一根象牙？

银霞一怔，脸上的表情哭笑不得。她说你还拿这种小孩子问题考我，我们都不是小孩了。

所以，你记不得了？拉祖问。

她一定还记得。细辉说。

我当然记得，断了的是右牙。银霞笑。说着竖起右掌，举到胸前靠近肩膀处，是为象头神的手印。

断掉的右牙象征迦尼萨为人类做的牺牲。她说。

这么说的时候，银霞忽然忆起小时候拉祖时常与她玩这种问答游戏，有一回问到迦尼萨的断牙，她也这般作答，迪普蒂在旁大声叫好。"你看啊银霞，迦尼萨断一根牙象征牺牲呢，所以那些人生下来便少了条腿啊胳膊啊，或有别的什么残缺的，必然也曾经在前世为别人牺牲过了。"

这一番话让银霞大为震撼，如雷贯耳，又像头顶上忽然张开了一个卷着旋涡的黑洞，猛力把她摄了进去，将她带到一个前所未闻的，用另一种全新的秩序在运行的世界。一旁的拉祖和细辉也瞠目结舌,陷入沉思。

坐在理发椅上看报纸的巴布忽然转过身来,用淡米尔语对妻子说,你胡说什么呢?她只是凡人,不是象神。

"她若是象神,她身边那男孩就是前世跟过来的一只老鼠了。"巴布说了折起报纸,银霞听见他跳下理发椅,脚上穿的橡胶拖鞋"吧嗒"一声落地,往事便在这儿熄灭。

日光灯仍然噪声不断,银霞回过神来,说拉祖啊,这儿还有象棋吗?我们三个好久没一起下棋了。

拉祖说当然有啊,便从店中的小柜子里找出两盒棋具来,给了细辉一套,两人在桌子上各自将棋盘摆好。银霞坐在两人之间,仍然像以前那样,由她的红棋先走。她微微抬起头,两手扣着置于桌子边缘。细辉顺着她的颈项与下颚的线条投去目光,觉得她正与墙上的象头神对视,仿佛出战前请求天启,神情庄重得像在进行什么宗教仪式。

准备好了吗?银霞问。

准备好了。男孩说。

那我开始啦。银霞说。细辉,炮二平六;拉祖,兵七进一。

这读棋的方法是拉祖教会银霞的。小时候拉祖从老师那里借来一本《象棋术语大全》,每天给她念一页半页,大概只念了半本,因为书的主人要被调到别的学校去,不得不把书归还。银霞没用半天便掌握了读棋的法门，再凭着过人的记性和许多练习，很快做到了同时与两人对弈。细辉棋力平平，棋盘于他极小，总是磕磕绊绊，没走几步就便困在老路上，因而一开始就不是她的对手了。以前银霞会让他双马，开局时炮二进二；若不让子，则只会用"当头炮"和"过宫炮"等最常见的手法开局，免得把他吓窒。拉祖的实力远在细辉之上，而且棋路开阔，应变力强；说是以一敌二，银霞暗地里只对他集中火力，也喜欢挑战他，用的开局手法变化多端。这一下兵七进一意向莫测，有种刺探的意味，银霞记得其名堂，叫"仙人指路"。

拉祖不像银霞那般记得这许多棋路的名目，倒是明白银霞这一着等于让出先手，先开马前兵，后续可以有不少变化。自从升上中四以后，拉祖像其他学子一样着力备考，学校里参加的活动也多，发展出各种别的兴趣，再不怎么腾得出时间来下棋，此时自觉有点生疏，而他知道银霞深谋远虑，脑子里千回百转，每一举棋总已想好前面五步十步，便不急着走炮二平三，以凶悍的卒底炮相迎，而是稳打稳扎，起飞象应对。

象三进五。他先替银霞移动棋子，再报上自己的棋步。

炮八平五。细辉也在另一边报告。

银霞笑了笑，几乎不假思索地说：拉祖，马八进七；细辉，马二进三。

既然拉祖摆飞象局，银霞打算来个进攻型的双马盘头，横冲直撞。至于细辉，银霞不怕与他纠缠，甚至想要像御猫三戏锦毛鼠那样，尽量拖延，偶尔忍让，待玩够了再来收拾残局不迟，因而每下一着都像与他跳舞，暗地领着他走。细辉自然丝毫不觉，这一晚上他和拉祖各自与银霞下了五盘棋，每一盘他都没觉出银霞那棋路里一股微妙的引力，只以为自己在苦苦支撑，却又几次柳暗花明，绝处逢生，成功破解了银霞的杀着，甚至最后在银霞先让双马的情况下，意外赢了一场。最终四负一胜，比起拉祖勉力战和两盘，似乎不特别丢人，还值得小喜。

拉祖的两盘和局确实得来不易。他这三负二和如梅花间竹，每输过一盘，便得一和，但都战到残局方休，耗时伤神。相比之下，细辉下的五盘棋少来这般僵持不下，定了胜负他便在旁观战，偶尔喝彩，说看你们下棋，觉得这棋盘变成了棋海。最后一盘到残局时胶着许久，拉祖眼看自己的火力明明比银霞稍强，但剩下的双车都被对方的单炮瞄准，其他棋子也受钳制，情况凶险，有满盘落索之象。他一只手掌搁在桌子上，食指在桌面一下一下叩敲，发出檐前滴水般的声响。银霞听着这想象中的雨后雨，耐心等候良久，终忍不住说，你再这么想下去，剩下的棋子都要睡着了。

中局明明好好的,现在生杀大权却落在你手里了。拉祖叹了一口气。我在回想,自己是怎么走到这地步的呢?

银霞说你要想知道,我们可以逐步退回去,让你看清楚。

两人真的就这么做了。银霞口述,拉祖一步一步将棋子挪回去;死去的棋子重生,逐一在棋盘上归位,看在细辉眼里就像倒带一样。那棋盘很快退回中局时的场面,果然那时黑方形势大好,拉祖的双车双炮俱在,银霞损失了一辆战车,再往回退,又丢失一炮。

啊!拉祖喊。是这里!我中计了。

细辉听得糊涂,正待看清楚状况,银霞笑着说,不对,你再往后退两步。

这回拉祖用不着银霞读棋,一对眼珠由左而右,目光在棋盘上巡回一遍,忽然又喊起来。难道是马?你故意献的一只马?

不等拉祖把话说完,银霞已经笑了。她说,这一着叫"马献九宫"。

细辉仍然摸不着头绪,便问你们说的什么呀?到底哪里中的计?

你不懂,你不懂!这是心理战。拉祖说。银霞她懂得读心术!

这一盘棋下完以后，已接近午夜，早过了银霞平日上床休息的钟点。她久未如此用神，今晚这般左右脑并用地大战了几个回合后，竟觉得四肢发冷，背上一片虚汗，便惨着脸对细辉和拉祖说我不去吃消夜了，我头昏脑涨，只想睡觉。细辉陪着她，把她送到七楼。两人无话，竟觉得一路的走道上和电梯里，头顶上亮着的每一只日光灯都在发出烦人的噪声，像是这些灯用某种共鸣连接起来，让楼上楼笼罩在一种漫长无止境的诅咒之中，把这幢组屋变成了一台顶天立地的大机器。

　　是镇流器发出来的，这声音。细辉说。他还说，这种灯用久了都难免这样。银霞这才想起来，他那时在工艺学校里读着电路设计的课程。

　　银霞说难怪呢，她家里也有灯如此，就在厕所里头。说来这样的灯就像每一间屋子里都难免有一个喋喋不休的妇人，也像家家有本难念的经。后来这一路走去，在抵达家门之前，她与细辉谈的都是日光灯的噪声问题。这灯能修吗？该怎么修呢？是要换镇流器抑或是换灯管？两人讨论得十分仔细，仿佛这事真值得他们钻研，以致银霞心里觉得荒谬，开始发慌，好像无聊是一潭深不知底的泥沼，他们明明知道这样拉拉扯扯只会越陷越深，却不知道该怎么挣脱，才不会被它没顶。

　　到了家门口，银霞问，那你以后毕业了是要当电工吗？

不知道呢。细辉说。等毕业了再看吧。

如果只是要做个电工，何必去念书？到电器店里当学徒就好了。

不知道呢。细辉还说。我哥马上要回来了，我妈说看看到时能不能两兄弟搭档做点小生意。

你哥回来？今晚吃饭时你妈说的话不少，没听她提起这个。

不知道呢。细辉再说。我妈不想让别人知道，连莲珠姑姑她也忌讳，不让我说。

银霞咬了咬下唇，问他，你妈没叫你别跟我说吗？

有的，千叮万嘱，叫我别跟你说。

银霞含笑低头，摸索着打开家门。那好吧，她说。我当自己从来没听你说过。

上床休息以前，银霞先去漱洗和解手。要走出厕所时，她兀地想起自己与细辉这晚上无端端绕着日光灯说了许多不着边际的话，禁不住伸手去碰墙上的电灯开关，不过须臾，果然听到细辉说的"镇流器发出的声音"，与外面的世界应和，将她的家与整幢组屋接通起来。银霞在那儿站了一会儿，觉得这声音听着竟不那么令人讨厌了，只像是有一只蝉或飞蛾什么的被困在灯管里，每一有光，便哀哀鼓噪。

于是她明白，听见这声音，便知道有光了。

良人

美丽园的发展商在锡都是老字号，早年声誉极好，不曾听过有偷工减料，或是工程烂尾的事；城中好些老住宅区都是这家发展商建的房子，有口皆碑。那发展商林某是个低调的殷实人，十分爱惜自家招牌，即便是小排屋也建得固若金汤，好像真可以代代相传，一点不辜负业主手上的那一张永久地契。那时候人们说起这家公司，都以老板林某的名字代称。细辉买的房子也就同一个发展商，尽管那时林某已经退休，公司由几个儿子接手，政府也收紧土地政策，只给新房子发为期九十九年的租赁地契，但那毕竟是建在好地段上的高价房屋，房子有型有款，门面用了当年罕见的仿石瓷砖，看着奢华大气，很讨人欢心。银霞的母亲当年执意买下美丽园的房子，多少是冲着对这发展商的信任，口口声声说，那可是林某建的房子呀。

银霞以前见识过母亲的这种执拗了。那些年安利直销大行其道，几乎像个邪教组织，光近打组屋里就有不少安利的会员。梁金妹听许多上门来的妇道说安利卖的东西怎么怎么的好，美国货呢，什么清洁剂洗衣粉都胜人一筹，尤其是一套号称七层式钢铝结构的锅具，更被她们说得像能分金断石，无坚不摧。说的人有不少带着这二十一件套的"安利皇后锅具"上来，献宝似的一一展示，梁金妹耳濡目染，竟像中蛊一样，觉得家中要没有这么一套厨具，纵称主妇也枉然。

为这一套锅具，银霞记得母亲几番从老古那里下手，却始终榨不出钱来，之后把心一横，实行节衣缩食，硬从家人的牙缝中剔出些零碎，日积月累，或许有两年光景，最后还不惜出言诱哄，让银霞从织网兜子的收入里拿一些钱出来，成全她这心愿。"以后我死了，这套锅具是遗产，全留给你。"

银霞说好啊。两周后一套亮锃锃的锅具被送上门来，梁金妹将六个锅子和钢杯及蒸滤锅等大大小小的器具全摆在地上，一件一件拿起来擦拭干净。女儿银铃看不过眼她那痴人模样，出言讥诮，说她把锅具当传家宝。梁金妹白她一眼，说怎么不是呢？等我死的那一天，这些都成了古董。

老古免不了也冷嘲热讽，说我们家这点环境，加你妈这点厨艺，有了这套锅我们还是一样只能吃粗茶淡饭。

以后许多年，梁金妹真没因为这套锅具而对烹饪生起了点的激情和野心，倒是每年农历新年前家中大扫除，她仍然会把那二十一件不锈钢器皿从柜子里拿出来细细擦拭，一一把玩，再珍而重之地放回原处。银铃后来嫁人，与丈夫在岛城买了房子，梁金妹让她从中挑几个锅子带去，银铃稍为推却，最终拿走了三个长柄锅和一个焙碟。梁金妹之后嘟嘟囔囔，说这女儿真会挑；那三个锅子白璧无瑕，买回来后根本没上过炉灶。

至于剩下来的三个锅子，一组六个的小钢杯和承托架，再加一个蒸滤锅，自然都放在美丽园的厨房里，算是留给了银霞。梁金妹把其中最大的一个汤锅拿来作日常用途，其他的依然放在橱柜里，也仍然每年一度拿出来擦拭一番。这种时候，银霞总在一旁守着半桶水，一边把母亲用过后递来的抹布搓洗拧干，一边听她嘀嘀咕咕，说起这套锅具如何得来不易，她又如何地排除万难，仿佛那是她人生中不可抹杀的成就之一。

"妈真对不起你，把半套锅子给了你妹妹。"那一次大扫除，梁金妹又再重述这套钢锅的身世，终于提到银霞当年也凑了一份钱。她说，我那时说过会把这套东西留给你。银霞笑笑而已，梁金妹也不说话。银霞两手伸到桶里搓洗抹布，听到水声漾漾，像是隐藏在沉默里的叹息。

"全给了银铃也罢。这么贵重的锅子，我要来有什么用呢？"银霞把洗过的抹布递给母亲，换来一块沾了许多尘灰的脏布，"我也只能煮个金旦面，煎个不像样的荷包蛋。"

那时梁金妹已被诊断出直肠癌，终日腹痛便血，人越来越干瘪，药越用越重，已自知将死，仍想撑着再过一个新年。趁着那天精神稍好，拉着银霞一起清理饭厅的柜子，将里面珍藏着的许多餐具和厨具拿出来，一一分配，说这些你妹妹家里用得着，让她带走吧；那些给你，还有那套碗碟是你契妈送的入伙礼，上面许多花鸟，还绲了金边呢，看着像清朝皇帝用的东西，你妹妹看见肯定会眼红，但你一定要留着。银霞不禁失笑，说妈你太多东西放不下了。说了觉得此言失当，便转过话锋，紧接着说，漂亮的东西对我有什么意义呢？

那确实是梁金妹过的最后一个新年了。尽管大半时间她都昏昏沉沉，躺在床上雪雪呼痛或是说着连串滚烫的呓语。只要人还清醒，她总要躺在厅里的懒人椅上，目光贪恋着电视，并经常有许多话忽然想起来要对银霞说。

"以后千万记得晚上家里要亮灯，让人知道屋里有人。"

"就算白天家里没人，开着电视或收音机也是好的。"

"屋子外面放两双男人穿的鞋子。"

"以后你爸也不在了，你仍然要洗几件男人衫裤，和你自己的衣服一起晾在外头。"

银霞觉得奇怪，明明电视上播着的是台湾的乡土电视剧，演员们哭闹不止，母亲看得投入，偶尔还会出口痛斥这郎太狠那郎无良心，却三不五时蹦出这么一两句不相干的话，声声叮咛；银霞你不知道外面的世界多么可怕，你要懂得保护自己。

"男人很贱，一脑子坏水；不要轻易相信他们了。"

那些闽南语连续剧都极尽苦情之能事，所有对白都包含大把的眼泪和鼻涕，剧情更是婆婆妈妈，让人失去耐性。梁金妹那一年多少次出入医院，死去活来，终于咽下最后一口气，倒是剧里的人始终兜兜转转，死去的角色莫名其妙地以各种形式一再活过来，终于都变成了闹剧。母亲死后，银霞偶尔于午间打开电视，惊觉这些戏居然尚未休止，戏里的第一代人犹在为年轻时种下的恩怨情仇和乱作一团的伦理关系，在第二第三代人面前歇斯底里地叫嚣哭喊和相互厮打。她听了忍不住笑；想起母亲，若有轮回，兴许已经投胎了。

美丽园这屋子，虽然还挂着同一家发展商的名字，说起来已经不是林某建的了。据说他耄耋新娶，深居简出，把家业交给了儿子，连一众孙子也逐渐掺和进来，建的房子越来越时髦，农历新年时在报纸上刊登的巨幅广告越来越花哨，到了美丽园这儿，房子已不那么坚实，没住上两年即出现屋顶漏水、外墙发霉和油漆脱落等等状况，业主们到发展商那里投诉也不怎么受理,梁金妹在世时为此好不郁闷,觉得自己上了林某的当。银霞只觉得这一列排屋的墙壁特别单薄,似乎还不如近打组屋。她无论是躺在床上或是坐在自家客厅里,都能听见两旁人家的作息,知道他们在收看哪一台的电视节目;甚至更远一些,有一户马来人家养了许多猫,每一只猫都戴着挂了铃铛的项圈,丁零零丁零零,响彻日里夜里。

梁金妹以前活着,在美丽园总住得不习惯,老说这地方风水不好;对面的一大片荒地不知有主无主,多年不建房舍,偶尔有人在那里放养水牛,一队庞然大物在斜阳中以慢镜头播放似的速度行过,默默拉下一坨一坨湿答答的牛屎,再被烈日烤成一块一块墨绿色艾粄①状的大饼。她们家与那空地隔着一条马路,路上凸起许多没涂上反光漆的路墩;夜里经常有车子减速不及,司机在路上急踩刹车器,擦出的尖响有如狗被碾过时的哀鸣,也有车子被震荡出散架般的巨响。前门猫多,后巷野狗成群;猫与猫屋顶上争春,狗与狗拦路掠食,两种声响各自扰人。美丽园的人们却都寡言,碰面了连目光也不打招呼,只躲在屋子里各说各话。

梁金妹死去以后,家里没了说话的对象,银霞觉得自

---

① 又称青团、清明粿和草籽粿,是清明粄的其中一种;属客家菜,以糯米粉和艾草等做成。

己的听力比以前更好了一些，两只耳朵无时无刻不是竖起来的，几乎听得见左右两边屋子里人与人之间幽微的关系，好像她听的是两部截然不同的连续剧。左边住的一家四口动作比较大，女主人每天大清早拽着一对儿女赶去上学，开门关门发出粗暴的噪声。她家的男人早出晚归，开的显然是一辆破车子，吱吱嘎嘎，人却无声，连走路都像蹑手蹑脚。

右边的房子住了个单身汉，因后脑勺一丝不挂，被老古称作"光头佬"。其人刻板，日子过得小心翼翼，每天早晚给屋里屋外供着的天神地祇上香，出门前不忘扭开收音机，假装屋内有人。梁金妹以前曾试图攀谈，略知其背景，说是四十出头一条寡佬，与姐姐合力经营素食馆，长年茹素，家里打扫得一尘不染。她还向人家借过梯子，让人家过来帮忙搬动衣柜什么的，一边道谢一边查家问宅。银霞晓得母亲的意图，却不作配合，人家亦冷冷淡淡，一回两回以后，梁金妹也就意懒，加上丈夫老古没少说刻薄话，一说男人老九宅成这模样，十分可疑，"不是同性恋就是个和尚"；二嫌人家说话口吃，言语无趣。这点银霞还真同意。梁金妹啐她一口，翻眼瞪着老古说，说话好听有什么用处？男人今天给你说甜言蜜语，以后就给你吃大苦头。

银霞苦笑。她想起来以前自己赠过细辉这么一句话——难得木讷是君子，难得静默是良人。

那是很久以前的事了。细辉在工艺学院里上学,对一位女同学有意,说没见过女孩子这般爽朗帅气,十分青睐,出了些力气追求,人家却嫌他木讷,拒之。细辉仍不服气,大概也是对那女生喜欢得紧,想要写信表白,拿了纸笔到七楼去咨询银霞,想要把信写得漂亮一些。细辉害臊,自然说得磕磕绊绊,银霞凝视着眼前的黑暗,不知怎么想起更久以前她坐在坝罗古庙的戏棚前听戏,脸上应该也是这么浅浅笑着的;人们以为入神,其实她根本听不懂台上唱的是哪一出。等细辉说完,她收敛笑容,说嗯,你写这一句吧,"难得木讷是君子,难得静默是良人。"

"就这一句?"

"一句就好了。她懂的话,就懂了。"银霞等不着细辉的反应,补了一句,"话说多了,没力道。"

细辉还真写了,银霞猜想他当然还写了些别的,像在学校写作文一样,把这一句当名句精华似的镶嵌在里头。果然那女孩独中意这句子,来对细辉说,这句话有点墨水,是唐诗么?细辉回答不上来,人家就失望了,说你抄来的句子也该查一查出处,怎么能如此马虎?说了把信还他。细辉因而归咎于银霞,半个月悄无声息,等银霞来问,便说都是你这一句惹的祸,让她发现我没这水平,反而更看不起我了。

以后再碰上心仪的女孩,细辉都不再写情信了。那时候时兴打电话，因为怕被何门方氏扫兴，他便买了电话卡，下楼去用街上的公用电话，支支吾吾，也能说上十来二十分钟。银铃出去买消夜，回来仍在街灯下看见电话亭里的身影，回到家里说，细辉一定是在谈恋爱了。

梁金妹正皱着眉头，咬着牙追看《包青天》。其时惊堂木一响，且闻包拯吆喝，便有薄幸人喊冤，被连拖带拽地押到了虎头铡上。她猛地回过头问，你怎么知道？

"要不是谈恋爱，用得着在楼下电话亭里煲电话粥？"

"阿霞，他有告诉你么？"梁金妹的脖子扭不过来，便转动屁股，拧过身来盯着银霞看。

银霞正坐在饭桌旁，桌子上摊开了好大一本盲文书。这书她从密山新村的盲人院里借了没归还，变成她的私人珍藏；已阅读无数遍，熟知书中字字句句，但那是她唯一能读的书了，闲时仍然喜欢打开它，用指头细细触抚纸张上的点点滴滴。

"你以为我们还像以前那样两小无猜吗？这些事他怎么会跟我说？"银霞的手指仍在书上摸索，感受着那些纸张的一身鸡皮疙瘩，以及故事中的文理。

"你们什么交情？他等于在瞒你。"梁金妹冷哼一声，说细辉这不是心虚吗。

银霞有点不耐烦，她说你胡说什么呢，人长大了不是都这样，有许多的难言之隐吗？"我自己不也有许多事不能对他说。"

梁金妹回头去看电视。一颗人头木雕似的骨碌骨碌滚下虎头铡，不见血。她再冷哼，小声说男人啊，活该砍了头去。

银霞想不起来什么时候开始，母亲常常用这种口吻评价和总结男人，像是她已阅人无数。事实上，除了她在布仙小埠的父亲以及兄弟以外，梁金妹一生中实在接触过的男人，只有老古而已。老古自然不是个正人君子，尽管没发生过养情人包二奶的事，但在城中开德士，常遇单身女子，尤其是开夜车时更不乏占人便宜和揩油的机会，他总是不会错过的，因而也闹出过好些桃色笑谈。以前银铃念小学时，有一回出外参加绘画比赛后坐父亲的德士回家，途中上来一个袒胸露乳，用一袭橘红色紧身裙将身体束成葫芦形状的变性人。那人坐在副驾驶座，银铃可是亲眼看见父亲的手从变速器上移到人家的大腿。对方哧哧浪笑，也回敬一手；搓来捏去，尺度之大，把后座的银铃吓得瑟瑟发抖。回家后她闷声不响，直至晚上睡觉时熄了灯，她钻进被窝，在一张薄被的掩护下对姐姐道出下午在父亲车上的见闻，说了后姐妹俩不知何故感到伤心恐怖，便在被子底下相拥哭泣；哭声婉转，终于引来母亲。梁金妹问明详细后大怒，一再追问，你爸后来有没有收那人妖的车钱？银铃摇头，其实是不知，梁金妹更怒不可遏，当即坐在暗黑的厅里等丈夫回家。老古进门来，未及亮灯，老婆已扑过来打骂，如狼似虎，老古痛得叽里呱啦怪叫，震得七楼的住户纷纷亮灯，楼上楼下也有灯亮起，人们在窗前揉眼睛探看。

老古这般夜里回家遭袭，银霞记得至少有两三回了，每一次都与女人有关。这些女人都是老古某个时期的固定乘客，据说除了风骚冶艳的变性人，也有过良家妇女模样的泰国女子，以及凌晨时半醉归家的陪酒女郎，无非都在不得已时拿身体抵了车资。这些事情本该保密，却总是被老古当作韵事，在外头对别的德士司机自吹自擂，传闻遂如涟漪一圈一圈荡开，最终传回家里来。如此一而再，银霞与妹妹长大，逐渐无感，连梁金妹也已麻木；也是因为她看穿了丈夫不成气候，这些女人譬如朝露，经不得太阳底下蒸一蒸，不值得她伤气劳神。

也许就是受这些事情的启发吧，梁金妹觉得男人不可靠。银霞记得母亲某日忽然立下心志，决定以后无论如何要买一幢房子。银霞见识过母亲那欲得之而后快的决心了，但买房子千难万难，可不同买一套不锈钢锅具。此后多年梁金妹发奋挣钱，在家当炉，为新旧街场几家茶室制作她家传的菜板和芋头糕，每周七日无休。银铃偶尔笑说，妈忙得拿糯米粉当爽身粉用了。

　　银霞到锡都无线德士公司上班的第二年，表现优良，入息稳定，眼看有一份职业可托终生。有一日她休假在家，梁金妹拉了把椅子在她身旁坐下，向她提议母女俩合力买房子。"以后我死了，你有人有物，至少有瓦遮头。"

　　银霞甚少听得母亲说话如此语重心长，她说好啊，我们买哪里的房子呢？

　　梁金妹像老早已打定主意。她说，我们先把钱存够，以后买林某建的房子。

那个人

父亲这人太天真,太容易相信人。再这么下去,蕙兰知道早晚有一天会出事。她从年轻时就怀着这想法,如此忐忑了许多年,等父亲终于出事时,她已经是半百的人,父亲也已过了古稀之年;头发掉了不少,眉目转灰,脸面却仍白净,几乎无须,人们总说他有几分像电视上的白面太监,因而在背地里给他取绰号,谑称为"叶公公";当他的面,则叫他"叶公",谓之对老行尊的敬称。

以前在百利来酒楼当经理时,人们已经这么取笑蕙兰的父亲了。也有的说他的粤语字正腔圆,调子古怪,活脱脱粤语残片里走出来的人。大辉刚到百利来见工时,正是叶公给他面试。下午蕙兰来值班,父亲便对她说起有这么个年轻人快来上工。他说这人不得了,仪容秀丽,俊美得像《三国演义》里的周瑜。蕙兰晓得父亲的情趣和品位,听见他这么出力夸一个男子的容貌仪表,自然以为那是与父亲一个路子上的人,就像家里当时住的两个房客一样,都细瘦,说话有气无力；在发廊工作，头毛三五天换一个颜色。

两天后她初见大辉，被这么挺拔的一个身影吓了一跳。父亲殷殷地拉着人家的手走来，就像现如今那些孟加拉国外劳那样，在他乡重逢相认过了，牵手含笑，说蕙兰我给你介绍，这是大辉。蕙兰抬起头，说你一日三餐吃的什么呢？怎么长得这么高？

"三餐怎么够呢？"大辉说，"我一天吃五餐的呀。"

当时站在大辉身旁的，除了叶公，还有一个把他介绍到酒楼来的后生，是大辉的表弟。这表弟虽然肥头大耳，五短身材，但在酒楼里打工多年，见的人多，机灵得很。他见蕙兰当时那种眉眼，几近含羞答答，转身便对大辉低语，说这领班和她的老爸都喜欢你，你以后有好日子过了。

蕙兰那时一点不知道大辉的底细，只晓得他在日本打过几年工，回来后嫌锡都落后，生活指数低，找不到像样的工作，毅然到都城来谋生。这样甚好，不正说明他有志气么？也许是因为在日本的大都会浸淫过，这人的仪容显出修养来，一点没有小埠来的人那种土里土气。而他本来就长得好看了，穿上酒楼指定的白衬衫深色西裤，加上黑皮鞋，在一众侍应当中鹤立鸡群，特别仪表堂堂。蕙兰一点没掩饰对他的欢喜，还说服父亲给他一个优惠价，免付按金和上期，把家里最后一个空房出租给他。大辉搬进去后只交了一个月房租，在房里随地铺了一张廉价床垫；月中买的床架尚未组装起来，月底就搬到蕙兰房里，成了自家人。

这些事，一五一十，都在叶公眼皮底下，他却始终没说过半句不中听的话。以后事情变酸，再变苦，终于一发不可收拾，变成一个扛也不是扔掉也不成的烂摊子。蕙兰无力时也曾埋怨，说你呀明知前面有个凶也由得我一脚踩下去，怎么当父亲的呢？叶公便像受了极大的委屈，苦着脸说是呢，阿爸是我，阿妈也是我，两个角色我演得再成功，都只能拿五十分。说着瞄一眼他的外孙女春分，说你不知道自己从小有多叛逆，多横蛮；哪一次不是我说不能做的事，你偏要做？

事实却是叶公当时也很满意大辉这个"未来女婿"。蕙兰以前交往过的几个男朋友，都是些面黄肌瘦，臂上画龙描虎的人；收账的有，斗木的有；之前一个厨房佬，女儿觉得有男子气概，却满口脏话，一言不合即拎起菜刀扬威耀武。蕙兰的脾气暴躁，也不是省油的灯，这些男友都不能长久。眼看要三十岁了，好不容易遇上大辉，这么个人模人样，穿起龙袍真像个太子的，难怪女儿一见倾心，他自己亦甚具好感，还怕一招引君入瓮捉不牢这么好的水鱼，会让他逃脱了去。女儿从小在他脚边长大，是被他惯坏了的人；叶公深知其性格，却还真没料到她对大辉会这般生滋猫入眼，一往直前,最终用力过猛,自己一头栽了进去,差点翻不过身来。

下午三点钟酒楼午休时,蕙兰召了一辆车飞赶回万乐花园。三个孩子都坐在厅里。夏至架着大得像两面放大镜的一副厚眼镜,伏在饭桌上做功课;立秋坐在计算机前打电动,大女儿春分坐在沙发上看电视,一支六七人的韩国美男合唱团在台上载歌载舞。她见了母亲,朝外公的房间努努嘴。那房门是阖上的,蕙兰瞧儿女们这种动静,知道事态没有多严重,不由得舒了一口气。她问春分,你在电话里不是说外公流了很多血吗?

"止血了,我替他包扎了伤口。"春分说,"那个人也走了。"

蕙兰在门口说,老爸我进来了。说着推开房门,先看见房里一片凌乱,衣衫扔了一地,一张椅子倒在那里。叶公在床沿坐着,一双苍白的脚丫触地,脚上青筋暴突,状似薄土底下的一撮蚯蚓,又有点像虾背的肠泥。叶公还穿着睡衣,淡蓝色的裤子上有血迹,星星点点,像画得拙劣的红梅;衣衫上更多,襟前一大片,红得过时,带着点褐色。蕙兰想到这么多血从一个老人身上倾出,不由得心惊。她的目光再往上移,叶公正垂下眼皮在看那倒地的椅子,像是在审视一个被处决了的人,又像是一具僵硬在那里的尸体。他那张脸失血,比平日显得灰白,双目无神,仿佛灵魂还在流失中。伤处在头颅，大概比额头稍高，在发际线一带；乱缠的绷带看来像一顶马来人戴的哈芝帽，有血一层一层渗出，晕染成玫瑰般的一朵红色印花。

"你还好吧？"蕙兰走前去，"流这么多血，不需要缝针吗？"

叶公摇摇头。他说那个人走了，以后不会回来了。说着，他仍然神情呆滞地凝视地上的椅子，仿佛"那个人"就躺在那儿，倒地不起。

蕙兰说走了就走了嘛，难道你还以为他会跟你过人世吗？她在父亲身旁坐下来，伸手整一整缠在他头上的绷带，问他这是拿什么敲的呢？你不要去看看医生吗？没弄好会破伤风呢。

"这一次被拿走多少钱？"蕙兰问。

叶公摇摇头。

"没有？"蕙兰马上皱起眉头，声音变得尖厉，"骗鬼啊？没拿你的钱，你会气得跟他拼命？"

这种事不是第一回了。自从叶公从酒楼退休以后，靠着申领出来的公积金养老，便三番四次被人盯上。来的人都比他年轻许多，甚至年纪比蕙兰更小，形形式式，无不是外州来的异乡人，都像街上的流浪猫狗似的被他收留，最终搬进来与叶公共用一个房间，许他好梦，让他好一阵春风得意，于是每次出事，便有某个"那个人"被扫地出门，剩下叶公满腔怨愤，以后三五天至三五个星期不等，蔫头蔫脑，说各种丧气话，怎么逗他都一副哀莫大于心死的模样。这却是头一回闹得见血，可见灾情前所未有的戏剧化。春分打电话来，十万火急，说外公与那个人在房里争吵缠斗，不知怎么老人手里忽然变出一把美工刀来，恫言要一齐死，不料被人随手推倒，敲崩了头，血流如注。

春分在电话里报告这等事，竟没显得多慌乱，似乎连她也早已预见会有这一日，叶公会出事。她说妈你要不要回来看看情况？你不回来，我也可以带外公出去看医生。蕙兰心烦意乱，说你腹大便便还要跑出去？不怕在街上生孩子吗？

她没敢向上司请假，只能熬着等到午休时间，两个半小时内风风火火地来去一趟。她过去在酒楼里事急请假的次数多，同事颇有些微言；要再请假，可以想见经理会挤出怎样一张脸，说怎么就你家这么多事？上一回女儿失踪，这一回又换谁倒霉？蕙兰还真难以说明，总不能说七十多岁的老父遭人骗财骗色，在家中要死要活。何况父亲叶公一辈子在酒楼打工，行内许多人识得，甚至还曾经被这经理尊称为前辈，蕙兰自然不敢在他面前泄露一点风声。

这两个半小时，平日她可是要在酒楼的厢房里，搬动几张椅子排成一列，躺在上面睡个觉的。她总是那么累，随时随地躺下来就能睡死了，像梦里蛰伏着一只巨大的章鱼，只要她一阖眼便硬生生将她吸进充满墨汁的肚腹；那里漆黑而沉静，让她睡得像个胎儿。几个曾与她共享一个厢房午憩的女同事批评过她的睡相，说女人睡得四仰八叉，还打鼾，十分不雅。蕙兰笑说我睡觉时不接客，要雅给谁看呢？那些女人便说哎呀你还得找个男人再嫁吧，总不能为一次失败的婚姻自暴自弃呀。

蕙兰要么朝她们翻一个白眼，要么摇头苦笑。心里万分不服，想想自丈夫跑了以后，自己一个女人在都城这么个地方独力养育三个孩子，咬牙而已，没对她们哼过一声，怎么叫着自暴自弃呢？有些相熟的老朋友则好意劝她去验血，做个身体检查吧。"看看是不是血糖高了，不然怎么会一天到晚疲乏到这地步？"

人们这么说的时候，蕙兰知道他们接下来要说的是什么。她抢先把话说了，说我应该减肥才是，这些年什么都挣不到，只长了一身肥肉。

确实如此，自从大辉离开家里，蕙兰不得已重新出来工作，回到酒楼日日端菜斟茶，体重便逐年递增，三年后她升级当领班，身形已经又回到十余年前在百利来初见大辉时的等级。人们在背后讥笑，叫她"小河马"；也有的拐着弯揶揄，说她当年曾为情消瘦，而今又打回原形。"为情消瘦"

这话说得轻佻，听来就像减肥不费吹灰之力，蕙兰嗤之以鼻。她当年为了甩掉一身赘肉，可是投入不少金钱和时间，费了大功夫的。那时她买了许多瘦身产品，一日三餐吃的都是粉末泡水后弄成的流质食物，再加上用开水烫熟的蔬菜瓜果，吃得连拉出来的屎都成了绿色，还像牛粪便一样散发着草青味。

她这一辈子只这么一回豁出去，为一个男人挖空心思，施尽浑身解数。倒不是大辉对她说过厌弃的话，也许正是因为他没说，蕙兰更因此为他而忍不住嫌恶自己。那些年大辉在她眼中是一个会发光的人，只应天上有，配得上更好的东西。她那时半点忍受不了任何与他不匹配之物，于是给他买了真丝衬衫、名牌西裤和小牛皮做的皮鞋，还愿意在每周休假时主动给他熨衣服和擦鞋子，一心一意，生怕他身上出现半点瑕疵。父亲叶公有看不过眼的时候，说她对自己的亲生父亲都未曾如此用心，蕙兰眉眼含笑，说我连对自己都不曾这么好过呢。

蕙兰向来在父亲面前没大没小，常说许多不当真的话。但这一句她可是真心说，"对自己我也没曾这么好过。"只是当时只感到浓情蜜意，心里甜滋滋，好像要她为大辉流落成一摊烂泥，她也觉得合乎自然，是心甘情愿的。因而即便大辉没说，她站在镜子前看见自己腰圆背厚的样子，想到大辉挽着她这熊掌似的手去逛街看电影，心里替他感到十分难堪。那以后她便下定决心减肥，半年后有了显著的效果，穿的衣服小了两个码，她才敢跟着大辉回锡都过年，见到了他的母亲与弟弟，还有标致得令人吃惊的姑姑，以及她那显赫的丈夫和年幼的儿子。

那次拜年，由于酒楼新年无休，蕙兰与大辉要赶回都城开工，因而来去匆匆，只在锡都逗留了一个晚上，但她拎的礼厚，其中多是从百利来的供货商那里买来的海味，加上都城才买得到的驰名肉干和甜点，便觉得何门方氏十分欢喜，待她也十分客气。回到家里，叶公问她未来家婆人好相处么？蕙兰竟说了几句好话，把何门方氏说得像个容易打发的乡下老妇。叶公不以为然，当时便出言警诫，说放长双眼吧，这世上怎么可能有好相处的寡妇？

后来真应了叶公所言，何门方氏虽是个乡下人，却一点不好对付。最初她把蕙兰当大辉的上级，说话客客气气，有一种"拜托你多多关照"的意思。以后蕙兰仍每年随大辉回去，不过换了个身份，何门方氏的嘴脸便一年一年不同，言语越来越冷淡；到后来大辉出状况，回家里向母亲要钱，她从此更没有给蕙兰好脸色看，好像把大辉犯的错都怪到了她的头上。

大辉走了以后，她连萎靡的时间也没有，父亲叶公每个月一整份薪水都给了她持家,让她养孩子,而他还有一年就要退休了,便对蕙兰说你再不出来工作,以后我们一家老老幼幼只能吃谷种。蕙兰不作他想,马上给幼儿找了保姆,把五岁的夏至交到托儿所,至于春分,那时快十岁了,蕙兰再无余力,只有听天由命,让她每天自己摸黑起床漱洗上学,放学了自己坐校车回家。那时间叶公和蕙兰均已上班,她端着蕙兰出门前买好的饭盒,叠着腿坐在沙发上,一边看电视一边用力咀嚼已经变凉变硬了的米饭。

那时期蕙兰没有特别瘦,却十分憔悴,而且一整日都觉得饿。酒楼里一日管两餐,但她总觉饭菜倒进食道,在胃里稍作停留,来不及被消化分解,就直接滚到肠里,像滚进了无底深渊。夜里下班回到家中,看见饭桌上搁着春分没吃完的半盒饭,无非冷饭菜汁,她总是不顾父亲阻挠,把饭放进微波炉里稍微弄热,拿了个汤匙使劲刨挖,一勺一勺倾入口中。

有人见过这情景,说你知道这模样像什么吗?蕙兰只瞟了那人一眼,没搭理,那人却自鸣得意,自顾自地说下去,"像一台水泥搅拌机呢"。

那人是谁呢?蕙兰依稀有些印象。那是她与父亲商量后,为了帮补家里,决定像以前那样把一个房间清空了租出去。经朋友介绍,这人便来了。说是东马来的人,有点原住民血统，黑黑实实，到西马来后走南闯北，一直在建筑工地上干活。蕙兰与家人原来都叫他阿东，直至有一天春分告诉她，她早上准备上学时，天犹未亮，她在厅里拧亮一盏灯，碰见阿东赤裸上身，只穿一条四角裤从外公的房里出来，一边打哈欠一边说，上学啦？

自那以后，蕙兰与春分每每在说话中提及阿东，便都以"那个人"为代号。春分从小看着电视拌饭吃，对人世的术语十分精通。蕙兰虽然从未说白，但春分对那个人与外公在房里做的事已有眉目，竟也像大人一样地心照不宣。半年后，阿东虽然还住在他的房间，却已经三个月不交房租了。蕙兰本不管房租的事，无意知晓后大为光火，矢言要追讨欠租，被叶公阻止，把她拽到百利来的后巷，父女俩咬着牙小声争执。蕙兰越说越气，禁不住抖出些难听的话，说父亲干的事不可告人。叶公顿时脸色刷白，身体像骤然萎缩，止不住簌簌地抖；半晌才说，阿东的房租我付总可以了吧？我付！

"你说什么傻话呢？"父亲的反应让蕙兰愕然，不由得一阵踌躇，"你是房东，收不收人家房租是你的事。"

那天晚上下班，她与父亲一同乘车，本来默默无语，蕙兰见司机是个不谙华文的马来人，还开响了收音机听着马来歌曲，便觉得车里比哪儿都安全。她拿手肘碰了碰叶公，见他仍然别着脸,还挪了挪手臂做状回避,便倚过去再碰一碰;像少女时那样,做错了事回头讨好他,对他说别生气啦。爸,你知道我也是为了你好。

"你这样不行呢,你太天真了。"这么说的时候,蕙兰忽然感到怪异,怎么自己说的这些话似曾相识,听着多么的老气横秋。她想了想,分明是许多年以前父亲对她这么说过的。在某些她已经无法想起来的场合,父亲谆谆告诫,说你这人太容易相信人,总是被人占便宜。

"真的,早晚有一天会出事。"

春分

直到后来春分出生，大辉仍然怀疑之前那怀上的胎儿并不存在。他会在各种时刻，出其不意地表现出他对这事始终心存质疑。他也曾经用半开玩笑的口吻问蕙兰，其实春分之前那一胎是假的吧？

"怎么说？你以为我在骗你？"蕙兰瞟他一眼，脸上的表情也没太认真，眼角有调情的意思，好像没有很严肃地回答他的问题。

"难说呢，你这女人有点心鸡（计）啊。"大辉的目光轻浮，笑时吊起一边嘴角，口里朝蕙兰喷出一缕白烟，模糊了她的视线。他们的女儿被蕙兰抱在怀中，是个刚出生没两天的小东西；皮肤赤红，脸上有点皱皱的，没有眉毛；看起来很丑，像造物者十分草率，用一个过大的皮囊随便装了一点血肉和骨头便塞给她，敷衍她。蕙兰说怎么会这样呢？这孩子看起来一点也不像她的父母。她的父亲叶公啐了一口，说你刚出生时就长这模样；一模一样的眼睛和鼻子！她简直就像个复制人。

"放长双眼吧,女大十八变呢。"叶公这话是逗着春分说的。她那么小,还没想好该取什么名字。叶公兴之所至,随口喊她"多莉",大辉听了皱眉,说你怎么把我的女儿叫成小狗了。叶公说,这哪是小狗的名字?你都不读报纸吗?这是绵羊!

第二天,由叶公出马,带着一张笑脸走进百利来的贵宾厢房里,请一位老熟客给他初生的外孙女取个好名字。那熟客过去是个华校校长,因妻子善于经商投资,早年与人合作买下许多耕地种植油棕,家中暴富,孩子一个一个被培育成医生和会计师什么的。他早早退休,在家写写文章,出了许多书,文名愈盛,众望所归地成了华文作协的会长,出钱办自己的文学奖,在社会上德高望重。叶公以前在别的酒楼工作时就已认识这家人,算是站在饭桌旁看着那几个未来医生和会计师长大,人家自然不好推辞他这微小的请托。再说那位作协老会长也真喜欢被这般逢迎,十分欣喜,便问明详细,用了一顿饭工夫,想出这么个名字来。

"叫春分吧,是二十四节气里的第四个节气。"老会长塞给叶公一张餐巾纸,上面用黑笔工工整整地写了"何春分"三个字。他还说春分是好时节;春分以后阳光明媚,雨水充沛,正好播种。"寓意以后孩子陆续有来,你儿孙满堂。"老会长笑吟吟地说，以后第二第三第四个孙儿出生，你还来找我，我给你弄个四季全套，再风雅不过。

　　蕙兰其实并不喜欢"春分"这名字。她虽然只有中三的教育程度，却总知道"分"字不祥，似乎不宜用作人名。她说不如用"芬"字代替吧，毕竟是个女孩呀。叶公无可无不可，没想到却是大辉反对。他说人家大贵人取的名字肯定有道理，你没见他家的孩子一个两个都成材，满门昌隆吗？那必然跟他取的名字有关联。蕙兰一想也是，而且她知道大辉原想要一个儿子，见生下来的是个像小沙皮狗一样的女儿，多少有些失意；难得这名字像给他注入一支强心针，她亦不禁宽心，便欣然替女儿接受了这名字。

　　春分满月后不久，蕙兰抱着她，坐着大辉的车子一刻不停地直驱锡都，让何门方氏亲眼看一看这何家内孙。何门方氏可没她原先想象的那样兴奋，尽管她也像别的长辈和老人那样把脸凑前来，叽里咕噜地说些打趣话逗那婴儿，表情姿态却生硬得很，像是她这辈子从未逗弄过小孩一样，也没有显出迫切要抱一抱孙女的意思。那时候小叔细辉刚结识了一个女教师，两人正开始交往，何门方氏谈起这个倒是眉飞色舞，说她是怎么拜托了许多朋友，才终于给细辉介绍了这么一个好对象。她趁着大辉一家回来，特地安排了一次家庭聚餐，算是给春分摆满月酒。这种场合自然有小姑莲珠一份，还让细辉把那个叫婵娟的教师带来,俨然已把人家当作未来儿媳。

蕙兰自从与大辉在一起,已见过莲珠好几回,每一次都见她盛装打扮,笑靥如花地出现,却又总是坐不得久,往往等不及一顿饭吃完就得夹着香风匆匆走人,说是有别的活动要赶着出席。什么华教筹款义演,什么社团八十周年纪念晚宴,或者是跑马会办的什么残障人聚餐,等等,也有"冯家那边"的喜宴或聚会,譬如老太爷九十老寿或小外甥硕士毕业庆祝会之类的;又总不忘迂回地向大家强调,尽管重要的事情那么多,她仍然不惜在百忙中挤出点时间,抽身来"见见自家人"。

像莲珠这种手段的阔太太,蕙兰在都城的酒楼工作,见过不少了。只是大辉家毕竟出身渔村,亲戚虽众,但那些人大多一股泥腥气,还被海上的烈日烤得焦黑,像泥鳅一样上不得台面,难得有一个这么大方贵气的,让蕙兰十分侧目。她的家婆何门方氏与这年纪看着像她女儿一般的小姑十分亲近,一席饭的时间,几次问起对方的孩子,还眉开眼笑地对婵娟说,莲珠啊有个儿子六岁了,一出生即白白胖胖,手臂大腿一节节,还有双下巴,弥勒佛一般,十分讨人喜欢。细辉在旁帮衬一句,说是呢,我给那小表弟取了个英文名字,叫米其林。莲珠啐他一口,说你别听他胡说,我儿子的英文名字好听呢，叫罗勃·冯。何门方氏点头称是，说就是嘛，明明就叫萝卜。

这么一种团圆和睦的气象，连那个不知底细的女教师也能敞开来捧腹大笑；蕙兰手抱春分，这晚上女儿又特别扭计，许多不合时宜的哭闹，使得蕙兰坐立不安，尴尬得很，竟觉得自己有点挤不进这氛围里。倒是大辉对大家的一团和气提不起劲参与，话很少，打了两个哈欠，其间还借辞解手，两次站起身来走到酒楼外头去抽烟。蕙兰从以前第一趟跟大辉回家，就发觉他对这小姑姑特别不领情，甚少与她直接对话；偶尔说了，也指桑骂槐，像是话里藏着什么机锋。这晚上大家提到莲珠的儿子，说这胖小孩食神托世，懂得投胎，今生不怕没有好东西吃云云，正值春分哭声又起，蕙兰顾着安抚，听不得仔细，待回过神来，听到大辉扬声，说女人跟男人不一样。

"女人有没有投错胎并不重要，重要的是以后有没有嫁对人。"大辉说。

"我说得对吧，莲珠姑姑？"

蕙兰瞥了一眼莲珠，再看看身边的丈夫，这么一环目，感觉到一桌子的人虽还在脸上挂着笑，脸色却都在改变。那女教师显然也察觉不妥，抬起头来详加视察，正好与蕙兰的目光对上，便露出一排龅牙冲蕙兰一笑，问她，你这女儿好可爱，叫什么名字呀？蕙兰便报上女儿的名字，叫春分，二十四节气里的那个"春分"。女教师似乎会不过意，表情有点迷茫，嘴上却说啊春芬，这名字很好听呢。细辉在旁帮了一句，其实只是重复蕙兰所言，说是二十四节令里的那个"春分"哦。女教师斜眼瞟他，说我懂呀，你以为我不懂吗？

"我们学校也有一支二十四节令鼓队，又打鼓又呐喊，像跳舞一样的好看。"

这种饭局，莲珠以前总是迟到早退；这晚上却一直坐到甜点都吃过了才站起来，说好啦，该曲终人散了。说着，她施施然走到蕙兰身边，稍微矮下身子逗弄她怀中的女婴，说这一对凤眼长得真像你。蕙兰意识到莲珠是在对她说话，便欢喜地答应，说是呀我老爸也这么说，说她长得跟婴孩时候的我一模一样。

"希望长大了会比她的妈妈好看吧。"蕙兰说。莲珠撇一撇嘴，说妈妈也很漂亮啊，不然大辉这家伙会愿意安定下来，老老实实地结婚生子？说时不知怎么手里变出了个红包，轻轻塞到春分的怀里，说是给孩子的满月礼。蕙兰代为接过，看见是金碹行印的红包封，心里十分高兴，便嗫口学着童音说，姑姑送你礼物呢，快说"谢谢姑姑"吧。莲珠说你搞错了，她摸摸春分的小脸蛋。

"有了这小女孩,我升级当姑婆了。"

那红包里装了个小盒子,里面有一条金项链加一个沉甸甸的小兔金牌,916金,造工甚好。那晚上回到房里,蕙兰让大辉看看,他只瞥了一眼,不屑地说,这女人只会拿钱收买人心。

蕙兰才想起来,她与大辉结婚时,莲珠做的礼也很辉煌。白天敬茶时她与丈夫拿督冯同来,推搪了许久才肯坐下受礼,除了给她一个金镯子,也给大辉一个金戒指。晚上的喜宴,拿督冯有三个场要赶,分身不下;莲珠一个人带着三岁的儿子赴宴,随行的还有一个负责照看孩子的印度尼西亚女佣,给了她与大辉一个九百九十九元的大红包。那红包,她当着大辉的面塞到她的手心,说我这侄子脾气臭,不容易伺候,以后要辛苦你了。

"还有,"她倾前来小声说,"我们女人流产和生产一样的伤身,你要好好补补身体。"

蕙兰结婚时,莲珠的丈夫前一年才刚在大选中第一次代表秤砣联盟出阵。那几年市场发展蓬勃,政府祭出了"2020年先进国宏愿",像一帖春药似的令全民亢奋难耐。人民过上好日子,一心求稳,大选狂吹秤砣风,拿督冯还真一出师即告捷,赢了个议席,如愿当上州议员,好不风光。莲珠荣升议员夫人,每每与丈夫一同在场合中曝光,报纸上刊出图片来，一律称之为拿督冯贤伉俪。大辉看过的，报纸一甩，鼻里冷哼一声，说还贤伉俪呢，名不正言不顺。

"这叫'水鬼升城隍'了不是？"

莲珠嫁作人妾，但这二奶当得风光无限，还艳光四射，所到之处无人敢不赏脸，蕙兰觉得女人如此实在也不枉了。她在大辉面前自然三缄其口，不敢这么说。以前她说过些什么对莲珠表示欣赏，大辉气得叉起腰来骂她，说你们女人都爱慕虚荣。蕙兰那时脾气还有点犟，敢在语言上冲撞他，两人不免张声大吵。直到她第一次怀孕，也许是荷尔蒙作祟，偷偷改造了她；也可能是三十岁才将为人母，她陷入莫名的恐惧和焦虑中，像是意识到人生到这儿算怎么一回事，便忽然觉出自己多么害怕失去大辉，从此对他顺从了许多。父亲叶公有所察觉，说太阳从西边出来了；蕙兰笑，说要你管吗？我心甘命抵。

那孩子，在她肚子里住了将近四个月，医院的护士说胎儿有一个手掌这么大，已经长出了手指和脚趾，却尚未知道是男是女，就在她结婚的两周前让她给弄丢了。她听到大辉给他母亲打电话，特意走到屋外大门口那里小声地讲，说孩子没了；说不晓得什么原因，可能是婚礼的事情太多，她精神紧张，反正就是流产了；说没有啊，一直都在控制着，没有吃生冷的食物呀。何门方氏似是觉得不可置信，坚持让大辉把电话转交给她，要问个清楚。蕙兰接过电话，也一五一十，说自己一直都在留意饮食，没吃生冷水果，没有喝冷饮；有在吃医生介绍给孕妇的牛奶粉；没有啊没有减肥，这时候补充营养都来不及了，当然不会减肥；腰酸的时候就服六味地黄丸呀，这六味地黄丸是妈你推荐的吧。

她这么说，何门方氏就不高兴了。日后有话传回蕙兰耳里，说她的家婆对好些邻里说，儿媳妇丢了肚子里的孩子，居然怪我！

大辉见她烦闷，那时也忙着筹备婚礼，没对她说过半句不好听的话。只有在夜里两人一起躺在床上，凝视着挂在对面墙上的结婚照时，他问她怎么知道小产的呢，蕙兰便说有血啊，一块一块地滑下来。"我就知道他走了。"说的时候，她看着结婚照里的自己，穿着蓬裙，腹部被隆起来的裙子遮掩，孩子就在底下。

"不痛吗？"大辉问。

"不痛的。"她说，只像有时候月经来得凶猛，那孩子就随着经血流出来了。她从百利来的厕所里出来，径自去找大辉，说我下面流血，孩子好像没了。大辉一惊，说那怎么办？那时段百利来办着两个喜宴，楼上楼下正忙得不可开交，蕙兰说那我叫一部车子去医院检查一下吧，还真的去与经理说了一声，自己一个人坐上德士去了医院。医生真说孩子没了,把这叫作"自然流产"。蕙兰眉心微蹙,想问这怎能叫"自然"呢?但医生说了就走,把她交给一个态度有点粗暴的老护士处置。老护士一边替她清理,一边问她是不是明知怀孕了还与丈夫行房。蕙兰说我怎么知道呢,从来没人跟我说过怀了孩子不能行房。那护士撇着嘴瞪她一眼,转身找来一份《妊娠须知》之类的手册,全彩印刷的几页纸,上面有巫英华三大语文,让她拿回家认真读一读。

"现在才给我这个有屁用吗?我的孩子都死了。"蕙兰说。

那护士被蕙兰的反应吓了一跳,说你还中气十足啊。之后她转过身,在一堆锅碗瓢盆似的钢器上忙别的什么,用一个微驼的背脊对蕙兰说,你自己不懂,难道不能问问你的母亲和姐妹吗?

"我没有妈妈。她不等我断奶就跟男人跑了。"蕙兰不明白自己怎么会在此时此地,跟一个不认识的老护士说这些,声音却不由得哽咽,"我爸只有我一个孩子;女儿是我,儿子也是我。你叫我问谁去呢?"说了,她禁不住躺在那护理床上,两腿大张地放声大哭起来,像是这时候才想到要埋怨那多年以前已经离开、把她丢下了不管的女人。

父亲叶公总是隐晦地说,其实怪不得你的母亲,怪不得她。

蕙兰哭得很凶，哭时腹腔不断使劲，好像这样可以让一个有了手指脚趾的孩子，带着属于他的黏液和血块走得干净些。那老护士似是不为所动，好像蕙兰这般激烈的表现于她已司空见惯。做完她的工作后，老护士说你哭够了就擦擦眼泪走吧，这张床还有人要用的呢。

"你还年轻，好好调理一下身体。以后还有得生的。"老护士从床上捡起被扔到一角的《妊娠须知》，皱着眉抓起蕙兰的手，将手册一把塞到她手里。这老护士的动作如此粗野，态度肆无忌惮，几乎像个关系亲密的家人；蕙兰仍然挂着满面泪珠，哭意犹像一股气流似的在胸口伺机而出，却不知怎么被老护士这动作和她说的话逗得扑哧一笑。她伸手拭了一把眼泪，说是的，我很快会再怀上孩子。

老护士翻眼瞪她，眼珠像金鱼眼似的暴凸，一字一字缓缓地说，流产后一个月内不能进行房事！

蕙兰回到家里，想起那老护士的言行举止依然忍不住笑。大辉和叶公人未回到，已打过电话来问。她便对着话筒说孩子没了呀，声量大得出乎意料，像是那不由得她控制，一屋子回荡着她朗朗的话声与回音，孩子丢了，孩子丢了，丢了。

后来三十多天，甚至在她与大辉结婚的洞房之夜，她都没有与大辉行房，直至月经恢复以后，她才主动去撩拨。手往他胯下掏,双唇衔着他的耳珠,说我不甘心呢,我要追回我们的孩子。那两年她与大辉性事频密,春分却姗姗来迟,两年多后有一阵她忽然胃口奇佳,日日夜夜都觉得饿,就像身体里生出另一张嘴和另一个胃。她算算月事才迟了几天,仍然去药房买了检孕棒,清晨特地爬起床来用第一泡尿检验,居然正如她所料,孩子回来了。

到了这时候,大辉才偶尔会拿那个流掉的孩子开玩笑,吐着烟问她,其实当初那一胎是假的吧?蕙兰看着那些白烟在她面前缭绕,闻到了烟里微苦而呛辣的味道,她说,你抽烟走远一些,别让我和肚子里的孩子吸你的二手烟。她的声音语调听着像命令,有种不容拂逆的意味;大辉一愕,就那么一瞬,眼前的烟雾再无法凝聚,蕙兰脸上的表情在袅袅散去的烟雾中清楚浮现。尽管眉目含情,一只上扬的嘴角隐约带笑,但她坚定地说,我是认真的。

"我要把孩子平平安安地生下来。"她扬起一册翻旧了的《妊娠须知》,对大辉再说一遍,我是认真的。

夏至

何门方氏为春分在锡都摆的一桌满月酒,莲珠独自来了,为丈夫没有出席说了许多抱歉话。由于要在即将来临的大选中出阵,拿督冯正忙于备战和造势,这边厢在小贩公会办的周年晚会上,与几个同僚如车轮战似的,逐一上台激昂陈词,各展风采,那边厢要赶到防止虐畜协会的筹款宴会上移交道具支票,拍照存证;据说之后党里有大人物到来,晚上临时召开秘密会议,他也被点名出席。蕙兰记得莲珠说到这些,一味摇头,说她一直以为拿督冯参政不过是玩票性质,没想到他竟然玩上瘾了。

"做生意的男人再忙,忙不过搞政治的男人。"莲珠叹了一口气,"我儿子几天见不着他爸爸了。"

直到夏至出生,那是五年过去了。那几年里事情很多,像排着队似的,一桩接一桩地发生;生活里许多大大小小的变化,以致蕙兰回想起那五年来,总觉得它过得比实际的时间要漫长许多。但这五年里,在经历的当时,她也曾觉得拖沓无比，令人丧气。她记得自己那几年常常对人说，怎么会这样呢？结婚前没想要孩子，一时情急忘我，没用上杜蕾斯，马上就怀孕了；结婚后想要孩子嘛，每个晚上不设防也等不来动静。

"好像上面有个生孩子的配额，没轮到你，你就是再努力也没用。"

酒楼里的女同事多已十分熟稔，无不笑话她，说会不会是你老公留了力没让你知道？

等到夏至终于被分配来到这世界，在她的肚子里像一颗种子抽出嫩芽，那时候另一届大选又将来临，国家还刚换了新的首相，把蕙兰记忆中几乎"一直都竖立在那里"的旧首相换下来，简直就像给一家老店换了个新招牌。彼时金融风暴过去不久，经济才刚从灾难中爬起来喘口气，犹自跌跌撞撞，市面不如之前繁荣。这时候换个新人当家，像是能赋人以新希望，正好振奋人心，因而由新首相领军的秤砣联盟，气势看似锐不可当，像什么电疗法似的，多少刺激了一下市道。人们摸摸口袋，又有了点信心再回到高级酒楼里吃香喝辣。

那时候都城的高级酒楼可不如以前那样随处可见。春分出生前那一场金融风暴，几年里摧枯拉朽，弄垮了许多半大不小的酒楼。那些挺得下来，也多半裁员减薪，还得像小餐馆似的推出许多偷工减料薄利多销的优惠套餐才能熬过去。蕙兰好歹年轻,人也举一反三,还能留在百利来当领班,倒是酒楼的两个经理必须被裁退一个。叶公因年事较高,不甘不愿地领了一笔裁退金,在家待了些时日,终于得朋友相助,给介绍到喜临门一分店当起了副经理。以后父女俩每日一起出门,却在中途转站时分道扬镳,各自到不同的酒楼上班。蕙兰未满十七岁便经叶公引荐到酒楼端盘子,这还是出道以来第一次与父亲分事二主,不在一个地方当同事了。他们每天一起乘的轻快铁,叶公先到转换站,蕙兰总在拥挤的车厢里向父亲昂一昂下巴,等于说了再见。然后车门阖上,她的视线穿过车厢里人与人之间的缝隙,盯着父亲在月台上的身影,见他显得特别瘦小,总在人来人往中举目张望,像是毫无方向感的样子,心里便理不清一股什么酸酸苦苦的滋味。

大辉说过不止一回,你爸一辈子就这样了,在酒楼打的第一份工,以后便想在酒楼里老死。蕙兰说喂你指桑骂槐吗?我不也在酒楼打的第一份工?

"你不一样,你是女人。"

"我爸跟你也不一样,他没你这样的志向。"蕙兰说,"他一心只想把我养大,过安安定定的日子。"

大辉早已经不在酒楼打工了。金融风暴刚发生那一阵,百利来的生意额骤降，门面冷清；楼下大厅只靠特价套餐和周末的家常饭撑住场面，楼上则除了偶尔办喜宴，平日总是不营业的；顾客给小费时，出手也不比以前阔绰了。大辉眼见如此，又被一个酒楼的熟客鼓动，说酒楼生意做不住，但人们在经济好景时被鲍参翅肚吃撑了的胃口却还是得喂饱的，因而街上的熟食生意非但没被金融风暴击垮，反而比风暴以前更欣欣向荣。

"街上买卖都用现金交易，一不怕被压账，二不容易被查账，当个小贩都比当酒楼老板好！"

人家说的不无道理，君不见就在全国各地的高级食府一家接一家倒闭的同时，城乡各处反而建起了许多带停车场的大型小食中心，一日三餐时段，停车场里的车子总是多得快满了出来？

大辉深受启发，于是在春分出生后不久即辞去酒楼的工作，参了点小股与人合作，弄来二十辆流动车卖起了串串锅。串串锅这名字新鲜，其实就是一般的街市小食"渌渌"①。那大股东，当时人称"渌渌王"，据说出自渌渌世家，一家三代人都靠着一辆加篷三轮车，在街头剥血蚶串鱼

---

① 马来西亚特色街边小吃，类似火锅；食客挑选预先以竹扦串起的食材，自行烫熟蘸酱吃。

丸，再数竹扦收银角养家活口。到了大股东这一代，他有点生意头脑，觉得卖渌渌也该与时并进，便把传统的三轮车弄成了用小货车改装的现代化流动餐车，负责经营餐车的人都得衣衫整洁，还得穿上统一的工作围裙，一洗这街头小食的乡土气和市井味，至少比起黑篷三轮车加一个身穿薄背心，脚踏夹趾拖，还满脖子满手臂汗珠的肥佬经营的传统渌渌摊档，视觉上看来可要卫生了许多。这大股东还雇人在流动车上画上手持渌渌串的哈啰吉蒂、小叮当、美少女战士和别的什么漫画角色，配个对话框，用些趣怪的字体写上"一级棒"之类的广告语，再给这汤和药都没换过，仅仅换了个包装的旧式小食取个新名字——串串锅，既有点东洋味又有点宝岛味，光这名字便可见紫气东来。果然这二十辆车子推出后，在都城和克朗谷一带大受欢迎，成了夜市新宠。

作为小股东，大辉出的钱微薄，便只有多卖点力。他每周有六天下午都得到"总部"，也就是餐车的集中处理中心去报到。大股东渌渌王多半已在那里监督着五六名外劳把各种食材和酱料都处理好，装上车子，清点过了再让各餐车的负责人——大辉便是其一，开到各自的点上去开始买卖；直至晚上十一点左右收摊，他把餐车的各层门阖上，它便像变形金刚似的折叠自己，变回了一辆四四方方的小货车，让他开回总部，交了账，回到家里子夜已过，然而屋里的人，包括两个在发廊工作的房客，无一不是夜猫子，因而家中仍灯火通明，人们坐在沙发上捧着盘子在吃消夜，电视上的蓝光一闪一闪，就连春分，不过是个幼儿，也经常还眼睁睁地盯着屏幕，像猫守着鱼缸一样，痴痴观看里头的鱼。

看见大辉回来，蕙兰问他，要吃消夜吗？还是要先洗澡？大辉每次出门回来总是要先洗澡的，以前在冷气酒楼工作时尚且如此，如今在露天夜市站了一晚上，他更是巴不得家里有个浴缸，可以让他从头到脚泡一泡，洗去一身尘埃与汗酸。"尤其是那些血蚶和鱿鱼的腥臭味"，这么说时，他总必五官皱起，一脸憎厌之色。蕙兰倒不觉得那味道有那么难闻，因而不以为意；尽管她也觉得可惜，以前大辉在酒楼穿的衣裤皮鞋比经理的还要光鲜，每天上班时亭亭玉立，谁都觉得他一表人才，如今他虽然衣履整齐，头发梳得醒目，蕙兰也总是把他穿的围裙洗得干干净净，却终究是个街边小贩，再比不上往日那潇洒。

即便如此，朋友和同事中不少人光顾过大辉卖的串串锅，包括两个房客，帮衬了都回来说，你老公的餐车围满了女客，搭讪者众。从穿大花衣裳配紧身裤，说话吱吱呱呱，声如群鸭的家庭主妇，到穿素色上衣配深色半身裙和黑色粗跟包鞋，戴着近视眼镜看人含情脉脉的闷骚白领，还有一些小清新模样，三五成群的短裙或热裤少女，以及不少风韵犹存的异国劳工，特别是那些口操过度流利之华语的"祖国同胞"，都手执几串鱼丸和血蚶，垂涎欲滴，一边烫一边蘸酱一边与大辉调笑，甚至半真半假地公然向他讨手机号码。

蕙兰去视察过几回了。休假时与叶公父女两人轮流抱着春分，转两趟车，山长水远地去到那里，美其名曰探班，顺便逛逛夜市，一晚上来来往往地盯紧大辉的餐车。有一回碰上他们家的两个房客——两个瘦削得像影子一样的男孩，手牵着手，如同一张剪纸般出现在熙熙攘攘的人群中。早上他们的头发一个紫一个红，晚上已成了一个蓝一个绿。蓝色头发的说，嘿嘿，抱着孩子来宣示主权吗？蕙兰瞪他一眼，但笑不语。绿色头发的便接茬说，没用的，没看见这里是公海吗？你家这座码头坐落在这里，每一艘船都可以来靠一靠。你就算插上了国旗也无效。

蕙兰也瞪他一眼，却不笑了。

卖串串锅虽不比在酒楼当招待那么好的卖相，但赚钱确实比以前多，家里换了个大电视机和一组音响器材以后，大辉正一门心思想着要把当初从日本回国后买的国产车换掉，买一辆全新的日本车子。那一辆国产车用了不过六年，感觉已有点破落，蕙兰也觉得换车可行，却没想到忽然有一天大辉真开着新车回来。蕙兰说你怎么去挑车买车也不带着我？大辉扬起眉锋，说买车又不是买衣服，你反正不懂。

"你就不能等一等，跟我好好商量一下吗？"

"我这人说要做就去做了，还等什么呢？等到花儿也谢了。"

蕙兰的不快和疑虑没有维持多久，待坐上那车子，大辉踩了油门，她便感受到了大辉心里的自豪，不禁也觉得快乐起来。新车子就有这种好处，能让人感觉到生活的丰足，好像它能应许一个美满的前景。蕙兰便是那一趟坐上新车以后，心里满怀憧憬，觉得大辉真要出头了，便一直寻思着该再生一个孩子，最好是一个男孩，与春分凑一个"好"字。

就在他们买了新车后不久，何门方氏打来电话，说细辉与女教师婵娟联名买房子打算结婚，快要入伙了。大辉一般睡得很迟，不喜欢爬起床来听他母亲啰唆，那些电话多由蕙兰应付；之后转述，你妈说啊，那房子多好多好，发展商是林某呢；四房三浴，客厅饭厅再加干湿厨房，一应俱全。大辉嗤之以鼻，说你别羡慕人家，那是莲珠在背后出的钱。

"不然，靠细辉开的那间小店，赚的蝇头小利，买得起这样的房子？"

"他的店虽然小，地点很好。"

"那也是莲珠替他弄来的呀。"

"怎么你莲珠姑姑那么偏心，就只对细辉好？"

大辉侧目睨她，半晌才说，因为细辉从小就喜欢给她当小弟。我可从来没把这女人当姑姑。

细辉与婵娟新居入伙，据说办了个相当气派的自由餐会，买来两条锡都有名的文冬巴刹烧猪；烧猪档老板亲自挥刀分猪肉，见者有份，人人都拿了一包烧肉当手礼。莲珠与夫婿像一对明星夫妇般驾临，为场面增光不少；气象之盛，何门方氏几乎以为会有报馆派记者来追踪。大辉推说串串锅的生意忙，大股东不让请假，没回去凑兴；蕙兰倒是很想去看看何门方氏口中说的那一幢好房子。大辉便许诺说等细辉和婵娟明年结婚吧，到时一定举家回去，那房子横竖总在那里，跑不了。

说来那五年里发生的事情之多，每个人都难免牵涉其中，但论生活变化之大，大概没有人比得上细辉了。人若真有三衰六旺，蕙兰觉得小叔细辉命中得贵人扶持，那五年里像是完成了所有的人生大事。她分明记得自己坐满月子抱着春分回锡都时，小叔才刚与那龅牙女教师交往，初次带着她一一见过亲人与家长。那时小叔还在电子厂里工作，在聚餐中说到自己即将辞工，要在市区开一家便利店。一旁的莲珠姑姑说店铺是现成的，开便利店也是她的主意；至于资金，没人说清楚。大辉猜想也有莲珠背后出的力，蕙兰则以为婆婆何门方氏态度可疑，便皱着鼻子说，你妈肯定是把老本掏出来了。大辉于焉记起父亲死后留下的保险赔偿金，第二日带母亲出去喝早茶吃点心，点了一壶何门方氏喜欢的菊普，再给她点一客糯米鸡。此家糯米鸡做得香软，趁她吃得口舌糊涂，假牙被软绵绵的糯米饭黏得不可开交时，向她诉说世道之艰难与养家之累，故他打算辞去酒楼的工作，与人合资做点小生意。

"你不能只帮弟弟，不帮我。"大辉说着，给何门方氏斟了满满一杯热茶。何门方氏嚼着满嘴糯米鸡啜了一口茶。烫呢，欲吞不是欲吐不能，唯有眯着眼睛，捣蒜般点头。

那以后，几乎每年一件大事——便利店开张，新居入伙，与婵娟结婚，生下女儿小珊；细辉马不停蹄，连着当了老板、屋主、丈夫和父亲。蕙兰与大辉回去祝贺了，第一回是便利店开张大吉，第二回是细辉娶老婆；因何门方氏在电话中力邀，叶公便也跟着去凑热闹，在细辉的新房子里住了三天两夜，背地里与女儿说，房子真不错，就是女主人头尖额窄，还龇牙耸肩，长得有点丑。蕙兰四下细顾，示意父亲说话轻声些。

"一张脸算什么呢？人家命好。"

是呢，命好，蕙兰想，那五年细辉有多顺景，婵娟便也有多如意。她与细辉婚后一年余，何门方氏有一天打电话来报喜，说婵娟怀孕了。老人家兴高采烈，既没叫大辉来听电话，也没问起孙女春分，倒是巨细靡遗地向蕙兰说她怎么发现婵娟的各种害喜症状，让她去检验，果然中了。"这种事情，她教书的也没我懂得多。"蕙兰陪着欢喜，说了一迭声的"好啊""真好"。好不容易放下话筒，她吁了一口气。大辉正好从睡房里出来，光着膀子，仍睡眼惺忪，夫妇俩没说话，就那么对望了一阵。

春分那时四岁了，面孔五官已大致定型；依然长得跟母亲有七八分相似，只是身体四肢瘦长，不像是会长成胖妞的样子。蕙兰与女儿极亲近，喜欢与她在床上缱绻玩闹，又经常让女儿伸手摸一摸她的肚皮，说妈妈给你生一个弟弟好不好？春分露出两只小虎牙，笑得一脸狡黠。她说我才不要弟弟，我要妹妹。

被春分的一双小手摸过许多回以后，夏至便像听到姐姐的感召，在蕙兰的肚皮底下生成。她出生时，细辉与婵娟生的女儿小珊刚满月不久，何门方氏因为怕大辉说她偏心，便让细辉开车，载了她以及她自己酿的十来瓶黄酒，到都城万乐花园来给蕙兰陪月。那一年的大选便是在蕙兰坐月时举行的，果然新首相带领的团队大举胜出，万乐花园许多食肆为此通宵达旦；人们就像吃串串锅那样，似乎能在旧物事中感受到其中的新气象。何门方氏没回去锡都投票，她也不关心选情，依然像平日一样，晚饭后与孙女春分坐在沙发上看一阵连续剧或动画片，九点钟便从沙发上爬起来，到屋后漱洗，准备上床休息。接近午夜时家里的电话响起，蕙兰去接，是小叔细辉打来的。她说你妈已经进房里睡觉了，细辉便说那算了，别叫醒她。蕙兰说有要紧事吗？这么晚了你打电话来。"没事的。"细辉说，"我只是想告诉妈，姑丈输了；输给了反对党。"

公仔纸

细辉记得住在大辉与蕙兰家里那两个头发一直在变色的房客。他见过他们几回了,每次见的都是一对,形影不离。他的母亲以前去那里给蕙兰陪月,给这一对房客取了一个代号,叫"孖公仔"。他们一个来自东海岸某渔村,一个来自北方的稻米之乡,确实地点连蕙兰也说不准,反正是两个很难让人记得住名字的小埠。两人少年时各自来到都城,乱打工以糊口,辗转来到同一个发廊。发廊有行规,所有学徒必须由洗头学起,除了洗厕所和处理毛巾等杂活,就只替顾客洗头按摩。一个新的学徒来了,之前负责洗头的便自然"升级",开始去学别的技艺。这一对孖公仔便是这样的一种师兄弟关系。

孖公仔在叶公那里住了许多年。他们是一起来找叶公的,彼时两人都十分青涩,说话怯生生,也不敢公然牵着手。叶公说你们是发廊那个某某介绍来的吗?他们点头,两个人都蓬松着一头茂密的头发,像头上各顶着一窝焦黄的鸟巢。

蕙兰那时也很年轻，但站在这一对少年模样的男子面前，老气得不行，宛然老大姐了。两人租了一个房间住下来，按时交租；每周发廊休息，他们以工作时培养出来的默契一起打扫房间，晚上和叶公及其他人一起坐在厅里看电视吃消夜；每隔两个月替叶公将变灰了的头发染回黑色，妥帖得像两片影子。叶公对两人十分厚爱，口头上把他们叫作谊子，吃喝都不忘他们一份。蕙兰待他俩虽不似父亲般浓情厚意，却也因为住在一个屋檐下，算相互照应，久了便多少培养出家人一样的情谊。

那样的一对好房客，叶公几乎以为他们会永远住在他家里。可他们有一天却来到叶公面前，提出要搬走。两人是在交房租的时候说的，说这房子有了两个小孩；蕙兰辞去了工作待在家里照料孩子，脾气很坏，终日吒喝；春分与夏至两姐妹，大的惯常把电视开得很响，小的又这么爱哭，一屋子噪声。他们晚上睡不好，身体一再出状况，不得不走。再说，蕙兰不是还要追生一个男孩么？这房子将来只够你们一家用。

叶公听着两人的陈述，不住点头。他们那时的染发技巧比以前进步多了，用上了挑染的功夫，大概还得漂白洗色，十分复杂而费时，因此不再像以前那样经常更换色彩。这时候两人的头发颜色都不再单纯，像是红黄蓝绿兼而有之，还有渐层效果，很难被形容，叶公也没有去分辨，他总是把这两人当作一体，搞不清楚谁是谁的影子。他说我房租减收一点好不好？

"不是的，真的不是房租的事。"

叶公仔细看看两人，还真觉得他们神色憔悴，眼皮打折，隐隐透着黑眼圈，像是眼窝一处的皮肤染了一抹深色。他叹了一口气，说你们要搬去哪里呢？这么多年同屋主，我真舍不得你们。

"发廊就在附近嘛。我们不会搬得很远，会常来探望你的。"两人说着，彼此交换了一个眼神，不期然又牵起手来，那意思像是同心协力，一定要抵抗叶公的挽留。

他们后来当然是不会回来的。叶公明白得很，所谓同屋主，就一个屋檐罩住的情分。以前这儿住过这么多房客，时间最短的未住满一周，其他的三五月有之；一两年的有之，也有住过超过三年的，虽不及这一对孖公仔住得久，却从不曾有人搬走了还找得到回来的理由。叶公甚至在外面碰见过这些离去的房客，有两回就在酒楼的餐桌上，一个远远看见他，点了点头便别过脸去；另一个则如遇陌生人，彻头彻尾地相忘于江湖。蕙兰听不得父亲这般如怨如诉，说你悲观个什么呢？这一对不一样，他们跟以前的住客不同。

其实也没有什么不同，两人也和以前的所有房客一样，走了许久不闻音信，连电话也没打来问候一下。在他们搬走的前一天晚上，叶公可是买了两大包卤面和几包摩摩喳喳①回来当消夜，当作给两人送别。蕙兰见大辉过了时间尚未回家，给他打电话，大辉说正与大老板渌渌王谈事情，语气颇为不耐烦。"不就走两个房客吗？用得着全家来给他们饯别这么大阵仗？"

就那个晚上，大辉臭着一张脸回家，洗了澡，给他留着的消夜也不吃了，进房里倒头便睡。黎明时夏至仿佛被一个别人听不见的闹钟吵醒，如常地醒来哭闹，喂了奶后仍不休止，蕙兰抱着她在床前来回踱步，不断将她吐出来的奶嘴反复堵进她嘴里去，仿佛那是个塞子，能堵住汩汩流出的哭声。如此折腾了半刻钟，大辉原是拿被子蒙住头的，忽然掀开被子，从躺姿中坐起，猛地抓起一个枕头朝蕙兰掷过去。他吼着说，吵死人了！给我滚出去！

蕙兰没见过大辉这么暴躁失控，不禁呆了一下，说你疯了吗？夏至虽只出生了半年，却也从来没见过父亲如此狰狞，因而哭得更凶，流出了真的眼泪。蕙兰不得已把孩子抱

---

① 马来西亚和新加坡的特色甜汤，主要原料有椰奶和西米露等，加上番薯和芋头等，也可以做成冰品。

出去，带上房门，在逼仄的客厅里来回地走，试图以言语抚慰，说你这囝囝是怎么回事呢？是不想来到这世上吗？怎么一出生到现在哭个不停？

"大家都被你哭烦了，人也被你哭走了。"

孖公仔第二天早上搬走以后，大辉起床漱洗，对着镜子细细梳理头发，像是确认自己已经清醒，才对蕙兰说他与渌渌王因故闹翻，以后不做串串锅了。蕙兰竟不感到十分意外。过去一年卖串串锅因竞争激烈，景气大不如前。城中许多人跟风抄袭，就连原来卖渌渌的传统小贩，也懂得弃三轮车而改用装置现代化的餐车；这边一档"滚滚吧"，那边一摊"渌渌一品锅"；餐车上也都张灯结彩，经营者也都穿围裙戴帽子，干净企理，有模有样。串串锅没了优势，被人一杯接一杯地分了羹，剩下来的生意等同鸡肋，再分不出来以前的利润。蕙兰之前已听大辉说过，几个股东为此闹意见，吵过几回。说时，他弹掉手上的烟蒂，"早晚做不下去了"。

没做串串锅，大辉在家里待了几个月，说要谋定而后动。与渌渌王拆伙拿回来的钱，要供一家四口开销，就那几个月便花得七零八落，最后一个月还差点挤不出钱来给车子还贷款，不得不由蕙兰开口向父亲商借。于是叶公知道情况不妙，说你们这样不行啊，坐吃山空；我一份粮银怎么养活得了这么多人?

再有一个月,蕙兰把结婚时拿到的金饰,还有莲珠姑姑给春分做满月礼的项链和小兔金坠子都拿了去当铺,分成两张单子,心里想无论再怎么不济,春分的那一份终是要赎回来的。直到后来她给细辉打电话求助,诉尽种种难处,也提到这一桩,说家里的金饰全进了当铺。"两个孩子这么小,我去不了工作;家里的房客也走了,留下的空房一直租不出去,没有房租可以帮补。"

"啊,那一对孖公仔呢?没住你家了吗?"细辉想起来这一对长得像孪生兄弟那样的孖宝,婵娟也曾见过他们一回,暗地里给两人取了个代号,叫"红绿灯"。那时她说,叶公这样的房东遇上红绿灯这样的房客,正如蕙兰这样的女人遇上大辉这种男人,都叫"物以类聚",是个简单不过又违背不得的原理。

那是蕙兰头一次给细辉打电话呢,细辉因而知道事态紧急,也知道这意味着蕙兰不想让何门方氏知道她家的窘境。他终是没对母亲说的,只说你还记得大哥家里住的那一对头发五颜六色的房客吗?他们搬走了。何门方氏说啊那一对孖公仔,我晓得呀,他们搬走好几个月了。

"你大哥告诉我的。"何门方氏眼也不抬一下,只兢兢业业,努力在咀嚼嘴里的晚饭,"他今日下午打电话来了。"

"他还说蕙兰一天到晚在家里发脾气,他受不了,打算要回酒楼去工作。"

那些优质的衬衫和西裤便又从衣柜里拿出来了。即便是极好的料子,又套上了塑料袋,白衬衫挂在衣柜里久了仍难免微微发黄,而且都散发着一股樟脑丸的味道。蕙兰从银行提出了细辉转账过来的钱后,第一件想要做的事便是到商场去给大辉买几件白衬衫。这一回买的不像以前的那些矜贵,却也都绣着喷水鲸鱼和绿色短吻鳄等喊得出名字来的牌子。她让大辉把衣服穿上,她自己坐在床沿;怀里抱着夏至,身边站着春分,母女三人目光一致地看着大辉在房里的全身镜前昂首挺胸,由下而上地将纽扣逐一扣上。那镜子是从附近的马来小店买回来的廉价商品,也许是镀银技术不好,镜里的影像总显得有点乖张,而且会把人照得稍为宽扁,蕙兰说这是照妖镜,平日最恨站到镜前。可是镜里的大辉却一点不受影响,仍然像十年前初见时那样的俊美和挺拔,而他显然也自觉如此,下颔昂起,不时斜乜背景中的母女三人,一副君临天下的神色。

蕙兰不知怎的想起以前上小学时,她特别喜欢玩的一种换衣纸娃娃,她的父亲叶公将之叫作"公仔纸"。就三几角钱买的一张硬卡纸,上面印着穿了泳装的窈窕女孩,附上各式衣裙、帽子和包包，沿着切割线撕下来便可以替女孩换装，为她设计各种场合。那时她拿叶公给的零用钱买了许多这样的公仔纸，都一一撕下来收藏在旧杂志的书页里。平日叶公上班了，家里无人，她便把这些纸女孩拿出来当玩伴，给她们名字和身份；让她们到皇宫里参加舞会，最终成为皇后。

那一刻她记起来，小时候她也曾是个被娇惯的女孩。虽然身边只有父亲，但叶公待她极好，无处不想满足她，也给她买过许多蓬蓬裙和闪闪发亮的心形发卡什么的，让她将自己装扮成公主。直到她长大成为少女，被所有的镜子告知她，你不是这世上最美丽的女孩，她一气便变成了个男仔头，从此不屑于一切女生的玩意儿，直至大辉出现在她面前，她心里惊呼，真体面的一个人啊，穿什么衣服都好看，像她小时候最钟爱的一套公仔纸。

大辉扣上袖口的纽扣，问镜中的蕙兰，怎么样？好看吧？说时扬眉，蕙兰觉得镜中人俊得几乎像一座雕像。她禁不住也看一眼雕像背后那目醉神迷的女人。女人身边站着一个头大身小，长发稀薄，怀里抱着一个邋遢洋娃娃的小女孩，也和她一样像看见明星似的两眼熠熠生辉。

"好看极了。"蕙兰痴痴地点头，"真该死，忘了给你买一条皮带。"

皮带买回来的那一天，也正是大辉重回酒楼上班的时候。依然是以前那肥头耷耳的表弟替他说项。彼时这表弟已是某酒楼的副经理了，对他的老板说我这表哥相貌堂堂，光让他站在门口也能招徕不少食客。如此又把大辉带到另一家酒楼，让他当了个副领班。蕙兰觉得这样甚好，从此叶公上班便有半程顺风车可坐，而且酒楼这圈子她有不少耳目，宜于照应，不至于像之前在夜市那样，把人放到了"公海"。

　　她记得的，她把大辉要穿的衫裤早早熨好，那一天又逼着父亲替她顾孩子，自己坐了车出门去给大辉买一条崭新的皮带。她再三跟店员确认那皮带用的是真的水牛皮，那妇人把一卷皮带举到她鼻端，让她闻一闻那一股真皮的味道，还说她要不相信，回家拿火灼一下便可知真伪。蕙兰当真这么做了，在那皮带上挑了个不显眼处，拿大辉的打火机烤它一烤，果然皮革没有被烧熔，也没有释出刺鼻的气味。她十分高兴，献宝似的拿出来，说祝你开工大吉。大辉只看了一眼，说皮带这种东西，以后还是让我自己挑吧。蕙兰觉得这话刺耳，一时不知该不该发作，这时候夏至在房里呜哇呜哇哭起来，蕙兰便咬了咬牙说，这是真牛皮呢，不便宜。

　　她说了站起来走向卧房，在房门口忍不住回身。"买皮带这事不同买车子，你懂个屁。"

　　这种小龃龉是惯常事。自从辞去工作留在家中带小孩，蕙兰便觉得自己的脾气越来越乖张。大辉待业在家时也常无名火起,多嫌她不称职,总说你做了家庭主妇,怎么家里反而比以前更乱七八糟?地上满是孩子的玩具,屋里满是电视的声浪与孩子的哭闹。

"女儿邋邋遢遢,你自己也不修边幅。"

两人为此吵起来,叶公摇头叹气,避难似的赶紧抱着头躲进房里;春分仍然坐在沙发上看电视,手里抓着一块威化饼,上面涂的草莓酱都融化在她手中;夏至犹自抓紧两只小拳头,在摇篮里蹬腿哭泣。

那一天上午大辉没时间跟她吵。他花了将近一个小时洗澡和整理仪容,系上蕙兰买的新皮带,穿戴整齐走出卧室。蕙兰瞥他一眼,气就消了,不禁一笑,大辉顺势拥她入怀,说老婆待我真好。蕙兰依偎在他怀里,闻到新衬衫和新皮带的味道,还有他用的古龙水,觉得如此甚美,像是预告着一个风浪过去了,生活即将恢复平顺。她替他将衣物拉扯整齐,一再交代,你醒醒定定啊。

大辉与叶公出门以后,蕙兰不知怎么觉得心情极好,仿佛心里解下了一块系之已久的大石,遂趁着夏至入睡,将客厅及厨房认真收拾了一番,甚至也将厕所的抽水马桶刷洗干净。忙完后她走进睡房,看见春分像只小狗似的蜷缩在床上睡着了,脸上手上沾着饼干屑和草莓酱。房里果然像大辉说的,一团凌乱,但四周竟难得的十分宁静;空气里氤氲着一缕古龙水的芳香，似有若无，像是镜里久久不散的一个回眸。蕙兰盯着春分的睡脸看了一阵，依稀看见自己的眉目。她想起自己童年时也曾这般，在如此静寂而慵懒的下午，父亲不在；她一个人伏在父亲的床上玩公仔纸，哼着小曲，或是给那些纸人配上对白，往往等不及把女孩都变成皇后，便困极了不支睡去。这些回忆像是伴着慢曲，诱人入眠，她忍不住也躺下去，在那一床许多天未收拾的被窝中，抱着女儿，像抱着一个肮脏的，脸上还画了涂鸦的布娃娃；闻着那床铺透出的汗酸与尿臊；并不是累，只是说不出的满足，便沉沉睡去。

远水与近火

　　搬进来这么多年以后，隔壁的邻居要给屋子来一次大整修。婵娟心里计算，十七年了，连这么坚固牢靠的一幢房屋，发展商可是林某呢，也不免开始出状况。屋顶渗水，石膏天花板出现裂痕，有一段边框逐渐脱落；楼上楼下有两个水龙头怎么也旋不紧，滴答滴答，滴答滴答。夜半她起床解手，再躺下去便睡不着了。那些水珠像是不偏不倚，一颗一颗滴落到她的耳窝里，濡湿她的耳朵和脖子。她便又爬起来，走到浴室里试图旋紧水龙头，不果，最后唯有拿了一块抹布放到水龙头下方，让它柔顺地承接那些水珠，吸收它们摔落的声响。这一招管用，婵娟走到楼下，叫醒女佣帮忙她移开浴室里装满了水的水桶，也这样用一块抹布放到另一个漏水的水龙头底下，像是用它堵住了房子的咽喉，然后她回房里去上床等了一阵，确定滴水无声，她下意识地捏着被子的一角揩了揩耳窝，感觉两耳被擦干了，终于能安心入睡。

　　早上未及八点，隔壁来了一队工人，由工头领着，与屋主夫妇站在门前大声商讨装修工程。婵娟早已醒来，也已经开响了《大悲咒》，一屋子娑婆诃娑婆诃，神台上的白瓷观音垂首闻香。她在厨房里监督女佣使用洗衣机，怪责她倒了太多柔软剂，洗过的衣服穿得她与小珊皮肤发痒。然后她坐下来吃早餐，听着邻居家那扰人的谈话声，工头在吹嘘，屋主在笑；她无比厌恶，竟不知怎么觉得自己是被这些声音吵醒的，便喃喃地对女佣抱怨，说我们这里的人没比你们那里文明些，都一脚牛屎，没有公德心。女佣微笑而已。

女佣是在何门方氏去世以后才雇来的。家里总得有人做家务，尤其是需要人给细辉和小珊两个荤食者做饭。这女孩还受过培训，外面晾干了收回来的衣服，折叠得像商店里摆卖的新衣；她十分勤快，比谁都早起，也不让自己闲下来，并且不多说话，正合婵娟心意。女佣来了以后，这房子镇日窗明几净一尘不染，婵娟说，终于有了它该有的模样。

但这房子毕竟老了。十七年，屋里开始出现水渍和裂痕，水龙头旋不紧，各个犄角旮旯印着蛛网的痕迹，外墙则油漆剥落。隔壁的人家正是因为如此而决定整修，顺便将屋子里外重新髹漆，也把门廊的老气地砖打掉换过，还要换一对会随着户外光线变色的门柱灯。工人们的动作很大，加上机器助威，弄出许多声响，婵娟尤其不能忍受的是他们聊天时都像隔空喊话，仿佛喉咙都放开了，没有调节声量的阀门。尽管都是些闲话，内容毫无意义，却比强力电钻或瓷砖切割机锐利的尖叫有更大的穿透力，更为干扰。

婵娟与女佣到巴刹走了一趟，回来时隔壁的噪声更大，她能在那声音中听见沙石尘土飞扬，仿佛那房屋马上要被锉成尘灰。细辉偏在这时候打来电话；他的声音钝钝的，婵娟觉得她这边的天地都要被电钻和切割机大卸八块了，他却在那头小心翼翼，慢吞吞地措辞。婵娟来气，对着电话吼，你说话大声一点行不行啊？细辉便大声说了，春分啊我大哥的女儿……你听到吗？她刚生了，生了一个女孩。

一个女孩。婵娟想起春分，上回见她不过是两年前的事。那时婆婆何门方氏去世，蕙兰携了三个孩子回来服丧。春分十七岁，挺着瘦长的躯干和四肢，行路摇风摆柳，淡色的长发薄薄地垂下，模样神情竟有点像《驱魔人》里那个被恶魔附身的女孩。她在几个孙儿辈中以成人自居，脸上却还有着孩子气，如今竟已成人母。婵娟禁不住冷笑，说这是在报喜吗？细辉语塞，半晌才回得出话来："是大嫂打电话来通知的，说母女平安。"

蕙兰这电话自然不是打来报喜的。婵娟记忆所及，自从大辉失踪以后，蕙兰打来的电话只有求助而已，像是她家里衰事无尽，接踵而来，而她总是强调"我一个小女人"，却忘了自己长得比细辉壮硕许多。何门方氏过世以前，每次接了蕙兰的电话总像是嘴里衔着黄连,一张脸皱成苦瓜样,久了成其自然,直至她人躺进了棺材里,眉心打的结仍一直解不开。家婆不在了,蕙兰便把电话打到姑姑莲珠那里,每一次都像火烧眉毛,说得不知是在嘶吼还是在哭。上一回,大约是一年前的事,春分与蕙兰争吵后离家出走,蕙兰几乎歇斯底里,敲锣打鼓地找女儿,当然也给细辉和莲珠打了电话,要他们帮忙。他们能帮得上什么呢?远水救不了近火,只能说些安抚的话;叫她去报警,也说春分若到这儿来了,我们一定让你知道。春分却始终没来。婵娟当时便说,那女孩怎么会来呢?她胆敢出走,外面一定有人接应。果然大半年后她落拓而归,蕙兰气急败坏地打来电话,说人回来了,肚子里还携带着一个。

"那怎么办?"婵娟说,"让蕙兰带她去找医生打掉吧。"

"莲珠姑姑也这么建议,但大嫂说太迟了。"细辉摇摇头,"胎儿已经五个月大,医生不敢冒险。"

后来那两天他们都在电话中密议这事;不知谁说的,把孩子的父亲揪出来,让他负责任吧。姑姑莲珠甚至为此亲自开车到都城一趟,与蕙兰一起去见了孩子的父亲,回来不住叹气,说这行不通。

"那孩子的父亲也只是个孩子,还不学无术,没一份正经工作。"莲珠说,"蕙兰吃够这种男人给的苦头了,深知其害。"

那一回的"谈判"说来仓促草率得很,仿佛除了风尘仆仆赶过去的莲珠以外,两造都没有多大诚意。莲珠陪着蕙兰一起,捎上垂头无语的春分,老远去到了约定的茶室。蕙兰见来人那模样——金头发古铜色皮肤,一只眉角扣了两个银色小环;腰下穿的一条宽松的牛仔裤,裤裆快碰到地面了,她不禁扣紧眉头,问人家你没家人陪同吗?对方摇头。她只与对方匆匆交换了几句话,问明其教育程度、谋生能力和经济状况,仿佛人家是来应征工作。最终她看了莲珠一眼,摇着头揪着春分一起离开。

在莲珠的汽车里,三个人闷声不响,实在是不知从何说起。春分坐在后座,仍然像一个发条用尽的木偶,四肢像脱了臼似的悬挂在躯干上,颈项再支不起来,全程垂着头凝视自己那隆起的腹部。蕙兰则眯起眼睛放眼前路,外面的日光浪一般无声地冲向她,里头一定挟着往事的碎屑。她终于开口说,莲珠姐你记得么?

"什么?"

"有一年我跟大辉回去锡都,回来时我和孩子坐了你的顺风车。"

莲珠记得。她说时间真不饶人啊。"你说等春分生下孩子,我变成什么辈分了?"

蕙兰闻言失笑,两人便在车子前座你一言我一语,什么曾姑妈、太姑婆,越说越不明白,也越笑越喧哗。蕙兰笑着笑着,眼角像失禁似的淌下泪来。那泪珠一串串,如树之硕果累累,她伸手去摘,却拉拔出来更多,不得已将莲珠递给她的一包纸巾一张一张抽光。她说怎么办呢,我好不容易才将这女儿养大,现在她又要生出一个孩子来,有完没完啊?莲珠不禁鼻酸,叫她别钻牛角尖,把母女俩载回万乐花园,又从皮包里掏出钱来塞给蕙兰,对她说,船到桥头自然直。

那天莲珠回到锡都,先到细辉的店里找他,说春分的事只能这样了,等她瓜熟蒂落。彼时已近黄昏,街上下起细微的雨,雨丝染着夕照,仿似天空抛下来许多鱼线,如众神在垂钓。两人站在店门后,一时恍惚,都侧过脸看人们在路上疾走。斜阳照得每一个人都面泛油光,一脸倦容。细辉看见莲珠脸上化的妆已经融化;眼盖上色彩斑驳,难分青红皂白;眼睛下方挂着两个发黑的、松垮的眼袋。

"莲珠姑姑你累了。"

莲珠对他苦笑,那惨淡的妆容让她露出底细,忽然显出了年纪。

"我饿了。"她说,"你要不要陪姑姑吃个饭?"

细辉说走吧,我请姑姑吃一顿好的。莲珠笑,她说好东西你姑姑吃过不少，你给我找一处安静的地方吧。细辉撑了一把大伞领着她越过马路，走到附近的为食街上，找了一家越南餐馆。店里冷清，但那穿着越南长袄的本土老板娘异常热情殷切，拿着餐牌介绍了老半天，逼得细辉不得不多点两道小菜，又要了一杯她极力推荐的冰咖啡，把她对付了过去。莲珠等那老板娘转身走开，便说细辉你不能老这样，耳根软，容易被人占便宜。细辉憨笑，说哪有什么人占我便宜呢？

"女人啊。"莲珠说。

此话尾音极长，细辉听出其中饶富深意，仿佛莲珠说出来的是一笔总数，背后有的是厚厚一部账本。他收敛笑容，说姑姑何必奚落我，你没被女人占过便宜吗？

莲珠白他一眼，说女人能被女人占多少便宜呢？说了，她长嗟一声。唉。

"女人只怕被男人占便宜呀。"

那一刻细辉以为莲珠想起春分，但莲珠想到的却是蕙兰。她问细辉记不记得有一年，大辉一家回锡都来，后来因车子故障，让她载着蕙兰母女三人回都城？细辉记得的。那时蕙兰怀着孩子，浑身是肉，肚子鼓起来像一座小山，已临近预产期了，竟出人意表地与大辉一起出现在马票嫂家里，为马票嫂刚死的丈夫吊丧。春分那时刚上小学；夏至是个没有表情的幼儿,有股犟劲,只知道往水杯里投花生米,谁也阻止不得。这么举家大小一起出动,婵娟不得不起疑,在背后叮嘱细辉留意,说你哥要来打你妈的主意了。两天后他们本该回都城;上班的要上班,上学的该上学。大辉却说车子坏了,不得已留下来修车;恰巧莲珠那日有事南下,便顺道载了蕙兰母女三人回去。

"是呀,那一路上我与蕙兰不知说了多少话,她尤其滔滔不绝。"莲珠说,"其实都是在说你大哥的事。"

大辉重回酒楼上班后,翌年即识得了一个老板,又被人家说动,不等酒楼年终发花红便辞工了去替人家跑腿办事。据说那半年挣钱很快,大辉踌躇满志,一度抓住蕙兰的手,对她说"我以前这么多年走的都是冤枉路"。蕙兰感受到丈夫手中的力度,大受鼓舞,像是真看到了大辉向她描绘的未来生活的愿景。当时她在车上向莲珠转述,说她与大辉要在都城买房子,要凑齐春、夏、秋、冬四个孩子,还有要让春分去学钢琴和芭蕾舞等,全都八字未有一撇,却已有了十足的喜悦,急着要与人分享。

"我忍不住泼她冷水,说世上哪有容易赚的钱。"莲珠说,"除非走的是旁门左道。"

蕙兰听了良久无语。有一段时间因为找不到别的话题,她频频回过身去逗春分说话,说我们快要回到家啰,公公在家里等着呢。直至车子快要开进都城，路收窄，大道收费站已在望，莲珠憋不住冒出一句话来，说蕙兰啊，你让大辉去走夜路，不怕风险吗？

"她怎么回答呢？"细辉问。

莲珠抬起头看着对面墙上挂的一幅极为俗气的风景画，对那色彩浓艳的壮丽山河端详良久。

"她对我说，莲珠姐，我不知道自己为什么这么喜欢大辉。我真的很爱他。"

蕙兰用了"爱"这个字眼，这教人多么难忘。那是莲珠人生中第一次听到有人说"爱"。这是多么拗口而不真实的一个字眼啊。她一直只有在戏剧和电影里才见过有人用上它，说得脸不红气不喘。那些秦汉和林青霞般的俊男美女情深款款说的"爱"，与那一刻因怀胎而过度进补，以致浑身臃肿，一张脸胀得有如发酵面团的蕙兰所说的，竟是同一回事，听起来一样的动人，竟没有让她觉得滑稽或起一身鸡皮疙瘩。莲珠吞下一口唾沫，将蕙兰这一句话，连着"爱"这个难以消化的字眼咽了下去，竟觉得微酸。她冷冷地说，那你是遇上命中的克星了。

"那一年立秋出生不是么？"细辉沉吟片刻，"立秋现在是十岁了，抑或十一？"

"还在上小学呀。再过几个月，他要当舅舅了。"莲珠说。

"姑姑你十岁的时候，不也当了我的姑姑吗？"

莲珠莞尔，啐他一口，说真算起来，我三岁就当人家的姑姑了。

那一天的莲珠特别善感，细辉不无所觉。她在谈话里不断地打捞往事，从十年前那一段去都城的路说到古楼河口的童年回忆，把一顿饭拖延了许久。饭后街上已垂下黑色的天幕，雨倒停了。莲珠却意犹未尽，又随着细辉回店里待了好一阵。店里不时有顾客三三两两地走进来，她嘱细辉忙自己的事吧别理会我，她则坐在收银台后头，叠着手呆呆地凝望外头五光十色的大街。直至又下过了一场带雷的骤雨，莲珠最终拿起皮包离开，细辉抢出去陪她走到停车的地方，忍不住问她何事心烦，莲珠打开车门，苦笑说女人还能为什么事烦恼呢？

"你的姑丈在外头有女人了。"

细辉没有把这消息告诉婵娟。他回到家里已经很晚了，屋里全黑，只有门廊的一盏日光灯还亮着；在灯里老去的镇流器不住鼓噪，像在抱怨工时太长。他走到厨房，经过女佣的房间，透过虚掩的房门，听见里头有很细的说话声，像是女佣在与家乡的女儿谈电话，说话的调子十分甜蜜。细辉不知怎么记起以前听过拉祖与银霞讨论印度尼西亚语与马来语的差别；银霞的形容极妙，说印度尼西亚语比马来语黏腻；人们说话像在嚼着麦芽糖，有一种亲昵的、像是在向亲密的人嘟囔的味道。拉祖听了露出一口白牙，随即摇头晃肩哼了一小段歌曲。细辉觉得甚为耳熟，他问这是马来歌抑或是印度尼西亚歌啊？无人回答。这时候他蓦然记起那些歌词，觉得自己似乎明白了银霞的意思，不期然哼起了那调子——

  蜜糖在你的右手，毒药在你的左手，
  我不知道你将要给我的是哪一个。

  他走进房里，才知道婵娟虽然躺在床上了，却并未睡着，眼睛明晃晃地睁开着。细辉以为她见了他，必然又要投诉屋里屋外各种扰人的杂音。那时候隔壁人家还没动工装修呢，但总有别的什么困扰她，譬如水龙头该换了，你听不到吗它溜下的水珠，滴答滴答；譬如后巷那些发情的野猫，日夜在模仿婴孩的哭声；譬如对面的印度人家来了人客，一屋人说话铿铿锵锵；譬如女佣房里开着何门方氏留下的收音机，一整晚没完没了的马来歌曲。她却什么也没说，只是盯着天花板，目光虚浮，魂魄像脱臼的四肢悬挂在躯干上。细辉便知道她刚从噩梦中逃出来了，必然是那个死去已久的女学生又在梦里拽着她，喊她老师，要与她说话。他蹑手蹑脚地在她的梦境边缘走过，去洗了澡，出来时婵娟已然阖眼；窗外略有雨后之声，四周仍一片宁静。

那张床是一潭沼泽，细辉躺下去便缓缓下沉，被浓稠得让人睁不开眼睛的黑暗所淹没。他睡得极沉，梦也被灌饱了墨汁，如鱼睡在水中，没听到梦境外头的声响，也没发觉身旁的婵娟掀开被子，嘀嘀咕咕地爬起床来，像过去许多个晚上那样走进浴室，仿佛要灭口，又狰狞着脸逐一对付那些守不住秘密的水龙头。

立秋

春分,银霞记得是一个声音娇嗲的小女孩。那时她跟随父母到梁虾的丧礼来,大辉把孩子带到银霞面前,说要叫人啊,叫银霞阿姨吧。春分像是迟疑了一下,也许正打量着银霞那一双异于寻常的眼睛,最终仍嗲声嗲气地喊,银霞阿姨。另一个女儿只有三岁,死活不肯开口,几乎被逼得哭了。他们说这女儿名叫夏至,银霞说两个女孩的名字好特别,是二十四节气之名,真美。

"肚子里还有一个呢,快要出生了。"蕙兰头一次听见有人对孩子的名字表示欣赏,十分高兴,"已经照了超声波,是男孩。"

"男孩呀?那给他取什么名字呢?"银霞说,"立秋吗?"

那正是孩子的名字;蕙兰的父亲叶公涎着一张脸请求国内一个老作家给想出来的名字。人家还是前作协会长呢,虽已垂垂老矣,与满堂家眷儿孙坐在贵宾房内用餐时,一副懵懵懂懂苟延残喘的样子，耳朵也不灵光了，却仍对叶公请他为孩子取名感到莫名的高兴，仿佛叶公是拿来了他的著作请他题字签名。这名字依然是写在餐巾纸上的；笔迹颤颤巍巍，远不如以前写"春分"时苍劲有力，甚至也比三年前写的"夏至"委顿了不少。这回因为蕙兰才刚验得有孕，胎儿的性别未卜，叶公怕再碰不上这位老会长，便请他男女名字各想一个。于是餐巾纸上便写着"男：何立秋，女：何白露"。

在蕙兰识得的人之中，银霞第一个说出了这些名字的出处，不仅她十分惊讶，大辉也为之侧目。但银霞知识之广，记性之好，那可是上过报纸，许多人都晓得的事。她在锡都无线德士电台工作，用了三年记下来一整个锡都大街小巷的路名，巨细靡遗，电台的德士司机们无不为之哗然并广为传颂，常对乘客说"我们电台有个阿霞……"很快便有报馆和其他媒体跟进，派人来采访。当年来访的人当中，有的甚至带上一册锡都路线图，挑一些马来甘榜之类的偏僻之地来考她。银霞气定神闲，不光是这些连当地人都多不知晓的巷弄之名，她还能细数锡都许多街道的前世今生，把那些一长串的马来路名背后有过的中文或印度名字，以及它们的坊间别称一一说出来。这堪称特殊技能了，各报的地方增版都曾大幅报道；大报写"盲人之光"，小报写"人肉地图"，后来还有国营电视台邀请银霞上了一档午间播出的女性节目，让她在全国观众面前即场表演一番。主持节目的跷腿女主播一再喝彩故作大惊小怪，一旁正襟危坐的秃头脑科专家则不断讲解各种脑部功能，以说明银霞的博闻强识合乎科学常识，不值得过分惊讶。

当然，那是好几年前的事了。银霞出的风头不过一年半载，当时甚至曾有人联系她，想找她替某个品牌的奶粉拍电视广告，也有个儿童珠心算学院邀她当代言人，还有社会福利局的官员曾找上门来，企图说动她拍张欢天喜地的照片放在他们的宣传册子上。这些事最终都不了了之——奶粉广告企划人只打过一通电话来便没了下文；珠心算学院不准备付费，却谓之"双赢"；社会福利局那里则无关付不付费，却是银霞亲口回绝的，说这么多年你们丝毫没有帮助过我，如今竟好意思要我帮你们呢。

尽管广告没拍成，但银霞那时还与家人住在近打组屋，大家可是为她欢腾过一阵的。楼上楼的居民但凡见到老古和梁金妹，无不说哎呀呀当了这么多年邻居，居然不晓得你们家银霞这么厉害。梁金妹听了笑得合不拢嘴，老古则说这算什么本事呢？耍杂技而已，赚不了钱。

被各大报炒作成传奇人物以后，银霞有一阵成了城中红人，连在茶室里吃午饭也会被人认出来。不少人上前拍过她的肩膀，对她说了许多赞赏和鼓励的话，或是在她面前对自家小孩说，看，人家眼睛瞎了都比你强。

在梁虾的丧礼上，细辉与拉祖都忆起当年这些事，说他们在报纸上看见银霞，两人都连忙给银霞打电话。拉祖直接拨了电台的号码，不说召德士，而是要找"你们的电台之花"。那是阿月接的线，含笑转给了银霞。拉祖在电话里嚷叫，说银霞银霞你知道自己有多上镜吗？那时拉祖在都城的律师行执业，仿效他的偶像日落洞之虎，专攻刑案，已小有名气，细辉也已经搬到了新屋子。听到他们两人的声音，银霞不知怎么突然激动起来，她说拉祖我好想念你，我也好想念细辉。拉祖听了说我下个礼拜回去，我们出去喝酒！细辉却听到银霞说的话夹着颤抖的哭音，他顿了一顿；电话那一端良久才传来他回的话，说，我也很想念你。

这一句话，银霞知道细辉是不会记得的。他倒是记得拉祖果真回锡都来，约了他和银霞出去，三个人叫了几客辣食，鱼虾蟹皆有，又喝了两大瓶啤酒，之后两男像挟持似的，将银霞带到歌厅里唱卡拉OK。银霞拿着麦克风不敢开口，拉祖说唱吧唱吧，你唱歌好听呢，声音就像西塔琴。

银霞也记得这些。就在谊父梁虾的丧礼上，细辉将妻女撂在一旁，与她和拉祖轻声说笑，怀缅旧时。拉祖说那你还记得银霞唱了什么歌吗？细辉说记得的，她唱了《月亮代表我的心》。他的女儿三岁了，在布棚下踩着会发出吱吱声的小鞋子乱跑，甚至钻到桌子底下去捡花生壳。婵娟不住追赶，小珊小珊；回来对细辉说，我管不住这女儿了，我们走吧。细辉说你等等吧，我们三个难得一聚。细辉的母亲也忍不住出声，说是呢，他们三个从儿时就是好朋友了。

然后大辉一家便来了，春分是个七岁的小大人，不愿与小珊及妹妹夏至为伍，自己到邻桌去与年龄相仿的孩子攀谈。银霞记得在座各人对这小女孩给的各种说法。婵娟说天呀蕙兰，这女儿跟你是一个饼印做出来的吧？梁金妹说不尽然相像，妈妈的皮肤比较白；何门方氏说是呀明明父母都细皮白肉，怎么生下来的孩子会是这颜色？谁的声音插进来，说小女儿倒是粉嫩雪白，得父母真传；另有一人说你们看看大女儿这腰肢，像水蛇。莲珠姑姑来到，乍见春分坐在邻桌一对小兄弟之间，与两人谈笑风生，便说看吧这女孩年纪小小，论交际手腕，我们一桌人谁都比不上她。

许多年以后，当细辉说，春分啊我大哥的女儿，你记得吗？银霞记得的就是这么个众说纷纭的小女孩。她说我记得啊，她怎么了？

"她怀孕了。"

这事不光彩，细辉却不假思索地对银霞说了。那是几个月前在店里，他接到银霞的电话，听到那久违的声音，仍然如往昔般叮叮咚咚，清脆好听，像是哪个电台主持人在说话。银霞说，细辉，我刚接了个召德士的电话，那是你哥哥的声音。细辉觉得难以置信，仍说那我向大嫂打听一下，看看她那里有什么消息。然后他便说了，大嫂近来家里事情多，她很烦乱。

"什么事呢？"

"春分啊我大哥的女儿，你记得吗？"

银霞听他把事情说了。这听起来多么老套，一个叛逆期的怀春少女与人私奔，弄出了一个负担不起的小生命。她不期然想起那个怀着孩子到近打组屋来跳楼的女学生，后来成了野鬼，被困在了组屋里。那是将近三十年前的事了，若这鬼是真的，也该老了。

"还好她知道该回家，那是不幸中的大幸。"银霞说，"她要是不回家，也许会发生更可怕的事。"细辉听了沉默。银霞说你怎么不出声。细辉便说你讲话就像个电台主持人，有条有理。

这些话，银霞听得很高兴。她在电台里是出了名的"台柱"，多少客人打过电话来都留下深刻印象，对德士司机猛夸，说你们台里有个接线的，声音好听极了，说话也很有风度和礼貌，我还以为自己把电话打到哪家电台的叩应节目了。司机们再在线向银霞转述，等于广播一样，大家便一哄而起，七嘴八舌，说霞女可是我们锡都无线台的台柱。阿月总会适时作姿态，说些带醋味的辛辣话，犹如火上添油，在线闹成一片。

曾经有十年八年，锡都无线德士台一天能接上千个电话。电台旗下两百多辆德士应接不暇，经常有顾客等得发火。电话打到台里兴师问罪。老板怕阿月得罪人，便让她把这些电话都转给银霞处理。银霞的声音有股安抚人的作用，往往连那些满口粗言秽语的粗俗人也被她慑住，不自禁将声音放软；同事们视为奇迹，老板亦把银霞当作瑰宝。德士司机们更笑说我们的霞女啊，前世一定是个传教士，天天对人讲耶稣。

在这些笑闹中，老古倒是出奇的静默。同业们偶尔出言撩他，老古也只是冷哼而已，或是喷出两句粗话，叫大伙儿噤声。

那可是段大好日子，银霞每天早上都精神奕奕地上班，也不在意加班到晚上；几乎就像以前到密山新村盲人院去上学那样，每天充满期待地出门。吃午饭的时候，她到楼下沿着五脚基走到同一列店屋的茶室里；一路有人招呼她，阿霞，阿霞。有人领着她找桌子，有人替她挪来椅子；端上一杯她常点的唐茶，问她今天要吃客饭抑或是咖喱面。有陌生人来拍她的肩膀，对她说，啊你是那个上了报纸的电台接线员吧？身旁总有卖面饭的摊主或端茶水的妇人起哄，嚷着说就是她呀还有谁呢；古银霞，全国上下只此一家。

这时期有一段时候，细辉尚未与婵娟结婚，偶尔会来找她一起吃饭。说是去办事时路过电台楼下，看看手表，正巧是吃饭时间。银霞说那我们走远一些吧，我正好换换口味，吃点别的。细辉有时候用车子载她，有时候领着她走路——常常是轻轻扯着她的袖子，越过马路去到别处，与她安安静静地吃饭。也遇过不识趣的人上前来指认，你是那个盲人接线员吧？银霞不由得腼腆起来，细辉微笑而已。人家便问，这是你男朋友啊？

不是的不是的。两人都使劲摇头。

当细辉在电话里说"春分啊我大哥的女儿，她怀孕了"，这时候锡都的德士行业已不同从前。尽管城中开德士维生的依然是原来的那一批人；却正因为是同一批人，这行业成了一片老兵死守的荒地。城里十之八九的司机与老古一样，都七老八十，已过退休年龄。多年的开车生涯将身体折腾出腰疾、胃下垂和肩胛骨炎之类的各种毛病来；他们的车亦如此，外壳脱漆，坐垫爆开，也有的冷气一再故障，经不起维修，不得已架上一台电动小风扇，聊胜于无。反正这些车一路残喘，像在喊痛，令银霞听着觉得整个锡都已破旧失修，不知丢了哪些零件。当然也有的司机因老因病，不能不退下；城中的德士越来越少，而打电话来召车的，除了没有交通工具代步的外劳以外，也只剩下老人——单凭他们的声音，听他们的措辞以及他们用的街道名字，银霞就听出来了。

银霞的父亲这时候算是过着半退休的日子，一天没多少时辰在路上。大日头时人家嫌他的车子像火炉，坐进去了能熬出一层油来，下雨天则他嫌锡都处处淹水，路都成了河，"我开的是车，不是船"，因而他多半只开夜车，载几个深夜下班，会在车里抽烟甚至呕吐的常客。反正他已无须养家，便给自己赚点伙食费和零用钱。同事阿月对银霞说，人家看见你爸每个晚上载了个中国女人去吃消夜，银霞不以为意，说我爸的事我不管，他的老婆都已经死了。

那中国女人在市区里一家按摩院工作，银霞与她碰过面了。不就是那一连五日的连假么？从八月三十一日国家独立日开始，连着哈芝节，周末，还因为东南亚运动会上我国运动员取得好成绩，首相再宣布周一放假。大家都急着把这些日子花光，连平日值夜班的兼差女孩小晴也告假，电台里只得银霞一个人工作，每天晚上下班时等老古来载她。有一晚车上的副驾驶座上已有乘客，老古让银霞坐到后座去。她听出来那乘客的古老口音，秦腔似的，一路尖着嗓子说个不停；语速之快，腔调之百折千回，连银霞都难得听仔细，她知道父亲大多是听不明白的。老古果然咿咿哦哦而已,表示在听。银霞在后座窃笑,想起母亲梁金妹逝世前的两三年,对老古视若无物,几乎不与他说话了。老古恨她十问九不应,偶尔会爆粗口,说丢你老母。

"生了一个女儿是盲的,现在连老婆也变哑巴了。"

这回好,这女人坐一程车,即把人家几年说话的份额都用了去。

当细辉在电话里告诉她,莲珠陪着蕙兰去见了"春分的男朋友";说是那样一个人,獐头鼠目衣衫褴褛也没一份正职,"大嫂很恼火,问春分怎么会看上这样的人"。银霞并不惊讶,她说连我爸这样的男人也有个情人了。细辉后来看了一眼墙上悬着的凸面镜,看见婵娟翘着手坐在柜台后,横眉竖目,眼观八方。他拿着手机走进角落的办公室。

"还有……莲珠姑姑昨晚对我说,她的老公在外面养了个女人。"

银霞听了心中黯然,却觉得这事不新奇,依然以同一句话应答:"细辉,连我爸这样的男人也会有个情人。"

"莲珠姑姑的老公,那可是拿督冯啊。"她说。

拿督冯在外面有女人,这不是头一回了。银霞想说,莲珠姑姑不也曾被他金屋藏娇么?这人是世家子弟,自命倜傥,从来不缺人投怀送抱。只有在从政当议员的那段时期,拿督冯的言行才收敛些，终日待在服务所里与党内同志开闭门会议，没溢出什么风流艳闻，后来在竞选中败阵，他回到商场纵横，难免声色犬马，常常黎明时带着一身酒气与女人的香水味回家。人家正式娶回家的结发妻子一声不吭，莲珠便也不好发作。待儿子十八岁被送到英国读书后，她不再活跃于社交，却是一口气开了几家店铺，卖衣服，卖蛋糕，还有一家日本餐馆，算是发展了自己的事业。倒是拿督冯有了年纪，这时候有过一回小中风，胃也出过毛病，以为是癌，在医院里被医生翻来覆去地倒腾了半个月，试遍各种仪器，侥幸没事，以后他便像死里逃生，开始戒烟戒酒，跑步爬山，还含饴弄孙，在家中陪稚儿学英语、砌拼图和堆积木，过起了前所未有的健康生活。莲珠觉得他老矣，以为他就此修身养性，孰料他随人去学跳交谊舞，抱着风韵犹存的舞伴碰恰恰碰恰恰，再来狐步和探戈，摩擦生火，不可收拾。

"莲珠姑姑说，这回他来真的。"细辉在电话里说，"这几天连假，他与那个女人出国游玩去了。"

银霞只能叹一口气。正好有电话打进来召德士，她说我不谈了。

"你还是跟你大嫂说一声吧。真的，我敢肯定打电话来召车的人是你哥。"

这些细节，已经是几个月前的事。银霞还记得一清二楚。她记得那几天的连假天气有多么酷热,许多老司机生怕中暑,宁愿躲避在家;阿月和打兼差工的小晴回来上班,都抱怨自己这几日快被太阳烤焦,而本来因通风不良而散发着一股霉味的电台小办公室,果真因为她们的回归而有了烈日的气息,仿佛她们是两件新收回来的衣服,都曾置于阳光下暴晒。而今几个月过去,办公室里的空气又恢复往日的潮湿和混浊,人们无精打采。听吧,就连电话铃响也特别沉郁。

银霞接了那电话,在听到那一声"哈啰"以前,她听到了稍纵即逝的迟疑和空白,便晓得是细辉。她说喂是细辉吗?以为他打来是要说大辉的消息。细辉却不说这个,他说我大哥的女儿春分啊,她刚在医院生下了孩子,是女儿。

银霞觉得这句话说得欢快,仿佛在报喜,就像十余年前他说"我老婆刚生了个女儿,我当父亲了!"她扑哧一笑,说恭喜你再跳一级,荣升叔公。

女孩如此

这种事，婵娟说她以前当教师时看过太多了。她以前在女校教书，尽管是城中名校，每年会考成绩发榜，成绩都十分傲人。但一所学校上千名学生，别说高中生里常发生这种事，每年总有几个学生因为偷吃禁果，不慎怀孕而被迫辍学嫁人，初中部也有过这样的人这样的事。她估计，在那些白衣蓝裙的憧憧人影中，难说没有一些更早熟或更果敢的，会瞒着大人私下把事情解决。

小珊懵懂地问，怎么解决呢？

这个中午，婵娟在家忍受够了隔壁人家为一幢房子大整容而制造的噪声。那房子像是被活剐一样，又像被挫骨扬灰，一整个上午不断尖叫嘶吼。这噪声让婵娟头疼，又生耳鸣。她让女佣早早忙完家务后，开车载她到店里帮忙，之后她奔波着接送女儿，载她去两个补习班。路上太阳酷烈，强光铺天盖地，融化了路人的面目。小珊原是在调收音机频道的，忽然她喊，妈你看！婵娟瞥一眼望后镜，见是一只土狗挺直僵硬的四肢横尸路旁，两只黄澄澄的小狗欺近它，在那滚烫得冒烟的柏油路上，看着像是它们在闻着一只烧烤中的全羊。她念了一声佛号，仍觉得内心不静，便对女儿说，小珊，你记得堂姐春分吗？

记得。

她呀，刚生了个女儿。

小珊一脸茫然。她扭身再追踪了一眼路旁的死狗，阳光吞噬了它与两只小狗，只吐出来几个黑点。她再回过头来，脸上已现忧心忡忡，说那该怎么办呢？

婵娟不说话。她对这事由始至终冷眼旁观而已；偶尔对丈夫评议；一句话里冒出几下冷哼，说这种事我以前当教师时看过太多了。细辉不接话，倒是别过脸问女佣，玛娃，你几岁开始当的妈妈？问得这般没头没脑，女佣不禁错愕，工作还拎在手上，眼珠像算盘珠子似的上上下下，像是用了点时间做心算，然后笑着说，十六岁。

"我的女儿都九岁了。"说起女儿，女佣脸上那笑如朱槿初绽，越开越灿烂。

女佣的女儿自然是有个名字的。她总是把家乡的女儿挂在嘴边，向大家展示过手机里储存的照片，说她多么的聪颖和调皮，多么的有表演天分；学校的老师怎样地称赞她。但因为那印度尼西亚名字的发音有点古怪，婵娟和细辉都记不牢,家里只有小珊能说得出她女儿的名字来,还知道那名字底下有个"满月"的意思。女儿每说起这个总表现得扬扬得意,婵娟说这值得你骄傲么?学校测验不会考这个。细辉则说,你记性这么好,那你告诉我玛娃的丈夫叫什么名字。

小珊说不出来。她瞥一眼女佣,用撒娇的调子说这题太难,恐怕连玛娃也回答不了。

女佣嫁给她的丈夫已经十年了,但细辉与家人从未听她提起过丈夫的名字;她只说"我的男人"。婵娟有时候旁敲侧击,打探她家里的事,一点一点凿开她的世界。女佣不敢不回答,目光暗沉了下去,脸如满月逐渐被乌云遮蔽,一点一点透露说,我的男人不好,没工作,待家里的老人也不善。

"必然也交了女朋友吧?"婵娟问。女佣不语,站在暗影中耸耸肩。

婵娟会意,她说这种男人我们这儿也不少。说着睨一眼细辉,转用广东话说,你哥就是一个。

女佣来自苏门答腊,在细辉家里已经两年了。婵娟当初到中介公司聘人,列下许多要求,说明不要大龄人士(二十五岁以上)、身材肥胖者(体重超过六十公斤)以及家乡有孩子的人。等了将近三个月,最终不得不因应现实条件放低门槛,接受了中介公司分配给她的玛娃——至少她的年龄和体重都符合要求,况且那时女佣还诓称自己单身,老家只有父母和兄长等族人。这谎言没说了几天便被揭穿，其实也是因为婵娟强加逼问。她说，我在女子学校教书十几年，会看不出来你生没生过孩子？

她要女佣与她一起吃素，女佣也不拒绝，两年下来在婵娟的指导之下，她不但素食煮得不错，连何门方氏授予婵娟的几道家传好菜——豉汁凤爪、咸鱼蒸肉饼和香芋扣肉，尽管女佣之前从未尝过，竟也弄得八九不离十，与何门方氏生前做的颇为相近。偶尔她也应细辉的要求弄一些拿手的家乡菜肴——黄姜饭、椰浆蕨菜、酸鱼汤和巴东牛肉，细辉与小珊吃得赞不绝口，婵娟却不让女佣碰鱼汤和牛肉，说吃素得有恒心，不该随意破戒。"以后你会感激我的。"婵娟说。女佣点头，便不吃。

婵娟听过许多人说起家中外劳时吐的苦水，便对这女佣看得很紧。除了放她到店里帮忙以外，平日总像随身物品似的带在身旁。女佣也十分顺从，让她站便站，坐便坐；不让她与别人家的女佣说话交往，她便不敢逾越。隔壁人家也雇女佣，五年里跑掉过两个，又辞退了几个，说是因偷盗或撒谎，十分苦恼，因而经常夸奖婵娟，说她把女佣调教得极好。就连莲珠也曾笑说，婵娟你把女佣当学生来管教了。

这女佣表面看来好得没话说，婵娟却知道她骨子里藏着一股叛逆劲，而且有种乡下人的狡狯；脸上装着纯朴温顺，心里却在算斤算两，偷偷与人过不去。

这样的表情态度，婵娟以前在女校教书，看过太多了。那些女学生都叛逆而倔强，犯了错被责问时一贯不回话，只是抿着嘴，或低下头或别过脸，以为不言而喻，仅仅以一种姿态予以反击。婵娟痛恨这种自以为强大和坚硬的沉默，她忍受不得，许多责罚由此而来。她让那些学生在椅子上站一节课，有些更顽劣更可恶的则站在桌子上。课室外经过的学生和老师难免投来目光，人们难免窃笑，桌椅上站着的女孩渐渐挺不直背脊，头也越垂越低。这种惩罚还有更高的一级——她将她们的罪名写在一张全开马尼拉卡上，"我没交作业""我懒惰""我愚蠢""我没礼貌"……要她们把它举到胸前，站在课室门外示众。没有人在经过时按捺得住不去看那纸上用马克笔写的大字；看了的人没有谁不别过脸，加紧步伐匆匆走开。

这法子一层一层，最终总有奏效的时候。即便是像春分那样的女孩——春分是怎样的女孩，婵娟自然识别得了。蕙兰以前常在电话里唉声叹气，说学校三天两头要见家长，她风尘仆仆地赶过去，听老师像受害者那样陈情痛诉，说哎你的女儿呀，这样那样，偷窃，逃学，撒谎，说粗话，比中指，最终她自觉再无颜面，遂给女儿办了停学，把她带到酒楼，让女儿走她的老路，也给人斟茶递水。

"这样的女孩，只要她还知道羞耻，"婵娟老这么说，

"倘若落在我手上，总有办法对付得了。"

"要是有的人已经不知道羞耻呢？"小珊打趣地问。婵娟知道女儿不是认真的，便白了她一眼，说不可能，这世上怎么有人会不知羞耻。

"即便是她，一个穷乡僻壤来的人。"婵娟抬头看一眼望后镜里的女佣，转用马来语问她："玛娃，你知道什么是羞耻吗？"冷不防有这么一问，女佣会不过意来，怔忡了好一会儿。

"羞耻？"女佣一脸狐疑，像是要确认，又仿佛在念一个陌生的词。小珊便哇哈哈笑了，说你看，她就不晓得什么是羞耻。婵娟也忍不住笑，说你真坏。母女俩笑声一颠一颠地顷刻灌满了车子。女佣不知所措，在后座涨红了脸，却也不敢不扯动嘴角陪着一起笑。

这世上当然也有婵娟制服不了的学生以及她攻克不了的沉默。她却是从来未对小珊提起过。事情已过去七八年，那女孩留在她记忆中的名字已经被时间细细地刮去，剩下来的只是一些静态的形象，仿佛几张旧照片飘浮在她的脑海里。婵娟自然是不可能忘记她的，女孩的长相如此特殊：眼距这么宽，下巴这么短而尖细，而且身材矮小，被斥责时总是低着头翻起三白眼看人，神情十分诡谲。她的母亲说这女儿生下来便患了地中海贫血症，从小就得频繁输血，也能动手给自己注射除铁灵。婵娟见过许多这样的母亲了，她们总以为自己的孩子应该比别人得到更多的照料和关怀，因而常常为一点小事到学校来打躬作揖，拜托一番。有一回婵娟问她，林月圆，你确定自己不该把她送到什么特殊学校吗？

那妇人名叫林月圆，婵娟竟是一直记得住的。大概是因为她与林月圆曾经在小学时当过三年的同班同学，也可能是因为女孩逝世以后，这母亲摸到一位华人州议员的服务所去，召开过记者招待会，控诉校方处事不当，因而上过几回报纸。婵娟那时候把所有报纸都读过了，确定字里行间没有指名道姓，却不知怎么仍觉得林月圆冲着她来。她记得林月圆从小白而微胖，音容体态柔软得像一团棉花，加上资质平庸，要不被人忽略，要不躲避不及遭人欺侮。这样的人竟有胆量在女儿死后，让灵车开进校园里示威，之后还在记者会上洒泪哭诉，说"她初中时我就一直在拜托老师了，那老师还是我的小学同学呢"。

校长因而召见婵娟，闭门谈了许久。平日十分严厉的校长那天忽然变得像辅导老师一样的良善温和，话里有磁性，对她循循善诱，说了许多好话，譬如"江老师，你教学很好，就是人太耿直了，有时候难免偏激"。仿佛要说服她相信——因为她曾是林月圆的小学同学，就该为女孩的死多承担一点责任。校长甚至建议她拿个长假好好休息。婵娟愤愤不平，执意不肯；气一粗，话就多了。校长啜了一口清茶，慢条斯理地说，喏，这不是吗？你有时候就是太偏激。

女孩从教学楼坠下的时候，婵娟正在四楼的课堂上讲解微积分，教导学生们怎么用一串符号计算抛物线下的面积。女孩很轻，从四楼坠落到底层的地面上，只发出一声闷响，像是有人从二楼抛下一个装满了水的塑料瓶子，也可能像是抛下一个西瓜。要不是楼下有人尖叫，迅即唤起更多的喊叫声，此起彼伏，引起慌乱与骚动，四楼的一排课室高高在上，根本无人意识到事情发生了。有人从四楼跳了下去，在围栏前留下一把椅子，以及一对浅浅的鞋印。

女孩当下没死，被召来的救护车送到医院，带着一身零碎的骨折与重创的头颅（婵娟向来觉得女孩的身体比例奇怪；颅骨偏大，怎么看都像头重脚轻，因而认为她的头部伤得特别严重，合乎物理学的基本原则。），靠着仪器勉强呼吸了两天后，终于撒手。她死或不死，事情已经炸开。女孩的母亲不肯甘休，做出那么戏剧性的大动作；开记者会，把灵车开进学校。人们除了追踪新闻报道，也在网络上议论纷纷。尽管网上仍无人提及婵娟，却因为那一把留在围栏前的椅子，有些已经毕业离校的旧学生遂联想起以前在学校里见到的或经历过的，被老师罚站的往事。那些离校生的文采竟比以前在学校时进步多了，叙述流畅，语言简洁，有的文字甚至掰开来有血有泪,因而响应者众,得到许多人按赞留言,无不表示同情与激愤。

婵娟一直克制住自己,不让自己到网上去浏览这些事不关己者的评论,但这些信息一旦释放便无孔不入,总有办法透过别的管道传达给她。多数是别的老师和亲友好意,让那些文字变得口耳相传,九曲十三弯地到达她的耳里。有个亲戚不知哪里得来的消息,说死者的母亲林月圆私底下对人说,她女儿的这位老师(也即她的小学同学)童年时便常与别人联袂排挤她,对她恶意欺凌。这些流言不断衍生,婵娟以为无稽,但不识得她的人宁可信其有;识得她的人,同僚也好,朋友亦然;就连她的父母和丈夫,尤其是她的家婆都似乎半信半疑。婵娟隐忍了两个月,每天装成个没事的人到学校去,穿着她喜爱的粗跟皮鞋,昂首阔步地走过教学楼底层,踩过那女学生坠落的地方。她有时候会抬头眺望四楼,偶尔也有学生站在那里探出上半身,因为背光,总看不真切是人是鬼。婵娟忍不住在心里搜寻方程式,想要计算那女孩跳下来时的线条。"不该是一条弧线。"她想。可从那围栏到她脚下站的这地方,却分明不是一条正角垂直线。可见那一纵身,因为力学和意向,多少形成了弧度。

然后女孩便来了,在婵娟的梦里缠她,在科学室里要与她讨论几何学与微积分。婵娟记得自己在那梦中十分认真,为此在黑板上画了许多图形和线条，用不同颜色的粉笔写上一串又一串的符号。女孩争不过她，有点激越，说那我再跳一次，你到楼下去找一个角度好好看清楚！婵娟果真要走下楼，却因为各种让人气馁的际遇——学生来问作业，校长来问责，碰上伤了脚的老师要她搀扶和救助；家婆何门方氏带着穿小学校服的小珊出现，说这学校不好，怎么找不到小珊的课室……她便一直滞留在楼道上。梦中的教学楼则一直在移形换影，不断改变它的结构；楼梯不再是楼梯，课室不再是课室，宛然一座持续变幻中的迷宫，随着她的行走而扭曲变形，让她走不出去。

她醒来以后便尖叫号哭，也许那梦便是在哭喊中结束的。细辉被惊醒，搓着眼睛出言安抚，耐心听她把适才的梦说清楚。然而梦是说不得的，说了犹如摇晃一壶浊水，倒出来时所有的细节便都混淆了。婵娟只记得自己不知怎么又回到四楼，在走道上遇见女孩。女孩站在椅子上，两手举着一大张水蓝色的马尼拉卡，上面用黑笔写着"我有病"。她那么靠近围栏，外面的风吹过来，把她那纤弱的身体当成乐器，拂动她，令她摇摇欲坠，似乎随时会像倒栽葱一样摔到楼下。

"来吧老师，在这儿跳下去。无人可以阻挠你了。"女孩说。这些话被风吹得一抖一抖，仿佛女孩在哽咽。婵娟这才忽然想起来，女孩已经死了。这是梦。

忏悔者

细辉说,以前他住在近打组屋,十年里发生了二十余宗跳楼事件。那些来自杀的人,有老有少,有华人和印裔;多是女子,每一个都当场死亡。当中有的人舍近求远,弃六十多层的光大大厦与伟岸宏硕的跨海大桥不用,不惜坐两个小时的车从北方来到锡都,选了近打组屋来跳楼,把血和脑浆染在别人的地方,之后还得劳烦家人南下认领尸体。这种事情,他见多了。

"有一个来跳楼的是个女学生,肚里怀着孩子。"

在死了二十五个人以后,近打组屋才在各楼层装上铁花,再不让轻生者有隙可乘。也因此,婵娟看见的近打组屋,就像用几百个笼子层层叠叠堆积起来的一幢庞大的笼屋,远看时会错觉里头养着许多鸽子。婵娟虽在锡都长大,她对早期的近打组屋却毫无印象,直至认识了细辉,他应母亲要求把她带回家里,婵娟才第一次踏进这一直像地标那样耸立在旧街场的大楼。其时近打组屋便已被铁花重重围困,一副让人求死不得的格局。

细辉与何门方氏的住处甚小，两房一厅；以前为让莲珠下榻而用夹板弄出来的小房间，在她走了以后没有拆除，而是用作了杂物室，里头放的东西七颠八倒，还满布尘埃。婵娟禁不住多看了几眼，何门方氏观其颜色，猜她见嫌，便一直说细辉以后要买房子，"这种地方怎么住得了一辈子"。婵娟点头称是，小声把话复述了一遍。怎么住得了一辈子？

她与细辉交往的第一年，无非是吃饭看电影，偶尔在饭后到迪亚公园聊聊天。晚间的迪亚公园十分静僻，处处隐晦，他们因此被两个持刀的印度青年抢劫过一回，连人家的相貌都没看清楚。那以后，在细辉买汽车以前，婵娟怎么也不敢再到迪亚公园了。两人只能在近打组屋楼下找个不当眼的角落，或是在婵娟与父母的住家庭园里，一起坐在铁架秋千上，一边追打蚊子一边谈情。一年后有一回细辉陪她到都城去出席一个中学同窗的婚宴，那晚上两人在酒店里住一个房间，便算落实了关系，回来计划结婚，开始讨论买房子的事。由于婵娟是教师，买房子可以申请公务员贷款，利息比外面的银行低，因而心头比细辉高些，打算买一幢"见得人的房子"；指标之高，颇令细辉为难。何门方氏知道后不说什么，挣扎了好几天才给小姑莲珠打电话，先是抱怨膝盖和手上的关节疼，说是"挨出来的病"，之后再说到细辉的婚事与其他种种难处,说要是买不到像样的房子,婵娟大概就不愿下嫁了。

"人家当老师的呢,识字识墨。多么好的一个对象呀。"

莲珠会意,说可以的没问题。"细辉在我眼皮下长大的呢,我在心里把他当作亲弟弟。"

到律师行签字买房子时,细辉与婵娟已经先到婚姻局注册过了,却要到新屋入伙以后的第二年,两人才举行婚礼,大宴亲友。婵娟的家人朋友与学校的同侪来了不少,见新人新屋,十分歆羡。婵娟那晚上喜极,敬酒时未免多喝,只觉得眼所能及,流光溢彩。晚宴后回到家里,她与细辉各自脱去向婚纱公司租来的礼服——细辉那一件肩膀加了厚垫的外套,她的一套缀满亮片,裙底下垫着许多层内衬的蓬蓬裙。两人赤身裸体,顿觉彼此都缩小了一号,像两只干巴巴的蚱蜢。可那晚上婵娟真感到快乐。也许是酒精的作用,她温顺地躺在细辉的怀里,迎合他,不把灯拧熄,甚至稀罕地发出声音,学着色情片中的日本女优喘气呻吟。细辉大为受用,分外使劲;她眯上眼微笑,身体若一块海绵承受细辉给的点点滴滴,顿觉人生富足而美满。

第二天早上,婵娟下楼来,看见客厅里一片幽暗。借着晨曦从门窗透进屋里的微光,只见何门方氏弓起背坐在沙发上，一手抱着铁皮桶装的马里饼，另一只手抓了一块饼干往口里塞，复以她未戴上假牙的扁嘴不住咕哝；茶几上搁了一杯美禄，也可能是桂格燕麦。这些道具和光线，让她看着像养老院里一个被儿女弃养的孤苦老人。婵娟忽然意识到生活其实没有一点改变，昨夜的美好不过是酒后的幻觉。她说饭厅里不是有桌椅吗？妈你怎么坐在这儿吃早餐？何门方氏斜乜一眼，顾不得嘴角掉下来许多饼干屑，说饭厅的橡木椅子硬邦邦，坐得人屁股痛。

婵娟后来买了坐垫放到饭桌的椅子上，何门方氏却依然故我，不光是吃早餐，后来她甚至将沙发当作眠床，借口自己躺着呼吸不畅，心悸，而且经常半夜小腿抽筋，不得已要以坐姿睡觉，便索性把床铺迁到客厅来。于是那沙发上总放着她的枕头和用了许多年的百衲被；枕头上汗渍斑斑，被子上也总散发着一股老人味。为了"保护"沙发，她在那三人座沙发上铺了一张洗褪了颜色的破浴巾。至于茶几，玻璃台面上堆放了许多瓶瓶罐罐；除了饼干零食，还有驱风油、万金油、如意油、正骨水和卫生纸等物。婵娟看得十分碍眼，几次将东西挪到别处去却遭婆婆抗议，细辉也帮着母亲说话，夫妇俩不免龃龉，婵娟便说你们这些住廉价屋出身的人，真能把龙床睡成了狗窝。

婵娟的父亲一辈子教书，母亲也通文墨，加上两人都虔诚信佛，弄得小康之家向来雅致而井井有条，连一家三口用的茶杯该怎么放都有其规矩。她与细辉成家，生活上不少习惯需要磨合，而细辉也愿意一步一步退让配合，但婆婆何门方氏恶习不改，在那屋里住了十五年，把屋子底楼当成了自己的地盘；除了客厅的茶几和沙发，当初婵娟花大钱请人装修的饭厅及厨房，早堆满了她从组屋带过来的砂煲罂铛；东西都放得舛错不齐，地上也总是胡乱摊着几件破旧衫裤，用作替代擦脚的地毡。婵娟经常在学校里受了气回家，见状甚觉可厌，不禁唠叨几句，何门方氏横眉冷眼，却不作声，待细辉夜里回家才瘪着嘴向他嘟囔，说你老婆脾气越来越坏，把我当出气筒。

　　十五年也就这么过去了。最后那几年，就在大辉失踪以后，又收到老邻居梁金妹癌症去世的消息，何门方氏与细辉到美丽园去送帛金，回来解不开心中郁结，好一段时期闷闷不乐，后来因肺炎进了一回医院，之后身体每况愈下，总推说膝盖疼或人倦怠，除了洗衣做饭以外，几乎成天赖在沙发上，开响了电视而不看。她这副油尽灯枯的模样让婵娟不好发作，心里憋得慌，偏偏那时候学校出了命案，一名女学生遭同学霸凌，下课时被人强迫站在椅子上高举一张图画纸，上面用毛笔写了两行字："我是ET，我有病。"就那一天女孩从四层楼高的校舍顶楼跳下，成了社会新闻，上了全国版。婵娟与那女学生本无多少交接，却因为跳楼现场留下的一把椅子，以及女孩死后被揭发的那些学生欺侮人的把戏——女孩的级任老师在班上的纸篓里找到那张被揉成了一团的图画纸，婵娟因而受牵连，被召进校长室，甚至在教学会议上，当众检讨了几回。那阵子她每天忍受着别人的闲话，回到家里见楼下的乱象，气往上冲，禁不住揪着自己的头发对满室杂物嘶吼；喊得撕心裂肺，把沙发上的何门方氏吓得手足无措。

婵娟辞去教职后，自是忍受不了成天待在家中与婆婆朝夕共处的，便情愿到细辉店里帮忙，为此又被何门方氏吟哦了一番，说她不该把全部鸡蛋放一个篮子里。"要有一天那店铺做不下去，岂不是全家人都要挨饿？"彼时婵娟的忍耐力不如以前，常会出言顶撞。"以前大辉和他的老婆还有岳父全在一家酒楼打工，你怎么不说？"何门方氏听得怔忡，舌头在嘴里打了结。倒不是婵娟的顶撞有多大的劲道，而是因为"大辉"这名字是个忌讳，她受不了别人这么当头棒喝似的把这名字喊出来，脸色便蔫了，犹如被人甩了巴掌。

婵娟后来回想，思疑何门方氏那些年可能是得了忧郁症，行为多少有点厌世。大辉失去音信以前，他与蕙兰的争闹无日无之，蕙兰便像个对学生没辙了的教师，转而向家长投诉；三天两头把电话打到锡都来，对何门方氏数落大辉的种种不是，以致何门方氏每听到家里电话铃响，先是一脸警惕，拖拖拉拉地不情愿去接。

那两年大辉替一个据说连蕙兰也不知其背景，只知道他有着拿督头衔的神秘老板办事，经常走南闯北，尤其常走东西大道，越过山岭到东海岸去待许多日子；每周回家一趟，来去匆匆。蕙兰被三个孩子缠身，年纪最小的立秋未及两岁，与他的姐姐夏至一样有股执拗劲，把家人弄得身心俱疲。蕙兰半步离不开那屋子，闷到极处，唯有打电话四处找人诉苦。婵娟曾经接到过她的电话，蕙兰自是不会向她泣诉的，甚至不与她磨蹭，只问了个好便直指何门方氏，"妈在吗？"婵娟瞟了一眼沙发上的老妇，她已经坐直身子，并警戒地盯着婵娟，对她摆了摆手。

"妈刚出门了。"婵娟说，"马票嫂来把她载出去，说缺人打麻将。"

这个谎撒得好，婵娟不免有点自喜。蕙兰自然晓得何门方氏喜欢打麻将。以前她与大辉携着春分回锡都来过年，因大辉傍晚出外访友，非凌晨不归，她便在这屋子里，叫了婵娟与何门方氏，再凑上细辉或到访的莲珠一起搓麻将。何门方氏从衣柜里掏出一副麻将来；盒子染尘，牌具都已经微微泛黄，可见时日久矣，盒中一百四十四张牌与骰子却都齐全，细辉再找来一张四四方方的折叠桌子和两张牛皮纸便能开台。

婵娟与细辉本来不善打牌，不过是每年农历新年时逢场作戏而已，因而牌技马虎，出手也慢；何门方氏则在渔村的老家时，从小已踟蹰在大人身边学会打麻将，偶尔牌桌上有人走开，她便受命代人出征。待她稍微年长，其实也只是个少女，逢年过节便与家中姐妹兄弟掏出点小钱来自行开赌。以后嫁给了罗厘司机奀仔，因丈夫经常不在家，她也曾有一段时期十分沉迷四方城，街坊邻里要想打麻将，随时可以让她凑上一脚。何门方氏可是抱着幼年的大辉出战的，因而对自己的牌技十分自负，只是年纪大了手法生疏，思虑也多，出牌便十分慎重。反观蕙兰一上了赌桌便像神料店里的齐天大圣被开了光供上神龛，实时神气活现。她让小春分坐在大腿上，一手揽着她，一手摸牌出牌，动作顺畅如行云流水，节奏明快，叫牌也极具气势，常常等不及别人发牌便叫嚣起来，说唉锡都的人都这样打牌吗？打八圈岂不要二十四小时了？牌桌上余者莫不吃惊，婵娟不时偷眼瞄向婆婆，只见何门方氏的一张脸拉得老长，纵被蕙兰催促也不言语，只是斜眼瞟一瞟她。

那样与蕙兰打过两回麻将，就连莲珠偶然凑兴打了一阵后也喊吃不消，以后蕙兰再与大辉回来锡都，无论怎么穷极无聊，再没有人敢提议开台。蕙兰自己也是不提的，大概真受不了小埠居民打牌这般婆婆妈妈。婵娟倒觉得自那一回在牌桌上见了蕙兰的面目以后，何门方氏对这儿媳妇十分改观，态度渐不如从前。当她产下小珊，在家里坐月子时，曾听过何门方氏闲里对细辉评说蕙兰，说她是恶妇，连对自己的老爸都声大夹恶。

"唯独对你哥毫无办法。"

细辉听不明白，以为母亲为此失望，婵娟倒听出来那话里有一种幸灾乐祸，扬扬自得的意思。

"我们对大哥又何曾有过什么办法呢？"细辉说。何门方氏白他一眼，低下头继续看报纸上好几家博彩公司的开彩成绩，嘴里呢呢喃喃，说他这么大的人，成家立室了，再不学好，总不能怪到母亲头上。

大辉在东海岸待的日子多了，家中上上下下没有人具体说得出来他替那拿督级的神秘老板办的什么差事，却每个人都心里有数，知道不该过问。蕙兰先是在电话里对何门方氏说，那老板似乎让大辉处理一些"信用卡"的事务（何门方氏问，是让他去弄假卡吗？）。蕙兰当时不能确认，后来半年连续换了好几种说法，一说放高利贷，二说去管理按摩院，三说去做地下赌场，不一而足，有一点她倒是言之凿凿。"他在那边有女人。"蕙兰说，"是个大陆妹。"

这消息惊动不了何门方氏，只足以让她长叹一口气。那年代大陆妹也叫"小龙女",在华人社会几乎是"外遇"的代名词。何门方氏知道,就连她老家古楼河口这等民风淳朴的渔村,几家卖海鲜的餐馆请来大陆妹当招待,其实都是神州大地的乡下人,却每一个都像是带着迷药越洋而来,半年里多少当地男人中招,被那半打大陆妹迷得神魂颠倒,闹出了家变;其中更有一有家有口的讨海人到古楼河口叔公庙里跪拜,当众表示"今生能与她在一起,来世当龟也愿意"。此等风月,在村里沸沸扬扬。以前那些餐馆也曾雇过印度尼西亚和泰国来的外籍劳工,这些异国女子也一样离乡背井,客途寂寞难耐,因而也与渔村里的男人生过苟且之事,然而她们不善于缠磨调情,求的只是肉体慰藉,雨散了云收,也容易打发,因而杀伤力不大。至于大陆妹,既有异国情调又能语言相通,她们还特别锲而不舍,说不过来时便用手机传情达意,一声一声"想你",娇嗲缠绵至极。渔村里的男人白天遭天阿公日晒雨淋,夜里被老婆河东狮吼,何曾消受过这等温柔?因而都无法免疫,光打开手机看见这些短信便连骨头都酥了,自然甘愿为她们抛家弃子或来世当乌龟。乡野之地的餐馆招待员尚且如此销魂,大辉干的这差事离不开繁华城市与风月场所,被一两个标致的大陆妹缠上,等于孩童出麻疹生水痘,实在不足为怪。

"没事的,大辉对女人从来不执迷。"何门方氏说。

这大陆妹的事，蕙兰说过几回便没了下文，但以她的个性脾气，恐怕已为此与丈夫大打出手，让万乐花园那屋子翻天覆地。细辉将这事告诉婵娟，忍不住也说起以前有个女孩为大辉怀胎，从近打组屋八楼一跃而下。婵娟后来向婆婆打听，但何门方氏没说得清楚，倒叫她看紧细辉吧，店铺那一带有着许多按摩院，每一家都成批成批地从中国大陆雇来按摩师傅，全都是些脸上画红描绿的女子，怕是不安分的。婵娟讨了个没趣，冷哼一声。她说细辉才不敢呢，"他跟他哥哥是两种男人，妈你是清楚的。"

何门方氏自然心里明白。以后大辉吸毒，打老婆，最终拎着被蕙兰掷到大门外的两个行李箱离开，她都没表现得多震惊，甚至像是有点麻木了。只有在大辉被逐出家门将近一个月后，一日蕙兰打来电话，说她包了一辆德士，正要带三个孩子回去锡都。何门方氏才大吃一惊，无奈劝阻不及，蕙兰与孩子已经在路上。她连忙打电话到店里找细辉，母子俩与婵娟都明白蕙兰打算把孩子留在锡都夫家，三人为此忧心如焚。婵娟不惜对细辉明言在先，"她以为这里是谁的地方啊？这可是我们的房子，不是你妈的房子！"果不其然蕙兰真是这主意，说三个孩子都姓何，而她没了丈夫，不得不出去找生活。为此莲珠也被召来，与何门方氏、细辉和蕙兰坐在厅里谈了一上午。婵娟那时还在学校教书，下午回家前先绕到店里向细辉问清楚。细辉说事情解决了，明天大嫂就与孩子回都城去。夫妇俩相顾无言，不禁都捏了一把冷汗。

大辉的儿子立秋那时才满周岁不久呢，匆匆来去，屋里的人谁也没把他看仔细。何门方氏在逝世前，念在这何家长子嫡孙的名分，每个月都从她与细辉的联名账户里掏出私己钱来，连着莲珠给的一份，银行转账给蕙兰。每年学校开学前，莲珠与细辉更是多给一份补贴，让孩子买校服和文具。蕙兰又与以前一样回到酒楼当领班，母兼父职，家中则由退休后的叶公帮忙打点，以后再无暇到锡都来。直至何门方氏逝世，她再带着孩子回到夫家，那时立秋已经九岁，记不得自己曾经到过这地方，见过姐姐春分口中常说的"细辉叔叔的大房子"。

何门方氏死，在这房子举丧。为了腾出个灵堂来，客厅的家具多被挪到别处，十有九成堆放在何门方氏的卧室中，阖上房门以掩人耳目。婵娟一直忌讳着该不该对人说，老人怎么死得那么猝然，死状也不体面。虽说多年脚疼气喘，精神萎靡，但前一个晚上还像平日般随着她与细辉及小珊出门，到附近的食肆吃煮炒。那天叫来的一盘酱蒸金凤鱼很对胃口，何门方氏吃得不能投箸，细辉见状甚喜，伸出去的筷子便转向了别的盘子，由得她吃。回到家里对婵娟说，以后还带妈到那小食中心去。第二日拂晓，附近的回教堂才刚启动高分贝播音器,传来是日第一波诵经声浪,重复说着万物非主,唯有真主。婵娟被细辉摇醒时,窗外那一段唤拜词尚未念完。

"你起来。"细辉说。婵娟从日光充沛的梦中被拽出来,眼睛适应不了房中的昏暗,看不清细辉的神情。她说怎么啦?说时以为女儿小珊出事,又想会不会夜里有人摸进屋里偷走了东西。

"妈死了。"婵娟仍然看不真细辉的脸,连带着他的声音听来也有点破碎,仿佛十分湮远,像是从梦这口深井里传出来的回声。

婵娟与细辉走下楼,在楼阶上便看见何门方氏在她占据了的那一张沙发前,隆起背伏在茶几上。她逐步下楼,观看的角度一点一点改变,发现老妇人其实屈着腿跪坐在地上,双手撑地,一张脸贴在台面,仿佛下跪叩头,一脸撞到茶几上;口鼻下一摊凝涸了已经变色的血浆。婵娟与细辉走到茶几旁,忍不住喊了几声"妈",好像在试探着喊出口令,看她会不会有所反应。细辉试着将何门方氏扶到沙发上,但她的身体已僵在那形态中了,其状犹如悔罪者。

细辉在母亲的尸体旁怔怔地站了一阵,本想打电话报警,咨询处理的程序;婵娟拦住他,让他等到九点钟银行开门,尽快将他与母亲的联名账户里的存款全提出来,"不然等报死纸出来了,以后取钱不知会不会有麻烦。"细辉觉得在理,便留在屋里等。婵娟让他拿沙发上的百衲被将何门方氏的遗体覆盖起来,免得女儿待会儿下楼来看见了,会被吓着。她自己则上楼去到小珊的房里,在她床畔说,婆婆死了,你今天不用到学校去。

小珊下楼来时天已经亮了,屋内仍然昏昧,细辉面对稍微敞开了的玻璃门,正在给莲珠和蕙兰打电话。何门方氏仍然跪在茶几前,被她自己的百衲被盖了起来,像是一尊塑像等待被揭幕。婵娟把小珊带到厨房,为她准备早餐,也将细辉唤来,一家三口坐在饭厅里,各自往吐司面包上抹牛油和果酱,小声讨论早餐后该处理的事。细辉只觉脑中一片混沌,不免丢三忘四;婵娟倒是心细,提醒他这样那样,还叫小珊拿来纸笔,将事情列下,让细辉逐一照办。

距离银行开门还有一个多小时,婵娟避讳客厅里那形状骇人的遗体,让女儿到楼上去洗澡更衣。她自己则将何门方氏前一夜泡在楼下浴室里的一盆脏衣物,放到洗衣机里处理。细辉坐立不安,在厨房和客厅之间来回踱步,又坐在单座沙发上盯着何门方氏的所在恍神许久。八点三十分他便抓起车子钥匙出门去了,说是要在银行门外等候,好抢先入内。婵娟将洗好的衣物拎到院子里晾晒,阳光舔在她的头脸和脖颈上,已有点温热。有些不认识的晨运客以及到附近草地上练了香功或十八式的邻居们遛狗一样拖着长长的影子经过，在门外对她点头微笑，说早啊，晒衣服呀？婵娟便也颔首，说是啊。

晒过衣服后婵娟上楼去梳洗，下来时细辉已在楼下，正在电话上以粗陋的马来语报警，屡屡被许多说不出来的词汇卡住。婵娟听不下去，抢过手机替他把话说清楚。电话挂断后，莲珠就上门来了，忍不住掀起何门方氏的百衲被，没看真切眼泪便已掉下，啜泣着说不出话来。细辉便也伤心，垂下头来不住抽鼻子。婵娟没等姑侄俩哭够，在旁交代了警察在电话中说明的程序，之后便出门去，说先到学校给小珊请假，之后再到谦街去找殡葬公司。她让细辉打电话通知亲戚朋友，也请莲珠联系报馆，找人来写讣告。莲珠从皮包里抽出纸巾来，一边拭泪一边答应。

这一日天气晴朗，云朵甚稀；白云一小团一小团地在天上连不成海。晾挂在院子里的衣服色彩鲜明，像是运动会上挂着的许多彩旗。婵娟将车子开到路上时，从车窗透进来的阳光已有点灼人。她回想自己今早醒来后做的每一件事，以及嘱咐细辉与小珊的每一句话，觉得面面俱到，每一步都周全，就像一个无懈可击的算式，可心里又隐隐觉得自己遗漏了什么。苦思一阵后不得结果，不由得困恼，遂伸手按响收音机转移心神。那收音机里有人放开喉咙，谁唱的歌呢？像点火一样，一股电子乐如炸弹似的在车里引爆，婵娟被那音乐轰得耳道里一阵尖响，赶紧找按钮调低音量。

就在这时候，当音量变小，婵娟才听清楚了那几乎被音乐淹没的歌声，其实是叫嚷，死了都要爱！死了都要爱！她霍然省起，今早在家这么长的时间，她那么镇定，泪没流下一滴，却终究忘了该像平日一样，在屋里播一回《大悲咒》。

红白事

楼上楼的住户，在那一幢组屋里朝见口晚见面，居民不分种族像是感情甚笃，可一旦离开了那里，以后便像流落在人海中，各自随波逐流，很少会再联系和碰面。也许那地方本无可留恋处，人们莫不是因为潦倒，住不起像样的房子，人生被迫到了困境，才会落难似的聚集在那楼里，忍受狭隘的走道与逼仄的居室，因而楼上楼的居民多数抱着寄居的心态，从搬进去的那一日起，便打定主意有一天会搬走的；走的那一日也意味着困境已度，人生路上走到了宽敞地，再不需要与同病相怜者相濡以沫。

银霞不等自己一家搬走，就领会了这事。拉祖一家如此，细辉一家也一样，搬走了以后便忙着经营和拓展新生活，有了新邻居，不得不生疏了昔日人。直至她自己搬到美丽园，对这情形更多了几分体会与了悟。那时她的母亲梁金妹常为此感叹，说以前你与细辉和印度仔可要好呢，记不记得楼下关二哥怎么叫你们的？

银霞记得。关二哥每每看见她与细辉和拉祖在一起，老远便喊他们，喂，铁三角！

彼时三人年少，细辉不明就里，问关二哥为什么是铁三角而不是"金三角"。关二哥快没笑得气岔，对拉祖说这儿你最聪明，你若能道出铁三角和金三角的来处，我送你一个手表。

"我知道铁三角是刘备、关羽和张飞！桃园三结义！"拉祖嚷着回答。

"好！金三角呢？"关二哥问。拉祖迟疑了一阵，久无声响，银霞便急了，抢着说我知道！

"你知道？不会吧？"关二哥深表怀疑。

"是泰国、缅甸和老挝。"银霞被关二哥的语调弄得腼腆了，声音变小，"是……种鸦片的地方。"

关二哥后来果真从他店里的玻璃橱窗中拿出了一只橡胶带子的电子表，却是送给拉祖的，说反正银霞用不上。拉祖拿过手表后，转身便塞给了银霞。银霞不要，拉祖一味坚持，说你才是能把问题回答齐全的人。细辉在一旁帮腔，还抢过手表硬要替银霞戴上，银霞不得已只能由他，感觉到那一块半塑料半橡胶做的东西套在她的手腕上。她好奇地触摸它，把它凑到耳畔去聆听，没听见嘀嗒嘀嗒的声响，虽悄无声息，可储存在手表里的时间仍一点一点流逝。

那手表想必是件廉价货，表壳十分硕大，造型粗犷，可那年代特别时兴，许多孩子都有一个。银霞戴在手上几天，妹妹银铃看见了吵着也要，梁金妹便叫银霞除下来让给妹妹。银霞坚持不给，有一天在房中卸下后去洗澡，出来遍寻不获。她为此坐在房门口呜咽，哭得衣襟湿答答，一半是泪，一半是发梢坠下的水。梁金妹被她哭得心烦，从神台抽屉里拿出手表来还她，说这样的一件烂东西，值得你哭得这般凄凉。

以后一年多，银霞每天都戴着那手表，直至有一日在巴布理发室里下棋时，细辉刚输了一盘，在旁看她与拉祖苦战，忽然对她说，银霞你的手表没电了，表壳里面黑漆漆一片。

银霞自然知道这手表有一天电池会被用尽，但她不知怎么总想象着一旦电池用光，意味着手表里流转的时间中止，就像墙上的挂钟一样，表壳里的数字会停在某个点上，直到换上新的电池，将那中断的时间接驳下去。细辉这么说了她才明白过来，她手腕上戴着的手表不但没了电池，连时间也已用罄，像一个沙漏徒有圆滑的流沙池，里头没了沙子。

那以后银霞便没再戴那手表了，也没去找关二哥，让他换一枚新电池。妹妹银铃早让母亲给她买了手表，她便将自己的收起来，与其他几件她宝贝的物事一起放进一个结实的巧克力盒子里,又将那盒子塞到衣柜深处。以后搬家时,衣柜早已残破,她的盒子却完好无损,又被带到新家来,让她放到了梳妆柜的抽屉中。梁金妹去世后,银铃每年特地回来替她整理房子准备过年,发现了那盒子以及盒中的东西,觉得可笑,说那手表不仅没电,橡胶带子上还长了白色的霉斑;表壳上用塑料仿的玻璃表面被剐花了一大片,该扔掉了。银霞一把将手表夺回,果然那橡胶带子摸上去像在融化中,已有点黏性。她说长了霉斑也没关系,这东西我要收着留念。

"留念?这是要纪念什么?童年吗?"

银霞微笑不语,试着把手表戴上。过去明明觉得它硕大无比,那表壳的面积比她的手腕还要宽;以前戴着它,感觉就像小时候穿着母亲的木屐一样的笨拙;如今它却不大不小,橡胶带子也不觉得有那么长了,戴在手上似乎正合适。只是这东西,感觉比多年前轻盈了许多,再不是沉甸甸的,能在手腕上压出一个印花来。银霞不由得想,手表里头的时光当真全部流逝,一点不剩。

"我要拿它来纪念拉祖。"她说。银铃在她的黑暗中沉默半响,也许无意间被她的话绊倒,被卷进了昏黄的回忆里,不由得开始搜索拉祖留在她脑中的影像。银霞寻思,妹妹想起的会是哪一个时候的拉祖呢?是理发师巴布的儿子吗？是捧着比人高的奖杯走到七楼来向她们姐妹俩炫耀的印度少年吗？是报纸上那些彩色图片里笑得见牙不见眼的会考状元吗？是梁金妹去世举丧时，到丧府来狠狠地抱着她，陪她哭了一通，以至那晚上说话都有了浓浓的鼻音的律师吗？

"这是他送你的吗？"

银霞摇摇头，又点点头。"它提醒我，拉祖是一个光明的人。"

从近打组屋搬走以后，能把昔日邻人都召来聚首的，唯有家中的红事白事。银霞的母亲去世时未满六十岁，白灯笼上以天、地、人之名义硬硬为她添足，可称享寿。那是银霞的谊父梁虾辞世两年后的事，楼上楼的故人来了不少，却自然比不得梁虾的丧礼。一是银霞一家在组屋里的人脉关系不比马票嫂；二是在那两年间，近打组屋有好些人家，譬如十楼的宝华哥与楼下明明药行的老板，陆续买了房子迁走，失去联系；也有人重病不起，有人死去。细辉携着母亲前来，因之前大辉家中一连串变故，何门方氏深受打击，精神已不如两年前，行路需要人搀扶。她那一晚对银霞出奇的亲近，握住她的手说了好些安慰的话。银霞凝神感受老人那颤巍巍的双手，觉得那力度太大了，不像是在安慰，倒像是汪洋中漂流的人以为自己抓住了一块浮木。

七年后何门方氏逝世，楼上楼更已人事全非，以前的邻里多已各散东西,闻信来吊唁者更少。那一回银霞坐谊母马票嫂的车子同去,在丧府坐了半天,没碰上几个相识的人,便感叹就连这种场合也召集不了故人了。马票嫂那么活跃的人,在那里也所识者稀,而且她已年迈,没了以前的活力,只有陪着银霞小声说话。正好她们的桌子上有报馆广告销售员送来是日的报纸,银霞说契妈你给我念一念报纸吧,马票嫂遂戴上老花眼镜,给她念了报上的讣告。

> 我们最敬爱的至亲何门方亚凤老夫人,祖籍潮州惠来县,恸于二零一六年八月廿四日(丙申年七月廿二日),寿终内寝,享寿七十四岁。我等随侍在侧,亲视含殓,即日遵礼成服。泪涓于八月廿七日(星期六)上午十一时举殡,发引还山,安葬于拿乞列圣宫义山。
> 谨以最悲痛的心情,将此噩耗敬告诸亲友。

银霞没真留神在听。她想起以前细辉的父亲奀仔死,马票嫂的丈夫梁虾死,那些她去过的丧礼,组屋的邻人聚首叙旧,男女老幼围了好几桌,依然东家长西家短的,桌子上堆满了花生壳,听在她耳中热闹得几乎有点喜庆的气氛。直至她自己家办丧事,这种聚会的调子便不一样了,人来得零落,也少有谁带着孩子;无孩童活蹦乱跳满场飞,便无父母大呼小叫，连念经的道士也死气沉沉，铙钹声有一下没一下，听着徒觉欺场。到了何门方氏，由婵娟出面请来一队佛教团体的人到府诵经，殡葬公司派来穿白衫黑裤，甚至还戴了塑料手套的人做招待，彬彬有礼地为宾客奉上茶水、红豆沙；蒸笼里微火温着的素包子以及盛在加盖银盆子里的素炒面，感觉便更肃穆和清静了几分，却也像是在高级俱乐部里享受下午茶，宾客们无不自觉地降低音量说话，变成了三三两两交头接耳，满场窃窃私语。

　　以前住在楼上楼，银霞因为眼睛看不见，便不喜欢在人群中凑热闹，对于这些邻里间的人情世故也不热衷，却是在搬走以后，但凡接到旧时邻居的喜讯或听说有人过世，她总是愿意去一趟的。即便父亲老古有时候不愿载送，但马票嫂总让她有顺风车可乘，而且她在电台工作，识得德士司机无数，并无交通不便之虞。她在这些场合里听见许多熟悉而久违的人声。无论隔了多少年，人们依然喊她，阿霞，阿霞。细辉也常会出现，带着何门方氏，偶尔也带上妻女；远远便招呼她，银霞！到这边来！还趋前来引路，要替她挪椅子。梁金妹在世时，必定拽着银霞的衣袖，不许她坐到细辉一家人那里。"你是要去煞风景吗？"她对银霞说，"没看见细辉老母那一张臭脸？人家可不想我们坐过去。"

　　银霞自然是没看见的，只觉得奇怪。以前在楼上楼，母亲与何门方氏也算交好。多少个热得人不断打哈欠的午后，她们可是摸到对方家里说了不少掏心话，还把私处发痒男人走私这等隐私也告诉对方。而今见面不过只交换一个点头，懒得问候。银霞怎么也想不起来两人何时何事有了这心病。

梁金妹过世以后，银霞有一回与马票嫂说起这事，表示万分不解。马票嫂说这不稀奇，"你与细辉不也一样，再不像从前那么亲密了吗？怎么说得准何年何月有了的心结？"

"我和细辉何来的亲密，又哪来的心结呢？"银霞自觉耳根发热，想必已然脸红，"不过是小时候不懂事，长大了慢慢便懂了。"

"懂了什么呢？"

"懂了规矩呀。"银霞故作轻松，尽量说得像是在开玩笑，"懂了男女有别呀，懂了男女授受不亲；懂了他在明我在暗，懂了白天不懂夜的黑；懂了人会变，月会圆；懂了人无千日好，花无百日红；懂了天下无不散之筵席，懂了天涯何处无芳草；懂了命里有时终须有，命里无时莫强求。"语毕，银霞微微喘气，禁不住咧嘴大笑，说真痛快。

"你妈没你懂得这么多。"马票嫂的声音从黑暗中传来，稳稳当当，"她只是明白了，亲家梦碎；细辉和你是不会走在一起的。"

是那样的吗？银霞想，母亲真因为如此而心生芥蒂，从此疏远了细辉一家？她想起来那年妹妹银铃结婚，选了圣诞节当晚在都城设宴。母亲向男家要了两桌酒席，但她们家人丁单薄，即便将母亲在布仙娘家的兄弟姐妹叫上，再加上谊亲马票嫂与丈夫，也凑不齐二十人赴会。母亲列了张名单一数再数，深感苦恼。正巧银霞听说细辉与何门方氏要在圣诞节时到都城大辉家里，便提议把他们请来同欢，母亲回复时恶声恶气，说，呸！非亲非故。

银霞记得那一次到都城赴宴，名单上有好几个人临时来不了。先是布仙埠的大舅父忽传心肌梗死，入院动手术，大舅母自然随待在侧；再来是谊父梁虾于婚宴前一日在浴室摔倒，半壁身子撞到马桶上，伤了一条胳膊一条腿，他与马票嫂便也不能出席了。如此一来，原本就坐不满的两桌酒席只会更显得人口凋零，梁金妹唯恐亲家见怪，那两日忐忑不已，于是银霞再提细辉母子，"反正那两天他们就在都城啊。"梁金妹听了来气，把话说白，"我不想看见他们，听到了吗？我不要看见这家人。"

"那我请拉祖来凑数吧！他就住在都城，与银铃也是从小识得的。"银霞说，"人家可是律师呢。他若肯赏脸，是我们沾光了。"

梁金妹听了一怔，正迟疑时老古抢先不答应，直言万万不行，"我们家的酒席来了一个黑皮的，怎么向人介绍？"

他掀了掀鼻子,连连摆手,"不行的,没名没分。"

银铃的婚宴,古家的两张桌子只坐了十四人。撤去多余的碗筷和椅子后,银霞坐在母亲身旁,仍觉得相隔遥远;说话时每每听力不及,话音难抵,便可以想象人们坐得有多疏落。银铃的夫婿与家长三番两次来问,怎么来这么少人?梁金妹不免尴尬,与老古涨红着脸穷做解释,银霞在旁越听越难堪,却不作声,直至酒宴要散了新娘子来问她怎么乌云满面,她才发觉自己一直在生闷气。

"为什么我们家办喜事,宁愿空着许多座位,也不能让我把拉祖和细辉请来呢?"银霞说了便觉出自己的愤慨与委屈,"他们两个结婚时,可都是请了我的呀。"

银铃笑,叫她别生气,"等以后你结婚,我一定让爸妈把他们两家几代人都请来,一个不漏。"

那一回的红事错过了与细辉及拉祖相聚的机会,再等便是四年后梁金妹死,细辉带着何门方氏前来,拉祖也只身从都城赶来吊慰。细辉来到时,银霞正坐在灵前给泉下的母亲折元宝,十根手指如弹琴一般,在一摞一摞的金纸上舞动,变出一颗一颗的纸元宝和一朵一朵的往生莲花;身边堆放着五六个胀鼓鼓的、塞满了纸元宝和纸莲花的黑色塑料袋,仿佛她在筑起围墙要将自己藏起来。细辉不禁忆起从前到银霞家里,坐在她身旁看她用尼龙绳编织网兜子。那时她的神情也这般专注，手指的动作如飞，快得让人无法看清楚，身边的织成品也堆积如山，直教他想起电视上看过的河狸营巢。细辉将母亲安置在一群老邻居之间，之后便回到银霞身边，一声不响地陪她一起折元宝。拉祖来得稍迟，直接冲到银霞跟前，顾不得掀翻了半袋纸元宝，俯身对银霞说，我来了。银霞闻声抬起头，细辉在旁看她下颔抬起的角度，感觉就像以前看她在下棋时抬头望向墙上的象头神，仿佛她是看得见拉祖的。银霞轻轻喊了一声，拉祖？说时她试图起身，拉祖扶她一把，又像小时候那样伸手拍一拍她的肩膀，叫她别伤心，可说着他自己的话里已有了哭音，银霞忍不住流下泪，两人就在梁金妹灵前抱头哭了一阵。银铃循声而来，站在一旁，不禁也红了眼眶。

拉祖在都城成了家，那时妻子刚于两日前生下第二胎，因为早产，孩子还放在医院的氧气箱里。他这日接到细辉的通知，下午从法庭直接驱车回锡都来，在银霞家里坐了两三个小时，再赶回头路时已然夜深。银霞放心不下，嘱咐他回到都城后一定要给她打电话报个平安。那一夜家中的电话响起时，坐夜的人已都散去，银铃回房里休息了，老古在门外抽烟，银霞仍在灵堂折纸元宝，头上亮着一支发出噪声的日光灯。她接过电话，听到拉祖的声音，说他已经回到家里了，又对银霞说了些安慰的话。当时银霞身心俱疲，觉得脑中灌满了日光灯的吟哦,就像有一只嗡嗡叫的虫子钻进她的脑壳里筑了巢,繁衍出成千上万只嗡嗡叫的幼虫来。拉祖说的什么,都被这些虫鸣般一浪接一浪的噪声掩盖,她多半听不进去。只记得拉祖说了,银霞,不要逞强。

"什么?"银霞回过神来。

"没什么。"拉祖换了种口吻,像小时候那样喊她,银霞银霞。

"什么?"银霞仍会不过意。

"你记不记得……迦尼萨断掉了哪一根象牙?"

那是在母亲的灵堂上,四周无人;灵柩中的梁金妹尸骨未寒,一支日光灯用无尽的抱怨表明自己在辛勤工作,彻夜大放光明照亮别人。那灯光像什么发光化学试剂,照见银霞脸上已经擦干许久的泪痕。她在那惨淡的白光中忽然开怀笑了起来,还不自禁地竖起右掌举到胸前,捏了个象头神的手印。

"是右牙。"她说,"象征它为人类做的牺牲。"

奔丧

拉祖去世的时候才三十六岁，正值壮年。印度人死可没有挂白灯笼，也没有天、地、人给死者凭空添一笔，可以报个虚岁。于是他便实实在在地只活了三十六年，留下一个遗孀与两个年幼的孩子。

拉祖死去三年以后，他的偶像日落洞之虎卡巴尔·辛格也死了。死时七十三岁，在南北大道银州路段三零六点一公里处遇车祸丧生。其实在那一场车祸的九年前，卡巴尔·辛格已遭遇过一场车祸，受伤非轻，以致这昂藏七尺的政治"巨人"必须以轮椅代步，再不能像以前那样刚健挺拔。那以后他在大选前站在台上发表演说，虽然还雄赳赳气昂昂，也依旧声若洪钟，却终究少了过去一呼百应的气势。拉祖初次与日落洞之虎相见，言谈甚欢，再握手合照，便是在这个时候。照片中的卡巴尔·辛格鬓须皆白，已呈日落之势；拉祖当时刚过而立之年，神采飞扬，如旭日初升。重要的是这照片拍得传神，照片中两人笑逐颜开，卡巴尔·辛格一只手还搭在拉祖的肩上,看着像一对关系极好的师徒。拉祖请人将它放大打印,挂在了都城的家中。细辉到过拉祖家里,见到墙上这张照片,免不得将拉祖调侃一番,指着一旁挂的其他相片,说你呀,与自己的双亲及家人合照都没这般珍而重之。

拉祖在都城执业多年后,膀渐圆腰渐粗,眉眼隐约已见世故,再不像以前那样瘦骨嶙峋,可一口整洁的白牙却依然醒目(连他的妻子也常笑说,这家伙不当牙医还真暴殄天物)。他笑着对细辉说,那相片这么挂,可是得到父亲巴布同意的。他的父亲甚至还巴望着有一天,拉祖能有本事把卡巴尔·辛格请回家里来吃饭,好让他与迪普蒂以及家族里的其他人都能来会一会大家心仪已久的日落洞之虎,对他一表倾慕之情。

巴布这好梦其实并不虚妄,细辉曾经以为那是指日可待的。拉祖在都城当律师,为穷人出头,打赢过不少官司;在法律界,尤其在印度人的社会里已相当有名气。他虽年轻时已加入反对党,却不像卡巴尔·辛格那样热衷政治,倒是一心一意"锄强扶弱""铲恶锄奸"(这是拉祖自己说的话,就这两个成语),将不少私会党头子告上法庭。他自己曾两次收到过装在信封里的子弹,亦曾有人将一头流血不止,半死不活的水牛置于其家门前,可他却也让几个黑社会大鳄尝到了半夜警察上门，于镁光灯下被锁上手铐押上警车的滋味。

当初大辉替那拿督级的神秘老板办差，拉祖知道以后便给过了警告，对细辉说此拿督背景复杂，黄、赌、毒无一不涉，底下有许多牛鬼蛇神替他办事。据说这老板还不时派人过海到台湾去取经，学了不少诈骗的伎俩。以后大辉失踪，谁也联系不上他，细辉一度怀疑他是被老板遣到海外去了。拉祖不以为然，说你哥这种人，还替这样的人办事，死于非命是合理不过的事。

那时拉祖自然想不到，就连他一直崇拜的日落洞之虎这么刚正的人，也一样遭遇横祸，死于非命。他坐的汽车由司机驾驶，在时速限制一百一十公里的高速公路上，撞上一辆像蜗牛般缓缓爬坡的载货罗厘，他与车中的助理一起毙命当场。罗厘司机是个马来人，车上载着妻女。他后来供称自己车祸后下车查看，听见卡巴尔·辛格在毁不成形的豪华轿车内用马来语四度叫喊，救救我的腿！银霞对这说法十分怀疑。她总想，为什么是腿？为什么是马来语？无论如何，日落洞之虎就这般横死，仔细想想，似乎也是合理的。只是那毕竟不同大辉，大辉若死了，那是销声匿迹石沉大海，无人闻问，卡巴尔·辛格的死讯则震惊全国，可谓举国哀痛，连华文报上也刊登了许多天巨幅挽词，大题非同一般，有"民主巨人",有"铮铮铁骨",有"浩气长存",诸如此类,气势浩大磅礴,一新读者耳目。银霞的父亲老古说,这些挽词百年难得一见,"换作死了个华人头头,恐怕也不能把这些成语收集齐全。"

不仅如此,卡巴尔·辛格横死后不久,银州安申湾一间半新不旧的庙宇做出创举,将日落洞之虎供上神龛。庙中坛主说是受卡巴尔·辛格托梦,醒来便上阿里巴巴网站找到中国厂家制作神像。该厂家根据坛主发来的图片以及提出的各项细节性要求,以老樟木雕塑后上漆,制成一尊小坐像(坐的不是轮椅),雕像人物一张脸红粉绯绯,笑态可掬,身着一袭绲了金边的黑西装(乍看有七分像是质料上好的上下两件式睡衣),脚踏虎皮,被尊为"拿督卡巴尔·辛格"。神像虽小,但制作费不菲,因而坛主极为珍视,又让本地工匠打造了一个四四方方的玻璃罩子,将拿督牢牢罩住,免得被香火熏黑了头脸。这神像当年于五月一日(劳动节)开光,此后五月一日便成了"拿督卡巴尔·辛格诞生日",与坝罗古庙的大伯公诞,大概同属一个等级。

这新闻是阿月从报纸里找出来的,在电台里无聊,念给银霞听。锡都的德士行业越来越不济,电台里清闲的时候居多,银霞与阿月只得自娱娱人。譬如银霞打毛衣,阿月翻报纸和杂志,偶尔给她念一些女性养生信息或社会趣闻。银霞听到这则新闻时，啼笑皆非，马上想到要给细辉打电话，告诉他日落洞之虎一生不屑于马来皇家给的勋衔，死后却受封"拿督"①，变成华人的神明，还想说哪天我们到安申湾去拜一拜他吧。可话筒拿在手里，她却想起了拉祖，便知道细辉终于也会想起拉祖的，便觉得这事情没那么可笑了，电话也没打出去。

这一则卡巴尔·辛格"封神"的新闻，银霞不说，细辉当天早上也已经看到了。他家里原来为何门方氏订阅了一份报章。除了每周三、周四追踪开彩成绩以外，何门方氏平日只翻翻地方增版，搜索锡州城乡各处所有光怪陆离五花八门之事。像卡巴尔·辛格封神这种趣闻，要是何门方氏还活着，家中必定是她第一人先看到，并且迫不及待地在细辉清晨下楼来时，含着满口嚼碎的苏打饼向他转述。但她前一年已经去世，身体与死去多年的丈夫长埋地下，灵魂与姓名则归纳在家中"何门堂上历代祖先"的牌位之中。以前细辉家中的神台都由何门方氏打理，她死了以后，换成细辉早晚上香；婵娟则日日如是，以《大悲咒》配乐。

细辉起来得早，上过香后独自坐在饭厅里一边吃早餐一

---

① 此"拿督"不同于国家或州元首册封的有功人士勋衔，而是指东南亚民间信仰的神祇，是一个混合马来亚祖灵崇拜、伊斯兰苏菲派信仰以及中国民间信仰产生的神祇，被视为保佑地方和生活的地主神。

边看报纸。他看见了那报道以及照片中笑吟吟的"拿督卡巴尔·辛格",觉得其模样神态有点像肯德基上校,而神像的材质和颜色又有点塑料感,仿佛是肯德基快餐店周年庆期间随炸鸡套餐附送(或付钱另购)的玩具。他不禁莞尔,想到倘若拉祖还在世,他肯定会马上给拉祖打电话,或发个图片给他,让他看看卡通版的日落洞之虎,听他惨叫,与他一起捧腹大笑。

但拉祖已经去世。先于他的偶像卡巴尔·辛格,却也和卡巴尔·辛格一样死在自己的车中。那车子从市区开回他住的城郊住宅区里,经过七个收费站,颇有点路途。拉祖的妻子丽塔正在家中,而姐姐依娜正好来访,姑嫂两人一起做饭聊天,不时得腾出手来应付两个捣蛋的稚儿。细辉曾经到拉祖家里尝过丽塔的厨艺,记得他与拉祖坐在客厅,听得厨房传来石杵捣在石臼里的声响,又闻得满室辛香料的芬芳。丽塔那一回煮了咖喱羊肉,香气妖冶缠绵,饭后仍不散去,一直飘荡到院子里。甚至细辉离去时,在大门外仍隐约闻见那香味。拉祖笑话他,说他一定是刚打了个饱嗝,嗅到了从胃里溢出来的味道。

"要不然,难道是你刚放了个屁?"拉祖扬起眉毛,一脸坏笑。

出事那一天拉祖回到家时,也许屋里屋外正弥漫着那样的香气。因为丽塔和依娜的汽车都停在了廊下,他便把车子开到屋外的路灯下;停车开门,一顿晚饭的烹调过程和历史冲他扑鼻而来,如同一支乐腾腾的欢迎曲。或许拉祖也听见了儿子的吵闹;他那儿子脾气大,大概会把什么摔到地上,惹得丽塔哎哟哟地怪叫,依娜叽叽地笑。他微笑着走下车来,忍不住伸长脖子,视线越过车顶朝屋里投去,没发现后方不远处的路口飞快地转进来一辆摩托。车上两个骑士头戴钢盔,前面的伏身抓住车把,后面载着的人高高瘦瘦,像竹节虫似的四肢极长,反手将一把巴朗刀①贴在背上,半截刀刃从肩膀冒出。他们的摩托发出长长的"吱——"一声,停在了拉祖身后。这声音让拉祖回过身来,兴许没来得及看清楚什么,毕竟那是个傍晚了,就在白昼与黑夜进行交接的暧昧时段,日月无光,路灯尚未亮起。两个人影一高一矮,面目藏在全罩式的暗黑头盔里,连后面那人持在背后的巴朗刀也像锈铁一样暗沉,看着像是一根棍棒。拉祖没来得及反应,那一根"棍棒"被高高扬起,顶梢忽然闪出寒光,他才意识到那是刀。

那是刀。

---

① 马来群岛早年常见的一种砍刀,形制不少,主要用于开山或劈柴剁骨,也常被黑社会用于战斗。

拉祖住的是双层排屋，一排三十余个如出一辙的单位，对面的一排房屋也一模一样。就在他家对面有一户三口之家，年轻的华人妻子傍晚时在楼上的卧室里烫衣服；烫衣板横陈在窗前，窗外播映着半条巷弄。拉祖的车子开到家门前时，那年轻妇人正把一件刚熨烫好的衬衫挂到一旁的衣柜里，回身便目睹了凶案的发生。摩托车上的两个人（她认为那是两个印度青年）在那半明半昧的天色中，被压缩成两团黑影。坐在后面的人高得不像话，屁股不离开坐垫也能双脚撑地。他便是那样站起来，朝站在汽车旁的拉祖大刀一挥。这华人少妇自称在城市出生和长大，那是第一次看见巴朗刀，才知道原来传说中的巴朗刀竟有这么长，几乎像电影里日本人拿的武士刀一样。这么说很难让人信服，但反正她要说的是那一刀砍得利落，从右至左斜斜挥下去以后，不等血从拉祖的肩膀和胸膛溢出，甚至他尚未开口呼叫，那人已经反过手，再由左至右，向上划出另一刀。

　　血这时候冒出来了，拉祖穿的白衬衫突然殷红了一大片。妇人说，不是像电影中常见的那种慢镜头处理的画面——血不是慢慢沁出来，缓缓将衣服染红的；而是眨眼之间，白衫就成红衣了。年轻的华人妻子形容，拉祖当时两眼圆睁，喉咙有一声叫喊呼之欲出（说到这里，她不自觉地将那表情搬到自己的脸上）。不不不，他是喉咙被割破了，里头的呼喊随鲜血从破口溢出。拉祖伸手捂住溢血的伤口，转过身去钻进车中（少妇强调，那时车门仍然敞开）。背后那黑武士一样的身影高高扬起持刀的手臂，往他背上再砍一刀（她这回以掌为刀，将动作演绎了一遍）。这下出手极重，那一把巴朗刀像是吃进了某根骨头里，整个画面便顿了一顿（年轻的华人妻子说"像是那种激光视盘播放不流畅，影像稍微卡住了一样"），以致那黑武士得费些劲才将刀抽出来。

拉祖钻进车里，锁上车门。那个黑武士稍微屈蹲，也就是双腿微屈，屁股往下一压，便坐回原位，又再高举手中的长刀，朝车里的拉祖叫骂了一句什么话（少妇说，毫无疑问，那是淡米尔语）。拉祖发动引擎，手掌往方向盘正中压去，一声长长的车笛有如怒吼，响彻一整条巷弄。那持刀的黑影一点不受动摇，反而像个刚在厮杀中战胜的猿猴，举起两臂再度叫嚣。前面的骑士转动油门手把，胯下的摩托喷出一声呼啸，迅即消失了在前面的路口。

这时候，简直像是一项预谋，那摩托载着黑影离开，路灯亮起来了。拉祖的汽车仍然响着车笛，各家各户的门窗里都晃动着鬼鬼祟祟的人影。拉祖的屋里走出来两个印度女人，虽没目睹发生的事（华人少妇怀疑她们根本没看见车里的拉祖），却像都明白过来，站在院子里厉声尖叫。年轻的华人妻子说，两个印度女人一个双手捂着脸颊凄厉地喊"啊——""啊——"；另一个两手抓紧拳头捶胸顿足，用马来语连声高喊"救命""救命"。两把声音一尖厉高亢一沙哑低沉，双重唱似的此起彼落，竟意想不到的和谐。华人少妇赶紧喊来她的丈夫（却不许孩子走前来），两人站在窗前观望。路灯既亮起，夜幕便顺势覆盖下来，隐去一整条巷弄的颜色，只有车里的拉祖被路灯的亮光笼罩，形态面目清晰可见。他靠着驾驶座椅背，按在方向盘上的两手不住抽搐抖动；双目圆睁，胸膛起伏，血浆像喷泉一样从喉咙涌出——虽然还在呼吸，却像是在罗马竞技场中央，被聚光灯照耀着的一个刚遭杀戮放血的战败者。

出这么大的事，人们尚未意识到该报警，便已听到警笛声由远而近；警车和救护车随即出现。车顶上的警示灯仿佛舞厅里的灯饰不断闪耀，几名警员在案发现场拉起黄澄澄的警戒线，像符箓一样将拉祖的汽车和他家大门封锁起来。事实上除了警察和救护人员以外，并没有人想要趋近现场。一条巷弄七八十间排屋，所有的人都安分地守在门窗前，最大胆的三几个则走到自家院子里，隔着紧闭的铁门探头观望。年轻的华人妻子在屋内对其丈夫陈述案情，都觉惊心动魄，忽然对这国家的治安以及这住宅区的安全感到怀疑。

警察来到后，因拉祖的车子门被锁上，而车里的人已不省人事，他们费了一番功夫，让拉祖的妻子找出备用钥匙打开车门，其时拉祖满身披血，气息全无。前来的救护人员不敢断定他是否已毙命，稍经商议后决定将他抬进救护车，再次开响警笛，一路"呢——喏呢——喏"，火速赶到中央医院，之后由医生开具证明，指他们接手时，死者已然断气；两日后再由验尸官鉴定，说明被害人大量失血，死在了命案现场。

至于拉祖的家人，妻子丽塔和姐姐依娜在录了口供以后，也许受到警方的劝告或建议，当天夜里即收拾东西，带着两个孩子，越过警戒线离开那房子。住在拉祖家对面的年轻华人妻子，深夜辗转难眠，听见声响，起床来掀开窗帘一角，看见拉祖家门外停着一辆亮着大灯的四轮驱动车，两个壮汉模样的人影竖立在路上，等待屋内的人将车子开出来，然后便上车去与她们一起离开。

拉祖的车子停放在路灯下，在丽塔与依娜午夜走避以前，已由警方遣来的拖吊车将它移走搜证。第二天清早有晨运客走过，见到那些七零八落的黄色封条，忍不住停下脚步与周边邻居交谈。各人交出一点信息来拼凑事情始末，都猜测是寻仇事件，并试图在拉祖门口寻找遗下的血迹，却因为这是巷弄里唯一的印度人家（其余皆是华人），无人知道拉祖的底细。天明后骑着摩托的印度派报人将当天的报纸飞掷到各家门口，大家在全国版找到有关新闻，才晓得这位死去的邻居是个律师。

一个执业律师在住家门前被砍杀，这么一宗血案，由于死者非我族类，在华文报章只占极小的篇幅；内容单薄潦草，也没有附上死者的遗照或其他图片。细辉趁着早餐时间阅报，压根儿没发现这则新闻，要等到下午他在店里如厕，因为略微便秘而花了比平日较长的时间，将手中的报纸翻来覆去，才读到了这不起眼的报道。他冲出厕所，直奔办公室给拉祖打电话，但电话不通。他一试再试，电话另一头只传来同一把令人绝望的马来女声，说得慢条斯理，像小学课堂上的马来文老师在示范标准发音；告诉他，你拨的电话号目前不在服务状态。如是者再三，他才想起该给银霞打电话。

你没有拉祖家里的电话号吗？她老婆的电话呢？银霞说。

不，我只有他的手机号。

那我们找巴布和迪普蒂吧。

他们搬走了，不在楼上楼了，不是吗？

可理发室总在那里的呀，去看看吧。

细辉搬离近打组屋十年后，那是头一次回去。巴布理发室确实还在底楼丛生的阴影中，门却拉上了，里头寂静无人。细辉双手叉着腰站在门外，像是在找寻一个隐藏的开关,将巴布理发室的店门左右上下地仔细看了个遍。门上没有异样,也无任何休假通告,他不信邪,走上前去拍打店门,喊巴布,阿泰!一旁的钟表店里探出一颗头发灰白的人头来,是关二哥,头毛渐稀,眼神迷离;原来红润的一张脸像新年时放久了的蕉柑一样,变得干瘪粗糙,肤色黯哑。他眯着眼打量细辉,说是你呀屎仔辉。

巴布全家出门去了,应该是到都城吧。关二哥说。

他的小儿子死了。

第二天一大早,细辉载了银霞直驱拉祖在都城的住处。那住宅区甚大,所有的房屋都一个式样,仿佛迷宫,但拉祖的房子不难找——那些符咒似的黄色封条仍然在原处,于日光中十分抢眼,风还伸出手指弹拨它们。细辉与银霞尝试大声叫门,又按响门铃,到底无人回应。倒是对面屋子里走出来一个抱着孩子的华人少妇,细辉走过去探询,话匣子一开,那少妇便不能自已,用极大的音量从头到尾细述了凶案发生的过程。又口口声声"当衰",说自己心有余悸,已经两个晚上不能成眠。倒不是因为亲眼看见了凶残血腥的情景("电影里看古惑仔开片,不也是拳拳到肉刀刀见血,逼真得不行吗?"她说),而是作为凶案的目击者,她以为会有警员上门来让她供证,并为此惴惴不安。

那些凶徒可都是黑社会呢。少妇说,要是知道有目击证人，即使不杀人灭口，肯定也要使人来恐吓我的。

那有警察来查问过吗？银霞问。

警察一直没来，再过两天后拉祖家门外的警戒线被拆除（之前已经被残暴的太阳晒得褪色断裂），那华人少妇也就明白了不会有警察上门来要求她出庭供证。拉祖死了便死了，多年前会考成绩发榜时他荣登每一份报纸，各族人民皆知；死时如石子落水，只有"扑通"一声，细辉订阅的报纸上也没有接续的新闻追踪。凶杀动机不明，无人被捕，更不会有讣文敬告知交，也不会有人刊登挽词痛惜英才。拉祖的家人不知在何处替他低调办了丧事。细辉与银霞终究赶不上他的丧礼，等后来终于联系上巴布与迪普蒂，才知道拉祖的遗体已被火化，骨灰也已经撒到了浊黄的客朗河，随河水漂流到马六甲海峡了。

拉祖死得如此突兀，事前毫无预警，也因为无缘参与他的丧礼，亲眼一睹他的遗容或听一听一群印度妇人哭丧的声音，细辉与银霞总觉得拉祖的死不那么真实，好像这只是一场恶作剧，比之大辉的消失更不可靠，仿佛随时还有转圜的余地。他们两人因而不曾认真去谈论拉祖之死，似乎心有灵犀，都觉得只要不去召唤它，有一天拉祖厌烦了便会突然冒现。就像小时候玩捉迷藏，总有的孩子躲得太密藏得太深，久久不被寻获，最终等他们躲腻了，或因为担心遭人遗忘，便忍不住自行现身。即便在事情发生五年后，在何门方氏的丧礼上，银霞在马票嫂身边坐了许久，心底仍隐隐有着一丝希冀，以为没准哪一刻会听见拉祖的声音，隔着老远呼唤她，银霞银霞！

点字机

拉祖的声音，说不上有多悦耳，却一直都是干干净净的。说的淡米尔语纯正，没人听得出来他受过中文教育，有着厚实的中文底子；说华语和粤语的时候却压得住生下来便卷成一轴的舌头，还能撇掉浓浓的鼻音，不带一丝印度腔调。以前在学校里，老师们总爱拿他展示教学成果，经常让他代表学校参加华语演讲比赛。据细辉说，一旦拉祖走上讲台，人们无不哗然，必然先赢得满堂掌声；待他演讲完毕，除了鼓掌以外，大家也喜欢额外地加倍给他喝彩，让他占了不少优势。

银霞笑。她说要是我们有个华人能用淡米尔语演讲，想必也有同样的效应。

奇怪的是，换了说英语，拉祖虽也鼓舌如簧，却控制不住鼻音，舌头像拉链一般，总带着塔布拉鼓的节奏。银霞倒是爱听的，说里头有乡音；拉祖说那是"我们的印式英语"，说时语调里充满自豪，像是英语的疆土已被印度人占领了大半，可以称作独立的一支了。

有一阵银霞曾认真学着说淡米尔语。拉祖教了她一些基本词汇，加上在巴布理发室里留心地耳听八方，偶尔向迪普蒂讨教，最终能说上简单的句子和对话，可她晓得自己的舌头不够灵活，声带与舌尖震动的频率不足，语速赶不上，终究无法把淡米尔语说好，因而没学上多久便自动放弃，把心思改放在象棋和其他物事上。拉祖除了给她念《象棋术语大全》，也给她讲许多印度的神话故事，让她听他们的音乐，后来也指导她说英语，于是银霞的英语便也隐约带着"印式英语"的调子，后来她常拿这样的英语（刻意加重其中的淡米尔腔调）娱人，十分滑稽，逗得许多人笑，连拉祖也忍俊不禁。

以前银霞到密山新村的盲人院上课，在那里一本正经地学过马来语和英语。那时候学的语言可都有书可读，有摸得着的文字，便有了触感，学习起来特别容易。银霞喜欢那种上课的氛围，喜欢把教马来语的中年妇人称作"布安·法拉"（法拉夫人），教英语的老师则年轻多了，是个语言风趣的人。那时课堂里学生寥寥无几，除了银霞以外，其他人都比这老师年长，因而他坚持要大家直呼其名，叫他伊斯迈。银霞在伊斯迈的课堂上即兴表演过她的印式英语，惹得哄堂大笑，老师因此知道她有一定的英文底子，便特别喜欢与她用英语对话。他问银霞你这英语是向谁学的，银霞便说起拉祖，兴许说的时候眉飞色舞，伊斯迈便打趣地问她，你是准备要嫁给这人吗？

盲人院下课后，偶尔拉祖与细辉共骑摩托来会她，也常问她学了些什么。银霞便一一说了，那些人，那些书，还有那神奇的柏金斯点字机。密山新村的盲人院没开打字课，却将三台点字机当作宝物一样，收藏在一个上了锁的小房间里。伊斯迈有一天领着几个学生到那房间，让他们亲手碰一碰那些只有十颗键，却笨重得离奇的打字机。盲人们轮候上前，都像瞎子摸象般乱摸索一通。轮到银霞时，伊斯迈从旁抓住她的双手，将她的手指头一个一个摆放在键上。银霞的手指可温顺极了，像十只雏鸟瑟缩在键上，动也不动。

"怎样，想学打字吗？"伊斯迈问。那是英语，说得极轻，夹在他暖烘烘的鼻息里，吹拂在她的脸颊上。银霞意识到老师的脸靠得很近，不由得颈椎僵直，大气也不敢喘一下，脖子上的汗毛都竖起来。

伊斯迈拿一根手指按在她的左手食指上，隔着一片指甲，使力压了一下。银霞听见点字机发出"咔嗒"一声，声音出乎意料的响亮，室内众人啧啧称奇，仿佛开眼人看见仓颉造字。伊斯迈忍不住笑，遂将整个左掌叠在银霞的左掌上，三根手指各就其位，食指压住银霞的食指，中指骑住中指，无名指搁于无名指。咔嗒咔嗒咔嗒。人们连声"呜哇"，好像那声音有一种表演性；好像那不是点字机，而是一台钢琴。

那些柏金斯点字机，有一回盲人院举办开放日，拉祖与细辉同来，银霞带着他们去参观过了。院里的职员将小房间里的点字机拿出来擦拭干净，加上院长收藏在办公室玻璃柜里的一台新款点字机，与其他盲人做的手工艺品一起放置在大厅里，向公众人士展示。拉祖凑前端详，说它与一般打字机近似，细辉则笑说它更像收款机；两人还不断促狭，硬逼着银霞坐下来示范那点字机的用法。三人的嬉笑声引人侧目，盲人院的院长与两对拿督拿汀①级的马来嘉宾一再回过头观望。

除了点字机，拉祖与细辉那天也看见了银霞平日常挂在嘴边的那些同学和老师。记得我说过的那一对盲人夫妇吗？他们有一个孩子被送进红毛丹精神病院了。拉祖点头。他说那个身材臃肿肥胖，行路寸步难移的是谁呢？银霞说应该是布安·法拉吧。细辉便问，那么，那边那个呢？银霞说我怎么知道你说的"那边"是哪边，"那个"又是哪个。他们三

---

① "拿督"（男）的配偶被称作"拿汀"。若是女姓获册封"拿督"，则丈夫没有任何称号。

个便又哈哈大笑。细辉说那个呀，浓眉大眼衣冠楚楚，唇上留着两笔稀疏的小胡子。

说来奇怪，银霞竟觉得自己认得那人，她说那是伊斯迈。

那天是盲人院每年一度的大日子。细辉第一次看见银霞认真装扮，竟穿起了马来女人的传统服装。那衣服甚美，长裙碧蓝如海，上面印了荡漾的波纹，映得她体态撩人。银霞把他与拉祖送出盲人院，与他们在路旁的树下站了一会儿。叶影被阳光投下来，在银霞的衣衫上晃动，如同许多手掌不住地扩张和收缩，细辉禁不住多看了几眼，直至银霞被盲人院里的一把声音唤走。"是伊斯迈喊我呢。"银霞说，"我走啦。"说时脸上描了一抹水彩那样淡淡的微笑，回头应人声而去。去时婀娜多姿，拉祖有点看傻了眼，不由得说，银霞跟以前不同了。

正是那一天，细辉回到无人的家中，天色晦暗不明，楼中静寂。他坐在房中看一对壁虎赤条条地于墙上一大片菱形的光斑中追逐，光像是穿入它们的身体，将里头的细节一一透露。细辉一时穷极无聊，在房中褪下裤子手淫。自渎时脑子里想到的竟是银霞——不是像色情杂志里的模特儿那样袒胸露乳或只穿着蛇皮（或豹纹）比基尼，眼睛半阖朱唇微启的银霞，而是穿着宽袍长裙，仿佛将一条河流当作轻纱披在身上的银霞；是鬓边别了一朵鸡蛋花，两耳各自用发尾打了个小钩，笑时脸色柔和如同水彩，仿佛阳光能够穿透的银霞。如此的银霞以后屡屡在这种时光中出现，影像似远还近，比杂志上的裸女与艳星图片更让细辉亢奋。有许多个午后他在房中闭上眼睛，于浅浅的黑暗中等待这影像浮现。总是光先溢出来的，银霞从中诞生，穿着一袭水蓝色的马来长袍，叶影在她的衣襟上晃荡，像有一双颤抖的手在抚摩她微微耸起的胸脯。

后来有一段时期细辉与拉祖很少再到密山新村去了。一是要为备考而忙，而且他们也觉得银霞有了自己的世界，一门心思都用在学习上，已不怎么搭理他俩了。确实那阵子银霞正开始学习使用点字机，为它废寝忘食。要知道密山新村盲人院不开打字这门课，怕一群瞎子是乡里人，笨手笨脚，会糟蹋了那几台柏金斯点字机，但银霞对学习盲文和点字有着过人的意愿，院里给的那一排塑料点字板使用起来速度慢，不足于满足她的需求。伊斯迈便向院长争取，让她每天下课后到那个收藏点字机的小房间里，用一个小时练习打字。

其实打字一点不难。开始时，伊斯迈在旁念书或读报，逐字逐句，让银霞用点字机转成纸上的盲文。银霞的指头何等灵巧，况且每天回到家中仍时时凭空练习，进步神速，很快便能毫不费力地跟上伊斯迈口头的速度。后来伊斯迈让她自己作文，还把她的文章拿到课堂上当教材，让班上的瞎子们都用指头读一遍，且为之惊叹。

银霞把那一摞一摞用点字机写成的作文带回家里，也让细辉和拉祖看。他俩自然读不懂，只觉得满纸凸点十分悦目，如同一幅一幅星图，可却也像外星密码，让他们觉得银霞越走越远，已到了不可及之处，便也有许多事难以启齿，不可告人。

会考前细辉与拉祖最后一回到密山新村与银霞会合，是日天高云低，地上氤氲一股潮湿气。三人坐在福德祠篮球场边上聊天，碰上一群少年来打球，喧闹声不断上升，球落地则嘣嘣地响，像击打在心坎上，让观众席上的三人忽然没了言语。不一会儿下起雨来，先是淅淅沥沥的雨丝，后来变成了滴滴答答的雨珠，一颗一颗重重地甩到他们的头脸和手臂上。细辉与拉祖扶着银霞到路旁的巴士候车亭里躲雨，那一群少年则留在场上继续打球。有雨助兴，动作必然更粗暴一些，笑闹声愈发张狂，夹着粗口，篮板和篮圈频频被许多投不中的球震得嗡嗡地响。银霞一直倾耳在听，忽然感觉异样，怎么候车亭里局促无声，与外头的世界截然不同。

"你们不觉得吗？我们长大了。"银霞说。

"长大了是怎么回事呢？"拉祖问。

"就是世故了。怕雨打风吹；怕会变成落汤鸡；怕感冒，怕生病。"银霞说。

"细辉从小就怕被雨淋，怕生病的。"拉祖说。

细辉假咳两声，三人不禁失笑。

"长大就是开始意识到现实，会去想象将来了。"银霞想了想，幽幽地说。

"银霞将来要干什么呢？"拉祖问。

"我能干什么呢？一个盲人。"银霞说，"继续织网兜子啊，或者编些藤器，或者到街上去兜售彩票。难道真要去替人按摩揸骨？"

"银霞不是一个普通的盲人呀。"拉祖说，"不一定非要走一般盲人走的路。"

雨越下越大，所谓候车亭只是个简陋的铁皮棚子，拱形棚顶被密雨敲击，后来的对话便都淹没在雨声中。银霞只记得那一群打球的少年终于被雨打得溃不成军，也可能是惧怕雷电，在大雨中骑上各自的脚踏车一哄而散。他们三人则被困在亭子里，听到季候风带来的雨奏着不同的调子和节拍，如同百人合奏的交响曲一样的繁复雄壮，也听到了雷如鼓鸣，远远近近。其中有一声雷特别鬼祟，像一枚空投炸弹在他们的头上爆开，把候车亭轰得微微抖动，银霞的耳朵久久仍隆隆作响。

那一天回到盲人院等老古开车来接时，银霞的衣衫几乎湿透了。她在门廊下与拉祖及细辉道别，听着他们的摩托声远去，之后便用手抓紧袖子和裙裾，想要把衣服拧干。正好伊斯迈出来，说哎呀怎么你如此狼狈，说着掏出手帕来替她拭去缀在后颈和手臂上的水珠，甚至也抹了抹她的额头和发鬓。银霞像是触电一样，遍体酥麻，只好一动不动。伊斯迈将手帕拧干了塞到她手里，说你用这个吧。银霞低头道谢，声音很小，倒是心跳声隆隆，将那一声"谢谢"掩盖了，像是刚才在候车亭下巨雷灌耳，余音不尽，在她的身体内回荡。

后来在回家的路上，老古不断埋怨，说银霞将车子的坐垫都染湿了，以后那上面不仅会留下水渍，还会有一股霉味，会遭乘客嫌弃。银霞说你的车子早已有霉味，恐怕连蘑菇都长出不少来了，岂能怪我？老古便说你到盲人院就学会这些吗？会顶嘴了。银霞咬唇不语，手心里紧紧握住伊斯迈的手帕。回到家后，她洗过澡，像平日处理不慎被经血弄污的内裤那样，就着洗脸盆将那手帕反复搓揉冲洗，在睡房的窗口上晾了一晚。翌日她偷偷拿来熨斗，将手帕烫滑后折得方方正正，夹在一本《姊妹》杂志中，放到她平日带去上课的布包里。

她以后一直想找机会把手帕物归原主，可觉得不宜公然为之，只有苦等下课后同学散去。偏偏那阵子伊斯迈家中有事，说是妻子刚分娩，一连请假数日，之后也每天走得匆忙，只嘱咐银霞每日下课后到书记处领小房间的钥匙，自己到那房里练习打字。银霞一直将那手帕带在身边，日子久了，手帕与夹带它的书本便成为布包的一部分，让她渐渐意识不到它们的存在。

在那一段独自练习的日子里，无人给银霞朗读，她便用盲文写下许多书信。有些信是给细辉写的，也有的写了给拉祖。说来那样的书写等同写日记，不过是心里有个假想的倾诉对象，写的时候便觉得感情有个特定的出口，知道该怎么调整语态，便要比平日写老师派下来的命题作文容易多了。盲人院里没教中文点字，于是写给细辉的信，银霞都用马来文；给拉祖写的，她用英文。写好的信放在他们两人手中，无非都一样只是满布凸点，如同纸张起了鸡皮疙瘩，丝毫察觉不了其中有语言的差异。

银霞喜欢那一段写信的日子。每一次她坐在那门窗紧闭的小房间里，听着自己打字时，面前那一台柏金斯点字机发出一连串的"咔嗒咔嗒咔嗒咔嗒"，有点像缝纫机的声响，心里便觉得特别平和安定。后来她甚至拿那台点字机"编曲"，借着敲打的速度与节奏控制那本来单调的"咔嗒"声，使它有了音乐般的规律。这让她的点字机练习时段更多了一重乐趣，她既想象自己是个作家，也想象自己是个钢琴师。待练习时段完结，她将点字机挪回原处，收拾了东西走出那房间，总感觉自己像在一个宽广的异次元世界里走了一圈，成为过另一个人，自己便又多了一个不为人知的层面。

  细辉与拉祖已经许久没来找她了。银霞不在意。只要每天有这么一个钟头的点字练习时段，她便觉得自己已经与他们说过话了。她把这些信带回家，因为信上的符号无人能懂，她放心地将它们随意堆积在房中，竟一放逾十年。直至后来搬家，梁金妹找来楼下一对捡破烂的老夫妇，将家中许多可回收之物运走。那个中午银霞在无线德士台上班，不晓得母亲正指挥着两个腰背佝偻的老人以及他们的一个智力迟钝的儿子，把她堆放在房中的书信悉数拿去。那些纸虽有些受潮泛黄，却不沾一点油墨，而且少说有十来公斤重。两位老人如获至宝，与儿子来回走了两趟，才将这所有的信件从七楼搬运到底楼去，像收集回来的战利品一样放到他们的三轮车上。

  待银霞发现这些信不在房中，那已经是翌日早上的事。那对老夫妇中的为人丈夫者，早已于前一日下午在近打组屋出发。他的老妻弓着背为他整装，让他戴上在一次捡破烂行动中获得的草帽，替他将带子系上，打了个活结。那老翁蹬着三轮车，车上满载破铜烂铁、旧报纸、玻璃罐、塑料瓶以及十来公斤无人能读懂的"天书",专拣小路与后巷走。梁金妹正好走到十二楼去串门,在走道上往下俯瞰,看见老人的三轮车缓缓离开组屋。老人腿脚不太行了,身子前倾,如同驮着重物的工蚁钻入蚁穴,在阡陌纵横的巷弄街衢中穿梭,终于失去影踪。

信

亲爱的伊斯迈老师：

  周末在家里空空茫茫地度过两天以后，今天我终于又可以回到盲人院，下课后又能来到这个房间，从壁架上挪来这台点字机，开始练习打字。这一台点字机实在笨重，感觉整台机器像是用厚铁铸的一样，搬动它的时候我必须很小心，唯恐碰撞到什么，损坏了它，那我可是赔不起的。

  以往你在，这功夫总是由你来做。你抢先把东西都放端正了，替我拉开椅子，让我坐下来练习。我挪动椅子，调整位置，因为知道你在身旁注视而感到紧张，不得不先甩一甩手，让手指都稍微放松了，才一一置于键盘上，再深深呼吸一口气，像要开始一场演出。

  我这动作一定可笑极了。你在笑。我知道。你说放轻松些，这只是练习，不是在比赛。

  有老师的陪伴，每天的打字练习都是一段愉悦的时光。

这半个月你没等下课就走了,没时间陪我练习打字,我却仍然照常来到这房间,自己一个人,一天也没松懈。我其实已经不是在练习机械化的打字了;打字根本不难。比起用双手编织箩筐和提篮,用点字机打字实在容易太多了。我的朋友拉祖看过这台柏金斯点字机,说它只有十个键,比起开眼人用的打字机简易许多,另一个朋友则说,连收款机上的键都比点字机多。这机器如此简单,你知道的,对于我们这些长年以手代眼,靠双手劳作的瞎子而言,其实并不需要多勤奋练习也能操作自如。

打字不难,难的是书写,是有话要说,还得把话准确地说出来。

这些天你不在,我在这房里用点字机来写信,写信是一件好玩的事,每次都像打开一个话匣子,又像是推开一扇门去到别的世界。那些空间也和这里一样的漆黑无明,却包容了别的可能。我在那些信里说了许多我平日不敢说的话,觉得这房间虽小,但房里的世界对我如此开放,给我自由。可惜的是我的语言太贫乏,我所知道的英文和马来文词汇都太少了,而我的心却一直是浮动而复杂的,其中波动之大,心思之难解,我可笑的英语恐怕不足以向你描述十分之一。

　　现在给你写这封信,你不晓得这有多难。因为用的不是母语,我的思绪一再卡住,多少次必须停下来,在脑中苦苦搜索正确的词语和拼写。说到底,给你写信,这比给其他人写信困难许多。其他人读不懂盲文,我写的时候便无所顾忌,不必斟字酌句,细细推敲。然而你毕竟是我的老师,这些盲文在你眼中并非一堆无解的符号。尽管我明知自己不会有勇气将信交给你,却因为心里晓得你能读懂,写的时候便总是多了些考虑,深怕有一天它会曲折地流落到你手上。你一眼便看出这满纸的病句,以及字里行间的漏洞,你会见笑。

　　你一定会忍不住笑的。即便没弄出声音来,老师你笑的时候,我能感受到空气中的变化,也会被你的笑传染;心跳会加速,身体会发热,脑子会被抽空,世界会滑向一边,逐渐倾斜。

　　唉,你早日回来吧,老师。快回到这里。你知道的,我已经在想念你了。

1992年12月7日

　　就是这么一封信,因为一直保留在别处,没有与其他信件放在一起，便逃过了被拾荒人带走，与别的纸张熔于一炉的命运。这信用柏金斯点字机打出来，用了三张纸。银霞将它对折，放到她向盲人院借阅而从未归还的一本盲文书里。有时候兴之所至，她拿出盲文书，将信取出来摸读，每读一遍便要脸红一遍，仿佛伊斯迈就站在她面前。

信是用英文写的，措辞用字难免粗糙，语法也有些凑合，银霞读的时候，在脑子里将它翻译成中文，柔化它，让它变得流畅和细腻。即便如此，仍觉得信里有掩饰不了的轻浮与露骨之处。譬如"想念"这个词吧，纵使她试着将它译成"挂念""惦记"或其他的，仍然觉出它的非分与轻举妄动，而信如此戛然而止，更让"想念"一词读来像是集中火力，掷地有声，留下一个深如黑洞的空白。她把信打好以后，将最后一张纸抽出来，放到了点字机旁。之后她到洗手间去了一趟，数着步伐回到打字房时，一进门便觉出里头有人，她赫然一惊。是谁？

"别吵，我正在读信。"那人说。

那搁在桌上的几张纸被他拿走了。银霞猜想他正闭起眼睛，用两手的指头触抚纸张上凹凹凸凸的心事。银霞甚至听到了几乎不可闻的沙沙声响，觉得那一双手动作轻柔，摸上了她的心房。那人还不放过她，开口念出信上的文字。他读得很慢，从他口里吐出来的每一个词都有点陌生，听着像是与原意稍有不同。银霞怔在那里，想想这信写好以后，她已经重读几遍了，却要等到此刻有人把它念出来，因为有了一把对的声音，才让纸张上由点位组成的符号全活了过来，具有了意义。她被那些词语轰得头昏脑涨，心脏像一尾刚出水的活鱼，止不住地扑通扑通乱跳。

"不要念下去了。"银霞颤声说。

那人不理会，依然在读，直至把信末的日期都念出来以后，他将信搁回原处，对银霞说，写得很好。

那个下午异常闷热，有一场豪雨已经酝酿许多天了，却只是偶尔挤出一两响闷雷。即便头上的电风扇呼呼作响，这样的天气仍让人颈背沁汗，心绪不宁。

"你继续练习吧。"那人说。说了却没有就此离去，而是走到门外的走廊上抽了一根烟，之后再回到房里，他说你怎么动也不动？银霞说我脑子里一片空白，不晓得有什么可写。那人笑，说我知道啊，打字不难。他刻意一字一字拉长语音，像在背诵一行艰涩的诗。

"难的是书写，是有话要说。"

银霞耳根发热，真恨不得脚下能出现一个地洞，将她连人带椅子吞噬了去。

"那你换一张纸吧，替我打一封信。"说着，那人走向她，站在她身后，两手搁在椅背上。

"一封信？"银霞在点字机里塞入新的纸张，挺直腰背，十根手指各就各位。

"是的。"那人说，"准备好了吗？"

准备好了。

"第一句：亲爱的阿霞。"

亲爱的阿霞：

  今天我读到了你写给我的信，它写得很好；文笔流畅，感情真挚。假如这是一份作业，我会给它打很高的分数。

  我记得我已经在班上告诉过大家了，我是个有妻室的人。我的太太不久前刚分娩，生下了我们的第二个孩子，那是一个女孩。今天下课后我赶回家里，在做一些家务时被妻子挑剔，说了让我很生气的话。我按捺不住与她吵了起来。我们吵得很凶，我冲出家门开车离去，却漫无目的，只有回到盲人院来，想找个地方喘一口气。

  整栋盲人院里，我最喜欢的地方就是这房间了。不仅因为它偏隅，僻静，而是我隐隐知道你会在这儿。果然你在，尽管房里幽暗，但门没锁上，我亮了灯，看见椅子上挂着你的布包，桌子放着你常用的点字机，便知道上一刻你就坐在这儿。我也坐下来,仿佛能在椅子上感触你留下的余温,也就多少重温了过去两个星期我所错失的一些时光。

然后,我看见桌子上放着你写给我的信。

平日批阅你们的作业,虽然眼睛能看见,我却喜欢学你们那样,用手指摸读。这种布莱尔盲文的创造和设计,本来就是让人用手指阅读的。我的手指不如你们灵敏,读得很慢,但对于我,用手指阅读,因为用的感官不同,便有另一种滋味,好像特别能感受到书写者的用心。这一回更不一样,我是第一次用手指去读一封写给我的信,而你写得那么好,它既让我平静,又使我心乱。

你在信里说,只要我笑,即使没发出笑声,你也能感知。我读到这儿,当真笑了,并且连我自己也能感受到你说的"空气中的变化"。当时我闭上眼睛,但眼皮太单薄,拦不住所有的光,光线以雾状漫入;我在一种混沌的,不是那么纯粹的黑暗中,用指头触摸你的文字,感觉好像摸上了你的脸,你的唇,你的轮廓。它们那么实在,像是经由指头上的神经,传输到我的脑里,再刻印到心上。你那时出现,张口阻止我,叫我不要念下去。我睁开眼睛偷眼看你,你的脸涨红,我几乎以为你会拔腿便跑，但你没有，而是站在门边出神地聆听，一副心醉神迷的表情，像是一个作曲者初次听见自己谱的乐曲被演奏出来了，并为纸上画的音符果真变成耳中盘旋的音乐而感到震惊。

你是一个很聪慧也很敏感的女孩，还特别勤勉上进，令人欢喜。我在盲人院里工作好几年了，难得碰见这么认真学习的学生。我猜你早已经意识到了，知道自己与别的失明人士有所不同。但有一点你自己也许并不知道——你长得很好看，是我在这地方见过的最漂亮、最让人心动的女孩了。我每天来到院里，总是不自禁地寻找你的身影，而你总不叫人失望，在憧憧人影中排众而出，像一朵灿烂辉煌的大红花在绿叶丛中冒现。

我知道这样不妥，然而——

信写到这儿，盲人院的院长正好领着两个装修师傅走到这一头，经过门外时停下脚步，把一颗脑袋探进来。银霞认出院长的声音，说伊斯迈你不是回家了吗？伊斯迈走到门口与院长寒暄了一阵，听他说了一些装修的事，再目送他带着人往后头的储物室走去。这么一倒腾，伊斯迈转过身，恍惚大梦乍醒，怔怔地看着眼前的情景。银霞始终一动不动，蜡像一般坐在那里，手指仍搁在键上。

"没想到已经这时辰了。"伊斯迈说,"我们该走了。"说着,他一把将点字机里未完成的信抽了出来。银霞心里一急,话脱口而出,说这信写完了吗?

"我们改天再继续吧。"

伊斯迈说的"改天"一直没有到来。并非他以后再没有到房间里陪银霞一起练习打字,反而他每日都来,在打字房里待的时间也比以往长。他拿来一部马来文版的《古兰经》,尝试让银霞用点字机转成盲文。此举获得院长大力支持,特地向福利部申请拨款买下一批纸张,供此项"培训计划"应用,并答应支付伊斯迈的加班费。银霞因而成了重点培训的对象,每天的打字练习时间延长至两小时。她征得家长同意(为免节外生枝,没有对父母说明培训的内容和细节),下课后与伊斯迈待在小房间里,由伊斯迈口述,再由她打字,将《古兰经》转成布莱尔盲文。有时候伊斯迈抽不出时间,院长则安排其他职员,包括法拉夫人和书记耶谷先生替代,甚至院长本人也暂代过一回,如此马不停蹄,务求赶在翌年的盲人院开放日之前完成盲文版《古兰经》,好向上头以及到来的公众人士展示骄人成果。

那《古兰经》有三十册,合共一百一十四个章节,其中不少独特字词。真要将整部经书"转码",工程浩大,十分耗时。伊斯迈每天逐字逐句地念,偶尔不得不停下来与银霞研究某些词的正确拼法，态度十分认真严谨，却一直不再提起那一封未完成的回信。银霞心系之而不敢提问。她仍然将伊斯迈的手帕带在身边，每隔十天半个月拿出来清洗熨烫，再折好放回布包里。

所以这一笺未完的回信，其实不在银霞手里。她只能凭记忆念想之，一次又一次地试着将它拼凑还原。偏偏打这信的时候，她心里激动，心神恍惚，来不及将字字句句输入脑中。她记得的是眼前的黑暗中似有什么在跃动，自己忍不住转动眼球，想要捕捉它，几乎以为那就是光了。伊斯迈的一只手从椅背移到她的肩上，重量犹如一只鸽子，又在她的肩上迅速长大，变成了鹰那样的巨鸟。那鸟攫紧她的肩膀，仿佛在将一种轻微的抽搐传达予她。

那个下午以后，银霞无时无刻不在努力回想这封信。她试图将残存在记忆中的那些字眼和零零落落的内容掇拾串联，一点一点地让信在她脑中重建。这么做自然会有所遗漏，也不可避免地在回忆的过程中，信手为它做了些增添与润饰，让它变得比原版丰腴美丽，以致最终在银霞脑中完成重写的信，已不知道掺入了多少想象的成分。她甚至分不清楚信中哪一部分来自原文，哪些又是她自己随意添加的创作。

有一点银霞却记得无比清晰——那信就在"然而"（however）一词后戛然而止。那本来是一个表示转折关系的连词,像是一个转角。在它以后,本该有一个拐弯将人引至另一个去向,甚至到达另一个境地,看见另一个角度的事实。那样的一个词,原该是一扇虚掩的门,一个通往别处的入口(或是一个离开此境的出口);门后要么是天堂,要么隐藏着炼狱,反正是这世界迥然不同的另一面。无奈院长恰巧来到,探出灯泡般的一颗头颅;说话时声音如光,照见伊斯迈,让他在这道门前止步,看见那门上的警示。止步!不可逾越!

顾老师

母亲死前叮嘱的那些话，银霞大多都照着做了。晚间记得客厅和门廊要亮灯；门外多放一两双男人的鞋子（以后你爸不在了，你每天还得洗两件他的衣服，晾在外头）；出门前别忘记开着家里的电视或是收音机……诸如此类，障眼法而已，要让宵小或别有用意的歹人有所顾忌，不敢打这屋子的主意。那时候母亲总觉得她们的住处僻静，对面的土地经久荒置未被发展，许多年下来倒是成了水牛的牧地，野狗的游乐园，猫的猎场，以及牛背鹭结群营巢的温床。那里也培植夜间的蛙鸣，蟋蟀求偶时摩擦翅膀，以至万籁共鸣的声响，也少不了萤火虫忽生忽灭的星星之火。

当然了，还有蚊子，无数的蚊子，自然也有恶名昭彰的黑斑蚊。

电视上常有广播，说黑斑蚊活跃于清晨与傍晚时分，叫人防备，以免被蚊子叮上，感染骨痛热症。银霞却一直搞不清楚"清晨"与"傍晚"的具体时间点。是穆斯林每天做晨礼（从拂晓到日出）以及昏礼（从日落至晚霞消失）的时候吗？银霞也不晓得黑斑蚊叮人带来的痛楚与痕痒，与别的无毒蚊子是否有所不同，更不知道各种蚊子凭什么标准选择它们吸血的对象，随之吐出唾液，将病毒留在这些人的血中。反正银霞住的这一条路上，每年总有人遭黑斑蚊下毒手，不论性别，老中青与儿童皆有。这些人被送到医院里，市政厅接获通报，自会派出一小支戴着防毒面罩的队伍，到这一带来喷雾灭蚊，也让卫生官们挨家挨户上门检查，发现孑孓即开罚单。梁金妹在世时，家里领过一回罚单了，虽当场求情仍被罚去三百元，梁金妹心疼不已，不由得抱怨住家对面那一块野草蔓生的荒地，认为那是罪魁祸首。直至她被验出癌症，在美丽园住下四年了，那一块被她诅咒的野地终于有了发展的迹象，好几台橘黄色挖土机像默默耕耘的开荒牛，不消半个月即将野地铲平，将土地上的绿色全抹杀了去，便也将灰黑色的水牛、黄褐色的流浪狗、白色的牛背鹭以及各种颜色组合的野猫全部摒除，只剩下一片平坦的黄土。

梁金妹的癌症一被发现即来势汹汹，很快去到末期，被医院逐回家中，让她服用吗啡加阿司匹林止痛等死。彼时对面那一块不久前仍像绿洲一般的土地，已经竖起了房子的雏形，是一排双层楼房。梁金妹甚感欣慰，觉得以后对面有了人家，多少可以互相照应。"肯定也不会再有这么多蚊子。"她死时在丧府设灵,南无佬在临时加盖的铁皮棚子下唱词招魂时,对面建的房子已有模有样;窗洞如眼,门洞张开如血盆大口。来吊丧的人中,不少借着银霞家的灯火以及路灯的光照,三五成群到对面的屋子里观光;一面追打蚊子,一面猜测房屋的面积,并纷纷打听其售价。

这批房屋很快建竣,待业主们拿到入住许可证和钥匙,各自大兴土木进行装修时,梁金妹的肉身已成灰,放于瓮中被供在了福报山庄。这座新式墓园建在偏远处,就在锡都城外的红毛丹镇上。红毛丹镇风水佳,除了闻名遐迩的幸福医院,如今再有福报山庄。银霞与妹妹逢清明必来,据说墓园中的园林景致甚好,放眼尽是假山假水,连花草树木都五颜六色奇形怪状,长得像假的一样。银霞第一次来祭祀时,持香遥禀母亲,说她们家对面的新房子已搬来许多住户;虽只隔着一条柏油路,那里却不叫美丽园了。想必这土地落在另一个发展商手中,也可能因为房屋的档次不同,自该另取名目。就几排房子两条柏油路,因后头能遥望几个种满油棕树的山坡,被叫作山景花园。从此那里不但没有水牛出没,黄头鹭绝了踪迹,连青蛙蟾蜍以及蟋蟀蚱蜢蜥蜴等都失去场地,再没有雨后的蛙鸣与各种昆虫合奏的夜曲。

她却没有告诉泉下的母亲,自从对面那一排房屋矗立如雨后春笋,有一只猫像是失去了栖所,甘冒大险深入人类生活的腹地，悄悄窜进了她的房里，受她饲养，与她同床。银霞知道母亲除了旧时在新村屋里养鸡饲鸭伺机宰杀以外，从来不喜欢任何小动物，对猫尤其说不出地厌恶。她晓得母亲会说"自来狗富，自来猫贫"，而父亲则会晓以大义，告诉她这国土上向来有传统，马来人养猫，华人养狗，"就像他们到回教堂念经，我们到神庙拜神一样"，壁垒分明，实不该让一只猫乘虚而入，轻易丢失民族的立场。

无论老古怎么数落她与那只猫，银霞一概不搭理。电召台的办事处附近有一老字号雀仔铺，许多年前专卖各种雀鸟（何门方氏曾到过这里来寻钓鱼郎，说要治细辉的哮喘病）。后来城中嗜好养鸟的人老了，无后继者，这店不得已改变形态，店中除了售卖放生雀以外，鸟类越来越少，倒是兼卖起猫狗和观赏鱼的粮食以及各种宠物用品。银霞便是到这儿来买的猫粮，每晚倒出一小盘来，连同清水一碗置于睡房一角。她的猫像童话故事中的什么仙子或妖怪，白日少见，夜里必来，直至清晨回教堂念过唤拜词后离开，盘中的食物一点不剩。银霞便将空盘清洗一下，顺便连给猫的饮用水也倒掉，免得滋生蚊虫。

对面的空地已建起房舍，银霞又这般谨慎小心，不让蚊子在她家中找到繁殖之地，但这条街上终究还是持续有人感染骨痛热症。患者发烧不退，骨头关节发疼，终于要到医院求医。隔壁家的光头佬，不也是日子过得小心翼翼，据说家中打扫得妥妥当当，还自少年时便随着父母家人茹素，多少年下来，如今血液恐怕是绿色的，却一样被黑斑蚊缠上，遭了毒吻。他人才刚出医院，卫生局的官员便又登门检查。光头佬家中确实没搜着可疑的幼虫，几个马来官员倒是在他的卧房里发现一具真人大小的硅胶人偶；长发披肩，丰乳肥臀，穿戴整齐（身着跌脾T恤与超短热裤，脖子和手腕上还戴了饰物），坐在床上，将推门而入的官员吓了一大跳。官员们离开时细声说大声笑，到了银霞家中仍禁不住谈论那人偶的质量和做工，一再赞叹日本人精湛的工艺。老古当时不在家里，银霞将家门打开，被他们的谈话惊得脸红心跳，一步一步悄悄退出屋里，站到了外头的门廊上。

有个官员从厨房里出来，说是有话要问，让银霞跟他进去看看。银霞说看什么呢看？我是个盲人呢，不方便，有话就在这儿说吧。那些官员存了戏弄之心，另一个同僚也欺近来，调笑着说些拉扯的话，语态轻佻，硬是要银霞进屋里。银霞坚持不肯，声音便大了，住在对面新屋子里的一位老先生踱步过来询问发生什么事，说的马来语发音标准，措辞文雅，让那几个卫生官闻之不敢造次，丢下几句劝诫的话（后面浴室里的水缸快要长苔了，必须经常清理），即讪讪离去。

老先生刚搬到山景花园不久，银霞记得有一天傍晚下班后父亲来载她回家，说对面屋子今日有人搬进去了。老古站在自家窗前观望，看见小罗厘走了两趟，家具不多，倒是屋主开着一辆不得了的古董跑车。车子保养得极好，通体火红，在日头的照耀下光彩夺目。

因为银霞提起这辆跑车，老先生一时兴起，忍不住多谈了几句，说那车子叫"莲花精灵"①，是一个老朋友患癌去世后留给他的遗物。

"年轻时我在占士邦的电影里第一次看见这款车，两盏头灯掀匣弹出，像一只蹲伏的豹子睁开眼睛，精光四射。"老先生说，"当时戏院里响起一阵惊叹呢。"

即便是戏里的大美人芭芭拉·贝芝登场，人们也不至于如此惊艳。

"怎么会有这么好的朋友，留给你这么贵重的东西？"银霞问。

"是呀，是很好的朋友。"老先生说。

关于"莲花精灵"，除了那一双豹子眼睛般、会从匣子里弹出来的大灯以外，银霞无从想象它的外形，不明白它何以让人一见倾心，却总知道它不过也有四个轮子（是像哪吒

---

① Lotus Esprit，源自英国，由1976年首推S1系列；至1996—2004年推出最后的V8系列为止。

的风火轮那样吗？使起来轮上起火，足下生风，疾驰而挟风火之声？），踩油门时会发出野兽咆哮般的巨响。老先生每天开着它出门，汽车于龙吟虎啸中绝尘而去，一整条路上的人家皆有所闻。老古打听到老先生是个独居的退休教师，满头白发，鼻梁上架一副银丝眼镜，穿的短袖衬衫和西裤虽都旧了，却都熨烫整齐；逢人便颔首，脸上早有多年积累下来的笑影，一派儒生模样，与这如火如荼招摇过市的座驾完全不搭调。

　　银霞倒是觉得这事好笑。温文儒雅的老先生开一辆风骚妖冶的跑车，大概与隔壁家拘谨的光头佬藏了个童颜巨乳的充气娃娃，或者与她这样一个黑白不分的盲人养了一只猫一样，都是不搭调的事。正如这街上有一中年妇人，老古形容她一脸横肉，罗刹一般模样，平日话没半句，见人不打一声招呼，却每天准时在家中拉开嗓门开唱，唱得家喻户晓。她的卡拉OK伴唱机开得极响，劣质麦克风的声音如有雷电，尤其震耳。银霞家搬到美丽园十余载，这妇人每日下午两点风雨不改，来来回回唱着特定的几首苦情老歌，《苦酒满杯》《昨夜星辰》《无言的结局》《星星知我心》（偶尔加插《一剪梅》），再回来《苦酒满杯》《昨夜星辰》《无言的结局》……如是者循环往复，妇人把嗓子唱哑了方才甘休。十多年下来，歌曲没换，妇人的歌喉亦未见提升，像是西西弗斯每日推巨石上山顶，除了让一条街上的人像修行一样，从憎厌练成了麻木，再到充耳不闻，于她自己本人不过徒劳而已。老古却是从一开始便对这歌声免疫，倒还喜欢它能报时，况且有它折磨众生不分种族，算是与马来人共享了头上这一片天空。

对面山景花园的新住户毕竟刚修炼不久，尚未有这份道行。老先生每日总在两点钟前开着他的莲花精灵出门，一两个小时方归，显然是要逃避这扰人的歌声。有一回他回来时碰上银霞休息在家，正在院子里收衣服，与阳光拉扯。老先生向她问好，银霞欢喜回答，两人便在大太阳底下聊上几句。

"你在德士台工作的吧，对吗？"

"你怎么知道？"

"我认得你，我以前在报纸上见过你了。"

"啊，那些报道！"银霞说，"已经是很久以前的事了。"

"所以你如今不在德士台当接线员了吗？"

"当然还在呀。"银霞说。太阳晒得她的脸发烫，空气里有一股沥青的焦味，还隐约飘荡着卡拉OK版的《苦酒满杯》，"我这样的人寸步难行，也就只好故步自封，去得了哪里呢？"

"说的什么话？你的脑子可厉害呢，装得下整个锡都所有的街道和巷弄，真叫我们这些人惭愧。"

"那有什么用处呢？"

"怎么会没有用处？我求之不得。"

"现在大家开车都用导航仪了。别说锡都，天涯海角都去得了。"银霞摇头苦笑，"我这点本事，说出来只会让人笑话。"

"但你还可以下盲棋啊！还能以一对二！那是大本事。"

"那又如何？这不能谋生。我爸常说，挣不来钱的技能都只是马留戏，不能算本领。"

"你爸怎么会明白呢？"老先生说，"他和你是不一样的人。"

银霞将装满了衣服的篮子捧起来，闻到了那些衣服上散发着阳光的味儿，十分受用。她说你的记性也很好啊。那么久远的报道，你看过了居然没忘记。老先生说是呢。说时，头上的太阳忽然被一朵路过的厚云裹了起来，仿佛蛋黄被裹在荷包蛋里，天色顿时变得柔和。银霞听见老先生再重复一遍，我认得你。

那一天以后，银霞经常在清晨时碰见出门去打太极的老先生，听见他对每一户人家说的"早安"。老先生如此尔雅，邻居们对他多有好感，连隔壁的光头佬碰见他也会喊一声"顾老师"。银霞这才知道老先生姓顾，曾经在光头佬以前读书的学校里教过几年补习班，给参加会考的学生恶补中文，也打听得他壮年时离了婚，独力将一个女儿抚养长大，后来女儿到台湾升学，在那儿嫁人生子，落地生根。几年前老先生年满退休，手上有了闲钱，便舍弃住了三十余年，已然千疮百孔的旧居，买了新屋搬到山景花园。

这一日下午，银霞周休在家，正无所事事，便坐在房里整理她的梳妆台，又翻出她藏着的盲文书。街上准时响起了助人修行的卡拉OK之声。妇人以一把鹅公喉拉牛上树。人说酒能消人愁／为什么饮尽美酒还是不解愁？老古闻歌醒来，躺在沙发上跟着一起唱。杯底幻影总是梦中人／何处去寻找他？／我还是再斟上苦酒满杯。远处有一只狗似是也认出这旋律，在某条路上引颈长啸，以为和应。银霞不禁失笑，也小声跟着一起哼。忽然听得门外有人喊她，银霞，银霞。老古从沙发上弹起，见大门外头站着老先生。银霞走出去，叫他顾老师。原来老先生刚有昔日的旧学生来访，给他送上许多胡福记的寿桃和红龟包。"我一个人怎么吃得完？只好找人分担了。"

兵如港胡福记的红龟包银霞以前是吃过的，那些包子因面团和火候拿捏得好，背上微微撑裂，咬下去甚有嚼劲，非斗母宫外一排摊子摆卖的红龟包可比拟。银霞叹了一声，说怎么又到九皇爷诞了？

"去年的九皇爷诞我还记得清清楚楚的，好像才过去不久。"

前一年的九皇爷诞，不就是拉祖在他家门前被人挥刀砍死的时候吗？银霞坐着细辉的车子赶到都城，原想送他最后一程，没料到扑了个空，只好在都城随便找了点东西果腹再原路返回。南北大道上大雨倾盆，细辉不得已减缓车速，待回到锡都已接近午夜，雨却仍欲断未断，碰上那天是九皇爷诞最后一日，斗母宫前有花车游行，数千善男信女夹道恭送九皇大帝回銮。细辉的车子被堵在车龙中，只得眼睁睁看着花车行过，鼓队走过，铜乐队经过；醉汉似的信徒摇摇晃晃地抬着九皇爷的轿子走过，手持大黄旗的信众大步流星；脸颊被一根细长铁枝贯穿的乩童大摇大摆地穿行；一个不够，还有一个，再一个……细辉心里点算，说共有九个乩童呢，大概就象征九皇爷吧。银霞因为看不见，没这份心思，只想起少年时受拉祖怂恿，曾瞒着家里，偷偷跟随他与细辉到旧街场去凑大宝森节的热闹。那时除了音乐不同，气味不同，不也有花车游行么？不也有乩童在脸上穿铁枝，银针穿舌，也有的在背上扎了许多钩子或负着巨大的弓形枷锁；有人抬着鲜花装饰的神塔，也一样摇摇晃晃，像要将神明从宝塔中甩下来。那时的信众也一样摩肩接踵，将一整个小印度的街区挤得水泄不通，硬生生将银霞从细辉和拉祖的身边挤开，再一路推搡，使她站不住脚，如被人海吞没。银霞边走边哭，想到自己这下会被湍急的人流冲到迪亚公园那一头的印度寺庙里。那可是好几公里的路呢。正惶惶不能自已，有人伸出一只手来抓住她的手腕。那手像鸡爪子一样的瘦而有劲，力拔山河，将她从游行的队伍里揪出来。

那是拉祖。他一连说了几下对不起，又手忙脚乱地替银霞拭去脸上的涕泪。回家的路上，其实已经远远抛下游行的人群了，他仍一路牵着银霞的手，说怕她走丢。细辉在她身后亦步亦趋充作后盾，比影子更忠实。走过休罗街绰约照相馆，年轻的莲珠发现了他们，从店里追出来，问细辉和拉祖，你们两个作死，把银霞拐到哪里去了？

"不是把她平安送回来了吗？"拉祖得意扬扬，"你看！"他扬起银霞的手，像个裁判在宣布胜利者，"银霞完好无损。"

这事久远，已经被后来的许多事埋没。银霞坐在细辉的汽车里，它却忽然从脑海浮出，还伸出许多细节，如同八爪鱼的触手将她紧紧缠绕，又像那些刺穿乱童脸颊的细长铁枝，一一贯穿她的胸膛，让她悲从中来；面对恭送九皇爷的人潮与映照在汽车大镜上七彩缤纷的霓虹灯光，失声哭了起来。细辉手足无措，说你怎么无端端哭了。银霞只顾饮泣，用手背擦泪，怎么也说不出来哽在喉里的一句话。

拉祖死了，居然就这样死了。

银霞心里想的这些，住在对面的老先生自然一无所知。他的手从上头越过铁门，将一袋子的红龟包与寿桃交给银霞，说是啊，人年纪越大，时间过得越快；才一眨眼，九皇爷诞和雨季又来了。这么说着，真的叫"说时迟那时快"，先闻雨声，马上有雨像鞭子似的一撇一撇划在银霞的手和头脸上。她不禁一愣，家家户户加盖的凉棚此时都变成了乐器，滴答滴答，连那个唱卡拉OK的妇人也似因为这雨，歌声稍挫，溜走了半句歌词。

二手货

这国土上的雨真多。顾老师说，他这辈子四分之一的时间都在下雨。银霞想，说话怎么这般夸张呢？真不符合顾老师的作风。

赤道上的雨多是在午后才来的。前半日太阳有多暴烈，后半日的雨便有多凶猛，像是用半日蓄势待发，一举向日头报复，以牙还牙。顾老师说，因为雨下得频繁，人生中不少重要的事好像都是在雨中发生的。那些记忆如今被掀开来感觉依然湿淋淋，即便干了，也像泡了水的书本一样，纸张全荡起波纹，难以平复。

这便是当老师的人，说话多么文雅。在他这么感叹的时候，银霞喊了个"车一平二"，打算来一记虎口献车，趁顾老师一心想着往事时，给他的黑棋布一个陷阱。可在等待顾老师说出下一步的时候，银霞自己也忍不住寻思，有什么事是在雨中发生的呢？

有一年她生日，拉祖正在都城上大学，细辉说二十一岁呀是成年人了,以后大选可以去投票,为此执意要为她庆祝。庆生那天晚上不是下雨么?妹妹银铃替她稍微打扮一下,让她坐上细辉的摩托后座上街吃饭。已记不得吃了些什么,只记得饭后街上下雨,声如大铁炉里炒豆子,雨势不难想象。两人吃饱了在饭店里苦候,茶都凉了,银霞便说这儿不是靠近星光戏院吗?不如我们去看一场电影?

那是银霞人生中第一次走进电影院"听戏"。二十一岁,是成年人了。去到电影院时戏已开场,放映厅里熄了灯,细辉一手拿票根一手牵着她,走得步步为营,说这儿很暗,小心。银霞哑然失笑,细辉忽然省起也忍俊不禁,两人一直笑到细辉寻着了座位。他们看的是那年人人都必看过,甚至有人声称看了好几回的《铁达尼号》。彼时电影的热潮已趋尾声,放映厅里的座位空了大半。银霞在里头坐久了便觉得森冷,而那片子甚长;不等船难开始,她便已冷得浑身发抖,不得已瑟缩在座位上。细辉察觉,说你觉得冷吗?银霞点头,细辉像是不知该怎么办,迟疑了许久才伸过手来,抢过她的左手,将它置于他的两手之间,轻轻摩挲。"这样会暖和一点吧?"他说。银霞没应声,漆黑中听得那主题音乐越来越高亢,像是童话中的杰克沿着豆子树攀上云端,世界因而开阔,让她感觉天高地远,如同置身旷野。

那电影片长三小时,银霞看不见影片如何精彩纷呈,便觉得故事简单，戏太冗长，几次打了盹，最终被席琳·狄翁的歌声唤醒，始终没被电影催出一滴泪水。没想到散场后外头的雨仍未止息，不过已声嘶力竭，变成了牛毛细雨。那时已经很晚了，细辉载着她迎着斜飞的雨丝回到近打组屋，她戴的头盔没有挡风罩，脸上全是雨水，下车后连忙从布包里掏出手帕来往脸上擦。细辉有点惊讶，说这不是男人用的手帕吗？银霞说是呀，这是男装手帕。

"你爸的？"

"我爸像是会用手帕的人么？"银霞笑说，"他饭后都用衣袖擦嘴巴。我妈说，他连擦屁股都用衣袖。"

"那，这是……"

"以前在盲人院里一个老师借我用的。下雨嘛。我总以为有一天自己会把手帕还给他。"

"盲人院？那是好几年前的事了。"

不，当银霞把这雨中之事告诉顾老师时，那一段盲人院的生活已经是二十多年的前尘往事，变成了历史，被后来日积月累的事情压到了记忆的深处，犹如沉入深海的船艇残骸，许多细节连银霞自己也打捞不着。她甚至觉得盲人院的事已经湮远得像是事不关己了，因而能用戏谑的口吻告诉顾老师，自己离开盲人院时怎样起了贪婪之心，将一本盲文书占为己有，权当留念。

"以后我带给你看看。"

"好啊，我还真没见过盲文书呢，也让我亲手摸一摸吧。"

"你呢？雨中发生了什么重要的事？"银霞问。再报上一着，马八进七。

顾老师似有苦衷，起初是不愿说的。老先生为人矜持，说话就像下棋一样的慎重，银霞识趣不追问。要过了许久，在许多个吃过晚饭后的傍晚，或是银霞休息在家的午后，他带着棋具登门，与银霞在棋盘上交手许多遍以后，像被银霞一次一次献出棋子诱使，才一点一点地对她透露往事。他说那一年他的前妻发生车祸，在从西南方海港小镇回来锡都的途中，不就下着豪雨吗？天暗路滑，车子撞上一头摸黑横越公路的水牛，以致水牛死在当场，而她一脸碎玻璃，差点夹毙在副驾驶座上。

"开车的人只怕也受伤不轻吧？"银霞问。

开车的人是亨利，一家国际公司的经理，只受了轻伤。顾老师接到噩耗，冒雨赶去医院，在急救室外头初见这男人。他的前妻对家里说要南下都城开会，却在方向截然不同的海港小镇上与这男人度过了一个周末，归途中在没有街灯的路上，被大雨和一头黑魆魆的水牛撞破。待顾老师走进病房里，看见被一场横祸"肢解"后侥幸捡回命来的妻子——两腿骨折，脸被砸坏，左眼球破损，还有她肚子里怀了两个月的胎儿也被缴了出去，他哆嗦着说不出半句恶言来，只得伺候她，等她终于能下床来行走，便与她签字离婚。

后来的修复甚为费时，新丈夫亨利陪着她到国外做了几个整形手术，从德国给她定造一颗几可乱真的眼球，身体里还有好些从欧美国家买回来的钢片、支架和螺丝，凑起来活脱脱一个重新打造的人。

那时顾老师的女儿已经上小学了，她的母亲好不容易将破碎后的自己重新拼凑起来，其母性似乎在某一次手术中，随着子宫一起被摘除掉了，对这女儿毫不眷恋。后来亨利把她带到教会，将她的脑子和灵魂都彻底洗涤一遍，还给了她一个洋名字，以后她便成了走过死荫幽谷的见证者，神在她的脸上施行神迹，面容逐渐修复，除了那左眼过于明亮而显得诡异，再难发现修补的痕迹。

顾老师说，当年离婚，身旁的家人朋友远比他愤慨，而他只觉得夫妻情分已尽，而且看在他的眼里，前妻后来已经是新造的人。"就像一个旧车壳换了全副新引擎；即便还挂着同一个车牌号，也不是同一辆车了。"他说。以后他与前妻成了寻常之交，倒是不可思议地与她后来的丈夫亨利往来渐密。亨利晓得顾老师喜欢研究车子，便经常带着各种汽车杂志来找他，周末也常邀他一起到车行去看刚上市的各款新车。偶尔他们之中谁的车子出了状况，便召来对方，两人一起伏身在汽车打开着的引擎盖下。他的前妻走过来，说从那个角度看呀，你们真像被巨鳄叼在嘴里的两只鸭子。

亨利出生在受英语教育的富裕家庭，年轻时负笈大不列颠，与顾老师本是风马牛不相及的两种人。他一辈子顺景，还天生有捡便宜的好命。那时他在跨国轮胎公司当项目经理，他的一个白人上司离职时，将当初从英国整车入口的一辆莲花精灵低价转手，被亨利买下。整个半岛上就仅有这么一辆莲花精灵啊！那么矜贵的跑车，来到满街牛粪，一路坑洞的东南亚，多少有点沦落的味道，像是越洋来了从此还不了乡的公主汉丽宝。

亨利这一辈子，从顾老师在医院里初见的，一条手臂缠着绷带，被车祸弄得焦头烂额的青壮男子，到后来变成了脑门半秃，肚腩微凸的老亨利，这一辆莲花精灵是他个人"淘宝史"上最值得炫耀的物事。顾老师的前妻在车祸中死里逃生，这一辆看起来野性难驯的车子，她无论如何不肯坐上去。亨利便邀了顾老师上车，多少次把车子开到南北大道上，由得它风驰电掣，一边还得眼观八方，时时提防埋伏在天桥底下的交通警察。这些交警恶名昭彰，喜欢在阴影里架起测速摄影机，犹如诺曼底海滩上的士兵，神色凝重地守着他们的重型机关枪。

那时车子是亨利的。方向盘、离合器、油门和刹车器都在亨利那一边。顾老师坐在一旁,唯一碰得着的是挡在两人之间的变速箱。箱子上的手挡球被亨利握在手中。顾老师得以共享的是挡风玻璃前的景观,那些笔直宽敞的路段,斜坡道,大拐弯,飘扬在竿子上(已经破旧)的风向袋;大道两旁飞逝而过的山丘和油棕园,一辆一辆被他们超越的车子,以及那超速犯规的快感,几乎让顾老师觉得自己与亨利共同拥有了这汽车。

他与亨利成了老友,家里的父母和兄长姐姐,甚至他的女儿都觉得碍眼。顾老师倒真觉得他与亨利之间没什么心机。这房子落成时,还没装修呢,早年已经从轮胎公司退下来的老亨利,开着休旅车过来,后面的车厢横七竖八地堆满了给他的东西——大至单人沙发、落地大花瓶、微波炉、保温壶和摇头电风扇,小至未拆封的两双袜子;既有他在卖场里淘回来后派不上用场的东西,也有在各种宴会上参加幸运抽奖得来的奖品,还有他家里用过一阵后不中意了便束之高阁的物品。顾老师掀开休旅车的车背,感觉像是打开了一个巨大的礼物盒子。

除了这些,还有一只不请自来的生物,大概是趁亨利在搬运东西时跳进了车厢,在对象与对象之间找到藏身的缝隙,一路坐顺风车来到山景花园。顾老师甫打开车背,它率先蹿出,一团灰白色的影子从顾老师胸前跃过,把他吓得一惊。待定睛一看,只见一只猫跑到他新家的门廊上,正回过身来,趾高气扬地盯着他与亨利看。

喵呜。

顾老师与亨利合力将车里的东西卸下来,其中有些不合用的,他后来拿到老人院;老人院用不上的,他再送到环保中心。至于那只"赠品猫"只是坐了一程顺风车,从此迁徙到了山景花园,多在这两条路上流连,并且像是很快适应了新环境。待半年后顾老师搬进新屋子,它便成了常客。白天它经常到顾老师的院子里,也没打招呼,就在那一方小小的草地上四仰八叉地躺着晒太阳,更多时候则钻到他的莲花精灵底下,要么呼呼大睡,要么趴在那儿伸出前爪垫着猫下巴,望着路上的街景——有时候茫茫日光,有时候雨雾弥漫,凝神良久若有所思。

"猫是什么颜色的呢?"银霞问。她再说炮八平五,拿下顾老师的一只马。

"是一只黑白双色猫。黑背白肚皮,像一只白猫披了黑斗篷。"顾老师走士四进五,护住将帅。

"是不是头上也一片黑色,像是戴了个头罩?"

顾老师说你怎么晓得?

银霞不由得莞尔一笑,"我爸见过它了,说这猫长得像蝙蝠侠，又说它像瞎了眼睛。"

这猫，顾老师给它取名"疤面"，说它大概常与别的街猫打架，脸上交叉了不少新旧抓痕。顾老师本来无意养猫，只是日日见面，偶尔它几日没来——也许追逐发情的母猫而去，他不由得念想，慢慢地就有点盼着它来了。之后猫带着新的伤痕回来，顾老师在门廊给它准备猫粮和水，像是偷养一个娇纵的孩子，趁它弓背进食时伸手轻抚它，给它身上的伤处抹一点消毒药水。猫丝毫不抗拒，如此温驯亲人，他最终不得不给它一个名字。

这名字自然与电影《疤面煞星》有关。那是顾老师与亨利最喜欢的电影之一，都说被阿尔·帕西诺那桀骜不驯的模样和深邃的眼神所震撼。亨利去世以后，妻子遵循其遗嘱，将他珍爱的莲花精灵与许多电影光盘，包括这电影和一整套《教父》都送给了顾老师，虽然是二手货，却都是正版，包装精美而保存完善，顾老师办了手续以后，到她家里将汽车开走。过了这许多年，这莲花精灵依然闪闪发亮，颜色娇艳欲滴，如同广告板上那些美人樱桃般的红唇。倒是他从望后镜里看见站在门前的前妻，自亨利死后，她了无生趣，头发久未染色，像蒙了尘一样灰扑扑，脸也毫无神采，唯独左眼依旧清澈明亮，仿佛少女的眼睛，又如同一盏明灯，残酷地照见右眼的混浊与那一张脸的憔悴与苍老。

为了这一辆梦寐以求的车子，顾老师将才开了两年的日产车脱手，特地赶在搬家之前，给新屋子的门廊加盖凉棚，好为莲花精灵挡风遮雨。疤面对这车子无动于衷，每天只在车底下昏睡或冥想；饱食后施施然离开，头也不回。顾老师有两回到屋后除草，在静寂的后巷看见这猫沿着一长排屋子的墙根，如忍者般神秘兮兮地行走。顾老师喊它，喂疤面，你到哪里去？猫不看他一眼，或者看了，目光却冷淡得像不识得人一样，纵身跳到干涸的沟渠里，再从墙脚的某个排水口钻进别人家后院。顾老师一辈子没养过猫，不识得该怎么适应，便怔忡了一阵，感觉胸口郁闷难受，如遭一只猫遗弃。

顾老师有好长的似水年华值得追忆，没察觉银霞专注的脸上暗藏心机，这一盘棋终究让银霞赢了。虎口献车奏效，终成绝杀。顾老师一声哀叫，举掌狠狠一拍额头。这天下午他连输三盘，是前所未有的事。他说这不得了，你心思好密；我太大意了，该罚。

"罚什么呢？"银霞笑吟吟地问。

"罚我请吃饭吧。"

"不，吃饭太便宜你了。我想游车河。"银霞说，"我这辈子还没坐过跑车呢。"

"好啊，就这么说定。"顾老师说，"看哪天你不用上班，我们把车开上高速公路，能去多远就去多远。"

话虽这么说，毕竟不是没有顾虑的。银霞老觉得有哪里不对劲，大概是难以想象自己与这么局促的人在一辆车子上，有多远去多远。以后顾老师两度提起这事，说要兑现承诺，她只是打哈哈，说那不过只是戏言，顾老师你太认真了。电台的阿月知道后一味加盐添醋煽风点火，说人家年纪虽然大了些，终究是有缘人。不然，怎么会两人喂养同一只猫？连打兼差工的女孩小晴也凑上一把声音，说这事奇异，白昼那猫是疤面，夜里成了普乃；一只猫吃两家茶礼，像是来牵红线的，谁说不是冥冥之中自有天意？

普乃照常在夜里到来，风雨不改，偶尔叼着壁虎或什么雏鸟，也有的时候是螳螂或别的什么昆虫，在房间内欲擒故纵，展开追逐。银霞在黑暗中听见猫上蹿下跳，也听过它啃咬鸟儿时咀嚼有声，被咬断的骨头嘎嘎作响。奇怪呢，当下没有闻到血腥，要到翌日清晨猫走了以后，房间里才会氤氲着一股禽类的死气，像极了巴刹里鸡贩杀鸡后留下的腥味。银霞每朝都在房间的地上小心翼翼地摸索，试着找出那些死物的残骸。有时候是断了头尾的壁虎，有时候是干枯得换了质感，仿佛一夜之间从昆虫变成了草叶的缺腿蚱蜢；鸟儿则几乎一点不剩，连血迹也被舔干净了，只余下散落各处的羽毛，以及满室的死亡气息。

银霞没有将普乃的事告诉顾老师，其实是她没有太大的把握。尽管都是戴了黑头罩披着黑斗篷的雄猫，她的普乃显然不如顾老师口中描述的疤面那么温和柔软，倒是经常在被她抚摩时，忽然发难，在她的手上抓出血痕，甚至有几回还咬伤了她的手指头。银霞怀疑疤面与普乃可能是太阳和月亮那样两只截然不同的猫，而如果不是，这猫必然是看准了她失明，才把它不愿为人知的一面——它的阴森和残忍，如秘密般对她呈现。

失踪

听说银霞丢失了一只猫，顾老师吃惊不小，说怎么不曾听你说过家里养了猫？那时普乃已经一周没到银霞房里来了。一周，整整七天七夜，足够让神创造世界再——给万物命名。银霞准备好了的猫粮与水，每天清晨都原封不动。最初两个晚上她夜里醒来几次，尝试在床上摸索那猫，它却不在。之后两天她便睡不牢了，轻易被诸般细微之声惊醒，乃张声试探，普乃？她爬起床来检查窗门，确定它是半开着的。再后来她根本睡不着，无论闭上眼睛或不，黑暗都如墙一样坚实地直逼眼前，压迫她。这种黑暗不是睡着时的黑暗。睡着时的黑暗是虚的，广阔而深邃，仿佛前面摊开了一整个上帝说"要有光"之前的宇宙，当中隐藏着许多未知的内容；会把她的声音吸收进去，让她越涉越深。

银霞在那几个失眠的夜里，对着那一堵厚硬的黑墙面壁思过，不住回想普乃失踪以前最后出现的那个晚上，是否带着异状或出现了某些征兆。她甚至怀疑也许是自己做了什么让它不高兴的事，譬如在沉睡中不经意压着了或踢伤了它，它一怒而去，从此不来。也可能她根本没做错什么，仅仅是猫厌倦了这死气沉沉的房间和夜里一成不变的生活（尽管银霞三不五时更换不同的猫粮），或许它在外头找到了另一扇半启的窗门，去到了新的地方，遇上另一个比她更温柔有趣的女人……

这种复杂的心情和钻牛角尖的滋味，让银霞联想起以前在盲人院最后的那一段日子。先是那盲文版《古兰经》的计划半途喊停。有一天法拉夫人走进小房间里对她说，院方有新的考虑，需要重新研究这个计划，再找出更适合的方案。

银霞一点也不在意这件事，她在意的是伊斯迈已经两周，不，是十三天没走进小房间里来了。银霞一个人坐在房里，偶尔听得门外有人走过，总是心里一紧，不期然停下点字机上手指的舞步与节拍。房间的门没合上，有两回院长路过，嬉皮笑脸地走进来说阿霞你在这儿啊，与她寒暄，夸了她几句，说她人见人爱。也有一回是耶谷先生，将两块娘惹糕放到点字机旁，叫她尝尝；声音阴柔，虚词颇多；一只手轻轻拍了拍她的肩膀，感觉近似抚摸。那糕点透出浓郁的甜香，如同耶谷先生的声音，感觉一半是糖做的。银霞没吃，不一会儿蚂蚁便来了，列队钻入塑料袋里。她将沾满白椰丝与黑蚂蚁的糕点带回近打组屋，回家前先扔到楼下的垃圾箱里。后来几日那小房间像是成了拷问室，银霞在那里质问自己，胡思乱想，受尽折磨。她也像后来等待猫儿普乃这般，不断回想伊斯迈上次到这房里来时，自己是否说了冒犯他的话，使他不欢喜。那天走之前他像往常那样拥她入怀，亲吻了她，可以后却没来了，下课后总像开水烫脚般匆匆离开。银霞以为是自己说了什么令他觉悟不妥，故而想要悬崖勒马；亦有可能是盲文版《古兰经》的计划受阻，令他意兴阑珊；当然也可能什么都不是，仅仅是他在别处遇着了更使人愉悦的女子……

那段日子她憋得慌，几乎生出病来。没想到相隔许多年后，普乃失踪又将她的梦魇唤起。银霞在翻来覆去的思潮中煎熬了七夜，后面三个晚上大半时间都是醒着的，白天她便昏昏沉沉，失去了平衡感，在电台办公室门口摔了一跤。到了第八天清晨，她漱洗后打开大门走到对面去，正逢顾老师准备出门打太极，见她站在门外，脸色苍白得像壁虎那样有了点透明度，仿佛晨曦可以穿入她的皮肤，让人觉得阳光再多灌进去一些就能让她消融。他连忙开门相迎，说一大早，什么事呢？银霞说顾老师，我养的猫不见了。

"过去一个星期，疤面有到过你这儿来吗？"

顾老师在山景花园住下几年了，与周围的邻居多是点头之交，只有与银霞特别投缘，时常与这盲女见面下棋，每每言谈甚欢。银霞素来淡定自持,顾老师何曾见过她如此凄惶?他不由得也紧张起来,细细追问。银霞遂说明缘由,说那猫外形酷似疤面,她偷偷喂养了数年,这情况以前从未有过。

"我害怕它出事了。"

"没事的别担心。"顾老师出言安抚,说这种花色的猫,这一带唯疤面而已,而疤面昨日还来过呢。仍然像以往一样,先在阳光中打滚,晒了晒肚皮,等顾老师端来猫粮。吃饱后它只舔了舔爪子往脸上一抹(每次它做这动作,顾老师总以为下一刻它就会变脸了),饱嗝没打一个便翻墙而去。

那一天银霞没上班。得顾老师所准,到他家里去等候那猫。银霞午饭没吃便走了过去,在那儿待了大半天。除了下棋以外,银霞还带来了她珍藏的盲文书,亲自给顾老师朗读。那是一部用英文写的马来民间故事集,顾老师说可惜了你,这只能算少年读物。他从家里的书架上找出几本诗集来,一本唐诗,一本宋词,还有一本台湾诗人的新诗合集。从中挑了几首念给银霞听。那些古诗词银霞并不陌生,倒是新诗于她十分新鲜。顾老师见她喜欢,便找出了音乐版的《乡愁四韵》,由殷正洋所唱。银霞听得如痴如醉,只循环听了两回便能背诵,还能唱出歌来。顾老师甚喜。中午他下厨做了两菜一汤,与银霞在饭厅里一起吃。菜做得十分清淡,火候却控制得宜,荷包蛋煎得蛋黄半熟,恰如其分;与甜豆同煮的肉片炒得很嫩,连米饭也粒粒分明,似乎可数。银霞说这饭菜真如其人。顾老师听了便说我盐放少了吧,你吃不惯?银霞笑,说顾老师你也晓得自己给人的印象,就是这么寡淡的么?

饭后银霞坚持帮忙洗碗收拾,过后他们回到客厅,又在棋盘上布阵对弈。这天顾老师特别专注,屡有奇着,倒是银霞一直在留意门外的动静,不能聚精会神,被顾老师的棋子逼得险象环生。快要两点钟时,已听到远处有人开响了伴唱器材,麦克风响起了尖锐的杂音,一股热浪随风涌入屋内,掠过银霞,在她的头颈逼出微汗。忽然顾老师"嘘"了一声,拍拍银霞的手背,说它来了。

"谁?"

"猫啊。"

"刚钻进车底了。"顾老师说,"我们慢慢走过去,你喊它,看它什么反应。"说了,他捉住银霞的手,带着她朝门口走去。两人生怕猫被惊走,都像踮着脚似的走到敞开着的落地玻璃门前,顾老师扯一扯银霞的袖子,示意她蹲下。

银霞觉得这路好长,她走得小心翼翼,像是在试探一个脆弱的梦,怕它会破灭。远处的歌声已经飘荡过来,妇人的哭腔颤悠悠，五音不大齐全；控诉情人负心，人生实难。顾老师的猫却似乎充耳不闻，优哉游哉地趴在莲花精灵车底下观鸟。阳光下真有几只麻雀，银霞虽听不见阳光却是听得到麻雀的；它们啁啾争鸣，讨论着世间细碎之事。银霞说我现在可以喊它了吗？顾老师说你试试吧。

银霞忽然紧张万分，她深深吸了一口气，聚精会神地注视着眼前的黑暗，像是集中全力，要看破它。

普乃，普乃。

这是清醒时面对的黑暗，它与睡中的黑暗不同；它牢不可破，坚实如铜墙铁壁。银霞听见自己的声音被逼在眉睫的一堵黑色墙壁反弹回来，因而便觉得那猫听不见她。她稍微提高音量，再喊普乃，普乃，普乃！

猫在车底拧过身来回眸一顾，盯着银霞看了许久。也许是因为头部套着一片墨黑，从耳尖一直往下罩，覆盖两眼，使得这猫的眼睛看来不像别的猫儿那样浑圆而灵巧，任何时候都像半眯着双眼。这还是个阳光生猛的白天呢，它的瞳孔细窄如线，颇透着点爬虫类的阴谲邪恶；加上不动声色，显得心思叵测。顾老师却到底喂养它三年了，总可以从它的姿态判断出来，这是疑惑而不是警戒。

"它一定识得你。"顾老师说，"你每喊它一下，它便动一动尾巴，像是在回应你。"

此话令银霞精神大作,她再喊了几声,可猫忽然失去兴趣,张嘴打了个哈欠后转过头去继续凝视阳光下的风景。原先在聒噪的麻雀发觉有异,相偕着斜飞而去,猫觉得无聊,须臾瘫倒,像一张小小的兽皮铺展在车底下。顾老师与银霞蹲在门前等了一会儿。"怎么样?它睡着了吗?"银霞问。顾老师说它睡了。如此一阵无语后,顾老师忽地失笑。银霞问你笑什么呢?顾老师说我们现在这样子,让我想起以前也曾与我的太太这么并肩躲着,偷偷看我们的女儿学爬行。

"那小瓜屈起膝盖,两手着地,爬得颤巍巍的,像初生的小狗。"

"那时孩子有多大呢?"

"七八个月吧。"顾老师说,"那时候每看她向前爬一步,都觉得像奇迹。"

银霞笑。她说这话好不夸张,好像你的女儿是在登陆月球。顾老师便也笑了,顺势问她,你知道人类第一次登陆月球是什么时候吗?银霞说我当然知道的,那是一九六九年七月嘛,乘了美国火箭阿波罗十一号。顾老师十分惊讶,说那你知道当时的航天员叫什么名字么?银霞回答是尼尔·阿姆斯特朗。

"他在月球上说,这是个人的一小步,却是人类的一大步。"

"你怎么知道的呢?"

"收音机上听来的呀。每隔几年总会有节目主持人提到这个,人类大事记,像是温习功课一样。"

顾老师将银霞扶起来,说可惜了你,要能上学不知会有多出色。银霞在这话里听出爱怜之意,不禁苦笑,说这话听着耳熟,我这辈子听过许多回了。顾老师沉吟半晌,说你等我一会儿,便让银霞坐到沙发上,自己走到楼上。过了好一会儿才下楼来,将一物事置于银霞手上。银霞摸着那是一本旧书,书皮受过潮,已略微发胀。她说这是什么书呢?顾老师说你摸不出来么?你读过它的。银霞说你在开玩笑。顾老师说真的,你不记得这本《象棋术语大全》么?

银霞一怔。脑子里像闪过雷电,许多事情像沉睡许久的生物,因受了刺激,兀地苏醒,并立即伸出许多长长的触爪,相互攀附,彼此交缠,纠结成一团。

"拉祖?"银霞说。

"拉祖·巴布之子,"顾老师用马来语念出这名字,"我年轻时在坝罗华小教过一年书。他是我的学生。"

"是你呀。"远处妇人的歌声越来越牵强,麦克风承受不住,被激发出一阵啸叫,像马上就要爆破,还真将银霞眼前的黑暗轰出一个大洞来。她说,是你?

是他吗?许多年前银霞还只是个女童,在坝罗华小对面的人民公园里荡秋千，腾云驾雾般从半空中摔下，飞扑到地上。那地面半是草半是泥沙，将她四肢擦损，血和沙石混在一起，伤处痛得火辣。拉祖唤来教会他象棋的青年老师将她抱起，跨流星大步带她到学校，光处理那些伤口便花了不少时间，后来还开车将她送回楼上楼，和颜悦色地为她向老古及梁金妹说情，说孩子贪玩无可厚非，而且肉身已受过苦了，何必再责罚？

"我不是告诉过你，我认得你吗？"顾老师说。

多年前顾老师翻开报纸看见银霞，标题甚大，说是最强大脑，盲人之光。那时顾老师的女儿尚未出国，只是高中生。他让女儿看看图片上的人，忆起往事，说曾看见过这女孩手脚上血肉模糊，她却有忍痛的能耐。后来又听拉祖说她记性极强，能记下半本《象棋术语大全》，却没想到长大了这般了得，把一整个锡都详细描绘在黑暗中。

"要是那时我不把这书讨回来，想必你早已把它熟记于心。"

银霞笑。说那又怎的，总不能靠下棋维生。

往事这口井，再怎么深，底下再怎么干涸，真细心推敲，也总有许多事可挖掘。银霞与顾老师像打开了一个从未被打开过的话匣子，谈了许久，竟忘了门外的猫。待两人回过神来，天色已沉，附近的回教堂开始播放唤拜词。银霞说真奇怪呢，这唤拜词如烟，像是会随风散去；我听了数十年，竟从未把它记下来。顾老师出门一看，厚云底下浓墨重彩，一组倦鸟朝夕阳飞去，猫已不知去向。

"普乃走了。"顾老师说。

"那不是普乃。"银霞说，"我喊它，它都不应答。"

"难说呢，猫这种生物。也许换了个地方就认不得人了。"

银霞叹了一口气，说天晓得呢，"也可能是换了个地方，它就以为自己是另一只猫了。"

恶年

梁金妹弥留时有过回光返照的时刻，不过短短两分钟；并非别人常说的那样，久病者忽然变成了个没事的人，能弹能唱能吃能喝。她不过从一连数日的昏迷与谵妄中醒来，不再呼痛或满口呓语，却仍然只能躺在床上，气若游丝。银霞走进房里，梁金妹对她说你起得真早，那声音竟是清清楚楚的，好像她从一场浑噩的大梦中醒过来了。她说你过来陪妈说说话。银霞便坐在了床沿，让母亲握住她的一只手。银霞说你昏睡好几天了。梁金妹说才几天吗？我做了许多梦，在梦里见到很多死去了的人。每一个梦都在白天，日头好猛，阳光白灿灿的十分耀眼，像要把明眼人变成瞎子。我从一个梦走到另一个更光亮的梦里，都快睁不开眼睛了。

银霞问她谁是那些死去了的人。梁金妹思索良久，说记不起来了，只记得自己在那些梦中一连问了几回，咦，怎么会是你？你不是死了吗？

"有一个女人抱着孩子，面目模糊，一言不发地尾随我从一个梦走到另一个梦中。明明看不见她的脸,但我知道她是谁。"

"我也知道她是谁。"银霞说。

银霞也是梦到过她的。那是被囚于楼上楼中的怀抱婴儿的女鬼。她总是太闲了,多年来抱着永远不会长大的孩子,穿越许多人的记忆和梦。银霞听过不少近打组屋的旧邻居,在搬离那大楼以后仍声称自己梦见这女子。无人在梦中看真切她的面貌,仿佛她的脸总是打了马赛克,但会梦见她的无不是女人,而有她出现的梦总不会是噩梦,不过是有点悲凉而已。梁金妹也是那么觉得的。梦中有一个部分她与女鬼于巴士上坐一个双人座位,那前所未有,是她与女鬼最靠近的一次。她们乘坐的是在锡都穿行了许多年的旧巴士,四四方方,像个庞大的铁皮饼干桶加上几个轮子,因路途颠簸,不住嘎吱嘎吱地响。梁金妹与女子攀谈,还把手伸进襁褓逗弄她怀中的婴儿,问她这孩子是男是女。女子十分高兴,说是个儿子呀,梁金妹怎么也没法看清婴儿的面孔,她一边翻口袋要找自己的老花眼镜,一边说好可惜呢,是个儿子。

女子闻之黯然,说是呀,他要没死,现在该念大学了。

梁金妹自知失言,万分不好意思,陡然扎醒。睁眼惊觉四肢百骸无痛,肉身虚无,似已被蛀空。只见晨光透窗,在毛玻璃上铺成了彩虹色的光谱。她恻然有所感,伸出手掌来屈指数算；来回数了几遍才确认无疑，要是孩子当年不死，如今已快是个成人。正感叹时，银霞走进房里来。梁金妹见女儿面容憔悴，因病蚕食了她对时间的感知能力，便觉得女儿昨日还是个孩子，一夜之间已老大，白发生得鬼鬼祟祟。她握紧银霞的手，说出了那个与女鬼交谈的梦，之后半晌无话，良久才说，妈真是对不起你了。

梁金妹说的什么，银霞知道。这一幕她似乎早已在某一个梦中演习过，只是梦里母亲的声音并非这般苍老和虚弱，却是声泪俱下的，像有一种演舞台剧的夸张效果。因而她并不激动，只是照着梦中早写好的台词，淡淡地说，妈你胡说什么呢？梁金妹说要是当年我让你把孩子生下来，今日他就十七岁了，以后有孩子养老，你下半辈子不必这样孤零零。

"这事我自己是同意的。"银霞说，"我也不后悔。"

事情过去快十八年了，自从母亲偷偷摸摸地带她到锡都大草场那边的诊所走了一趟，让她在那张有着冰冷的金属扶手的床上躺了半天，过后扶她回家，以后便再未提起过这事，甚至连密山新村盲人院她也只字未提，当作把那段日子从记忆里连根拔除，但银霞好像预感了有这么一天，母亲终于会想起那未及完成即被报废了的小生命，并为之惶惶不可终日，咽不下最后一口气。她将预备好的话缓缓道出，说妈我不怪你，你是为了我好，我知道的。这样说了梁金妹果然像放下心头大石，可以安心合眼。那天银霞去上班后不久，老古打电话来说，你妈断气了。

梁金妹的骨灰被送到福报山庄以后，银霞与妹妹合力将母亲的房间彻底收拾一番，等于将大部分物品扔弃，之后将房间洗刷一遍，用了大半瓶滴露，想要驱走一室病与死的气味。老古用他的德士将弃物载走，不知扔到了何处，回来抱怨梁金妹用的床垫在他车里留下一股屎尿臭与呕吐物的酸馊味。倒是那被清理后的房间，一连几日透着消毒药水的味道。银霞走进房里，总不期然想起那一次随母亲到诊所，见了医生，验了尿。医生是个老男人，问银霞为何不把孩子生下来。她不知该如何应答，身旁的梁金妹抢着说，她是被人欺侮才怀的胎，怎么要得？医生便不再追问，只吩咐一个说广东话的印度护士将银霞领到与诊室相通的另一个房间。银霞想象那是一个隐藏的密室。房门推开时，银霞闻到里头透着这么一股氧化剂的气味，像是连空气都已经消毒过了，房内无菌。

说广东话的印度护士叫银霞脱下衣衫内裤，再让她爬上一张有着金属扶手的床。床上的垫子很薄，里头填充了无数疙瘩，像是有许多难以平复的过往。印度护士让她拱起腰，将几张防水棉纸铺在她臀下。银霞听从她的指示一一照做，之后听得房门被推开，合上，推开，医生进来了，与护士用英语细声交谈，又听得小金属器件在一个金属盘子上相撞，声音清脆至极，让银霞想起三角铁，许多三角铁。医生来给她注射，问她奇怪的问题，你叫什么名字，今年几岁了，家里有什么人？银霞顺序逐一回答，我叫古银霞，十六岁，家里有父亲母亲……直至眼前如墙的黑暗被分解，变成了浓雾，又像是成了水，浩瀚地往远处流淌。银霞不及将家中人员说全，灵魂便像舍弃了肉身，也化作水化作雾，被那深邃辽阔的黑暗吸引了去。

醒来的时候，半天已经过去了。银霞睁开眼睛，黑暗马上凝固起来，变成了结结实实的硬物，堵在她眼里。她躺在床上回想自己刚经历过那幻境一般的黑暗，觉得自己飘荡在空中，也许就像个航天员似的，在不可思议的角度听到医生与护士细碎的谈话，却又同时感觉到冷冰冰的金属器材从私处探入阴道，在她的小腹中捣鼓。那像是一根细长的小汤匙伸到她的子宫里，轻轻搅拌，仿佛要在那脏器里调配一杯饮料。这过程十分奇妙，银霞觉得自己变成了局外人，床上躺着的身体与她无关，那人的命运与她无关，就像她是来参观的，透过某种联结的手段，让她参与了一次小手术，体验到了另一具身体里轻微的流失与痛楚，甚至也感觉到温热的血被小汤匙引导，自下体溢出，像尿床那样濡湿了她的臀部。手术完毕后，三角铁的撞击声音再次响起，她才像被催眠一样昏睡了过去，掉进另一个充满引力的空间。那里有个很浅的梦境，她涉于其中，仍然意识到手术房里越来越冷，盖在身体上的被子十分单薄；对面墙上的一台冷气机开得不遗余力，呼呼作响，仿佛这是停尸间，床上躺着的是一具刚解剖过了的尸体。

印度护士再度推门进来，唤醒她，叫她把衣物穿上，并给了她一块卫生棉，要她垫在内裤里。这一次她张嘴说话，喷出的气息有咖喱的味道，想来刚用过午餐。银霞摸索着穿上护士递过来的衣服，觉得那窸窸窣窣的声响不能与动作同步，总是迟了一秒半秒。她故意缓一缓动作，想要等那声音赶上来，凑上她的节拍，无奈总是对不齐整，令人懊恼。银霞就这样拖着慢半拍的声音，仿佛拽着一个松脱了的影子，从另一道门走出手术室，梁金妹已等在那里了，说她一直没有离开，连午饭也还没吃。印度护士听了直嚷嚷，说哎哟阿嫂，我不是跟你说了她没这么快醒来，叫你去吃午饭的么？梁金妹赔笑，说是的你是这么说了。是我自己没胃口，不想吃，不怪人。

母亲与她是坐父亲的车子去的，老古放下她们后便开工去了，回来的时候母亲在路上招手叫了德士，那司机是个印度人，车里的收音机播着淡米尔歌曲，男声独唱，四女声和音，配着贝斯、大小提琴、电子琴与各种印度传统乐器。唱歌的男子声音清澈，颂唱满月之下的茉莉新蕾，其香如蜜。银霞跟着那节拍微微晃动颈项，嘴里念念有词，那鲁姆迦耶，那鲁姆迦耶，司机从望后镜看过来，用淡米尔语问她，说你怎么懂得唱我们的淡米尔歌曲？银霞不理睬，仍专注地跟着旋律唱，你只碰过我一回，何以竟让我的身体盛放？她们在组屋大门外下车，梁金妹拽着银霞乘电梯上七楼，将她塞到床上，硬要她睡一大觉。"大被盖过头，醒来就没事了。"银霞还真觉得虚脱，也可能是麻醉剂的药效未散，她躺在床上即化成了水，朝死寂处潺潺流去。醒来时已是傍晚，梁金妹在浴室里给她弄了一缸温水，让她洗澡。之后她走到饭桌，老古与银铃已经吃过了，梁金妹特地为她煮了皮蛋瘦肉粥与一碗姜丝炒猪肝，母女俩默默无语，低头吃饭。

以后银霞再没去盲人院了，仍然回到旧生活中，在她惯用的椅子上继续编织网兜子，也织藤器，由母亲拿到楼下寄卖，特别受马来人欢迎，连生果铺也向她订货，买下她织的许多轻巧的篮子。马票嫂识得近打购物中心几家卖鲜花的小铺，也将他们介绍给银霞，促成了一些生意。银霞在家中藏了五年，并非梁金妹不许她出门，而是她老怀疑自己会露出什么端倪，让人察知她偷偷去堕过胎了。其间有一回她推托不了，到莲珠住的豪宅去参加她儿子的百日宴，酒后失态，当众出洋相，以后便更不敢抛头露面了。要不是后来锡都无线德士开台，老古带她去应征，银霞大概还得待在家中织她的天罗地网，一辈子将自己困于其中。

　　银霞不到盲人院，拉祖是最高兴的。他说银霞你何必与盲人为伍？是要像他们那样以后沿街兜售藤筐藤篮维生吗？抑或是要拿着盲公竹走到食肆餐馆，挨着一张一张的餐桌去卖福利彩票？这些话银霞听得刺耳，说你何必挖苦人，有头发谁会想当癞痢呢？

　　"就算是到按摩院里替人揉骨吧，或者是坐在夜市里拉二胡卖唱等人施舍，也不过是谋生而已。"

　　拉祖见她愠怒，便说可你不同啊银霞，你比别的盲人强多了，应该走一条不一样的路。

　　那几年过得好不郁悴，直至后来到电台上班，日子才算豁然开朗。银霞在那渐渐顺遂的日子中自得其乐，好像就渐渐忘记了过去的不快以及盲人院里发生的那些事。这么多年来，除了偶尔做一些奇怪的梦，便心无挂碍。她一再梦见那些被封印在楼上楼里的女鬼，有眼无珠的，怀抱幼子的，她们在黑暗中与她相遇，夹着她并肩站在一起，像是把她也当成了鬼。她们多半是在某一层楼的走道上，面向围栏，感受着从锡都空中卷来的风，还闻到了密山新村那橡胶加工厂飘散的恶臭。这些梦其实多是静寂的，女鬼极少主动向她哭诉，也不说些什么吓唬她的话，连襁褓中的婴儿也不哭不闹，但银霞能感受到她们的存在，左右两边阴风阵阵，仿佛两个女鬼都愁肠百结，在望月怀远，苦恼着该怎么离开楼上楼，这个大笼子，鬼地方。

这种梦，即使搬离近打组屋，住到了美丽园，银霞仍挥之不去。一年里总有个一两回，女鬼飘忽入梦，像是故人来访。来来去去说着那几句再吓不了人的话，你有见到我的眼珠吗？我弄丢了我的眼珠呢。背景里有婴儿嘤声哭泣，音质极差，像是黑胶唱片里除不去的杂音。梁金妹死去以后，可能是因为猫来了，在床上守着它的领地，暗中惊吓女鬼，将她们驱逐，她们便来得少了，银霞纵然还做些莫以名状的噩梦，譬如梦见自己成了躺在停尸房中的一具尸体，四周寒冷得令人结霜，她清清楚楚感受到肉身被剖开，有人取出她的子宫。梦中的操刀者说的都是英语，说怎么找不到婴儿呢？于是有好几双手在她被剖开的身体里翻来掏去，银霞自他们的口音辨出那黑暗里有三大民族，是三个男人。这些梦都与女鬼无关了，而事实上，就那两个过了气的女鬼是形成不了噩梦的，不过是让人心有戚戚，醒来徒感无力。

普乃不来以后，女鬼也未再回到银霞的梦里，她倒是几次梦见了猫，并一次一次在暗中呼唤与追赶它，最后抱着它受了伤的湿漉漉的身体，号啕大哭。有一回猫是在她的身体里被找出来的，仿佛猫是她的一个器官。有一双手将猫放到她的手边,说找到了,还给你。黑暗中尚有其他人围在床畔,有人微微冷笑;有人用戴着橡胶手套的手在她的脸颊和胸脯摸了一把;有人用力捏一捏她的乳头,问她你还是处女吗?你还是处女吗,阿霞?

猫在她的身旁惨然哀叫。

在所有的故人当中,连鬼也不来了,只有马票嫂仍然常与银霞见面。马票嫂已七十多岁,仍然开着她的国产小轿车通街跑,三不五时来载银霞到茶楼吃点心,或是到旧街场的老店去喝白咖啡,吃鸡丝河粉。那两家店是战前之物,店里的老桌子都用云石铺的桌面,上面打蜡似的结了一层黏腻的油污,竹子做的椅子也都如此,而且多半短了一条腿,坐得人摇摇欲坠。店主再舍不得也不能不逐一丢弃,改以塑料制品代替。细辉的母亲何门方氏壮年时便在其中一家店里帮工,而今来下单的茶水工人,都换成了印度尼西亚或缅甸来的外劳,本地各种语言都能半咸不淡地说上两句。就与这些客工,马票嫂也能点出姓名,问候人家老家的丈夫妻小,令他们欢喜。

马票嫂多年不写马票了,却在家里坐不住,仍然经常像个老将领一样回到以前的旧地巡察。近打组屋是她的地盘,当年的人总有的还住在那里,老而不死,日日盼着马票嫂来说闲话。她依然和以前一样带来各种小道消息,换得组屋里的各种变故和新闻，回去与银霞说。那大楼自从做了大法事，还装上围栏改装成铁笼子以后，多年来风平浪静人畜无伤，最近这几个恶年却又频频出人命，人们接二连三在楼下的巨型垃圾箱里发现死去的弃婴。婴儿被发现时才剪去脐带不久，随便用什么破布裹着身体，身上爬满蚂蚁；也不知是断气了才被丢弃，抑或是活生生地在垃圾箱里被蚂蚁咬死。报案人后来都说，要不看仔细，会以为是小猫或狗崽的遗骸。

"都是外劳生的。"马票嫂说，"生下来父母不详，连报生纸也没有一张。你说，报死纸又该怎么写？"

银霞不无感触，却是觉得奇怪。以前人们到近打组屋跳楼寻死，死后便成冤魂流连不去，在楼中平添传奇。至于这些出生后未见天日即夭折在垃圾箱中的幼儿，尽管心中含冤，死了却静悄悄，无人见过他们的鬼魂出没。马票嫂听了笑，说孩子刚出生，魂魄未齐，连名字也没一个，入不了生死册，怕是成不了鬼；即便做了鬼，也是不灵的。

晚年的马票嫂生活安逸，她与前夫所生的儿子有大出息，在美国金融机构挣得高职，已在那里成家，每年坐二十多个小时的飞机来探她一回，带她到中国、日本和澳大利亚等各地旅游。她与梁虾生的孩子也都待她不薄，丰衣足食之余，有儿孙与她同住，亦有印度尼西亚女佣供她差使，还有一辆小轿车代步。银霞仍然像小时候一样，对马票嫂艳羡不已，觉得她出入无阻，如有神通。马票嫂也常笑说此生足矣。说了她握住银霞的手，好像觉得有些事单凭话语不足以表达，便在手上使了些力，对她说，银霞啊，要不是挂心你，此刻就算阎王要我下去陪梁虾，我眼睛也不会眨一下。

囚

　　银霞与顾老师出游的那一日是个周六。通胜上怎么说的呢？几乎诸事可行，宜祭祀、出行、解除、冠笄、嫁娶、伐木、架马、开柱眼、修造、动土、移徙、入宅、开生坟、合寿木、入殓、移柩、破土、安葬、修坟；唯忌开光与安床而已，听似无论生者或死人都不妨有所作为。果然这一天风和日丽，银霞坐在传说中的莲花精灵上，第一次从车里感受到它的动静——除了车尾两根排气管虎虎生风以外，车里竟安静得离奇，要不是路上许多坑坑洼洼，令车子不时震荡，银霞几乎感觉不到它在行驶中。好吧，这话，银霞刻意说得夸大了几分，无非为了取悦顾老师。这几年她摸熟了顾老师的性情，知道赞美这车子可要比称赞他本人更让他欢喜。

　　那一天顾老师到都城去，是要参加一个杏坛老相识的追思会。他问银霞要不要同去，正好可以用跑车载她游车河。这回银霞不别扭了，说好呀，先让我向电台请假，看老板允许不。锡都无线德士电召台已改由老板娘主事了，那本来是个心思如算盘的人，如今一点没为难，说去吧去吧。连同事阿月也说难得你肯请假，多拿一天吧，不然我还真怕你过劳死。这话当然是开玩笑的，这什么年头了，外面所有能开车的人都有了车子，再不济的，总买得起摩托。在锡都这地方，连公共巴士也苦于乘客稀少，即便换了一批模样时髦，还装了冷气的新巴士，也依然快撑不下去。剩下来那些不开车的人，手机上都有召车的应用程序，动动手指头而已，话也不必说半句。城中的电台召德士服务，只剩下银霞打工的那一家，因司机都上了年纪，眼拙手慢，也有不怎么识字的，便还因循度日，载些同样追不上时代，也不怎么赶时间的老人，得过且过。电台一天没接多少张单子，接线员终日枯坐。纵使老板娘不说破，阿月也十分尴尬，想着该辞工了。

"我家里有丈夫，儿女也都长大了，赖在这儿不过是赚钱买花戴。你不同，银霞，手停口停呢。"

不管怎样，银霞确实很久没请假了。梁金妹去世前她三不五时请假照料母亲，待梁金妹一死，电台每年许她拿的年假，多数被她荒废了去，甚至也慷慨地送了些给阿月，说反正无可用处，留在家中不过是空坐等老。这回她拿假出行，虽说有点仓促，而且是要去追思某个不识得的老人家，可她的心情竟出奇的欢快，堪比许多年前，当她还是一个小少女的时候,与家人唯一的一次过埠出游。那时银铃还在念小学,因为年终考试成绩不错,央得父母带她到锡都以北的雨城去观光游玩。梁金妹不忍将银霞留在家中,便也捎上她。那日大晴,雨城无雨,阳光遍地,据说老古用傻瓜相机拍的照片,一卷菲林①三十六张,大半都被阳光霸凌,而且除了银霞以外,每一个人都被强光照得见牙不见眼。梁金妹说难得出来一趟,一个劲催促两个女儿合照。银霞由得母亲摆布,与妹妹一起爬上那些爬虫类造型的塑像(银铃喊,鳄鱼啊鳄鱼,恐龙啊恐龙!)背上,她摸索那些庞然大物,心惊得很,却又觉得欢喜,忍不住也与妹妹一起怪叫。

  这回出游,因为如此欣喜,便有点紧张。阿月说你打扮一下吧,打兼差的小晴也自告奋勇,特地在出发的前一天到电台来替银霞染发。小晴中学毕业后曾花了好几千元上过两个月的美发课程,可后来到发廊工作,做一家倒一家,终至气馁,于是白天帮父母摆摊卖擂茶,一周有四天傍晚以后到电台接班,偶尔有男朋友上来陪伴,各自对着手机消磨时间。染发剂是阿月买来的,银霞说只要遮掩白发即可,于是她到印度人开的小杂货店里买来黑色染发剂,号称草本增色,天然染发。银霞自备毛巾,小晴则带来用具,像拿着调

---

① 传统摄影用的感光片和胶卷。

色板和画笔，在银霞的头上涂了一层又一层。银霞被塑料布罩在椅子上，头皮沁凉，鼻端闻到一股怪味，恰似以前住在楼上楼，妹妹银铃每周总有一下午在家写大小楷，一罐金字墨汁用久了便有如此味道。她皱起鼻子，问阿月你买的真是染发剂吗？

怎么不是？

臭呢。

怎么臭了？印度人的头发不就是这种味么？

胡说，印度人发上抹椰子油，比这个好闻多了。

那这是什么味？

这个……闻起来像金字墨汁。

金字墨汁？什么意思？

就是，就是有一股羊屎味。

什么？羊屎？

嗯，羊屎煲水，就这个味。

三女在电台的小办事处咯咯笑，阿月与小晴穷追猛打，说！你怎么知道羊屎煲水是什么味道？银霞住口不语，摇头而已；小晴调的浓墨自发梢洒落，溅在银霞披着的塑料布上，一派写意。

就那天下午为银霞染发，在厕所里提着橡胶管替她洗了头以后，小晴用毛巾替她将头发拭干，忽然说，我昨天刚辞工，老板娘准了。

辞工了要嫁人吗?银霞问。

才不是。我到按摩中心当学徒,工时长,以后来不了。

怎么去替人洗脚揉骨呢?阿月插嘴说。我以为那是泰国妹和中国妹才干的事。

才不呢。小晴说。马币不断贬值,泰国妹和中国妹都瞧不起这点钱,全走了。

连外劳都不干了,你怎么还去做这个呢?银霞问。

好歹是学一门手艺嘛。边学边做,而且总算是一份安定工作。小晴开响吹风筒,将风声往银霞耳里灌,银霞便听不清楚后来的谈话了。她把听到的那些断断续续的话串联起来,猜知大意,小晴说学指压推拿,就像学护理一样,能帮人呢。

不好吗?

好好好。阿月挤对她,说你千万小心,别让那些臭男人趁机揩油。

第二天银霞出门,乌黑的头发齐肩,早上起床后梳理过无数遍了,还穿上两年前银铃给她买了以后,只穿过一回的连衣裙,显得容光焕发。她出门的时候,老古刚起床,抠着眼屎从后面的房里出来,隔着落地玻璃门看见院子里女儿的背影,在阳光下摇曳而去,景深处有朦胧的叶影与九重葛明晃晃的艳色。他不及洗脸，憋着一泡尿到厅里的神台上香，嘴里喃喃，说梁金妹啊梁金妹，你火眼金睛，千万要看紧你女儿。

顾老师载着银霞先到美罗小埠吃鸭腿面，之后一路不停，直驱都城。他带银霞参加的追思会在城中某大厦的顶楼举行，被追思的人是个老作家，曾是华文作协的会长；年轻时当过校长，写过文章出了些书，后经商发迹成了富豪，从此在文坛出钱出力，又因社会上广有人脉，当了作协会长后拉拢不少华商和乡绅一起办文化活动，又给原本穷兮兮的华文作协存下不少积蓄。这样生财有道的人，文坛稀罕，因而德高望重。银霞对此人一无所知，顾老师便在驱车来的途中给她细说。他的这位旧识病重多时，砸大钱续命，一个月前于医院的贵宾级病房内逝世。家中老老少少随侍床畔，像观看濒临灭绝的珍稀野生动物一般，都睁大了眼睛目睹他咽下最后一口气。

追思会上来宾济济，不少人的名字都冠着各州苏丹或国家元首给的勋衔，还来了许多中文媒体与本地文人。人们交头接耳毫不喧嚣，但银霞闻着满堂名牌香水各吐芬芳，便可想象其衣香鬓影。会上发言者不少，多已老朽，轮候上台去细数逝者生平，将他说得只应天上有。银霞听得出来人们手上都备好了稿子，个个照本宣科，催人哈欠。那是万万比不得政治人物，如日落洞之虎在台上说话那样引人入胜的，就连莲珠的丈夫拿督冯，银霞以前听过他在儿子的百日宴上说了一套谢词，虽是陈腔滥调，但语态自然，其中的抑扬顿挫也比这些人掌握得恰当些（当中真有两人还顾得上语调的事）。最后麦克风交到逝者的长子手上。据说此君乃国内赫赫有名的大医生，因自小在英校念书，不谙中文，只能以英语向来宾致谢，并对自己与几个弟弟妹妹读不了父亲的文章频频表示遗憾。尽管如此，追思会上仍找来某学院几个中文系学生，用稚嫩生涩的声音朗读逝者生前的得意之作，以表追忆。银霞觉得作品平平无奇，但朗读者慷慨激昂七情上脸，只把逝者家属听得泪眼盈眶。

追思会结束后，人们散去，各人送得逝者的作品集一套以志纪念。银霞虽是个盲人，仍被一视同仁，她却之不恭，只好将那沉甸甸的三本书拿在手上。后来她去解了趟手，出来才想起自己将书遗忘在洗手间，回头去寻，再出来时两部电梯络绎不绝，已将宾客分批送走。顾老师与她站了好一阵才等来电梯，两人共乘，没想到电梯才滑下两层楼，忽然顿了一顿，一整个钢盒子就停在那里了。银霞说停电了吗？不，顾老师说，电梯出故障了。那怎么办呢？没事的，我先看看有没有警铃，召人来修即可。银霞沉着等了一阵，顾老师说哎呀这电梯是怎么回事呢？声音显然透着焦虑，说怎么连一盏紧急照明灯也没有。

没有灯,很暗吗?

伸手不见五指。

那是找不到警铃了?

看不见呢。

让我来吧。银霞说着伸过手去,碰到了门边的标盘,将上面的按钮逐一按个遍。按到最顶端的一个按钮时,她与顾老师都听见了铃声。两人舒了一口气,连着按了几声长响,之后便在静寂中等待,以为会有人在外头叩门叫喊。可等了一会儿不见任何动静,顾老师便再接再厉,手指戳住那警铃不放。这回铃声响得急切,终于将人召来,外头依稀有声,是个马来男子,想必是大厦的管理员,喊着说听到了听到了,你们几个人在里面?

两个。顾老师大声回应。

知道了,等一等,你们等一等。

这一等(快好了,你们再等等,再等等!),银霞与顾老师在电梯里困了许久。久得银霞都觉得电梯内氧气不足,有点呼吸困难了。她让顾老师停止与外头那个人喊话交涉,说你省口气吧,慌也没用。顾老师叹了一口气,银霞感觉到他在她的身边坐下来。她打趣说顾老师,现在要有一副象棋该有多好。顾老师说我要能和你一样下盲棋,又何用棋具呢？光用嘴巴说就行了。银霞这才想起来两人正处身漆黑之中，她说这下可好，欢迎你来到我的世界。

"现在你知道我的世界长什么样子了。"

顾老师无言。好一会儿，两人屏住声息倾听电梯外头的声响，竟听到脚步声呢，还有至少三个技工在大声交谈，他们用的工具也没闲着，各自发声。顾老师闭上眼睛，黑暗没有变得更深沉一些，耳道却好像被清空了一样，周围的声音有了明显的层次，他一重一重地听，由远而近，听出来了技工们抢修的声音是从电梯上方传来的，也听见马来管理员迭声追问怎么样，还要多久才修好（无人回答）。他听见拉锯和敲打，听见电梯盒子的坚定与沉默，继而听见自己的呼吸。他问银霞，你生下来眼睛便看不见吗？

"我妈说我生下来后，眼睛几天没睁开。等我终于睁开眼了，眼珠看着便怪怪的，对眼前之物毫无反应。医生对她说，你这女儿先天失明。"

"我却总觉得自己是看见过的。"银霞说，"也许在刚睁开眼的几个小时，也可能是几分钟吧，我可能是看得见东西的。以后当人们对我说颜色，说形状，说线条，说光，我都觉得自己能意会，知道他们在说什么。"

顾老师依然合着两眼，四周的黑暗坚硬如石，脑中却光影丛生，随着银霞说颜色，颜色便像喷罐里挤出来的彩带四下纷飞;她说形状,各种形状犹如万花筒般在黑暗中奔放旋转,然后黑暗转成白底,横的竖的黑色线条在其上穿梭回旋,不断变形;她说光,便有了光;红黄蓝绿,七彩缤纷的光,四面八方如喷泉涌出。

"那你生下来便不怕黑了。"顾老师说,说了自己也觉得好笑,"必然也不会有幽闭恐惧症。"

"顾老师,这不好笑。"

"是不好笑,我说错了。"

"连你们开着眼睛的人都觉得这世界不安全,都必须活得小心谨慎,更别说我们这些看不见的人了。"

"对不起。"

"不过你说得对。"银霞说,"总有些什么时刻,譬如现在吧,我们一起坐在黑暗中,我确实觉得自己比你强大。"

"因为我也成了瞎子吗?就算我是个瞎子,也终究是个男人呀。"顾老师说,"而且我还练太极,懂得些武术呢。"说着,他伸出一只手在黑暗中比画了几下,碰到了银霞的手臂。银霞却不闪避,由得那手停在她的臂上。她问,是你吗,顾老师?声音平淡,静室之中听来竟如金石之声。顾老师没料到有此一问,心中凛然,不由得松了手。"当然是我。不是我会是谁呢?"他说。

"问清楚总是好的。"银霞一笑,"这里漆黑一片,别说我看不见你，怕是连你也看不见自己，不晓得自己是谁。"

顾老师听出这话有深意，他缄默以对，两人无声时外面的杂音乘虚而入。马来管理员还在问，修好了没？好一会儿银霞才说话，语调依然平静，仿佛从足下冒生，自黑暗中徐徐升起。"我十六岁时在盲人院里被人强奸了，一直不知道是谁干的。"银霞说话总是这么清晰，近听不刺耳，远听不含混，如深夜里的电台广播，介绍老歌或古典音乐的主持人沉着嗓子娓娓道来。顾老师觉得她像是在说着遥远的，别人的，譬如一个已故女艺人生前的事情。"这是真的吗？"他问。

"也许当时我该问，你是谁？你是谁？是你吗？"

"那时也像现在这样乌漆墨黑？"

"那是个下午。"银霞说，"光天化日。"

那下午其实没有银霞想象的那么明亮，而且盲人院那收藏点字机的小房间偏隅，两扇百叶窗也不开，终日垂下窗帘。窗帘的布料很厚，带着点塑料感，上面印着马来人喜爱的花卉图案，色彩浓郁，而且不常洗换，蒙着厚尘。故而这房间十分阴暗，空气也不流通，无论谁走进房里，第一件事必定是找开关启动头顶上的吊扇；倘若进来的是开眼人，自然也会亮灯。那是盏老去的日光灯，它要是亮起来，银霞会听到镇流器发出的响声。

那天走进房里来的人却没有亮灯。银霞听见门合上了,门锁吐出舌头,咔嚓一声。她直觉来人是伊斯迈,心里微微一颤,手指的节拍却没有缓下来,仍继续在点字机上弹奏。那人走过来,在她身后站了好一会儿。因为他一声不响,也毫无动作,银霞慢慢觉得不自在,以为背后的人居高临下,正注视着点字机,在阅读它吐出的符号。她等着那人开口说话,但他没有。不知过了多久,那人伸出两手放在她的肩上,动作十分轻柔,但那一双手本身有其重量,那重量压住了她,不让她动弹。银霞不期然停下手指的动作,它们便都柔顺地停泊在点字机上,怯生生地一动不动。她挺直背脊,调动全身的感官去感受那一双手,并且在脑中向自己描述它们。

她在心里对自己说,那是伊斯迈的手。手听到了,说不对,我不是伊斯迈,我是蛇。说着,那手似乎为了逃避她的描述,真的像蛇一样狡猾地蜿蜒往上游动,从她的颈项游移到她的耳背。银霞打了个冷战,喊住那手,手便停下来,手指伸张如同触须,钻入她的发际,触及她的头皮。银霞咬了咬牙,那一双手不等她反应,已顺着颈椎滑行到她的背上。那些手指沿着背中央微微凸出的骨节,像车行在画了许多凸线的路上,一路跌宕,去到她的腰部,像是在那里找到了一个什么开关,轻轻地捏了一把。

也许那儿真的有一个隐藏的开关吧，银霞浑身一震，身体里不知从哪个脏器涌上来一股燥热，仿佛引擎发动，血液迅即升温。她觉得体内有一股什么在火速流窜，忍不住闷哼一声。那是从五脏六腑里挤出来的呻吟，银霞说那不是我的声音，但她背后的人听不明白，以为那是一种什么指示，他的手听到的是一管耍蛇笛发出尖响，便再也按捺不住，如两条蟒蛇分头缠她，像拔起一根葱那样，将银霞从椅子上一把揪起来，把她送往背后那人的怀里。银霞只觉得腹部一紧，背上一热，那一双手已窜至她的胸部，紧紧掐住她的乳房，像要制服什么猎物。她陡然一惊，刹那间不知该不该声张，那人的脸便已越过她的肩膀，欺近她的耳边，带着尼古丁味道的鼻息全喷在了她的脸上。

"你还是处女吗？是吗？"那人问她。银霞听不真切那声音，其实也不太能确认那话的意思。他凑得太近了，说的话混在急促的呼吸里，像一头野兽在喘气。银霞不知该如何反应，但她知道了那人不是伊斯迈。她说不要，说时双手往胸前交缠的蟒蛇使力刨挖，像要掰开一个绑死了的结，可它们那么牢固，背后的人身体跨前，鼠蹊顶上来，像是要硬硬将她嵌入他体内。银霞这时候才忽然感到恐惧，她说不要这样，真的不要。那人不应声，嘴巴凑上她的脖子，狠狠地吻她。银霞感受到那湿润的嘴唇肥厚的舌头坚硬的牙齿扎人的胡子，还呼噜呼噜有声，如猪在刨食，唾液濡湿了她的脖颈。

银霞挣扎不过来，她试图转身，想要亲手摸摸那人的脸，要像读盲文那样用手去认知他，但那人力气大，双手如蟒，并用身体强行镇压住她的挣扎，嘴里还"嘘嘘"有声，示意她安静。别吵，你安静些！银霞这才知道该叫喊，那人将她往前一推，使力将她按倒。银霞的身体失去重心，一头栽下，胸膛重重撞到前面的点字机上。那人随即压在她背后，像把她当作牲畜要骑在她的背上，那重量将银霞肺中的空气全挤压出来。银霞只觉得胸腔一股剧痛，黑暗中仍感觉到世界在旋转，越转越急，生起了一个看不见的旋涡硬将她扯进去。她感觉到那两条蛇又活动起来，凶猛地窜进了她的裙子里，扒下她的内裤。她喊将起来，不要，真的！一口气接不上去，便莫名其妙地开始咳嗽起来。那人不理。银霞趴在那一台笨重的点字机上停不住地咳嗽喘气，呼天抢地。那人不理，仍然急着进入，先是用手乱搓一通，不待濡湿便以阳器挺进，在阴道里捅破她。银霞仍然在咳，咳出涕泪，大汗从头皮与背上沁出，肺像要反过来了；身体泡在自己与那人的汗水中，汗水流到下体变成了血，辨不出来身体哪处被撕裂，只觉得痛，仿佛浑身在经历着火刑，里里外外被灼烧。

后来的事，银霞丝毫记不起来。有一段时间她只觉得黑暗是滚烫的铅,从她的头颅灌入。长这么大,她没有经历过这样充实的黑暗,如同滚烫的岩浆涌入她的嘴巴耳朵胸腔肺叶胃囊……身体成了躯壳,所有的空处都被液态的黑暗填满,迅即凝固,让她成为一具被黑暗填充的木乃伊,与黑暗成为一体,实实在在。那人一直在她背后,没有将她扳过来,好像她的脸是不重要的,她的表情不重要,她的昏死与否也丝毫不影响他的意志。银霞的身体因他的冲刺而动摇,在点字机上敲击出一些符号。除了疼痛以外,除了肺中无气,除了意识与身体逐渐分离,她连黑暗也感觉不到了。直至那人完事,抽离她,背上的压力骤然消失,银霞的肺像瘪掉的气球忽然充气,她活过来,身体感官逐一苏醒,便又继续咳嗽,几乎呕吐。等她的意识回到身体,眼前的黑暗慢慢软化,她才觉察自己伏在点字机上,浑身乏力,如同一块潮湿的,发出腥气的破布。

那人揪起裤子拉上拉链,走之前还走到一旁弯下腰来查看银霞,用手轻轻拍了拍她的脸颊,像是要确认她还活着。银霞想说"不要",不要不要不要!喉咙却像被堵住了发不出声音。是那些强灌进来的浓稠的黑暗,已经在她的喉咙里变成了固体。那人伸手到她腋下,扶她起来,让她坐到椅子上,过后还扶了扶那一台点字机,像要矫正它的位置,确认它无损。

银霞没移动分毫,只觉得眼中无明,耳道闭塞,胸腔发疼；手和脚软绵绵地垂挂在躯干上，像是不由得她了。那人又耽搁了一阵，将一件柔软的物事塞到银霞的掌心，再伸手摸了摸她的脸颊，用接近温柔的手势拭去她的哭痕。然后他轻手轻脚地走了，门一开一合，外面的静寂中有细微的杂音，将银霞耳中的黑暗融化。她听见近处的鸟语，远处有卖零食的流动车叮叮当当，各种声息如好事者闯了些进来。那人走了好一会儿以后，银霞才真正地醒过来。她捏了捏手中的事物，打开它，摸到了那稍微脱线的边缘，才意会到那是她被除下的内裤。这像个什么罪证握在她的手里，让她又激动起来，手止不住地发抖。她凑足力气，扶着椅子将自己撑起，而两腿依然发软，身体簌簌地抖，一股温热的液体携着说不清的腥膻味从她的下体涌出，沿着大腿内侧淌下。银霞想要拿手上的内裤揩抹，又觉得不对，慌忙转身从一旁的布包里翻找纸巾，没有，只找到一条熨烫过，折得方方正正的手帕。她弯下腰，两腿微张，用那手帕揩去大腿和阴户的黏液与血，之后穿上内裤，又用那手帕擦了擦她坐的椅子。那木头椅子摸上去还有一点黏腻，又像残留着一股异味，银霞觉得不放心，拿出水壶来倒了些水在上头，擦了又擦。

她从小房间里出来，锁上门，将钥匙挂在指定的地方，再沿着无人的走道步出盲人院的建筑物，于寂静中听到喧腾的杂音，如尘埃飘浮。父亲的车子已等在外头了，她坐上去，老古没有察觉异样；不觉得她头发乱了，衣衫皱了，胸罩被扯掉了一个扣子，穿得有些歪斜，胸口还现出瘀青，像一个被粗暴玩弄过的洋娃娃。唯独银霞晓得，还闻到自己像一块发臭的湿抹布。

那时候老古车子里的收音机还能用，播着当时未老的老歌，主持人在两首歌中间做天气预报，说今晚上西马有雨。东海岸有雨。都城有雨。锡都有雨。

她仍然将手帕带回家；到了家里以后，她把手帕和布包，还有她身上穿的衣裙内裤都搓洗一遍，用上满满两勺洗衣粉，以至洗澡后浴室里满溢洗衣粉的清香。梁金妹后来将银霞斥责了一番，说她弄得一地肥皂水，差点累她摔倒。那天银霞仍如平日一样吃饭睡觉，很早便钻进了被窝里，说累。妹妹银铃叫她也不睬，便到厅里对母亲说姐姐病了，梁金妹掀开门帘，手掌摁在她的额头上，说你发烧吗？银霞说没有。梁金妹说你没生病怎么今晚不在厅里看电视，织网兜子？嘴上这么问，脚下却三步并作两步走出那房间，片刻也没停留，兴许是电视中的什么连续剧演到大结局了。那晚上银霞浅眠，梦用很薄的羽翼护住她。夜半时真听到雨落下来了。雨从东海岸越过蒂迪旺沙山脉①来的；雨势倾盆，她的

---

① 马来半岛的主干山脉，将半岛分隔成东西两岸。

梦浅薄，又像是破了洞，挡不住哗啦啦的雨声。

银霞说到这里，电梯恢复运作，灯先亮起来。顾老师眨了眨眼，费了点时间才习惯这光明。回头看见银霞坐在他身旁的角落里，两手抱着膝，脸上的表情平静。她感知身处的钢盒子稍微晃动，听到头顶上有机器启动的声响，像是钢缆被绞起，便说电梯修好了吗？顾老师说应该是吧，说着抓住壁上的扶手站直身子，又将银霞扶起，替她拍去裙裾上的尘灰，再掏出手帕来擦了擦她的脸颊。这时候电梯门自动打开，外头无人，刚才那些倒腾了许久的技工与管理员影迹全无，连声音都不可闻。顾老师说我们到底层了。他扶着银霞从大厅走到大厦门外，日光浪头似的扑过来迎接他们。银霞虽看不见，但热辣辣的阳光贴上她的皮肤，便也感觉到了。

这么被电梯困一困也许是好的。那天傍晚到都城拥挤的阿罗街吃晚餐，几样海鲜小炒虽然做得十分公式，银霞吃得大汗淋漓，十分过瘾。之后坐车回去锡都，路上她仍然有一种重见天日般的欢悦，忍不住在车上哼起歌来，是《乡愁四韵》。歌声温柔到极致，顾老师安静聆听，忽然想起什么，一声惊呼。

怎么啦。银霞问。

书啊。顾老师说。那两套作品集都被我们忘在电梯里了。

马票嫂

　　知道这段过往的人，梁金妹死后便少了一个。银霞原以为这样等着，等老古和马票嫂这些老一辈的人都作古，便剩下她自己独抱这秘密。妹妹银铃对这事情兴许有些印象，可事发时她年纪小，对成人事懵懂，长大后若想起，也只能向母亲打听。此事梁金妹引为奇耻，恨不得将它从每个人的记忆中拔除干净，对银铃也必三缄其口。

　　就连银霞，以前母亲也严正警告过她了，这事光彩吗？你以后若还要做人，连细辉和拉祖也是不能说的。可这么大的事，梁金妹自己终须找个有识之士来计议，便与上门来的马票嫂说，说银霞那天回来我就察觉不妥了，翌日早上她还称病不要到盲人院上课，这事前所未有，怎不招人疑心？后来银霞再去，三天两头找借口旷课，远不如过去热衷。梁金妹再忍不住，一个上午趁老古与银铃不在，问银霞怎么隔了许多天月事没来，"你当妈也是个瞎子么？"此话将银霞逼出眼泪，哆嗦着将事情和盘托出。梁金妹这番话让马票嫂听得震怒，着梁金妹将老古找来，第二日三人带同银霞一起到盲人院，直闯院长办公室，说要揪出那欺侮人的家伙。

密山新村盲人院的院长先生资历深，见过大场面了，遇这种事惊而不慌，用他一贯平和的声音及语调问银霞，你知道是谁干的么？银霞低头无语。他便再问，是我们院里的人么？抑或是外面进来的人？银霞说那人没开口说话，我怎么晓得。老古忍受不了对话这般慢条斯理，在旁不住插嘴，催银霞交代，说他是马来人么？印度人么？华人么？你说啊说啊别怕！声音甚响，如发连珠炮。

"即使人家不说话，身上的味道也闻得出来不一样吧！"

"银霞的鼻子哪有这么灵？她是人，不是狗。"梁金妹听得愤慨，抢过话头。她这么说老古便有点恼火，说都这种时候了，你把枪头对着谁呢？夫妇俩不知积压了多久的怒火，在院长的办公室里你一言我一语，针锋相对。马票嫂站在两人中间，时而出言尝试调停，时而弯腰劝导银霞平心静气，仔细想出端倪，偶尔还得抬头与院长大声理论，并恫言报警。语言转换得急，便有点乱了套。院长先生倒不理会老古与梁金妹的吵骂，一边细声叫银霞交代详细，一边向马票嫂分析利害，说事情过去这许多日，还无凭无据，就算他们到警局报案，恐怕也弄不出个所以然。

"你看她身上也没有伤,是不是强暴还很难说。"院长这话让人难堪,老古勃然大怒,大力拍桌子,斥院长含沙射影,推卸责任。"我们这就走,找政党帮忙去,给他弄个记者招待会,让大家知道这盲人院里有多少龌龊事情。"说了拽着梁金妹要走。梁金妹说上哪儿找政党呢?"拿督冯啊!莲珠的老公,我们与他相熟的不是?"老古扯大嗓门做状推门,院长先生也不阻挠,只对马票嫂说,你是明白人,想想这事情闹大了,还不是让阿霞再受害么?

从办公室里出来,老古一路怒气冲冲,说这烂地方,我当初就不愿意她来。"这下好了,送羊入虎口,还有冤无路诉。"马票嫂闻言不高兴,便无言语,任得老古与梁金妹在车上争吵。夫妇俩瞎七瞎八吵的什么,都牛头不对马嘴了;银霞听不进去,只感到满脑子嘤嗡嘤嗡尖响,如脑子里有一窝马蜂筑巢。途中车子被警察截停。两个共骑一辆摩托的年轻警员语音青涩,面带羞赧,像是昨日才刚从警校毕业,今日到路上初试啼声,指老古在刚过去的拐角闯了红灯。老古硬拼,说那时黄灯尚未转红。没想到两个后生并不退缩,像唱双簧似的相互做证,并且越说态度越坚定,不时以眼神彼此鼓励,都指认老古违章驾驶,实实在在闯了红灯。老古下车辩解,指手画脚,两造相持不下,对峙了少说一刻钟。那可是大热天,车子的冷气机力有未逮,再吐不出冷风来,车里的人无不汗涔涔，马票嫂终于忍不住绞下车窗，说了句阿拉伯问候语，阿斯—沙朗姆—阿赖空姆，之后几句马来语行云流水，又从荷包里掏出三十元来，像看了演出打赏似的塞给了其中一人，说这么热的天，你们这么辛苦，快去喝杯咖啡吧。两名新警含羞答答，领了情后知足而去。老古仍满腔愤慨，嘀咕了好一会儿，却见车中无人反应，顿觉没趣，声音越来越细。车子里其他人将各自的静默会合在一起，像一个不断膨胀的气泡，终于将老古碎嘴吐的小嘟囔吞没了去。

回到家中，三个大人关上屋子的窗门密谈了一阵，很快分成两派——女方觉得事情怎么做都讨不了好，主张息事宁人，私下把"问题"解决以保全银霞的名声；男方明知不可为而为之，坚持要去找议员（若拿督冯不管，我们去找反对党，去找卡巴尔·辛格！）把事情调升至政治层面。最终老古说不过妇人们，骂一声屌，叹两句"妇道人家啊"，便摇着头甩门而去。银霞被撂在一旁，自己摸索到厨房里淘米洗菜，将一条腰梅肉横纹切片，替母亲把午饭的食材备妥。马票嫂与梁金妹谈了许久，走的时候说，明天我就将那诊所的地址和电话抄了拿过来。"也不算远，就在大草场那一头。"梁金妹连连叹气，说远一点也罢，就不那么容易碰见相识的人了。之后闻到电饭锅传来的饭香，便要马票嫂留下来吃饭，说四季豆与肉片炒一炒，嫩豆腐蒸一蒸就能上桌了。马票嫂自然是不肯留的，说一上午时间都花在了这事上，下午还有许多工夫要赶。梁金妹侧头一想，那天是开彩日呢，岛城有跑马，马票嫂可得忙着去收万字的，遂从房里找出三十元来还她，千谢万谢，也不留人了。

三天以后，银霞腹中的胎儿便被拿掉了。那孩子在银霞的肚子里只住了五周；不过刚在子宫内着床，只是个胎芽，连称作生命也不配。除了月经没来，银霞尚且未感觉到肚子里有异样，也未有疲惫和孕吐等迹象。不过是到医生那里验个尿，他说有了便是有了，片刻也不耽误，将她带到另一重充满消毒剂的、无菌的黑暗中。银霞离开那房间的时候，有点像落荒而逃，心神七零八落，没想起这事情需要证实，便没说要亲手摸一摸那才五周大的一枚小肉块。待回到家了躺在床上，她才发觉这事不同拔牙。口腔里没了一颗牙齿至少会留下空洞，到底算个痕迹，可肚子里被刮出了个据说只有苹果籽大小的胚胎，竟毫无流失感，还比不上撒了一坨大便那样，能觉出腹中的解脱。以后她每每想起便觉得这事情不实在，有点儿戏，便怀疑那医生是个骗子，不过只是欺负她眼盲，用一整套人工流产的仪式替她疏通阴道，导出她闭塞了的月经。那一回月经倒是流得特别汹涌，前面两天卫生棉像被泡在血浆里，沉甸甸的不说，下体还都镇日潮湿，散发着一股酸性的血腥味。银霞想，这血本该留着孕育腹中的孩子，因孩子不在，便如大江东去。

这事，当年知道的人都守口如瓶。老古简直就像彻底忘了一样，直至以后银霞年长，生了白发，他像是还将银霞当作黄花闺女。至于马票嫂，尽管多年走家串户与人交换情报，但她识得分寸，银霞知道她是不会说的。而她果真没说，大概除了丈夫梁虾，马票嫂连对自己的孩子也没提起过这事。可这么机灵和洞明的妇人，晚年的时候竟像用久了的老机器忽然崩坏，头脑衰退得比平常人厉害；常忘事，说话开始乱七八糟。马票嫂的儿女带她去看了几个专科医生，都说这是阿尔茨海默病，也就是老年痴呆症，没得收拾，只能眼睁睁看她一天比一天糊涂而已。

患上了痴呆症的马票嫂，初期症状并不严重，仍天天开车出门，到她的许多老地方去找老朋友。银霞她也是来找过的，仍然亲热不减，只是说话渐渐没了路数，仿佛脑子里编排时间的仪器失灵，忽然会把银霞当成许多年前的女孩，问她，你妈带你去找那医生了吧？银霞原先也像马票嫂的儿女孙子那样，一再执意纠正，说契妈你弄错了。后来才明白跟她拧并无益处，徒添困扰，令马票嫂原已失序的记忆更加混淆而已。于是她便总是顺着她的话头，像乘坐她开的车子一样，由得她去哪里便哪里。

"哪个医生啊？"银霞敷衍着问。

"大草场那边有个老医生，人家说他手法好，不留隐患。"马票嫂说，"我已经把他的地址和电话给你妈了。你们赶快去吧，这事不能拖。"

"再等等不好吗？"银霞听马票嫂说得正经，忍不住逗她，"妈打电话去问过了，要几百块呢。我们还没凑够钱。"

"凑什么呢凑？我先借给你们。"说着，马票嫂从裤子一侧的口袋里挖出她的小皮包，拉开拉链，当真掏出一小捆钞票来，"你能等，你的肚子不能等呀。"

除了记忆紊乱，说话时而像搭错线一般，马票嫂身体健壮，生活能自理，开车也没出过事故。也许因为这样，家人虽早受到医生告诫，可一段日子后不见发生状况，便还放心让她自己外出，以为马票嫂去访友，身上也带着特地给她买的老人手机，出不了大差错。孰料有一日马票嫂早上出门，傍晚家里开饭时仍未返回，家人打不通她的电话，便举家出动，纷纷联系各亲朋好友，却无人说得出其下落，大家急得如热锅上的蚂蚁。银霞当时接了电话，挂了线后未几又打回去，说契妈也许到密山新村去了。对方问为什么是密山新村？银霞说这几回马票嫂来，总是出其不意，说起从前密山新村的种种，甚至有时恍惚，宛若被年轻的自己穿过时光追上来附了身，还当自己是卖包子人家的媳妇，霍地对银霞说，我要走了。再不走，老太婆肯定不给我好脸色看，两个大姑子更会说难听的话。

"她们顶多说几句粗口，能奈何得了你吗？"

"你不懂，这两姐妹的嘴巴臭过屎坑，会说我勾佬，问我外面是不是有个野男人。"

"她们敢？你叫契爷替你出头，掌她们的嘴。"银霞这么说，马票嫂就有点蒙了，问银霞谁是契爷。银霞说梁虾呀，道上有名"烂口乌鸦"不是？马票嫂想了想，一副搜索枯肠的表情，说那是谁呢？听这名堂怎么像是黑社会？

听了银霞这么说，马票嫂的儿孙们马上号召亲戚朋友，一行人开了十余辆车子，浩浩荡荡地到密山新村巡行，于暮色中搜寻马票嫂的踪迹。入黑后的密山新村路灯极少，村中小巷迂回，不少蜿蜒如蛇，要在这种路上找人煞是不易。人们到过马票嫂年轻时与母亲同住的故居（现由其长兄盘下，住了一家三代人），甚至去到村中卖包子的陈家门口，在铁门外大声叫嚷。这时候的陈家还住着以前的独幢洋房，但那房子被年月冲洗，业已败落；左里右邻原来只有两间半木半砖的小平房，后来被屋主拆掉重建，弄成了外观时髦奢华的二层小楼，便把陈家的房宅比下去，像是把那老房子挤得灰头土脸，自惭形秽，不得不往后退了一步。

陈家的包子生意，这些年已比不得从前。倒不是包子掉了水准（尽管这年代的生猪都注射长肉剂长大，多少像是灌水，肉质不同以前；面粉的质量亦不如过去。就连本地做的名牌酱油也酿不出以前的味道了。在种种不利的条件之下，陈家包子水平稍微下滑在所难免）。马票嫂的前夫继承茶室，一直坚持真材实料，无奈人们变了口味，总嫌陈家包子味道太重，咸过头，而且包中肥肉太多，卡路里值骇人，还有人嫌馅料乌黑，色相不佳，又因此疑心店家用的材料不新鲜，所以才用上大量老抽企图掩盖（有人给包子剥皮拍照，上传"脸书"；打题"黑心大包"，得百余人按赞）。反正陈家在密山新村巴刹里的小茶室，午间包子出炉时，以往店前的人龙再不复见，加上陈家老先生和老太太相继逝世后子孙分家，家业被一再切割，谁也榨不出多少油水，便已有点家道中落的况味。

　　陈家的当年人早已零落，出来应门的是一个脸上稚气未脱的年轻少妇，脸如白玉盘，好声好气，说没见过来人口中的马票嫂。这时候银霞再打电话来，让人到巴刹里找一找，说不定马票嫂回到陈家的茶室了。扁脸少妇走到家门口，朝屋里说了些什么，那门洞里便冒出来一个白发疏落，脸上满布疙瘩，如树结瘤，行路还止不住地往一边倾斜的人，原来是马票嫂的前夫。男人领着众人走到巴刹，踩着一地烂菜叶，惊得野狗夹尾走避，鼠辈乱窜，一直去到陈家茶室，果然看见老去的马票嫂蹲在门前。见有人来，她无一认得，只说我好饿，卖给我一个南乳包吧。那领路的男人木口木脸，闻言退到一边去，由得众人簇拥上前，几乎像用抬的将马票嫂带出巴刹。人们一路走一路说，要吃包子明天给你买就是，说得像在哄一个孩子。

那以后马票嫂的阿尔茨海默病急剧恶化，病情像金融风暴后的股市，丝毫没有好转的迹象。纵然身体硬朗，笑时中气十足，家人却都不敢让她独自外出了，除了让印度尼西亚女佣如影随形，还将马票嫂的小车子藏到亲戚家中。银霞倒是经常接到马票嫂打来电话，电话那一头的她有些时候清醒，忽而糊涂，像是在玩蛇棋一样，在人生中不同的时间点上频繁跳换。

你妈带你去找那医生了吗？

银霞不与她较真，顺着她的话重游旧时光，一再演练旧事。她说去了，昨天才去过。

马票嫂状况如此，人们莫不以为她在人世的日子不会长了。银霞为此常在周休时往马票嫂家里跑动。一般是自己召的德士；电台的老司机们无不相熟，都对银霞十分关照，必在约定好的时间回来载她。细辉曾几次陪同，每次都在百忙中抽身，好像抱了要见马票嫂最后一面的心态。可马票嫂在家吃饱睡足，脸上臂上不断长肉，耳垂含珠，认不得人时仍笑呵呵，面如女版弥勒佛，没有半点垂死迹象。她老说自己是有用之身，还能等等。

"等什么呢？"细辉问。

"等下次大选去投票，把政府换下来。"马票嫂说，"那时候啊，就算阎王要我下去陪梁虾，我眼睛也不会眨一下。"

后来再去探望马票嫂，顾老师陪银霞前往。他的莲花精灵开到马票嫂家门前，像是阳光下站了一个被风吹起裙摆的玛丽莲·梦露，引得周遭邻居掀开窗帘窥看，连路过的车子都不由得慢驶，车内的人微微侧过脸观望，指指点点，仿佛在非洲草原或国家公园里看见奇珍异兽。马票嫂没一回认得顾老师，问银霞这人是谁，银霞说是邻居，马票嫂笑吟吟地说你以为契妈傻了么？普通邻居怎么会陪你来？是你的男朋友吧？不待银霞回答，她转头问顾老师的名字，又问人家干的哪一行。顾老师微笑回答，说是个退休教师。马票嫂十分高兴，说老师好呢，我年轻时也总想着要嫁给当老师的人。这些问题和相同的话，马票嫂三番五次地说；直到两人告辞离去，顾老师扶着银霞上车，马票嫂与女佣送到门外，被阳光逼得眯起眼睛，不由得举起手在额前拦住斜照。顾老师循例回身道别，她又再追问了一次，说对了你叫什么名字？顾老师不禁莞尔，仍耐心地再说一遍，我姓顾，顾有光。

什么？顾什么？

顾——有——光。

一路上

　　细辉亲自下都城那一日，距离大选已经不远了。他早上从家里出发，路上但见满天满地的竞选海报和各党旗帜，挂得全无章法，不过是无孔不入地抢占视野而已；还真如雨后春笋，一夜之间全冒出来了。而前天夜里还真下过雨，那些海报虽套了塑料袋，仍被雨打得七歪八倒垂头丧气，唯海报中各党候选人脸上沾着雨珠，仍坚持笑脸迎人，看着有点像在忍辱负重。等上了南北大道，倒还是一路青山绿树，一片净土模样，再不见这海报蔽日的光景。也不知是不是法律明文规定，不让竞选海报伸张到高速公路来（怕乱人心神，酿成车祸？），抑或是大道公司向候选人征收难以负担的高额广告费，因而一般候选人都望南北大道而却步，不过是每隔三五十公里便见秤砣联盟的巨型广告板，想来耗费甚巨，不知用的是政党的竞选预算抑或是私人自掏腰包，广告板上只见首相独占鳌头，不见其他团队中人，仿佛他是秤砣联盟唯一的卖点了。首相先生据说长年以藜麦当饭吃，面色红润，脸如满月，腆着里头能撑船的大肚子，穿着看来料子上乘的西装（进入马来选区则戴上宋谷帽①，换上绸缎做的马来传统男装），一人将整个广告板占用了去。

细辉这一回仓促到都城，是应大嫂蕙兰所求，为春分作保，让她向银行贷款买一辆小车子。春分产下一女后，在家待了两个多月。蕙兰与叶公都建议她把孩子交托给保姆，自己出外工作挣钱，好养活孩子。这正合春分之意，她自从怀孕回来，在家中已经憋得够久了，自觉脸色发黄，便迫不及待答应。叶公和蕙兰替她物色了个资深保姆，说是有多年替人照顾孩子的经验，家里弄得像个小小的育儿院。随后蕙兰再给春分在喜临门找了份工作，无非又是侍应，正好母女俩可一同上班下班，她也可以盯紧春分，不让这女儿有机会造次。只是每天除了往返喜临门，还得赶到保姆家里接送婴儿，没有车子代步万万不行，蕙兰便要春分去买一辆小型国产车。她们家里自然是掏不出钱来的，银行也谨慎，不给春分批那四万多元的贷款。蕙兰思前想后，找上了细辉，又用颤音申诉，请他来做个担保人。

蕙兰这请求，原本是要对莲珠提出的，就连她的父亲

---

① Songkok，马来人的一种传统服饰，通常在正式典礼或日常出行时穿戴，特别是穆斯林男性；圆筒状，颜色以黑色为主。

叶公也觉得莲珠要比细辉好说话。"细辉的老婆肯定不答应。"一旁的春分默默点头附议。不巧那时候莲珠到英国去探望儿子,像是乐不思蜀,去了两个月未归。蕙兰实在等不及,只好硬着头皮向细辉开口。电话中听得这小叔犹豫,便把手机递给春分,让她亲自哀求。春分的声音犹如孩童,一点不造作地声泪俱下,说叔叔啊我知道错了,你帮帮我,给我一次机会好好做人吧。细辉自然招架不住,他说你让叔叔想一想,明天再给你们答复。他想了一晚上,其实挂电话时便心意已决,不过犹豫着该不该与婵娟说。最终他说了,婵娟百般不愿,说这样不行,这种事自当找你莲珠姑姑去。细辉不听这话犹好,听了心头火起,说春分是我的亲侄女呢,别什么事都让莲珠姑姑应付。你嫌她的烦恼还不够多么?

细辉这样说话,婵娟也是忍受不得的,于是两人越说越僵,吵骂起来。女儿小珊赶紧戴上耳机躲进卧房,女佣则假意干活,走避到院子里。这一回细辉不知哪来的意志,豁出去一样,说这担保人我非做不可。婵娟大怒,说那你等着当冤大头好了;这种女孩我还不了解吗?不出半年,这贷款她肯定不还了。

"你当自己是叔叔,她和她母亲把你当老衬①!"

---

① 广东方言;形容头脑糊涂,被人占便宜的人。

"就当我是老衬吧,我心甘命抵。"

细辉撂下这话,也不理婵娟连续几天板着一张黑脸,仍按照他与蕙兰在电话上的约定(春分又奉母命接过电话,情真意切地一个劲道谢),这日早餐后出门,往都城去。其实他们家的小店事情很多,前天晚上店里遭人行劫,两个彪形大汉手持钢盔,给深夜顾店的员工喂了几下铁拳,打得他头破血流,乖乖将收款机内的现款奉上。这店开了将近二十年,打劫的事并不新鲜,但打伤人还是头一遭。细辉连着跑了警局、医院和保险公司,心里千头万绪。却没想到即便在这种时候,婵娟仍面色不改,一点没有退让的意思。却是莲珠昨夜从伦敦打来电话,问起春分买车的事,原来是婵娟忍耐不住,偷偷越洋知会了姑姑,借遭劫之事向她诉苦,说我们一家三口靠一家小店吃饭,容易吗?细辉不由得光火,斩钉截铁地叫莲珠别操心,这事我管了。

莲珠笑,说怎么我以前没察觉你有这男子气概?细辉回话,说姑姑你别笑我,我都当人家叔公了不是?

"婵娟对我说呀,你妈死后你的性情大变,像换了个人。"

今早出门前,细辉带齐文件,在饭厅里与女佣及小珊尚且有说有笑,见婵娟下楼来便相应变脸,只说我要去都城了,事情办好即刻回来。婵娟不瞅不睬,只别过脸去招呼小珊吃早餐，又借故指责女佣，为了不知什么鸡毛蒜皮的事借题发挥，说你们一个两个都不把我当回事了吧？女佣一贯赔笑道歉，却明摆着一脸无辜，更使婵娟齿冷。这几日女佣抱怨牙痛，由女儿小珊代为向婵娟传达，不巧遇上她与细辉对峙，便拖延着不带她去寻医。一日复一日，女佣连饭都不怎么吃得下了，靠着一日四次服班纳杜①止痛，夜里难眠；黑眼圈如两朵木耳在水里发胀，两只眼睛愈渐无神。细辉不知就里，问她怎么形容枯槁，女佣斜睨婵娟一眼，踌躇不敢回答。小珊在旁抢话，说玛娃姐姐牙痛呢，痛得上了头，已不知是牙痛还是头痛了。细辉瞥一眼婵娟，见她那脸色便意会她是晓得的，柔声说牙痛轻忽不得，你待会儿带她去找牙医吧。婵娟没好气，说我不是要顾店吗？你都要去都城了，我哪来的时间？细辉眉头一皱，忍住不去争执，回头对女佣说，那等我回来吧，明天一早带你找医生。

事实上女佣这牙痛已有些时日，大概是上个月开始，因痛得有一阵没一阵，很难说得准是牙痛不是，也不至于食难下咽，女佣对婵娟反映，她从药箱里拿了一排班纳杜让她止痛，还真有点效用。可半个月后那痛复发，更变本加厉，就几天便足于让她瘦了一圈。女佣本来个子就小，细辉出门

---

① 在马来西亚非常普遍的一种非处方止痛和退烧药。

时看见她在院里提着橡胶管往花圃注水，在花团锦簇的九重葛丛中瘦得宛若精灵。女佣察觉他的注视，回身朝他腼腆一笑；眼窝深凹，眼珠粼粼泛光，像泡在了两潭水里。

细辉这就出发。车子经过大街小巷，各党的竞选海报和党旗蔽日遮天。这些旗帜海报多以蓝白为主；竹竿和木棍沿路竖起，插得歪歪斜斜，把锡都弄得杂乱不堪，像一座沦陷之城。锡都本来就不太像城市，市区以老店居多（楼下开的店暗无天日，楼上木制的百叶窗都已霉朽；或是遭了白蚁，或是缺了几块木板，像没了门牙那样露出森森黑洞），再挂上这些蓝白色的，遭雨水打湿的纸张与布条，更有一种丧气的样子。直到快要拐进南北大道入口，路旁有空旷处，便看见了第一个秤砣联盟的巨幅广告板。首相先生面泛红光笑容可掬，倘若不看一旁的竞选口号，真会让人错觉是在给藜麦或别的什么有机食品当广告代言人。反观今届大选刚组织起来的新阵线，由年届九旬的旧首相领军，显然资金没这般雄厚，这类广告板相对稀疏，偶然得见一两个，上面必然许多人一列排开（也有用透视法排成"V"字形的，拍得像香港无线电视的豪门争斗剧海报），将广告板挤得水泄不通，显然卖的是人才济济的效果。细辉忍不住端详广告板上的旧首相，想自己上幼儿园时这人刚封相，直至他退位时（电视上许多部长和党员哭得如丧考妣），细辉已成家立业，女儿小珊也快要出生。因为用许多年时间注视他老去，又想起以前拉祖中五会考后曾与他吃过饭握过手拍了合照，细辉便对这老人感到说不出的亲近，觉得他的笑容和蔼，又因为他的年纪大得快要变成神话了，让人不得不相信其珍稀；似乎比之国家元首和各州苏丹，他更像是个睿智的老族长，值得全民景仰。

　　到了万乐花园，那天喜临门周休，蕙兰与春分母女在家中等他，老家长叶公也没出门。细辉的车子开到大门前，屋中的三代人（不，春分怀中抱了婴孩，是四代人了）急着抢出，合力打开那略微倾颓了的生锈铁门，坚持让他将车子开到门廊下。细辉颇感不自在，只有在脸上先堆好笑容才开门下车。叶公即上前来勾肩搭背，在被一夜雨水滋润过的空气中，与细辉像久违的老朋友一样互相问安。一旁的春分急着向细辉展示她怀里的女婴，蕙兰也凑前来嘟起嘴学着童音，对婴儿说，叫人啦，叫叔公啊。

　　婴儿其实什么都没做，不过是瞪着大眼睛盯着细辉看，但大家开怀笑，好像是因为微煦的阳光照得人舒服，好像是因为这么四代人站在一起是一件深该庆幸的事，表示最坏的时候已经过去。当然也可能是因为大选快到了，人们都预感这一届大选会有新气象，因而放眼望去，蕙兰住家对面的许多食肆和茶室都欣欣向荣，街道上行人走路有风。细辉进屋里喝了半杯开水，之后动身与蕙兰及春分到附近的银行办妥贷款的事，随后回来把叶公和婴儿带上，一行人到对面的食店吃午饭。细辉胃口极好，点了一桌子小炒，有鱼有肉；也有青菜豆腐和咸鱼臭豆。他频频嘱春分多吃，又往蕙兰及叶公的盘子里送去一箸一箸的餸菜。如此一团和气，恐怕除了春分怀中（偶尔也换到蕙兰多肉的怀里）的婴儿以外，大家心里都感到说不出的古怪，似乎以前何门方氏在世时，未曾有过此情此景。

饭后众人越过马路走回住处，细辉因为要买报纸而绕到附近的印度小店，蕙兰随他同去，也没什么要买，就打开罐子拿了一小包散装的老人牌黑色咳嗽糖。细辉付钱，等那店主找赎，细细看人家额上画的白线和红点，还有腰下穿的裹裙，随口问蕙兰，我哥真没消息么？蕙兰睨他一眼，说又有谁声称见到他了吗？细辉摇摇头。

"就算他真活着，我也当他死了。"蕙兰拿起一颗咳嗽糖，拆开包装后投进口里，空气里漾起一股薄荷精的清香。

"也许他真的还活着。"细辉将店主找回来的纸币塞进钱包，"我问过一些朋友，他们说这事有可能，叫我到监狱和幸福医院去查问一下。"

"幸福医院？"蕙兰张嘴说话，舌床上已晕开一抹青黑色，像是长了霉斑。

"对，就是红毛丹啊。"

蕙兰点头，忍不住笑，说他若在那种地方，跟死了有什么分别？

"我和我爸说了，他叫我别想，就把他当一个房客吧。走了就走了，哪有房客走了还会回来的呢。"她说，"可他哪是房客？你哥他是个瘟神。当初我把他的衣服鞋袜扔出去，心里就想你滚吧，滚吧，永远不要回来了。"

细辉颔首，说我明白，"也许我妈也一直这么想呢。走了最好，不要回来。"

那天离开万乐花园之前，细辉见着了放学回来的夏至与立秋，姐弟俩长相近似，肤如白瓷，眉目细长，看着像年画中的孩子，然而神情都有点冷，不怎么亲近人，颇有几分大辉的神色。蕙兰招呼他们到厨房弄吃的，叶公留在厅里应酬细辉，细数自己的退休生活。其间听见婴孩在哭，声甚悠长，良久无人理会。蕙兰从厨房里疾步而出，走进春分的房里，说你孩子哭了怎么你还只顾着上网聊天，一点无动于衷？那声音是压沉了不欲外扬的，然而这屋子墙壁不厚，门也没关严，母女俩的嘟囔清晰可闻。细辉不由得与叶公面面相觑，尴尬不已。

要走的时候，叶公相送到门廊，仍止不住地道谢，说真麻烦你了细辉，老远过来办理这事。细辉塞给他五百元，说这是我和莲珠姑姑的一点心意。叶公吓了一跳，说使不得，一边伸手推拒，急得几乎要跺脚了。细辉执意要给，说当作给小宝宝报销一点奶粉钱；推来搡去，叶公终于拗不过他，把钱抓在手心，又一个劲言谢，说实在太过不好意思。说时脸上耸起一对八字眉，状甚凄苦。细辉忍不住多看了一眼，觉得叶公这一两年里身子缩小了许多，及膝短裤下露出一双无毛的白腿，瘦得像筷子，上面青筋蔓生，兼有青紫与褐黄色的斑斓瘀痕，脚下踩的蓝色厚底橡胶拖鞋看着特别笨重，行路一步一艰难。

　　细辉把车子退出门廊，隔开一点距离，便看清楚了那屋子的破败。墙上漆脱，铁做的大门和窗花都锈成了深褐色；门廊地上龟裂，裂缝处冒出野草，有的已长成小树，缀着细碎白花。一旁的庭园荒草丛生；与邻居共享的铁丝网篱笆半已倾圮；庭园中间有个多年前便已被蚂蚁遗弃了的巨大巢穴，状似坟茔，像是底下埋着什么人。

　　不会是埋着大辉吧？细辉想。

　　侄女夏至从幽深的屋里出现，站在门口目送细辉的车子离开。细辉想起来这女孩与女儿小珊同年出生，十四岁了；小珊已然是个世故的小少女，而夏至看着仍像童颜佛身，双颊绯红，一对眼睛仿佛不知人间何世，活脱脱年画中怀抱鲤鱼手持莲花的娃娃。他向夏至挥手，女孩视若无睹，倒是叶公代她回应，缓缓挥手相和，其依依不舍状让细辉想起小时候与哥哥随父母到古楼河口拜年，在渔村里待上一天半日，走的时候总有老人拖着表情羞赧忸怩作态的孩童站在老木屋门外这般相送。河口的老人因皮肉松垮，嘴中无牙，都老成一个样子，好像也没了性别，皆以一致的表情与缓慢的节奏挥手作别，说慢走哦开车小心啊，小心啊。一波未平一波又起，如双重唱三重唱四重唱。

车子开到万乐花园另一端，上了个斜坡便是街市。那里市景昌盛，行人如织，路上车辆滞行。细辉在慢驶中无意瞥见路旁两个少年模样的瘦削男子，穿着同款背心长裤，头顶一灰一白，发型却是一样的，宛如孪生兄弟般并肩站在一家电器店的橱窗外，抬头看着挂在橱窗内的超大型电视；动作齐整目光一致，像是正在研究美国总统那一头飘逸的金发。他觉得这两人似曾相识，却不及细想，眼光被铺天盖地的竞选海报与党旗吸引了去。都城里参选的还是那两大阵营七个党，因而挂的旗帜与张贴的海报也大同小异，蓝白为主，缀一点红补一点绿，不比锡都的情形优雅多少。可不知怎么细辉总觉得两地氛围不同——锡都的海报和布条毫无生气，连着海报上的人都蔫头耷脑，可都城这儿艳阳高照，旗帜飘飘，满城嘉年华似的欢天喜地，便连那些肥头大耳，笑得狯熟狗头一般的候选人，乍眼看去每一个都自信满满，一脸真诚，直让人觉得此情此景，真该以《财神到》或《大地回春》等歌曲配乐。细辉不由得在脑中播起龙飘飘的歌，声音悠扬如同策马呼啸——

　　财神到！财神到！财神到我家大门口！
　　迎财神！接财神！把财神接到我家里头！

这是细辉与拉祖少年时喜欢一齐合唱的歌，唱得同声同气，农历新年时总惹得大人们欢喜不已。关二哥笑得合不拢嘴，说你们明年能不能换一首歌呢？明年他们却还唱同一支曲，唱时脑中播的也必然还是龙飘飘独特的"龙腔雅韵"，不过是配上不同的肢体动作（因为他们从来没有弄过一套标准舞步）逗大人们乐，收获的红包丰硕。其实他哪是这样放得开的人呢？不过是有拉祖带头，壮人胆子，银霞也跟在他们身边，明明不得见，仍听一遍笑一遍，每一回都笑得捂着肚子，说你们真不害臊。

　　那一天细辉心情如此美妙，他自己也说不出来是何缘由。车行半路，刚过仕林河，已入银州境内，银霞打电话来，细辉只道了一声好，也许是声量高得不同寻常，银霞便问他何事这么开心，难道是中马票了吗？细辉说我高兴是因为听见你的声音。银霞欢喜，说你能这般油嘴滑舌，真是得意忘形了。

"既然你没有好消息要说，那让我来说件好事与你分享吧？"银霞说。细辉直觉那声音里有股喜庆气，不期然又想起龙飘飘唱的新年歌，马上觉得眼前大道宽敞，天空湛蓝，云未被送达；深邃的远景中似闻锣鼓喧天。

"好啊。"他说，"快说快说，让我也高兴一下。"

银霞先笑了一阵，连笑声也有种花枝乱颤的效果。她说兹事体大，你得先有心理准备啊。

"我要嫁人了。"

银霞要嫁人了。细辉问她嫁给谁呢，其实问的时候心里已明白她要嫁的是顾老师。银霞没有直接回答，只是收敛了笑声，说你知道的，不是吗？细辉当然知道。上一回银霞让他到马票嫂家里，说要给他引见一故人，来的便是顾老师。细辉看出来两人分开时神态淡然，谈说间却状甚亲昵，几次侧过脸耳语，唇与耳朵亲密无间。即便马票嫂的痴呆症日益严重，仍看得明白，不禁眉开眼笑，更偷偷对细辉挤眉弄眼，意思是"你看你看他们这一对"。

"恭喜你，银霞。"细辉说。车子依然开在南北大道上，天空仍然洁净得像一个倒挂的，未经污染的湖泊。大选快要举行了，竖立在斜坡上的一面广告板迎面而来再流畅地往后退却（首相先生摆了个八分半脸，虽满脸堆笑却仍看得出来他为顾全腹部那一枚大衣纽扣，正努力憋着一口气）。

细辉想象广告板上的人在后头栽个大跟斗,摔得蓬头垢面。

"这真是个天大的好消息。我太为你高兴了。"眼前的图景美好,卷宗似的长长地向前开展。细辉把话说了以后,竟觉得之前响彻云霄的喜庆歌声,那想象中的龙飘飘与一支带锣鼓钹镲与许多电子乐器的乐队,像是被蔚蓝的苍穹一个深呼吸全吸走了去。世界悄然无声。细辉对着这一片鸦雀无声,仿佛看见面前由平地大道至远处一波一波的山峦站立着成千上万个屏息以待的群众。他郑而重之地重复刚才的话。银霞,我真为你高兴。

真的。

归来（之二）

　　银霞结婚十分低调，只打算与顾老师到婚姻注册局跑一趟，宣个誓，之后大笔一挥便就是合法夫妻了。尽管如此，这事还急不得，要等到台湾的学校放假，顾老师的女儿好带着夫婿及孩子回来观礼见证。银铃知道了自然不落人后，也坚持到时举家要从岛城南下，给姐姐壮一壮声势。莲珠听闻了更是兴奋不已，声言无论如何也会从英国回来，还说要带银霞去租婚纱和预定化妆师什么的，在电话里大呼小叫，"结婚啊！结婚这么大的事！"家人朋友中，唯有老古视之等闲，毫无表示，仍然每天中午出门，下午回来小憩，天黑了再出去开夜车，黎明方归。

　　多少年过去了，锡都仍然是一个老气的城市，夜里早寝，却又不完全卸装。总有一些灯彻夜亮着，也有一些不亮灯却一直在经营的场所，而且这种时辰德士电台打烊，人们也不太可能用手机软件召车，街客们无可选择，即便是老古开着的这种皮开肉绽的车子，他们还是要上的。况且这时分还在锡都街上出没,自己又没开车的人,多已醉眼迷蒙或不省人事,对老古的破车怎顾得上嫌弃?因此深夜里锡都的路上,出现的德士多已老残,都是些白昼缺乏竞争力的车子。多少次老古得一再提醒刚上车的乘客:你车门没关紧啦,不行,还要再使力一些!

人们都说今届大选肯定要变天。老古识得的好些马来司机,生下来便对秤砣联盟死忠,而今都信誓旦旦,摩拳擦掌,说景气持续低迷;再不换政府,大家的饭碗都得摔破在地上。老古也晓得景气不好,开德士的尤其潦倒,以致这几年再没有听说有人抢劫德士司机了。以前夜里载客险过行船走马,三不五时后座伸过来一把弹簧刀,教人不得不就范。他个人还曾遭人抢车,差点被人堆到工地的土坑里活埋。而今凡德士佬一穷二白,别说职业劫匪,就连吸白粉的瘾君子手头紧时也不屑打德士司机的主意。但老古从以前就喜欢开夜车,险则险矣,却有过不少艳遇;投怀送抱者有,酒醉后半推半就的也有,常有艳福从天而降。如今呢,连那些在按摩院里工作的洗脚妹(其实大多已徐娘半老)也看不起德士司机了,好不容易遇上一个每晚愿意为了仅仅一顿消夜而上车的,人家也嫌马币越来越不值钱,约满后便与一同被批发过来的姐妹们飞回老家。走之前那女人如常与他吃消夜,点了两人份的猪杂粥加两个小菜,吃得她满嘴油光,饱胀的红唇娇艳欲滴，却没提起自己要走的事，倒还对老古说了几句刻薄话，大意是说我们老家种田的都比你强，车子比你的好，钱赚得比你多。老古第二天夜里还把车停在那按摩院外头，店里打烊后连招牌灯都熄了，卷门也已经拉下，女人却未出现。老古给她打电话，应答的是机器预录的人声，说的马来语，你拨的电话号目前不在服务范围。一连两夜如此，到第三天晚上老古才下车到店里查询，方知道伊人已去，始终没想过要向他交代一句。

那以后老古每晚上开车都觉得时间特别难熬。夜里的锡都比以往任何时候都更破落一些，街上一片空寂，偶尔有些骑摩托的马来青年在笔直的休罗街或波士打路上飞驰。除了改装过的烟筒发出巨响，还加上人为的猴猿呼啸之声，仿佛在宣告占有了这座城市。路旁的二层老店楼上多已空置，却还会有人推开破败的窗门，屈起一条瘦腿坐在窗框上，抽烟，或者纯粹盯着疾驰而过的成群骑士，并等待他们在旧街场那里拐个弯，不久后去而复返，再次对这委顿的城市叫嚣。

这种时分，街上竟是没有几个女人的。老古知道巴士总站那一区可以看见零零落落的变性人，穿着布料极少（亮片极多）的衣裙以及加了超高防水台的，像要杂技用的高跟鞋（仿佛准备参加圣诞派对），独自站在没这么老旧的店屋楼下，像放置在旷野中的一个捕兽夹，漫无目的，看着经过那里的每一辆车子和行人。有时候等得太无聊，她们会背靠着墙抽烟，抬起下颏呆呆地看着头上那些绕着日光灯盘桓的飞虫。扑火的多半是蛾吧？其实不是，更多的是那些在雨后成群出没的飞蚁，它们有种集体自杀的习性，雨后破土而出，实时长出翅膀觅光而去，又纷纷在灯下甩掉双翼，落到地上蠢蠢蠕动，力竭而死。老古坐在车里，看着灯下的女人凝视那些飞蚁，像是思索它们如此一生。就这样吗？绕着日光灯耗尽它们短暂的飞行。

这些变性人到底还有些观赏价值，总比到旅游社街那一头看那些廉价（但货真价实，如假包换）的娼妓要好。旅游社街现在没几间旅游社了，人们如今出国，从机票到酒店都能自己上网打点，旅游社只能安排老人团，或是代理申请各国签证之类的，大鸡啄小米。往昔那些大旅游社的店面越来越小，也不像过去那样在玻璃墙上贴满各种旅行团的海报；富士山、悉尼歌剧院和阳光沙滩，曾经的七彩缤纷，现在连褪色了的都找不到一张。夜里楼下的店铺全拉下卷门，住在楼上的娼妓拾级下楼，都是些人老珠黄，没赶得及在好景时上岸从良的女人，穿着住家睡裙般，有峇迪①风味的宽松衣

---

① 流行于马来西亚与印度尼西亚的一种蜡染印花布，特点是布上如花卉、蝴蝶、螺旋和几何等多彩多姿的图案。

衫加胶底凉鞋；颈上臂上皮肉垂垂，甚至连头发也没怎么梳理，且懒得站立，索性叉开腿坐在楼下的梯阶上。老古还见过一边等一边吃面包，时而在胸脯上拈起从面包里落下的鸡肉松，时而因为蚊子叮而将一只手探入裙底挠痒的，因为发现老古的注视而翻起眼回瞪他；眼睛如死鱼，连火气都没有了。老古想象这样的女人上了床，恐怕手中还是要抓住半块面包的吧。

旅游社街应该也有许多飞蚁，怎么可能没有呢？但凡雨后之夜它们必如蝗虫来袭，倾慕每一盏灯，蚕食每一种光明。然而那些坐在梯阶上的女人都不挑明亮的地方，大概是不堪被人仔细审度，只采用附近街灯的黄色光晕微微描出一点线条和轮廓，余处皆是暗影。这些女人一般神情呆滞，要不在暗中盯着自己年久失修的脚趾，要不看着被自己用壮硕的屁股镇压在阶上的肥大的影子，对明亮处的一切无动于衷。

那女人走了，老古却还是要吃消夜的。一个人吃消夜能省下不少，毕竟那女人胃口极大，仅仅一碗夜粥肯定是喂不饱的。只有在她生病的时候才会食欲大减，话也说得少了。有一回大感冒三天不能上班，老古接到她的求救电话，给她买过鱼片粥送到住处，另一晚是鸡粥，第三晚她便在电话中预先声明，光吃粥太寡，加点料吧。老古真给她加了一只卤水鸭腿和两块卤豆腐,看着她开怀大吃时,自己忍不住咽了咽口水,心里想他妈的我对自己的老母都不曾如此孝敬。女人像是大受感动,那晚上就在宿舍里,任得老古搓搓捏捏,并主动扯下他的裤子,用她饱尝过潮州粥与卤味的嘴巴替他口交。

女人走后,老古仍然每夜开车到女人以前工作的按摩店外流连。那是锡都城中几处稍有夜生活的地方之一;除了几家中小型酒店以外,少说有八九家主打脚底按摩的保健中心。按摩店一般营业到午夜,打烊后里头的员工三三两两走出来,再不是以前常见的中国女人了。这些员工多是外国女子,一般有店家安排车子载送,若没有,则凑三四人叫一辆德士,住得也没多远。她们上了车都说家乡的语言,老古听不出来是越南抑或是缅甸话,搭讪不得,十分没趣。走一趟再回去那里,街上便水静鹅飞,只有细辉家开的便利店还灯火通明,感觉半城璀璨都在那小店里了。有时候隔着玻璃墙,老古看见细辉坐在柜台里,只觉得这城中的光明与黑暗泾渭分明,难以僭越;纵想进去找他说话却实在不知该从何说起。

这晚上他却走进去那店里了,说是消夜吃了咖喱鱼头,味精太多,口渴得紧,要进来买一小支矿泉水。细辉不收他的钱,见他站在柜台前拧开瓶盖,没有要走的意思,便与他聊起银霞结婚的事。老古不太起劲，说她嫁得这么近，收拾一箱子衣服就算嫁过去了，以后肯定也天天回来，感觉就像没搬走一样。银铃两个礼拜前特地回锡都，与姐姐一起拉着老古当面说话；话很难听，说父女一场，这房子我们准你住到死的那一天，但房子是母亲买的，她就坐在神台上，你别想带女人回来。老古自然没将这事说出，但细辉已听银霞说了，说她父亲当时嗤之以鼻，"呸！"的一声。

"我不如自己出去租房算了。"

这话自然是因一时气愤冲口而出。老古真是连租房子的钱也掏不出来的，真掏了出来就买不起香烟，带不了女人去吃消夜了。银霞银铃两姐妹都知道那是气话，也不担心父亲会走，反正哪有女人愿意跟他回家呢？果然老古一直没有动静，不过是刻意地对银霞冷淡，丝毫不过问她结婚的事。银霞倒不介意，却还对父亲说，打兼差工的小晴辞职不干了，我和阿月打算请她吃一顿饯别饭。老板娘要来，也有几个老伙计来凑兴，你来不来呢？老古冷冷地问她日子时间，银霞说下个礼拜三，五月九号。

"那天不是大选吗？"

"是呀。大选那天不能请人吃饭，给人饯别吗？"

"那种日子谁有心情吃这种饭，搞什么歌舞升平？"老古一脸不耐烦，说，我不去！

全国大选不在周末而落在星期三,民间怨声载道,都说政府刻意阻止游子回乡投票。说得这般甚嚣尘上,首相先生为平息民怨,自然又将这个周三被当作什么好康头似的送给全国人民,算作一个假日。锡都无线德士的老板与老板娘早上携手去投票,中午到电台来亲自下场,特准银霞与阿月提前下班。"去去去,投票去,把政府换下来。"老板因为生病嘴巴有点歪,这话说得像开玩笑一样,银霞却听得出来是真有此意。阿月也情绪高涨,忍不住与老板夫妇笑闹,说了许多脏话,电台的小办公室里一片节日氛围。银霞收拾了东西等顾老师来接,一边听着阿月把话愈说愈火辣。这时候有人打电话来召车,银霞去接,说哈啰锡都无线德士台,有什么可以帮你的呢?对方有点迟疑,也可能是电话收讯不良,反应时差了三几秒。那人的鼻音有点重,话像是嚼着舌头说的。你……银霞?

是的。银霞说。背后汗毛竖起了一些。

果然是你呀。那人说。上回我打电话叫车,就认出来是你的声音了。

是吗?

这么多年了你还在德士台工作啊。

这总比窝在家里好吧?

对方笑,也没笑得多认真,说你声音这么清亮,我以为有一天你会被星探发掘，真到电台去当个主持人。

银霞没觉得这话好笑。她说现在的电台主持人用不着声音好听，吵吵闹闹的就混过去了。

对方一时无话，银霞问他，你是要叫车子吗？

是的。对方说。南天洞上车。

到哪里去呢？

坝罗华小，旧鸡场。

坝罗华小？你去投票吗？

是呀。对方笑，说我也有一票在手，要尽公民义务。

银霞说你怎么不自己开车呢？

对方嘿嘿一笑，说开不了，驾照被吊销了。

"之前开车出意外，撞死了一个大肚婆。"

银霞没再多问，倒是对方忽然生起闲聊的兴致，问银霞去投票了吗。银霞说她刚下班，正准备要去了。他像是很高兴，叫她那叉号可千万别画错了，还补一句"一票也不能少！"像是忽然与银霞成了同盟，是盟友了。银霞有点不耐烦，只叫对方留下电话号，等着接单的司机打来联系他。那人有点错愕，仍识趣说好，挂电话前忽然想起什么，说你与我弟弟还有联系的吧？

有的。怎么了？

一场兄弟，有今生无来世。他若是想找我，可以到南天洞问一问，这里的住持与我相熟。

银霞说，我这不已经记下你的电话号了吗？

哈哈，也对，对呀。

这一天出车的司机不多，大家托词投票，其实都赖在各大茶室与人论政。单子发出去后，等了十余分钟才有司机接单，都说今日从南方上来的车子特别多，五兵路上车水马龙；南天洞三宝洞霹雳洞观音洞极乐洞灵仙岩等皆不宜去。接单的是司机3791，老古也来抢，却错失在几秒之差。银霞有点诧异这时间老古也在线，仔细一想，这大选日气氛热烈，今晨连鸟儿都非一般的欢腾；屋前雀鸟追逐对唱，屋后鸽群咕咕争食，扑扑振翅；晨运客边走边笑；摩托上被父母夹在中间的马来孩童咯咯扬声。狗很早就起来了，在回教堂为晨礼唤拜之前，便已迫不及待地引吭长啸，且一呼百应，东西南北各有灵犬拉长嗓音，将万物唤醒。这么个日子，坊间只差没放鞭炮而已，父亲比平日早起，当属自然而然。

顾老师载了银霞到坝罗华小，银铃算准时间从北方南下，已抵达学校外头，从顾老师手中接过姐姐，扶她一起走进投票站。顾老师故地重游，在校园内随机走动。坝罗华小与一旁的大伯公庙不知何时分了家，以中间的榕树为界，建起一道围墙。榕树有灵，归庙所有，倒有些树根不理会那界线，硬是从地下突破樊篱，伸到了学校那边。可不管怎样，这道墙让坝罗华小变得逼仄了不少，学生的活动空间只剩下狭窄的一长条，随着两幢矗立的校舍拐一个弯，呈"L"形。以前那一口废置的喷水池拆去无痕，顾老师已记不起它确切的位置。反观墙另一边的大伯公庙才刚拓建，还小事翻新，新柱子上红的红金的金，翘起的屋檐装饰繁复，奇珍异兽争相攀附，色彩华美得有点迪斯尼风。庙前倒是有两个老人坐在红色塑料椅上，像是在那里坐成了百年身。两人穿汗衫短裤，古铜色的头顶像撒了糖霜，各用不同的方式促起一条腿，如济公的两种姿态，一派闲散模样。要不是那椅子的颜色过于艳丽（接近他那辆莲花精灵的色泽了），几乎让人错觉那是庙里拿出来晒太阳的两件古董。

顾老师在墙边凝望了一阵，有人在背后喊他，回身见是细辉。顾老师说你来投票吗？细辉举起左手，食指已染了紫蓝的墨色，证明已投过票了。顾老师也出示自己的蓝色指头，以作指认。一会儿后银霞与银铃出来，四人不知哪儿来了一股观光的兴致，特意到大伯公庙走走。两个老掉牙的老人仍然摆着济公活佛的姿态，人来不迎，人去不送，由得他们在庙前举起手机合照。细辉拍照后坚持要走，说日前带家中的女佣一口气拔掉四颗龋齿，还答应待她牙龈愈合收缩后，花钱给她弄一副假牙，好让她下个月回乡探亲时有牙示人。女佣感激不已，眼中泛出泪光。婵娟知悉后却十分恼火,免不得与细辉争执一番,之后赌气,已数日不到便利店帮忙。

"所以我要赶回去顾店呀。"细辉说了挥手作别,银霞却情急喊住他,喂喂喂细辉你等一下。

怎么?

你哥也来投票了。

我知道。我看见他了。

看见了?

嗯。我马上转过身,不让他看见我。

所以他没看见你?

不知道呢。细辉耸耸肩。他若看见我,便会看见我是怎么样转过头去的。

银霞听明白了那意思,遂不追问。银铃与顾老师扶着她离开坝罗华小,从那牌楼状的校门下跨出去。日光炽烈,晒得人们的影子萎缩起来,仿佛受惊的动物忙不迭地躲到各人的脚底下。投票的人陆续有来,银铃嫌烈日夺目,便掏出墨镜来戴上。世界经过滤色后比较温和,她看见人潮中一个腿长皮肤锈黄的男人回过头来;那侧脸看着眼熟,似是故人。

会是谁呢?银铃想。怎么穿这身恶俗的衣服,颈子上挂这么粗的金项链?活脱脱神棍一样。她懒得细想,转头对银霞说,姐啊回去我给你染一染头发吧,你看你发根都白了。

那晚上锡都的酒楼餐馆大多爆满，银霞与阿月给小晴饯别，选了在姚德胜街吃炒粉。那是锡都的老招牌，与两家卖芽菜鸡的老字号在姚德胜街占了八个店面，一年到头客似云来。店里的阶砖墙上贴满了港台明星来光顾时被老板揪住拍下的合照，放大打印，过胶处理。阿月与她的男朋友坐下来后便抬头逐一点算照片中的艺人。其中不少他们认不得的，总有阿月和老板娘或某个在座的司机补得上名字，什么谭咏麟、李家鼎、何家劲、薛家燕。照片多已褪了颜色，人面泛白。

老古虽声言不来，却早早来了，说反正晚饭总是要吃的。银霞与顾老师为了要找一个安全之所停放莲花精灵，在附近好几条街上绕了许多圈，最后由银霞指点，找到了一处露天停车场。两人从停车场行路过来，挽着手走进店里，座上众人即大声起哄，说像是新人登场，阿月与小晴不约而同，噔噔噔噔，噔噔噔噔，用嘴巴奏起《婚礼进行曲》。听见这阵仗，银霞猜想妹妹不仅是将她的头发染过而已，出门前替她挑的衣裙和化的妆，必然也是有点过火的。她红着脸坐下，人们就说她含羞答答了；一人搭上一张嘴巴，各种笑与戏闹声不绝于耳。

这一顿饯别饭来了十余人，坐了两张桌子，几乎把菜单上所有的东西，由各类炒粉面食至卤鸡脚、鱼丸猪肉丸、炸水饺、白灼八爪鱼等小吃都点齐。小晴吃店里的招牌面月光河,与男朋友多叫来两小碟参峇辣椒酱,都拌进面里,不住夸其香辣。银霞却吃得不是滋味,说炒面和辣椒酱的味道跟以前大不相同。顾老师与阿月等其他人无不认同,回忆起以前吃的是街边一小摊,老板炒面用炭炉,夜里许多食客绕着摊子排队呈回纹状,围观一盏孤灯下的老板用生铁镬炒面,一身汗湿。暗夜中但见炉火纯青,橘红色的火星四溅,在空中徐徐飘荡,几乎像慢镜头下的烟花。是呀,有人说那些年猪油的那个香气呀,谁又接着说"当时的猪油渣岂是今日的猪油渣可比?"有人接茬,就说参峇辣椒酱好了,以前的也要浓稠许多;结结实实的一小勺,拌进面里与猪油成天作之合,娘惹风味无比,香彻一条街,还会渗入是夜的梦里。众人点头称是,却见小晴与男朋友依然吃得不亦乐乎,大啖其面之余,不住叫大家详细解说旧时的原汁原味。这可怎么说得明白呢?就连银霞这么会说话或是顾老师那样的有学问,仍觉得有些回忆只能用味蕾记下,绝非言语可以转达。

"除非有一天你们亲自尝到那滋味,否则你们永远不会明白自己错过的是什么。"顾老师说。也许说得太过认真,声何切切,他又有一张教师的脸,仿佛在传道授业,在座者一时噤声。银霞先笑起来,阿月也忍俊不禁,大伙儿便也随着笑了,纷纷起来祝福小晴,什么前程似锦,什么大展鸿图，什么鹏程万里。

那天炒粉店里开着电视直播大选开票成绩，桌上客边吃边看，不时评议，颇有点像在看四年一度的世界杯大决赛。待银霞他们的桌上杯盘狼藉，电视上显示秤砣联盟在各乡镇捷报频传，但人们不信这邪，仍十分笃定，还分外觉得有猫腻，说等着看吧，好戏在后头。于是一店的人几乎都赖着不走，大家翘首看着墙角的电视，目光紧盯荧幕下方流动的字幕，神情庄严得像在监督数票。顾老师不时转过头来，将电视上显示的最新官方消息告知银霞。

事实上，这时候若有人走出炒粉店，譬如说结账了离开，或者只是到外面去抽根烟吧，便会发现姚德胜街上所有的食肆都这般景象。卖芽菜鸡的两家老店座无虚席，桌椅都摆到店门外的走道上了，可除了小孩与少数妇人以外，人们都无心谈话，各自从不同的角度眺望各家店里的电视。有的人甚至站起来，一点一点地往那些电视靠近，如飞蚁被光吸引，好像那样就能比别人更早一步得到最新数据。街上除了这几家食肆，其他的都是堆满了柚子和各类饼干甜点的土产店。有些店没有电视，连店主也忍不住踱步过来，走到炒粉店门外叠手张望。不时有人的手机响起来，接电话的人都压沉嗓子，像在偷偷接收哪里传来的密报。

银霞悄悄对顾老师说，今晚上这街道是不是太安静了？

顾老师说是呢,像是暴风雨来临的前夕。

午夜后人们终究散去了。谁都看出来电视上的直播在故意拖延,把不利于秤砣联盟的战报一押再押,好像那样就能有机会扭转乾坤。人们接续收到各地亲友喜滋滋地传来简讯或打来电话,说他们那里早已完成开票,旧首相领军的新阵线大获全胜,人们欢天喜地,率先将这些非官方成绩四下散播。顾老师扶着银霞踱步行到停车场,看车的人已经不在,偌大的停车场只剩下他的莲花精灵,如捕猎中的豹子蹲伏在暗处。

难得今晚上兴致极好,锡都路上也没多少车子,顾老师像放牧一样,开着莲花精灵在市区穿街过巷。银霞给他指导路线,第一条巷子左转,第三条巷子右转;左转,右转,左转;休罗街,大巴刹,宴琼林,益丰商场……待穿过一大片马来甘榜回到美丽园,已是凌晨时分。住宅区内一片宁静,可路经的许多房子竟还亮着灯。顾老师忽然心头一热,说不然你到我家里陪我一起看电视,等看大选成绩全部揭盅。银霞说好的。

好啊。

两人坐在客厅的沙发上,电视开着的,明明听得出来两个主持人和一个请来的分析员越说越兴奋,一再爆出类似足球赛讲述员常用的那种激动的声音(要射门了!要射门了！）好像只差一脚，就一脚，这国家马上就要赢得世界杯。在这么激越高昂的声浪中，银霞却不知怎么像当年在电影院里看《铁达尼号》那样，于满船人的呼喊和哀叫中睡了过去。

她晓得自己睡着了，眼前的黑暗逐渐被稀释，从一堵厚实的高墙缓缓动摇，变成了雾；雾里有声音如潮汐，一重一重地扑向她。她听到父亲的老爷车从街角拐到屋外的路上，声音很清晰，像是一边行驶一边有小零件在掉落，最后停在了家门前。老古关上车门，再晃动一大串钥匙，一层一层地打开家门。她想，家里有人，因为屋里总是亮着灯的，父亲会以为她正躺在自己的房中。而她果真在那睡房里，侧卧在床，正轻微地打鼾。父亲进入屋里再回身将门一道一道地锁上，禁不住朝这里看了一眼。对面顾老师的房子也亮着灯，门帘偶尔被风掀动，隐约看见有人在厅里看电视。他看不见顾老师俯身对她细语，说你到房里躺下吧。她便在如雾的黑暗中被高高举起又被轻轻放下。世界失去了重力，她像一颗无处附着的尘埃，又如一个安静的宇航员飘浮在太空中。

这已经接近一个梦了，或者是一个被梦稀释了的现实。银霞听见电话铃响，响了许久，在暗夜听来有一种莫名的紧张感。顾老师的声音在黑暗中的某处传来，也像雾一样难以捉摸。银霞知道电话是从台湾打来的，顾老师的声音透着一种父亲的温柔,像在对一个小女孩说话。话是断断续续的,有一种兴奋之情频频被卡住,说这回反……真的要赢了……真想……想不到……有生之年会看见……希望……会更好的……银霞在飘浮中尽力竖起耳朵,觉得连接着身体的天线被拉得很长,像是一条长长的触角伸到了窗外,再继续往上伸延,直至半空,云和月亮都不远了。她被这高度震慑,不禁屏住呼吸,两耳如昙花在夜里绽放,听到了整个美丽园和山景花园的声息,甚至还听到了更远处的,整个锡都的心律与呼吸。

真有那么一瞬,也不知那是什么时辰了,银霞忽然听到城中某一座屋顶下,一排房子当中有人喊出了一声欢呼。那声音亢奋而充满激情,比美丽园中唱《苦酒满杯》的声音与那一套卡拉OK伴唱器材有更大的震撼力,甚至也比城中所有回教堂同时播放的唤拜词更加澎湃,以至那一排房舍共享的一长条屋顶轻微晃动了一下,像某种巨大的史前爬虫类忽然苏醒过来,耸动一下它发僵的脊椎。就这样,城中所有的爬虫都醒过来了。银霞听到满城欢呼,真的就像刚刚射进一球了,同时终场的哨声吹响。电视中的讲述员用喊的也不行,他的旁白被背景里汹涌的人声和国歌的旋律淹没了去。

这一定是个梦。人们的叫声从四面八方涌起,一辆大罗厘在不远的路上按响车笛,城中其他行驶中的车子鸣笛响应。狗受到了惊吓，接二连三对着未满之月嗥叫，声调参差不齐。还有猫，猫经不起这疯狂，慌不择路，像逃脱的影子纷纷蹿入人们的庭院。有一只从稍微敞开的窗户跳了进来。银霞听到它的身体钻过铁花的空隙，落地时踩着什么，发出细微声响。她心里一紧，眼前黢漆的黑暗忽然凝聚起来，变得厚实无比，似能反弹出回声。

"普乃？"她睁开眼睛。

房里先是一片静寂，然后那猫说——

喵呜。

后记：吾若不写，无人能写

《流俗地》完成后，我舒了一口气，第一时间去泡了一杯咖啡，作为犒赏。

是的，不是别的，是一杯咖啡。这杯咖啡对我有非凡的意义，没上过咖啡瘾的人难以想象。我喝咖啡的年资很深，自以为成了瘾，可是在写作《流俗地》期间，身体出了意想不到的状况，严重胃酸逆流，不得不戒口，将所有带刺激性的食物戒掉，当然也包括咖啡。如此好几个月了，我每天伙食清淡，早晚一杯的黑咖啡换成了菊花茶、红枣杞子水或燕麦之类的养生饮料。

生作南洋人，我自小重口味，嗜酸辣，长大后更将咖啡奉作生命中不可或缺的活水。多年来胃肠强大无事，上一回出状况是在我创作第一个长篇小说的时候。病是在小说写了八成左右的时候来的，记得某朝醒来，下床时脚刚落地，眩晕顿生，呕吐大作；坐立不得，躺在床上也觉得摇摇坠地，只好抱着一个小桶，直至胃酸都吐出来了方休。以后这病状不时发生，试过夜里睡着了突然冒出一身冷汗，睁眼便觉天旋地转，又得冲到马桶前呕吐，之后必有大半日昏沉。这病莫名其妙，当时在英国，医生没认真检查，便判断是某种病毒，无可救药，说是待有一日它走了便走了。

那段日子我有种活不下去的恐惧，便想，死之前无论如何要将手上写着的小说完成。于是那十六万字的小说便在发病的空隙间，于诚惶诚恐中写完。完稿后所有病状不再出现，还真被那位马虎的医生说中，有一日它走了便走了。

我没法证实，但心里知道这病是被长篇小说逼出来的。

十年后再写长篇，我汲取教训，不让自己日里夜里念想着进行中的小说，以免"入戏太深"欲拔不能，便在动笔前做好规划，每天只让自己写千来字（往往得用上半天），而且特地让自己每日搁笔后做点别的什么以转移注意力，放松心情。我做饭，听音乐，看电影，读书，练瑜伽，散步，偶尔也做短途旅行……但没用，小说还没写上一半，十年前忽然离去的"病毒"又回来了。最先来的是尖锐的耳鸣，警钟一般，一段日子以后眩晕果然回来，某个夜里呕得我七荤八素，几乎倒地不起。以后它不时复发，我先去看了耳鼻喉专科，再去看肠胃科，最后裁定是胃酸逆流时，我已被这突如其来的病折腾了三个月。

医生给我药抑制胃酸，颇有效果；服药的一个月里无事，我也在那时听从医生劝告，戒掉咖啡，彻底改掉饮食习惯，但停药不久后病即复发。随着《流俗地》写到最后的十章八章，病发得日愈频繁，病况也越来越严重。那时我一个人在老家，有一个白天觉得不妥，赶紧用药，可那药镇压不住身体的反抗，忍耐到晚间终于狂吐，吐得满腔酸苦，一夜躺在厕所门外，即便胃囊已彻底空了，仍感觉它不断抽搐，止不住要吐。

《流俗地》最终写了稍微超过二十一万字，其中三分之二便是在这种死去活来，每日诚惶诚恐的状态中写成的。英雄况且最怕病来磨，何况我一个妇道，而且还独居，每回病发都觉举目无亲而叫天不应，身边唯有一只猫缱绻不去，无论我躺哪里它都选择睡在我身边。每天早上我起床后和夜里就寝以前，我都合掌祈祷（人生中再没有别的时期我有如此虔诚），求主让我今天至少能写上那计划中的千来字，并且一再重复："神啊，我不是只要把小说写完，而是要将它写好。"

我这种人是不适合写长篇小说的。纵有此心，脑中也给小说画好了草图，但身体不行，它会使出极端的手法来抗议精神上长时间的执念和压力，最终我只能凭着意志与身体斗争，强行书写，将每日能端坐在电脑前写作的时间当作回光返照般，被施舍得来的时光。正因为写长篇如此违逆自己的身体，而年纪渐长，写成一部不知要耗损多少元气，又像会折掉不少阳寿，我明白自己此生没有能力写上几部长篇了，便对手上写着的更黾尽全力，时时告诫自己——搞不好这就是"最后一部长篇"了，用破釜沉舟般的心，将心目中想象的小说——《流俗地》里的一长卷浮世绘，我所认知的家乡，一笔一笔勾勒描绘出来。

　　写作一部长篇，对我这么一个马华写作者而言，其中的难，还不只是身体的不适应和它的百般阻挠。马华文学有史以来，即便将境外（主要为留台马华作者）写作人的作品计算在内，生产过的长篇小说寥寥可数。这是条件匮乏使然；我们缺故事，缺发表园地，缺出版的机会，甚至也严重缺乏读者。写作本来已难以维生，绝大多数写作者都把创作当兴趣经营；白日里有正职谋生，夜间于灯下写作以织出人生的另一个维度，在文学世界的边缘当个知足常乐的马华作家，图点发表率和获奖率帮补，而长篇既没有机会发表也不容易出版，更别想会有任何文学奖鼓励长篇小说创作，实在犯不着为它耗费巨大心力。

　　马华文学这些年的长篇小说，几乎都由留台作者，如李永平和张贵兴一手包办。李与张分别生于四十年代和五十年代，两人都来自东马婆罗洲，他们写的长篇大多以东马热带雨林为背景,《吉陵春秋》《大河尽头》,《群象》《猴杯》《野猪渡河》,意境气势都澎湃磅礴。除两人以外,境内的马华作者为长篇耕耘者稀,自是因为在一个中文被挤到主流以外的国度,华文文学土壤只占断崖之地,先天不足,后天也被国家蔑视,缺乏社会支援,仅仅凭着华团和纸媒办的几个文学奖苦苦支撑,能有"热爱文学者"(他们往往既是读者,也是创作者)一代一代薪火相传,让马华文学顽强不死,多少已像是个奇迹了。说到书写长篇小说,注定了付出与收获难成正比。除非不愁生活,还得有"闲情"者(譬如富家太太或退休人士),写一个长篇"巨著",那得有多少大志?

　　这样的大志,我有。我在写作上出道算早,而且一路走来比其他马华写作同侪幸运,年轻时得许多文学奖加身,无论发表或出版都比别人顺遂,并且还在十多年前卸去新闻工作,粗着胆子当起了马华罕见的全职写作人(在某种意义上,也等于无业游民)。我很早以前就晓得了自己终有一天会想要写长篇小说。是因为作为一个小说写作者,我深信自己的人生(只要我能活下去)总会去到一个适合写长篇的时候,也就是人生有了足够的经验和积累,有更开阔的视野,生活能更自律,也有更好的笔力,能给小说搭建更庞大的架构。

我真的就慢慢走到了那样的人生阶段。十年前写的《告别的年代》，于我是一次练习。我在那作品里以形式之名，试着摸索长篇小说的各种写法。读者们在那小说里读到，并且留下印象的，多是最表层的东西，也就是那一层套一层的"外壳"，而我自己在那一次写作中图的是一个经验，借着形式之便容许自己敞开来感受长篇小说的呼吸，也探讨叙述的节奏，故事的肌理和质感。这个经验十分宝贵，对于长年书写短篇小说，甚至是微型小说的我而言，长篇小说这个庞然巨物有着全然不同的身体结构与内在系统，需要有强健结实的骨骼，还必需大量的血肉和细节，也该有它自己的一套呼吸方式。这些恐怕只是写长篇的入门，可道理虽浅，却如轮扁斫轮，要得之于手而应于心，就算名师大家传授也无用，非得自己动手体会才有所领悟。

写过了《告别的年代》，我对下一次再写长篇有了较大的自信。这些年来心底一直在构思着第二部长篇，并为它做好积累和准备。但写作长篇首先必须面对现实（对所有文学和艺术创作者而言，从古至今，"现实"一直是个最残酷的词），那就是要得生活条件的许可。文学创作是细活，我向来产量不多，除了写作发表挣稿费之余，不时得接其他各种与写作相关的差事（如当文学奖评委，做讲座，当驻校作家……）以维持生计，要在这种状态之下完成一部长篇，于我，几乎不可能。

2016年我在台北的一场座谈会上，就马华作者书写长篇之诸般困难，向与会者大吐苦水。当时只是借机宣泄，大概是言语凄切，状甚潦倒，竟引起台湾文化艺术基金会的注意，是年年底推出"马华长篇小说补助专案"；一连三年，给马华写作人补助三个长篇小说写作计划（讽刺的是，在马来西亚，我们何曾有过这种项目？），我在第三年赶上这专案的尾班车，有补助金支持，一两年内可以推掉许多零碎的工作，才得以心无旁骛，将酝酿了好几年的长篇小说写出来。小说的名字取得怪，叫《流俗地》。"流俗"不是含贬义么？"俗"字尤其可厌，怎么拿来当小说的名字？

"流俗"于我，于这小说本身，并不是个贬义词。

《流俗地》在中国台湾和马来西亚同步出版，马来西亚版由中国香港小说家，也是我一向敬重的写作同侪董启章为这书写序。他在序言里说道："《流俗地》没有《告别的年代》那种立传写史的伟大意图，好像完全是为了说好一个故事和说一个好故事，所以在主题和形式两方面也贯彻了'流俗'的宗旨。表面上看，小说家的文学企图心降低了，不再摆出开天辟地、舍我其谁的高姿态。"这话说得在理，《流俗地》的书写，表面上确实就是"说好一个故事"这么回事。这是我在动笔前已立定的志向，无论小说要传达的内容和思想如何，这是它首先得实现的——必须能带给读者阅读的愉悦。这说来很初级，但今天的中文文学世界，尤其是中国大陆境外，能把故事说好的长篇小说并不多见。

"说好一个故事"并不同于"说一个好故事"。我们这些在中国境外写小说的人，总说现代社会人际关系疏离，文明社会（特别是在城市里）人性压抑，加上大多数人的生活高度相仿，因而故事匮乏，更别说"好故事"了。我没有费心去搜索好故事，也不去搜挖或创造非凡的人物，而是决心要往另一个方向走——把一群平凡不过的人放在一起，说他们最平凡的（可能也是庸俗的）人生故事。这样的故事本质上必然朴实无华，不会有多少意料之外的转折与惊喜。它肯定缺乏戏剧性，也不具备"好故事"的特质和要素，但一个好的小说家，自该有说故事的能耐，可以调动技巧与文采，将"平平无奇"的故事说得引人入胜，让人读得欲罢不能，甚至读后回味再三，不能自已。

我心目中的《流俗地》便是这么一部小说。它不是大众化的类型小说，而是严肃的文学作品，但必须精彩，好看，能让人享受到阅读长篇小说该有的乐趣，而不是把阅读长篇当成文青的"修行"。

我想到的是《红楼梦》那样的小说。

拿《红楼梦》来说自然是过于托大了，曹雪芹这小说里头哪怕一个丫鬟都比《流俗地》里任何一个人物风雅而有逸趣。可我既然要着墨于流俗之地，自然追求的不是风雅，而是"风俗"；就如《汉书》上说的：凡民函五常之性，而其刚柔缓急，音声不同，系水土之风气，故谓之风；好恶取舍，动静亡常，随君上之情欲，故谓之俗。

既然这不再是练习之作，我也预见自己此生顶多只能写出三几部长篇来，便不得不十二万分认真地看待自己的这个作品。对于自己要写什么，能写什么，以及该写什么都一层一层地思考过。结论是我如果要写，就必须写只有我能写，并且我若不写以后也不会有别人写的作品。

王德威教授在他给台湾版《流俗地》写的序论中说："当代文学因为传媒产业兴起和书写技术改变，受到极大冲击，但（境内及境外的）马华小说表现惊人的韧性。"的确，就在两年前，我的前辈小说家张贵兴刚出版了长篇小说《野猪渡河》，那是他继《群象》和《猴杯》以后，一个集雨林书写之大成的作品。还有黄锦树的短篇集子《雨》在中国大陆推出，引起文学界广泛注意和好评；那书里一幕一幕，不脱他写了许多年的雨和橡胶林。他们两人和已故李永平在小说中画下的图景，充满了南洋（蛮荒之地？）的野性和旺盛的生命力（如王德威所言，张善于出奇制胜，黄则总是铤而走险),也很大部分地占据了人们阅读马华文学时的视野。比起这些久负盛名却都于年轻时去国旅台的马华小说家,我的在地经验有很大的差异。尽管我出生时老家怡保已是个没落的锡矿之都,但那毕竟是一座"城市",故而我的成长背景,包括我出生的年代,我受的教育,还有我的人生中大半时间待在马来西亚,都与上述李、张、黄诸子很不一样,也使得我对马来西亚这地方的认知和记忆,对生活在这国土上的人们的了解,还有对这国家所投注的感情,以及对它所怀抱的希望,也都和他们十分不同。这种经验的差异,正如"人不能两次踏进同一条河流"一样,即便怡保以后还可能会有另一个以中文写小说的人,但只要出生差了个几年,在急遽变化的时代洪流中,他／她的感受、体会和记忆也势必和我的不同。所以我真相信,这世上会有"我若不写,以后也不会有别人能写"的小说。

《流俗地》的主要人物多出生于六七十年代,小说里的锡都历经数十年变化,其中装载的正是我在马来西亚的岁月,或者我该说,那里头写的是我这一辈马华人的经历。因为是"一辈人",小说里的人物很多,也必然充斥了各种事情和头绪。早在很久以前,很可能始自我少年时阅读金庸的武侠小说,就很为小说中的"群众"神往,无论是金庸笔下的天地会红花会诸多当家或明教教众,抑或是古典小说如

《水浒传》里的梁山好汉,甚至是《三国演义》中的群英,人物云集,各具形貌风采,令人着迷不已。自我写作以后,便时时幻想着自己以后也要这么写的——写一部有很多人,有许多声音,如同众声大合唱般的小说。

既然心底埋着这样一个想望,《流俗地》的酝酿和产生就成了无可避免之事。我一直都在等待人生中适当的时机,等自己有了足够的见识和积累,并且对自己的写作能力有足够的自信,可以向年轻时的梦想回身致意。

董启章说我在这小说中不再摆出开天辟地、舍我其谁的姿态。他也许没看见那高调的姿态,事实上,我骨子里就是那么一个自以为在开天辟地的人,心里也认定了,要写《流俗地》这样的一部小说,以一幅充满市井气俚俗味的长卷描绘马华社会这几十年的风雨悲欢和人事流变,舍我其谁?

《流俗地》在很大的程度上,用的是写实手法,而且里头写的又是许多锡都坊间的草民众生。这让小说读来"朴素",我因此也为它调配了一套属于它自己的小说语言。这语言倒不那么"写实",尽管文中偶尔穿插了一些方言俚语(粤语是老家怡保华社最通用的语言),但小说的叙述用的是一种我自创的调子和语态,而且随着所叙述的年代之不同,这语言也会出现细微的调度,要在语言(包括节奏和措辞）中营造不同的时代氛围。我写小说，一向对语言特别讲究，事实上，在我十分年轻，还只是个纯粹的读者的时候，便已对小说的语言分外敏感，总觉得用对了小说语言等于先声夺人，而且它要比人物的对话有更大的表现力。《流俗地》说的是市井俗辈之事，小说的文字语言浅白易读，句子都不长，节奏明快，因而有种（我以为的）说书般的韵致，容易让读者的呼吸跟上。这点用心，怕是读者不易察觉。

我却也不希望读者在阅读的时候，会不断察觉作者的这种那种心计，那等于是对阅读的一再干扰。这话我是以一个读者的身份说的。事实上，《流俗地》是"作者的我"与"读者的我"两者合作的创作成果。在写作它的时候，从一开始那有过多年写作经验（却只写过一部长篇）的我，便不断与那个有更多阅读经验（并且读过大量长篇）的我起争执，尤其是在小说的前面部分，我换过好几种写法，做了许多改动，很多时候都是因为经不起那个"读者的我"的抗议和嘲讽，过不了"我"（她？）的那一关。这是我在写作过程中唯一的读者，她极大程度地从"我"当中抽离，总在监督着我写的每一个段落，每一个句子。多半时候我都拗不过她，她太尖刻了，而且她了解我，完全晓得我的不足，知道有时候我避开某些场景，不愿直书，或是仅仅用三言两语自以为聪明地轻巧带过，是因为我学识不够，底气不足。她戳破我，纵然有时被我忽略，仍然在每一次我回头重读时，跳出来讥诮我的畏缩，或怠慢懒惰。

小说写了约莫一半，这个一直陪伴着我的读者，似乎慢慢变得不那么令人畏惧了。她用她的诚实鞭策我，在每一个碍眼之处发表她作为资深读者的意见。她令我直面自己的局限，也迫使我承认并直视自己的虚荣，告诫我少卖弄文字，并一再提醒，我要把小说写好（而且好看）一定绕不过她。

这个读者，以往我写作的时候也曾偶尔感受到她的存在，但从未如这一回，写一个长篇从头到尾她都在，直至我把小说完成，键入最后一个句号，我感觉她在我脑子里叹息，那意思好像是——原来这小说是这样结局的呀！

每一个写作的人，至少会有这样一个忠诚的读者。

我的读者若读了《流俗地》，不免要拿它与我的上一部长篇做比较（他们总记得《告别的年代》如何刻意操作后设技巧），觉得黎紫书"返璞归真"了。王德威教授说我"回归写实主义"，董启章也说我"洗尽铅华"。这听起来像是写实不像现代主义小说那样讲究技巧，或曰不那么炫技。我自己体会后倒不那么认为，我觉得要把写实的小说（《流俗地》实在不是一个不折不扣的现实主义作品，因为我始终不坚持它必须写实）写得扎实好看，当中也需要调动许多技巧，用上许多心计，不过是比起现代主义作品，它的技巧往往内敛不外露，使人浑然不觉。这样的小说，最怕露出斧凿痕迹，我甚至不愿意让读者在文字里看出我在书写过程中的挣扎和殚思竭虑，因为按我的审美要求，那不该出现在小说里，成为它的一部分。

这些年我读的长篇小说，尤其是中文著作，已经很难得看到让我自己打从心里佩服的作品了。中国大陆一直不乏长篇"巨著"，但我作为读者，总嫌它们长得令人生畏。小说家们动辄拿出数十万字，有的甚至上百万字，好像迷信字数本身等同作品的分量，或是那能说明作者的付出。事实上，这些长篇不少都写得东拉西扯，或是充斥了作者自以为是的小聪明，其实都是花言巧语，却一点舍不得删去；再长了更是语言无味令人厌烦，还经常流于煽情，或以耸动的情色"慑人"，读之像是亲眼见着一头猪被人灌水，惨不忍睹。

台湾这几年也出了不少长篇小说，那里的小说家走的路线与大陆背道而驰，一般上语言华美，重描写而拙于叙述；文字的境界较高，但故事性相对薄弱，有不少作品流于资料的拼凑，却也可以写得很长，翻开来很容易会陷入审美疲劳，逼得人不得不跳着读，往往可大段大段略过而无损对小说的理解。这和现代的西方小说很不一样。我常常在读中文长篇小说的时候都禁不住想象它若翻译成英文会变得怎样，可以肯定的是，对英文世界的读者而言，阅读这些作品必然十分考验他们的耐性。

至于马华，我们自小学习多种语言，有能力阅读不同语言书写的作品，而在马来西亚也不乏机会学习和掌握一种以上的方言，我一直相信自己在写长篇小说时，会比大陆和台湾的作者有更多的资源和更大的灵活性，更有可能写出"无疆界"的，让整个中文世界都能欣赏，甚至在翻译后也能打动非中文读者的作品。我明知这种"相信"很虚妄，但它是必要的，否则像我这样一个边陲作者，前后左右难得支援，在华文文学世界中犹如一株长在断崖边上的野草花；风急天高，岌岌可危，若不抱着自己可以茁壮成树的信念，何以坚持？

《流俗地》写成后，除了呈给台湾文化艺术基金会以外，我将它发给美国哈佛的王德威教授、中国香港小说家董启章、马来西亚的出版人曾翎龙、中国台湾的一位旅台马华作家，以及中国大陆的几位编辑朋友（也包括《山花》的编辑李晁）和暨南大学中文系副教授龙扬志。这些都是我一直信任的，对文学鉴赏有深厚的经验和锐利的眼光，并且质朴诚实的朋友。除了那位旅台作者以外，其他人对这作品的反应都非常好，有的甚至表示得十分激动，可每个人在小说中读到的"好"却不尽相同，多是因各自站的角度有异，便在小说中得见不同的光。这多少说明我的想法是可以成立的——尽管写的是偏隅地,马华事;没有宏大的历史叙事,也没有耸人听闻的事件和光怪陆离的社会背景,但无碍我们马华作者写出超越国境疆域的作品,打动整个中文世界。

中国大陆的读者也许不知道,我写小说二十五年,一直战战兢兢,以"素人"自惭。直至《流俗地》完成,我看着里头每一个字都符合我对这作品最初的想象,未有一丝因循苟且,便生起前所未有的自信,敢在给书写的《后记》中,以"小说家"自称。王德威教授读过小说后在电邮中对我说"我觉得《流俗地》最大的成就是沉稳"。我想到书写期间身体和精神遭受的折磨,多少次想过要暂停,也有过放弃的念头,最终的成品能获得王教授赠予"沉稳"二字,便觉得不枉,似乎也担得起"小说家"这称号了。

图书在版编目(CIP)数据

流俗地 /（马来）黎紫书著. -- 北京：北京十月文艺出版社，2021.4（2025.3重印）
ISBN 978-7-5302-2128-0

Ⅰ.①流… Ⅱ.①黎… Ⅲ.①长篇小说—马来西亚—现代 Ⅳ.①I338.45

中国版本图书馆CIP数据核字(2021)第040329号

流俗地
LIUSUDI
〔马来西亚〕黎紫书　著

出　　版	北京出版集团
	北京十月文艺出版社
地　　址	北京北三环中路6号
邮　　编	100120
网　　址	www.bph.com.cn
发　　行	新经典发行有限公司
	电话（010）68423599
经　　销	新华书店
印　　刷	河北鹏润印刷有限公司
版　　次	2021年4月第1版
印　　次	2025年3月第25次印刷
开　　本	880毫米×1230毫米　1/32
印　　张	16.125
字　　数	280千字
书　　号	ISBN 978-7-5302-2128-0
定　　价	55.00元

质量监督电话　010-58572393
如有印装质量问题，由本社负责调换。

版权所有，未经书面许可，不得转载、复制、翻印，违者必究。